TESSA HADLEY

FÜR EINEN SOMMER

ROMAN

Aus dem Englischen von
Sabine Schwenk

K
A
M
P
A

Die englische Originalausgabe erschien 2015 unter dem Titel
The Past im Verlag Jonathan Cape, London.
Die deutsche Erstausgabe erschien 2017 unter dem Titel
Damals im Piper Verlag, München.

Für den Blick hinter die Verlagskulissen:
www.kampaverlag.ch/newsletter

KAMPA POCKET
DIE ERSTE KLIMANEUTRALE TASCHENBUCHREIHE
Gedruckt auf säurefreiem und chlorfrei gebleichtem Papier zur Unterstützung verantwortungsvoller Waldnutzung, zertifiziert durch das Forest Stewardship Council. Der Umschlag enthält kein Plastik. Kampa Pockets werden klimaneutral gedruckt, kampaverlag.ch/nachhaltig informiert über das unterstützte CO2-Kompensationsprojekt.

Der Kampa Verlag wird in der Schweiz vom Bundesamt für Kultur mit einem Strukturbeitrag für die Jahre 2021–2024 unterstützt.

Veröffentlicht im Juni 2023 als Kampa Pocket

Covergestaltung: Lara Flues, Kampa Verlag
Covermotiv: © Domagoj Šokčević
Satz: Tristan Walkhoefer, Leipzig
Gesetzt aus der Stempel Garamond LT / 2301xx
Druck und Bindung: GGP Media GmbH, Pößneck
Auch als E-Book erhältlich
ISBN 978 3 311 15069 5

www.kampaverlag.ch

Für Jack

Teil 1

Die Gegenwart

I

Alice traf als Erste ein, doch als sie vor der Haustür stand, stellte sie fest, dass sie den Schlüssel vergessen hatte. Außer dem Brummen ihres Taxis, das wie ein Insekt langsam zwischen den Hügeln verschwand, war in der Stille des Nachmittags nichts zu hören, bis sich ihre Ohren auf andere Geräusche eingestellt hatten: das Rauschen des Baches am Ende des Gartens, das Rascheln in den Hecken und Gräsern. Zumindest war der Nachmittag angenehm warm, und die Sonne schien durch einen Schleier aus Blütenstaub, Samen und zartflügeligen Mücken; flimmerndes Licht fiel ins Gras, und unter der Weißbirke schoben sich die pennyförmigen Schatten der Blätter ineinander. Beim Durchsuchen ihrer Tasche mimte Alice mit amüsierter Selbstironie die Frau, die immer alles vergisst. Was Schlüssel betraf, war sie bekanntermaßen ein hoffnungsloser Fall. Sie war mit einem jungen Mann gekommen, dem Sohn ihres Exfreundes, und im Zug hatte Alice darüber nachgedacht, in welchem Lebensabschnitt sie sich eigentlich befand und ob die Leute Kasim für ihren Lover oder ihren Sohn hielten – was er ja beides nicht war. Inzwischen hatte er sich einige Schritte von ihr entfernt, ging kommentarlos um das Haus herum, und sie nahm an, dass sie wegen der Schlüsselpanne in seiner Achtung gesunken war. Sie waren auf dem Land, am Ende der

Welt, und es gab kein Zurück; das Haus lag hinter einer Häusergruppe in einer Sackgasse, kein Café, kein Pub, nicht einmal ein Geschäft, um sich die Zeit zu vertreiben.

Hinter einem Lächeln verbarg Alice ihren plötzlichen Groll gegen Kasim. Sie wünschte sich, dass sie ihn nicht mitgebracht hätte. Es war ein unbedachter Vorschlag gewesen, aus einem spontanen Gefühl von Großzügigkeit, diesen Ort anbieten zu können; im Grunde hatte sie nicht damit gerechnet, dass er sie beim Wort nehmen würde, und als er es tat, fühlte sie sich geschmeichelt. Doch wäre sie jetzt allein gewesen, hätte der Schlüssel keine Rolle gespielt. In gewisser Weise wäre es sogar eine glückliche Fügung gewesen, die sie der Verantwortung entledigt hätte, das Haus aufzuschließen und für die anderen herzurichten. Sie hätte sich einfach auf der Wiese in die Sonne legen und ihre ewige Wachsamkeit vergessen können, um ausgerechnet hier, in Kington, in tiefen Schlaf zu sinken, das einzig Wahre, richtigen Schlaf, wovon sie leider nie genug bekam. Alice war sechsundvierzig, dunkel, weich, präsent und irgendwie doch nicht – auf verschiedenen Fotos hätte man sie für unterschiedliche Personen halten können. Ihre komplexe Persönlichkeit war unscharf, flattrig wie ihr feines Haar, von dem einmal ein Mann gesagt hatte, es habe die Farbe von Backpflaumen; und tatsächlich war es weich und braun, pflaumenfarben, und sie ließ es wellig über ihre Schultern fallen.

Das Haus war ein weißer, zweistöckiger Würfel mit bodentiefen Fenstern, an allen vier Seiten von Garten umgeben, hinten gab es eine Veranda und eine zum Bach hin schräg abfallende Wiese; die Zimmerwände waren mit feuchtbraunen Flecken gesprenkelt, es fehlte eine Zentralheizung, und das Dach war undicht. Auf den vermoosten, pflastersteindicken Dachschindeln waren noch die Narben der Meißel zu sehen, mit denen die Steinhauer sie vor zweihundert Jahren bearbeitet hatten. Alice und Kasim spähten durch die Fenstertüren: Das Hausinnere war wie das Traumbild einer anderen Welt, bedeutungsschwer in seiner Stille, wie ein Zimmer, das man in einem Spiegel sieht. In den Räumen standen noch immer die Möbel ihrer Großeltern; silbrig schimmerten die Tapeten hinter den staksigen Stühlen, dem schwarz lackierten Klavier, dem Sekretär. Die an der Bilderschiene aufgehängten Gemälde waren dunkle Höhlen. Alice hatte ihrer Therapeutin erzählt, dass sie ständig von diesem Haus träumte. Alle anderen Häuser, in denen sie gelebt hatte, kamen ihr dagegen wie Bühnenbilder vor.

Dass sie nicht hineinkamen, störte Kasim nicht; ihm war nur irgendwie peinlich, dass Alice sich blamiert hatte. Er war sich ohnehin noch nicht sicher, wie lange er bleiben würde, und im Grunde nur mitgereist, um von seiner Mutter wegzukommen, die sich Sorgen machte, weil er nicht lernte – am Ende seines ersten Studienjahrs langweilte er sich bereits. Er bildete sich ein, den Modergeruch des Zimmers durch die Scheiben hindurch zu riechen; wo die Sonne ihre Flecken auf den Teppichboden warf, sah er abgewetzt und verblichen aus. Als Kasim einen angenehm schäbigen, grauen Renault entdeckte, der vor einem der Nebengebäude auf dem Kopfsteinpflaster stand, rief er nach Alice. Für sie, die selbst nicht Auto fuhr, sahen sie eigentlich alle gleich aus, doch als sie in dieses hineinblickte, wusste sie sofort, dass es Harriet gehörte, ihrer älteren Schwester. Auf dem Rücksitz stand ein Kästchen mit Kartenmaterial, daneben auf einer gefalteten Zeitung ein Paar Schuhe, ordentlich nebeneinandergestellt, in jedem ein gestreifter Strumpf. »Ich weiß genau, was sie gemacht hat«, sagte Alice. »Sie ist hier angekommen, hat das Auto geparkt und ist sofort los, ein bisschen wandern, bevor die anderen kommen. So ein Mensch ist sie. Sie liebt die Natur und führt philosophische Gespräche mit ihr. Mich hält sie für oberflächlich.«

Der kleine Einblick in ihre wohlgeordnete Privatheit hatte Harriet, so schien es zumindest Alice, verwundbar gemacht; das berührte und ärgerte sie.

»Vielleicht hat deine Schwester ja auch ihren Schlüssel vergessen.«

»Harriet hat noch nie in ihrem Leben etwas vergessen.«

Weil sie nicht ins Haus kamen, fühlte sich Alice verpflichtet, Kasim weiter herumzuführen. Durch eine schmale Öffnung in der Steinmauer hinten im Garten ging sie mit ihm in den Kirchhof. Ihr Großvater war hier Pfarrer gewesen. Haus und Kirche standen direkt am Rand eines Talkessels, und in der Luft unter ihnen sahen sie Bussarde kreisen. Der stämmige, fensterlose Kirchturm schien in der roten Erde zu versinken; im Gegensatz dazu bestand das Kirchenschiff fast nur aus Fenstern, und zwischen den alten, durchsichtigen, welligen Glasscheiben fielen die Wände kaum ins Gewicht – der Blick ging einfach hindurch auf das dahinterliegende Grün der Bäume. Auf dem Friedhof war der Boden durch die vielen Beerdigungen aufgewühlt wie ein Meer und an einem Ende von Bärenklau und Ampfer überwuchert. Das rote Granitgrab ihrer Großeltern glänzte auch nach einem Vierteljahrhundert noch wie neu. Ihr Großvater sei sehr hochkirchlich gewesen, sagte Alice: Weihrauch und King-James-Bibel und echte Hölle oder jedenfalls irgendeine komplizierte, schlau ausgedachte Form von Hölle.

»Er war ein sehr gebildeter Mann und ein Dichter. Ein bekannter Dichter.«

Kasim studierte Wirtschaftswissenschaften, Dichtung war ihm egal, wobei ihm auch die Wirtschaft ziemlich egal war. Geschmeidig schlenderte er hinter Alice über den Kirchhof, die Hände in den Taschen, mäßig interessiert, sein Kopf leicht geneigt, während er ihr zuhörte. Alice redete immer viel. Kasim war hoch aufgeschossen und viel zu dünn, er hatte braune Haut und eine große Nase, die schmal war wie eine Klinge, dazu schwarze, dunkel umrandete, melancholische Augen, die dünnhäutigen Unterlider leicht violett. Sein bläulich schwarzes Haar war dicht wie ein Fell. Kasim war durch und durch Engländer und unverkennbar auch etwas anderes: Sein Großvater väterlicherseits, ein Richter aus dem Punjab, war eine kurze Ehe mit einer englischen Romanautorin eingegangen. Alice fürchtete nun, dass Kasim es auf dem Land öde finden würde; irgendwie hatte sie daran nicht gedacht, als sie ihn in London eingeladen hatte. Sie selbst mochte in Kington am liebsten das Nichtstun: lesen oder schlafen. Doch jetzt, da sie hier waren, lag auf der Hand, dass Kasim dies nicht reichen würde, und ihre Stimmung sank bei der Vorstellung, ihm Zerstreuungen bieten zu müssen. Weil er jung war und sie sechsundvierzig, hatte sie Angst, ihn nicht zu interessieren; sie würde am Boden zerstört sein, wenn es ihm hier nicht gefiel. Der Schmerz darüber, dass sie ihr gutes Aussehen verlor, lähmte Alice. Sie hatte immer geglaubt, dass sie alles, was sie an Macht besaß, ihrer Persönlichkeit und Intelligenz verdankte. Ihr Aussehen hatte sie als selbstverständlich hingenommen.

Als Nächste traf Fran ein, Alice' andere Schwester, die Jüngste der vier Geschwister, in Begleitung ihrer Kinder Ivy und Arthur, die neun und sechs Jahre alt waren. Sie hatten eine schreckliche Fahrt hinter sich, der Verkehr war die Hölle gewesen, und Ivy war im Auto schlecht geworden. Sie hatte sich eine Plastikschüssel in den Schoß stellen müssen, und ihr Gesicht mit dem schmallippigen Mündchen, der hohen Stirn, der spitzen Nase und dem spitzen Kinn war unter den Sommersprossen theatralisch bleich. Als die Kinder durch den von einer alten, weißen Kletterrose überwucherten, steinernen Torbogen in den Garten hinter dem Haus schlenderten, sahen sie aus wie Figuren eines altmodischen Theaterstücks: Ivy in einem langen, viktorianischen, rüschenbesetzten Rock aus kakifarbener Seide, dazu ein mit rosa Pailletten besetztes Oberteil. Sie liebte es, in ihrem Kopf Phantasiewelten zu erschaffen. Ihre Geschichten waren keine ereignisreichen Dramen mit einem Plot, sondern reine Atmosphäre, und sie liebte Kington, weil sich ihre innere und die äußere Welt hier in allen Punkten zu überschneiden schienen. Über die Wiese schreitend wandelte sie in ihrem Traum: Das alte Haus schlummerte in der Sonne, und hinter den Fenstertüren mit ihren kleinen, von Klematis überwucherten Vordächern aus Blei hätten sich beliebige Szenen abspielen können, poetisch, königlich und voll tragischer Langmut.

Arthur trug gewöhnliche Shorts und ein T-Shirt, doch er war zart und zerbrechlich, und an den Schläfen schimmerten blaue Adern unter seiner durchsichtigen Haut; er hatte sehr viel mehr Ähnlichkeit mit den Figuren aus Ivys Geschichten als sie selbst. Trotz ihrer resoluten Nüchternheit brachte Fran es nicht übers Herz, Arthur die Haare zu schneiden, die ihm seidig und wie aus blassem Gold schon bis über die Schultern fielen. Fran war stämmig und kompakt, mit Sommersprossen und hellbraunem, auf Kinnlänge gestutztem Haar; ihr grünes Oberteil spannte über den Brüsten und dem Bauch.

»Gott sei Dank, dass ihr kommt!«, schrie Alice, als sie durch die Maueröffnung vom Kirchhof zurück auf das Grundstück trat. »Ich habe den Schlüssel vergessen!«

»Mir war furchtbar schlecht«, verkündete Ivy. »Ich brauchte eine Schüssel.«

»Das Theater hättest du dir mal anhören müssen. Als würde sie im Sterben liegen. Hat Harriet denn keinen Schlüssel? Da steht doch ihr Auto.«

»Das stand schon da, als wir gekommen sind. Sie macht bestimmt einen Spaziergang.«

»Oh, na, dann gut, dass du da bist. Ich könnte ein

bisschen Hilfe beim Auspacken gebrauchen, die ganzen Einkäufe hier. Du siehst schön aus. Wie schlank du bist! Beneidenswert.«

Sie bewunderte das weiße, mit blauen Blumen bedruckte Kleid ihrer Schwester, die Bräune, die lackierten Zehennägel, die raffinierten Sandalen. »Ich wünschte, ich hätte auch Zeit für so was.«

Alice beteuerte ihr schlechtes Gewissen, dass Fran sich komplett ums Einkaufen hatte kümmern müssen. Aber im Zug hätte sie die Sachen ja wirklich nicht herbeischaffen können, und irgendwie hätten sie Roland auch nicht ums Einkaufen bitten können, wo sie doch seine neue Frau noch gar nicht kannten, oder? Und Harriet wäre zu genügsam gewesen. Fran versicherte ihr, dass *sie* kein bisschen genügsam gewesen sei; beim Aufteilen der Kosten würde Harriet bestimmt ein entsetztes Gesicht machen. Alice kniete sich ins kurze Gras, um die Kinder zu umarmen, Ivy in der steifen Pose der Genesenden, Arthur sich dem Kuss entgegenneigend, denn er mochte die duftende, weiche Wärme von Frauen. Die Wiese war extra für ihren Besuch vom Nachbarn geschnitten worden, der für sie den Garten in Schuss hielt, und der liegen gebliebene, langsam vertrocknende Grünschnitt verströmte einen süßen, fauligen Geruch. Fran fiel ein, dass es in einem der Nebengebäude noch einen Ersatzschlüssel gab.

»Ach, egal, war nicht so schlimm. Wir sind in den Kirchhof gegangen und haben die Gräber besichtigt.«

»Wer ist wir?«

Alice war sich absolut sicher, dass sie Kasims Kommen erwähnt hatte.

»Danis Sohn. Du wirst ihn mögen. Ich glaube, er sitzt noch meditierend auf einem Grab oder so.«

»Aber Alice! Du hast doch gesagt: nur Familie.«

»Er gehört doch fast zur Familie! Ihr habt ihn mal kennengelernt – weißt du nicht mehr? Als er noch ein hübscher kleiner Junge war, das war so ungefähr gestern. Jetzt ist er ein hübscher junger Mann, ist das nicht beängstigend?«

»Du hast es nicht erwähnt«, sagte Fran.

»Und wo ist Jeff?«

Mit Plastiktüten beladen stand Fran vor ihrer Schwester auf der Wiese; sie machte eine dramatische Kunstpause, ganz wie ihre Tochter. Wo Alice unbestimmt war, da war Fran energisch; ihre auffallend flach liegenden Augen erweckten einen Eindruck von Direktheit. »Dreimal darfst du raten. Im letzten Moment konnte er nicht.«

»Soll das ein Witz sein, Fran? Ich dachte, diesmal hätte er es fest versprochen.«

»Hat er auch. Aber er ist ein Scheißtyp.«

Jeff tat so, als hätte er den ganzen Urlaub komplett vergessen, berichtete Fran, obwohl alles schon seit Monaten ausgemacht war. Für den ganzen Zeitraum, in dem sie eigentlich weg sein wollten, hatte er Auftritte gebucht, ohne es ihr zu sagen; inzwischen meinte er zwar, dass er sich vielleicht doch noch ein bisschen Zeit freischaufeln könnte, um wenigstens für ein paar Tage zu kommen, aber sie hatte ihm gesagt, das sei nicht nötig. Alice bekundete lautstark ihr Mitleid, blieb aber auf der Hut, weil sich Fran, wenn man Jeff in der Vergangenheit kritisiert hatte, schon mehrmals angegriffen gefühlt und begonnen hatte, ihn zu verteidigen. Im Übrigen mochte sie Jeff und bedauerte, dass er nicht mitgekommen war. Das habe jetzt wirklich das Fass zum Überlaufen gebracht, flüsterte Fran mit Rücksicht auf die Kinder. Zwischen ihr und Jeff sei alles aus, sie habe die Nase voll. Auch das hörte Alice nicht zum ersten Mal.

Fran schloss die Eingangstür auf, und einen Moment lang standen die Schwestern zögernd auf der Schwelle und riefen sich ins Gedächtnis, was sie während ihrer Abwesenheit vergessen hatten: den Geruch eingesperrter Luft und die leise Schwermut des dämmerigen Flurs mit seinen grau-weißen Bodenfliesen und den lappigen, alten, zu einem schlammigen Rot verblassten Läufern. Jedes Mal gab es diesen Moment der Anpassung, wenn sich die schäbige, armselige Realität des Hauses über ihre allzu optimistischen Vorstellungen schob. Fran begann, in der Küche die Einkäufe auszupacken; es war der unansehnlichste Raum des Hauses, unverändert seit den siebziger Jahren, als ihre Großmutter in einem Modernisierungsanfall Wandschränke aus Holzfurnier, einen Spültisch und einen Elektroherd hatte einbauen lassen; wenigstens die große, alte Anrichte, die eine ganze Wand füllte, hatte sie stehen lassen. In manchen Schränken legten sich klebrige Spinnweben und schwarzer Schimmel über Pfannen und Schüsseln, und Mäusedreck war überall. Weil sich die Küche zwischen dem vorn gelegenen Esszimmer und dem breiten Wohnzimmer befand, das nach Süden hin die gesamte Rückseite des Hauses einnahm, war sie zudem dunkel, mit einer einzigen Neonröhre, und ihr Seitenfenster ging auf eine Spülküche und die Nebengebäude.

Die vorherige Frau ihres Bruders, Valerie – sie war Nummer zwei gewesen –, hatte ihnen in Kington unentwegt ihre Pläne zur Verbesserung des Hauses dargelegt, obwohl sie stets beteuerte, wie sehr sie es mochte. Sie sollten die Küche komplett erneuern und zum Garten hin verlegen, sagte sie; und eine Zentralheizung einbauen und zusätzliche Badezimmer. Alle stimmten ihr zu, doch nichts geschah. Es gab ohnehin kein Geld für Veränderungen.

Ivy setzte sich neben Kasim, der mit geschlossenen Augen auf dem Friedhof im hohen Gras lag. Sie streckte ihre Beine neben seinen aus und legte den langen Rock so akkurat zurecht, dass nur noch ihre Wildlederschuhe herausschauten wie zwei schwarze Ausrufezeichen. Auf einen Ellbogen gestützt beugte sie sich mit ernster Miene zu ihm hin und begann, ihr übliches Themenrepertoire durchzugehen – Schule, Arthur, die Viktorianer, ekliges Essen –, weil sie austesten wollte, was er unterhaltsam fand. Ohne die Augen zu öffnen, tastete Kasim in seinen Hosentaschen erst nach Zigaretten, dann nach dem Feuerzeug. Ivy beobachtete das rituelle Entzünden der Flamme und das erste, tiefe Inhalieren mit respektvollem Interesse.

»Pass auf«, sagte sie. »Nicht, dass das trockene Gras Feuer fängt.«

Er öffnete ein Auge, nur eins, sah sie an, machte das Auge wieder zu.

»Meine Mum findet Rauchen nicht gut. Sie sagt, davon kriegt man Krebs.«

»Wie kommt sie bloß auf so was?«

Kasims Lässigkeit schreckte Ivy nicht ab; im Gegenteil, er beeindruckte sie. Sie nahm an, dass er der neue Freund ihrer Tante Alice war, vielleicht sogar bisher der beste. Was Kinder von den Erwachsenen an Verhaltensweisen zu sehen bekamen, schoss es Ivy durch den Kopf, wurde immer schön vorsortiert, zum Beispiel das mit dem Rauchen, von dem sie genau wusste, dass ihr Daddy es tat, aber immer so, dass sie es nicht mitbekam. Träge zog Kasim das Handy aus der Tasche, um nach seinen E-Mails zu schauen.

»Du hast hier keinen Empfang«, sagte Ivy wichtigtuerisch. »Es gibt nur eine Stelle, und da kommt es drauf an, welches Netz du hast. Du musst übers Feld gehen, das da mit den Kühen, und dann weiter hoch bis zum Gatter und dich draufsetzen. Anders geht's nicht.«

Kasim fluchte, nicht, weil es ihm wichtig war, sondern vor Überraschung. Vielleicht sollte man in Gegenwart von Kindern nicht fluchen, dachte er, doch Ivy wirkte so ungerührt, als hörte sie das Wort *fuck* tagtäglich. Eigentlich fand er die Idee gar nicht so schlecht, sich einfach mal komplett aus der Kommunikation ins Nichts zu verabschieden, unauffindbar für seine Freunde, seine geschiedenen Eltern und das Mädchen, mit dem er halbherzig zusammen war. Nun, da er wusste, dass die Verbindung nach außen gekappt war, raschelte und summte der Sommernachmittag, der zu heiß war für Vogelgesang, lauter in seinen Ohren als zuvor und auch verlockender. Er würde sich erden, wie man so schön sagte, und er genoss die harte, unsanfte Berührung des Bodens, der sich seinem Körper angepasst hatte. Lästig war allerdings, dass es hier Kinder gab. Er fand Kinder nicht besonders lustig. Es kam ihm vor, als wäre er gestern selbst noch eins gewesen, er konnte sich nur allzu gut daran erinnern.

Alice ging durch die Räume, um zu lüften, öffnete singend Türen und Fenster. Jetzt war sie im Haus, und alles war gut. Sie lehnte sich aus dem Fenster eines der oberen Schlafzimmer, um Kasim, der gerade vom Kirchhof zurückkam, zuzuwinken und nach ihm zu rufen; er versuchte, Ivy abzuschütteln, die ihm auf Schritt und Tritt folgte. Er winkte zurück, die Zigarette wie festgeklebt in seinem Mund. Als Alice sich wieder zum Zimmer umdrehte, wurde sie plötzlich von einem Gefühl erfasst, das wie ein Versprechen war. Es hatte nichts mit Kasim oder sonst jemandem zu tun, schon gar nicht mit Dani: Das Licht, das über die rosa Tapete wanderte, die dunkle Masse des Kleiderschranks in einem Winkel ihres Blickfeldes, die Stimmen der Kinder vor dem Haus, der moderige, geheimnisvolle Geruch des Zimmers, eine knarrende Holzdiele – das alles rief eine so eindringliche und doch unbestimmte Erinnerung in ihr wach, dass es vielleicht auch nur die Erinnerung an einen Traum war. Es war Sommer in dem Traum, da war ein Mann und zwischen ihnen ein unbefangenes, wortloses Zeichen gegenseitiger Anziehung, und alles war offen. Es war ein kurzer, aufblitzender Wink, der Alice inspirierte und erregte, eher ein Vorgefühl als ein Rückblick. Die Liebe schien wieder da zu sein, verschwenderisch und möglich, als läge etwas in der Luft. Atemlos ging sie den Flur entlang und spürte, wie ihr Herz klopfte.

Oben war das Haus immer voller Licht und atmosphärisch extrem vom Wetter abhängig. Der Grundriss war simpel: Eine Freitreppe mit breiten, flachen Stufen mündete in einen langen, zum Erdgeschoss hin offenen Flur mit weiß gestrichenem Geländer; an beiden Enden des Flurs befand sich ein hohes Rundbogenfenster, von außen wie auch von innen die besondere Attraktion des Hauses. In ihrem Schlafzimmer – Alice nahm immer das vordere – kniete sie sich mit einem schuldbewussten Gedanken an Fran, die unten arbeitete, vor das Bücherregal. Das Haus war voller Kinderbücher, nicht nur aus ihrer eigenen Kindheit und der ihrer Geschwister, sondern sogar noch aus der Kindheit ihrer verstorbenen Mutter. In die Deckel der Bücher, die Alice gehörten, waren datierte Exlibris geklebt, auf denen in der wackeligen Schreibschrift, die sie in der Schule gelernt hatte, ihr Name stand. Intuitiv griff sie sich eins heraus, *Der Club der guten Taten* von Edith Nesbit, schlug es auf und begann zu lesen. *»Und dann sahen wir etwas, für das sich der weite Weg wirklich gelohnt hatte; der Bach verschwand plötzlich unter einem dunklen Steinbogen, und man konnte noch so lange im Wasser stehen und den Kopf zwischen die Knie stecken, am anderen Ende war kein Licht zu sehen.«* Das Gewicht des Buches in ihren Händen, das dicke, schöne Papier, wenn sie die Seiten umschlug, und die Bilder von Jungen in Knickerbockern und Mädchen in Trägerschürzen holten die längst vergangene Zeit zurück, als sie es zum ersten Mal gelesen hatte, und auch die Zeit davor, als es solche Kinder vielleicht wirklich gegeben hatte.

Fran schälte in der Spüle Kartoffeln, als Alice, die im Garten Blumen schneiden wollte, auf der Suche nach einer Schere hereinkam.

»Als du entschieden hast, Kasim einzuladen«, sagte Fran, »wo genau hattest du da vor, ihn schlafen zu lassen?«

Alice war unbekümmert. »Keine Angst, es gibt doch jede Menge Zimmer.« Sie rumorte vergeblich in den Schubladen und sah sich verzweifelt um. »Haben wir denn keine Schere?«

Fran nahm die Schere von der Hakenleiste an der Wand, wo sie immer hing, und gab sie Alice. »Ich meine, ich nehme ja mal an, dass er nicht bei dir schläft.«

»Um Gottes willen! Kasim ist doch fast so etwas wie mein Stiefsohn.«

»War ja nur eine Frage. Bei dir weiß man nie.«

»Für den bin ich eine uralte Frau. Die Kinder sind übrigens ganz vernarrt in ihn. Wo er auch hingeht, marschieren sie hinter ihm her. Kasim hat ja ständig die Hände in den Hosentaschen, und das macht Arthur ihm jetzt schon nach. Das sieht so süß aus.«

»Haben wir denn Platz?«, beharrte Fran, über ihre Kartoffeln gebeugt. »Molly braucht natürlich ein eigenes Zimmer, sie ist ja kein Kind mehr.«

Gezwungenermaßen begann Alice, die Zimmer und Betten an den Fingern abzuzählen. »Oh, ich glaube, ich habe Molly vergessen …«

»Lass mich mal, also: Roland und, wie heißt sie noch gleich, seine neue Frau, dann du, Kasim, Harriet und Molly. Damit sind fünf der sechs Zimmer voll. Das heißt, ich muss bei den Kindern schlafen, im Zimmer mit dem Etagenbett.«

»Oh, Fran, das ist ja schrecklich. Gerade du brauchst doch dringend eine Auszeit. Nein, ich schlafe bei den

Kindern, ich bin ja auch schuld. Es macht mir nichts aus, wirklich.«

»Sei nicht albern«, sagte Fran gnadenlos. »Du weißt genau, dass es sowieso nicht so kommen wird.«

Reumütig holte Alice die Vasen ihrer Großmutter aus der Spülküche und füllte sie auf dem Küchentisch mit Wasser. »Immer schön im Weg«, grummelte Fran, als sie außer Hörweite war. Alice brachte Rosen, Montbretien und violette Leinkräuter aus dem Garten, in dem nur die zähesten Pflanzen die langen Leerstände des Hauses überlebten. Dann verteilte sie Blumen im ganzen Haus und stellte auf jede Frisierkommode ein Sträußchen, für die neue Ehefrau weiße Rosen und Farn. Sie richtete das Obst aus dem Supermarkt in Schalen an. Fran hatte neue, leuchtend bunte Geschirrtücher mitgebracht. Küchendüfte drangen bis in die Zimmer. Zwischen ihren Besuchen schien das leere Haus in eine Starre zu verfallen, aus der es, erst widerwillig und abweisend, zu neuem Leben erweckt werden musste.

Harriet überquerte den Friedhof und blieb vor der Maueröffnung stehen, um sich auf das Ende der Einsamkeit vorzubereiten. Sie war erfüllt von ihrem Nachmittag: Sie hatte den Weg zum Wasserfall genommen, der in dieser Jahreszeit nicht mehr war als ein flüssiger Streifen in einem langen, aufgeweichten Vorhang aus smaragdgrünem Moos. In den Wipfeln einer Tannengruppe ließen Wintergoldhähnchen ihre schrillen Rufe erklingen, auf dem Pfad aalte sich eine Blindschleiche in der Sonne, graue Baumstämme ragten steil empor, und durch die Blätterfächer, die in unsichtbaren Luftströmen erzitterten, sickerte Sonnenlicht. Ein verlassenes Cottage, das sie schon als Kinder beobachtet hatten – mit dunklen Erinnerungen an eine letzte Bewohnerin –, war noch tiefer in die Erde eingesunken, oben an der Biegung des Pfades, mit Blick über das schroffe Talende. Vor langer Zeit hatten sie und ihre Geschwister ein rostiges Vorhängeschloss aufgebrochen und das Häuschen von innen erkundet, waren sogar die Treppe hochgestiegen; heute wäre so etwas gefährlich gewesen. Das Cottage war von allem abgeschnitten, es gab nicht einmal Leitungswasser, geschweige denn Strom, niemand hätte dort wohnen können. Wobei Harriet manchmal gedacht hatte, sie vielleicht schon. Sie brauchte nicht viel.

Sie sah, dass die anderen eingetroffen waren. Die Fenstertüren zur Terrasse waren geöffnet, und auf einem der Liegestühle, die aus einem Nebengebäude geholt worden waren, hatte sich ein junger Mann niedergelassen. Ivy, die gerade aus dem Wohnzimmer auftauchte, brachte ihm ein Getränk, das wie Gin Tonic aussah, das Glas mit beiden Händen vorsichtig vor sich hertragend; Arthur folgte ihr mit einem Schüsselchen. Harriet war schüchterner, als die meisten glaubten, und angesichts der Notwendigkeit, sich wieder in diese von Menschen bevölkerte Welt hineinzubegeben, verlor sie allen Mut. Erst dachte sie, der Mann sei wahrscheinlich Alice' neuer Freund, obwohl sie nichts davon gehört hatte, dass es einen gab. Doch beim Näherkommen erkannte sie ihn.

»Ich weiß, wer du bist«, sagte sie, und ihre ausgestreckte Hand ließ Kasim zusammenzucken, denn er las gerade mit aufmerksamer Geringschätzung die letzten Seiten der Zeitschrift *Metro,* die er in der Londoner U-Bahn mitgenommen hatte. »Du musst Danis Sohn sein. Wir sind uns vor ein paar Jahren mal auf Alice' Geburtstag begegnet. Da warst du noch klein. Ich bin Alice' Schwester.«

»Ich bin eben erwachsen geworden.«

»Natürlich, dumme Bemerkung von mir.«

Kasim stand auf; er bot Harriet seinen Liegestuhl an, dann seinen Gin Tonic und die gesalzenen Nüsse, die in dem Schüsselchen waren, das Arthur gebracht hatte.

»Das ist aber *dein* Gin Tonic«, sagte Ivy streng. »Sie kann ihren eigenen kriegen.«

Kasim erinnerte sich auf den ersten Blick an Harriet, denn sie sah aus wie eine tragischere Version von Alice. Ihre Cordhose und das alte T-Shirt verrieten, dass sie weniger Wert auf Kleidung legte. Ihr Gesicht war verhärmter als das ihrer Schwester, dabei ausdrucksloser, wie eine Maske der Gelassenheit; das kurz geschnittene Haar stand steif von ihrem Kopf ab, und es war schneeweiß.

Sie sei noch nicht bereit für einen Gin, sagte Harriet, sie wolle lieber erst einmal ihre Wanderstiefel ausziehen und auspacken. Arthur fragte, ob er mitkommen könne.

»Er guckt Frauen gern beim Umziehen zu«, erklärte Ivy.

»Ich ziehe mir nur andere Schuhe an«, sagte Harriet, und es klang wie eine Entschuldigung.

Fran, die am Spülbecken in der Küche Salat wusch, sah, wie Harriet und Arthur das Gepäck ihrer Schwester – viel war es nicht – zur Seitentür brachten, die in die Spülküche führte, von der es in die Küche ging. Arthur trug mit gebührendem Ernst das Fernglas seiner Tante quer über dem Bauch. Es war nicht seine Schuld, sondern lag an der Frisur, dass er wie ein Hotelpage aussah. Als Fran ihm die Cashewnüsse gegeben hatte, war es ihr aufgefallen, und die Erkenntnis, dass sie ihm die Haare wohl doch würde schneiden müssen, hatte ihr einen Stich versetzt; irgendwann, aber nicht sofort. Wenigstens redete ihre älteste Schwester mit den Kindern wie mit vernünftigen Erwachsenen – Alice übertrieb es manchmal.

»Dann warst du also schon wandern?«, fragte sie und gab Harriet einen Kuss.

»Ich wollte nicht als Erste reingehen«, gestand Harriet. »Bin da wohl irgendwie abergläubisch.«

»Ich wünschte, ich hätte deine Energie. Kein Wunder, dass du so dünn bist.«

Harriet setzte sich in die Spülküche, um ihre Stiefel aufzuschnüren, während Fran ihr von Jeffs Fernbleiben erzählte und wie unfair das sei. »Wir wissen zwar nicht, um wie viel Uhr Roland und seine Leute kommen, aber ich mache trotzdem Abendessen, und wir haben schon mal mit dem Gin angefangen. Wir dachten, es wäre gut, uns gegen die neue Ehefrau zu wappnen.«

»Ich habe im Garten Kasim getroffen.«

»Danis Sohn. Er soll hochintelligent sein. Aber das sind die Freunde von Alice ja alle, oder?«

»Er macht einen sehr netten Eindruck.«

Fran senkte die Stimme. »Alice denkt nie an die praktische Seite. Weil sie ihn mitgebracht hat, muss ich bei den Kindern im Zimmer schlafen.«

Mit schlechtem Gewissen beugte Harriet ihr heißes Gesicht über die Schnürsenkel, denn sie wusste, dass sie Fran hätte anbieten sollen, an ihrer Stelle bei den Kindern zu schlafen und ihrer Schwester eine Auszeit zu ermöglichen, brachte es aber nicht über sich. Das Alleinsein wenigstens in der Nacht war ihr lieb und teuer: Zu Hause lebten sie und ihr Partner Christopher meistens jeder für sich, weil es beiden lieber so war. In diesem Moment kam Alice in die Küche, die Hände beladen mit Besteck; sie war dabei, im Esszimmer den Tisch zu decken. »Hettie, da bist du ja! War die Wanderung schön? Sehr klug, an so einem herrlichen Tag gleich rauszugehen. Für drei Wochen hast du aber nicht viel Gepäck dabei. Du bist wirklich genügsam! Passt zu dir, dass du so vernünftig bist. Hier sieht uns ja auch keiner, hab ich recht? Wir sehen uns nur gegenseitig, kann uns ja egal sein, wir sind ja Familie. Na ja, und Kasim und Pilar.«

»Stimmt, so heißt sie«, sagte Fran. »Irgendwie seltsam, der Name.«

»Ich bleibe nur eine Woche«, sagte Harriet. »Ich konnte mir nicht länger freinehmen.«

Fran ließ rasch die Salatschleuder surren, um Alice' Enttäuschung zu übertönen: Deren Haltung war abrupt umgeschlagen, und sie ließ laut klappernd das Besteck auf den Küchentisch fallen. Harriet habe es aber doch fest versprochen, rief sie. Sie waren doch alle einverstanden gewesen, sich ihre Ferienzeiten aufzusparen, um drei gemeinsame Wochen zu haben, weil es vielleicht das letzte Mal sein würde!

»Ich habe nichts versprochen«, entgegnete Harriet. »Ich habe dich sogar vorgewarnt, dass es schwierig werden könnte, mir so lange freizunehmen.«

»Ich wollte dich dabeihaben. Es sollte doch eine besondere Gelegenheit sein. Ich wollte, dass wir hier alle zusammen sind, so wie früher.«

»Jetzt ist sie doch hier«, sagte Fran. »Lasst uns nicht gleich am ersten Abend streiten.«

Oben in ihrem Zimmer sah Harriet das Sträußchen auf der Kommode stehen; der Vorwurf ihrer Schwester schien ihr während des Auspackens daraus entgegenzuschlagen. Das Zimmer lag über der Küche, und sie konnte ihre empörte Stimme hören, wenn sie auch die Worte nicht verstand. Als Harriet laut mit dem Fuß auf den Dielenboden stampfte, verstummte Alice. Dann drangen demonstratives Gläserklirren und Stühlerücken aus dem Esszimmer. Es war unfair von Alice, ihr vorzuwerfen, dass sie alles verdarb. Schließlich hatte auch niemand dagegen protestiert, dass sie mit Kasim aufgetaucht war, obwohl es doch angeblich ein Familientreffen sein sollte.

Mit schaukelnden Beinen saß Arthur auf der Bettkante und sah andächtig zu, wie Harriet ihre Sachen einräumte. »Ist das dein bester Schlafanzug?«, fragte er mit ernsthaftem Interesse, und sie musste zugeben, dass sie nur zwei besaß, die fast identisch waren, einen grün karierten und einen rot karierten. Sie bedauerte, ihm nichts Aufregenderes zeigen zu können als einen ordentlichen Stapel sauberer T-Shirts, Ersatzunterwäsche, eine Ersatzhose und einen Pullover, falls es kalt werden würde. Sie räumte ihre Heuschnupfentabletten und ihre Haarbürste weg und schob rasch ihr Tagebuch unter die T-Shirts in der Kommode. Wenn sie heute Abend wieder allein wäre, würde sie über den Streit mit Alice schreiben und versuchen, mit gewissenhafter Objektivität beide Standpunkte festzuhalten. Dann kam Alice mit einem friedensstiftenden Gin die Treppe hoch, den Harriet annahm, obwohl sie Gin nicht besonders mochte.

»Ist es okay für dich, in diesem Zimmer zu schlafen?« Rasch wandte sich Alice von ihrem Spiegelbild in dem altersfleckigen Kippspiegel ab, doch da hatte sich ihre Hand schon wie von selbst gehoben, um durch ihre Haare zu streichen.

»Nein, es ist okay. Warum?«

»Weil du immer durch mein Zimmer musst, das ist doch lästig für dich. Bei Roland kannst du ja wegen Pilar nicht durch.«

»Das stört mich nicht.«

Arthur fragte, ob Harriet vielleicht ein Foto von ihm machen wolle, und als sie freundlich einwilligte, zeigte er ihr ein sicheres, mehrdeutiges Kameralächeln. Dann setzte sich Alice, auch sie ganz entspannt, neben ihn aufs Bett und legte ihm für das nächste Foto einen Arm um die Schulter. Arthur bot an, die beiden Schwestern zu fotografieren, aber davon wollten sie nichts wissen. Beide fanden es, ohne sich dies je einzugestehen, einfach nur grauenvoll, wie ähnlich sie sich trotz aller Verschiedenheit sahen. Auf Familienfotos richteten sie es immer so ein, dass sie außen standen, jede auf einer Seite. Seit Harriet weiße Haare hatte, war die Ähnlichkeit noch erschreckender.

Da sie von Roland nichts gehört hatten, fingen sie mit dem Abendessen an: Nudeln in Tomatensoße mit Oliven und Kapern, Sauerteigbrot, mit Olivenöl und

Meersalz angerichteter Salat. Alice hatte hübsch den Tisch gedeckt, mit noch mehr Blumen und dem schweren, angelaufenen Silberbesteck, das ihre Großeltern zur Hochzeit bekommen hatten. In einem Schrank hatte sie eine fleckig gewordene Spitzentischdecke gefunden, die muffig roch. Die Schiebefenster waren geöffnet, und der Spiegel über der Anrichte reflektierte die schräg einfallenden Strahlen der späten Nachmittagssonne. Sie aßen in blendendem Licht, und die ganze Szene wirkte fast so, als würden sie etwas zelebrieren. Keine der Schwestern verfügte in ihrem sonstigen Leben über ein Esszimmer, und keine von ihnen benutzte Tischdecken, schon gar nicht aus Spitze.

»Allein die Vorstellung«, sagte Fran, »dass wir jetzt vielleicht zum letzten Mal hier sind.«

Daran wolle sie gar nicht denken, sagte Alice, Fran solle doch nicht jetzt schon damit anfangen, darüber würden sie reden, wenn alle da seien. Die Kinder, deren Blicke über die Gesichter der Erwachsenen wanderten, um die Stimmung zu eruieren, waren unter dem Einfluss derselben bestürzend wohlerzogen: Ivys blasses Gesicht blickte ins Leere, als schwebte sie irgendwo zwischen dem realen und einem anderen, imaginären Zimmer. Während sie noch aßen, klingelte auf dem Tischchen im Flur das Telefon, und als Harriet wiederkam, sah sie enttäuscht aus.

»Das war Roland. Sie kommen erst morgen.«

»Als das Telefon geklingelt hat, hab ich's gewusst«, sagte Alice.

»Jedes Mal kriegt er das hin!«, empörte sich Fran. »Jedes Mal!«

»Ach, das ist halt sein kleines Machtspielchen. Es ist ihm gar nicht bewusst.«

Einen Moment lang waren alle wie vor den Kopf geschlagen; die Erwartung der anderen hatte die Stimmung hochgehalten. Die Abwesenheit verlieh ihrem Bruder, seiner Frau und seiner Tochter, die aus erster Ehe stammte, noch mehr Glamour, und der ganze Abend hatte sich auf den Höhepunkt ihrer Ankunft zubewegt. »Ziemlich dürftige Ausrede«, sagte Harriet. »Wenn er morgen wirklich ein Meeting hat, hätte er uns das ja wohl früher sagen können.«

»Aber im Grunde bin ich froh.« Alice, die sich schon wieder gefangen hatte, beugte sich mit auf den Tisch gestützten Ellbogen nach vorn und hielt den anderen ihr Weinglas entgegen, wobei ihre Armreifen klimpernd nach unten rutschten. Sie hatte einen Vintage-Bolero mit durchsichtigen Ärmeln über ihr Sommerkleid gezogen. »Ist das nicht ungewöhnlich, wir sechs hier zusammen? Eigentlich bin ich erleichtert, dass wir Rolands neue Frau nicht schon heute Abend kennenlernen müssen. Morgen sind wir wieder frisch und bereit für sie. Dass wir die beiden für diesen ersten Abend nicht dabeihaben, ist doch eigentlich perfekt, findet ihr nicht?«

»Meinetwegen brauchen sie gar nicht zu kommen«, bemerkte Kasim munter.

»Ich finde, Roland sollte auch mal an uns denken, wenn er so oft heiratet«, sagte Fran. »Jetzt müssen wir wieder lernen, mit einer neuen Frau auszukommen. Wir hatten uns gerade an Valerie gewöhnt.«

»Mehr oder weniger gewöhnt.«

»Ich habe mich nie an die gewöhnt«, sagte Ivy. »Die hatte so eine kreischende Stimme, und beim Gehen hat sie mit dem Kopf gewackelt wie ein Huhn.«

»So«, machte Arthur nach.

Es sei doch wirklich befreiend, bemerkte Alice, jetzt, da Valerie der Vergangenheit angehöre, endlich mal mit der Wahrheit rauszurücken.

»Jetzt gib den beiden nicht auch noch Rückenwind«, sagte Fran. »Sie sind schon ungezogen genug.«

Nach dem Essen suchte Alice in der Anrichte nach Kerzen; elektrisches Licht sei zu brutal und mache die ganze Magie des Moments zunichte. Und als dann der Abwasch erledigt war, die Betten bezogen und die Kinder leise oben in ihrem Zimmer, setzten sich die Erwachsenen mit geöffneten Fenstern, weil die Nacht so warm war, wieder um den Tisch. In einem feinen Nebel von kleineren Insekten irrten große, poetische Nachtfalter zwischen den Kerzenflammen umher. Harriet hatte eine Strickjacke angezogen und sich ein Seidentuch um den Hals gebunden, ihr Zugeständnis an die Geselligkeit. Obwohl Tücher eigentlich Alice' Domäne waren, betastete sie das ihrer Schwester anerkennend und begeisterte sich sogar dafür. Fran legte ihre Schürze ab, kramte Pralinen und eine Flasche Armagnac aus den Supermarkt-Kisten. Alice nahm sich erst eine, dann eine zweite Zigarette von Kasim, um Rauch auf die Insekten zu blasen.

Kasim, der inzwischen ziemlich angetrunken war, aalte sich in der Herzlichkeit und Aufmerksamkeit der drei Frauen, von denen jede alt genug war, um seine Mutter zu sein. Sie lockten ihn aus der Reserve und machten ihn zugänglich, wie es die Mädchen seines Alters noch nicht vermochten; die Mädchen fanden ihn schlau und kalt. Zurückgelehnt lümmelte er sich auf seinem Stuhl, die Beine lang unter dem Tisch, wohl wissend, dass er seine Intelligenz spielen ließ und dass die drei Schwestern ein waches, unbekümmertes Interesse an ihm hatten, denn das Korsett der Zurückhaltung hatten sie längst fallen gelassen. Die Mädchen, die er kannte, machten immer irgendeine Show, und wenn sie dann endlich einmal ihren Schutzschild sinken ließen, war nichts dahinter. In Bezug auf die drei älteren Frauen entfaltete seine Intelligenz eine erotische Energie, auch wenn diese auf kein besonderes Ziel gerichtet war. Er ließ den Armagnac so genießerisch in seinem Glas kreisen, dass er ihm übers Hemd schwappte, und von seiner Zigarette fiel Asche auf den Teppich.

Er wandte sich an Fran, die in einer Gesamtschule Mathematik unterrichtete und ihn vielleicht am wenigsten gemocht hätte, wenn er sie nicht längst weichgeklopft hätte. Sie wirkte bestimmter, vielleicht auch eindimensionaler als ihre Schwestern. Früher hatte Kasim einmal für seine Mathematiklehrerin geschwärmt, und Frans sommersprossige, mollige Hände weckten angenehme Erinnerungen an säuberlich auf Smartboards geschriebene Gleichungen. Er schwadronierte über die Optimierungstheorie und die Kettenregel in der Infinitesimalrechnung – die Menge *x* einer verlangten Ware ist abhängig vom Preis *p*, der wiederum abhängig ist vom Wetter, bemessen nach dem Parameter *w* und so weiter. Eigentlich war Mathematik stumpfsinnig, weil sie sich unaufhaltsam im Kreis drehte.

Doch er genoss es, die Frauen mit seinen Lösungsvorschlägen für die Bankenkrise zu schockieren. »Wir hätten zulassen sollen, dass die Banken pleitegehen«, wetterte er, »dass die Versicherungsgesellschaften, die die besicherten Schuldverschreibungen gekauft haben, pleitegehen, und dass die Leute, die zu hohe Kredite aufgenommen haben, um sich ihre Häuser zu kaufen, die Häuser verlieren. Wir brauchen weniger Regulierung und nicht mehr, das globale Finanzwesen funktioniert wie ein Gefüge von ineinandergreifenden Kartellen, und der freie Markt ist unsere einzige Hoffnung, das alles aufzubrechen.«

Alice war entsetzt, aber auch stolz, weil sie sich durch Kasims Auftreten bestätigt fühlte. Natürlich kannte er die Einstellungen der Schwestern, noch ehe sie ein Wort dazu gesagt hatten – ihre verstaubte Linksorientierung, ihre altmodische Sehnsucht nach dem Staat als Instrument sozialer Gerechtigkeit.

»Das Problem des Kapitalismus«, sagte Alice, »liegt darin, dass er grundsätzlich auf Wachstum basiert. Aber wir können nicht einfach immer mehr Dinge herstellen und noch mehr Rohstoffe verbrauchen. Als Erstes müssen wir den Kohlendioxidausstoß senken.«

»Meinst du das ernst? Gibt es irgendjemanden, der ernsthaft glaubt, dass wir dafür noch Zeit haben? Glaubst du, der kompletten chinesischen Schwerindustrie genügt ein bisschen Solarkraft, um zu funktionieren?«

»Wir müssen anders leben. Wir müssen lernen, auf Dinge zu verzichten.«

»Erzähl das mal den Chinesen.«

Sie habe keine Lust, sich über Erderwärmung Gedanken zu machen, erklärte Fran, das sei ihr zu deprimierend.

»Weißt du, Kas«, sagte Alice, »Harriet war eine echte Revoluzzerin, als sie jünger war. Aber so richtig! Du würdest dich wundern. Sie ist mehrmals verhaftet worden. Für ihre Überzeugungen ist sie ins Gefängnis gegangen.«

»Bei dir hört sich das an, als hätte sie Bomben gelegt«, sagte Fran.

»Hast du Bomben gelegt?«, fragte er. »Ist bestimmt spaßiger als Wirtschaftswissenschaften.«

Er war es gewohnt, dass die Freunde seines Vaters über ihre radikale Vergangenheit nostalgische Sprüche klopften.

»Natürlich habe ich keine Bomben gelegt.« Harriet blickte unbehaglich auf ihren Kaffee und schlug klirrend mit dem Löffel gegen ihre Tasse. »Ich war keine richtige Revoluzzerin. Hör nicht auf Alice, sie meint nicht die Hälfte von dem, was sie sagt, ernst. Sie will nur unterhaltsam sein.«

»Du bist auf alle Demos gegangen! Du hast dich vor Cruise Missiles auf die Straße gelegt! Du hast bei den Bergarbeiterstreiks die Polizeiaktionen gefilmt! Du hast es gehasst, durch unsere, na ja, Familie zum Mittelstand zu gehören. Und weißt du, was sie jetzt macht, Kas? Sie arbeitet in einer Beratung für Asylbewerber. Eine dermaßen deprimierende Arbeit, und sie macht das so gut. Den ganzen Tag hört sie sich Geschichten über Folter und Vergewaltigung an.«

»Jetzt übertreib mal nicht, Alice«, fiel ihr Harriet

gereizt ins Wort. »Du machst etwas daraus, was es gar nicht ist.«

»Dagegen bin ich dermaßen egoistisch«, beharrte Alice. »Ich lebe nur für mich selbst.«

»Für was sonst«, sagte Kasim, »für sich selbst leben und viel Geld verdienen.«

»Das habe ich ja nun nicht gerade. So schlecht bin ich also doch nicht.«

»Ich wünschte, ich wäre so schlecht«, sagte Fran. »Ich wünschte, ich hätte Geld.«

Oben konnte Ivy, die wach im Bett lag, ihre Stimmen und ihr Gelächter hören. Schaudernd vor Einsamkeit identifizierte sie sich mit einer verlassenen Eule, deren Ruf über die Felder hallte. In die Finsternis starrend bewegte sie wie blind ihre Hände vor dem Gesicht und konnte einfach nicht glauben, dass die eigene Haut eine Grenze war, die sich nicht überschreiten ließ. Schließlich rollte sie sich mit angezogenen Knien auf die Seite und schritt feierlich die Stufen ihres Schlafes hinab, ließ den schweren Umhang fallen und öffnete die dunklen Wellen ihres Haars, die im Traum ihren Rücken hinunter bis über den Boden fielen.

2

Am nächsten Morgen frühstückte Kasim draußen im Garten im Liegestuhl, so grimmig hinter seiner finsteren Miene verschanzt, dass er dafür weder Zeitung noch iPad brauchte. Den letzten Abend hatte er abgehakt und beschlossen, sich an nichts zu erinnern. Schon diesen zweiten herrlichen Tag in Folge empfand er als monoton – was sollte man mit so etwas wie schönem Wetter eigentlich anfangen? Ivy und Arthur, die schon seit Stunden auf waren, harrten im Schneidersitz auf der Wiese aus und beobachteten ihn aus respektvoller Distanz; als er ihnen absichtlich den Rücken zuwandte, suchten sie sich einen neuen Beobachtungsposten. Alice und Fran, beide ungeschminkt, weicher und älter in ihren Morgenmänteln, versorgten ihn eifrig mit Kaffee, Orangensaft und Toast.

Er stellte sich vor, wieder im Zug nach London zu sitzen, und fragte, ob jemand vorhabe, in die Stadt zu fahren. Doch dann sah er in Alice' Gesicht, wie geknickt sie gewesen wäre; da er ihr über seinen Vater verbunden war, fühlte er sich jedes Mal bloßgestellt, wenn Alice ihre Verletzlichkeit zeigte. Im Übrigen war London nicht das, was er wollte, denn vor London war er ja gerade geflohen. Aber eigentlich, sagte er deshalb schnell, würde er sich doch lieber nicht vom Fleck rühren, und gab vor, arbeiten zu müssen, dabei hatte er kein einziges Buch mitgebracht. Erleichtert legte ihm Alice mit charmantem Lächeln ihre kühle Hand auf die Stirn, als wäre er krank.

»Lass es ruhig angehen«, sagte sie. »Genieß es.«

Er versuchte, sich nicht anmerken zu lassen, wie sehr er sich wünschte, sie würde ihre Hand wegnehmen. Nach dem Frühstück pilgerte er zum Gatter am Ende des Kuhfeldes, um in sein Handy zu schauen. Ivy und Arthur folgten ihm treu ergeben.

»So, ihr wartet hier«, sagte er streng; kurz vor dem Gatter war er stehen geblieben und hatte über dem Boden eine unsichtbare Linie in die Luft gezogen. »Nicht näher kommen. Das ist privat, okay?«

Ehrfürchtig verharrten sie hinter der imaginären Linie, die Fußspitzen möglichst nah am Rand der verbotenen Zone, wo sie wie Pantomimen auf der Stelle balancierten, um nicht vornüberzukippen, und Ivy ihren Bruder immer wieder energisch am Arm zurückriss. Derweil folgte Kasim Ivys Beschreibung und kletterte auf das Gatter. Warum, das wusste er eigentlich selbst nicht. Unter den Nachrichten war eine von seiner Mutter, die er nicht las, und eine von dem Mädchen; vor dem Öffnen beschloss er, dass er ihr nicht antworten würde, sollte sie irgendeine Form von Abkürzung benutzen, denn das hasste er.

»Wo biste, Kas?«, schrieb sie.

Seufzend schaltete er das Handy aus und stellte fest, dass er von dieser Anhöhe aus in der Ferne das Meer sehen konnte, das nicht aussah wie Wasser, sondern wie eine silberne Lichtpfütze, und hinter der Lichtpfütze eine blaue Hügelkette. Er hatte gar nicht gewusst, dass sie schon fast auf der anderen Seite der Insel waren – wie klein dieses Land doch war! Manchmal redete er sich ein, dass er sich in Punjab heimischer fühlte, obwohl er mit fünfzehn, als sein Großvater starb, das letzte Mal dort gewesen war.

Roland und sein Harem – wie Alice dazu sagte, allerdings niemals ihrem Bruder direkt ins Gesicht – trafen in der Mittagszeit in Kington ein. Er fuhr einen alten Jaguar XJ6 mit beigen Original-Ledersitzen. Seine neue Frau Pilar, Argentinierin und Anwältin, saß auf dem Beifahrersitz; sie hatte während der ganzen Fahrt Akten gelesen und gelegentlich eine in ihre Mappe zurückgeschoben, um sich gleich die nächste zu nehmen. Derweil hatte es sich die sechzehnjährige Molly auf der Rückbank bequem gemacht, hatte geschlafen oder mit ihrem iPhone gespielt und gelegentlich *Wie weit noch?* gefragt, genauso wie mit sechs Jahren.

Vor den Nebengebäuden hielten sie auf dem Kopfsteinpflaster an. Das Dröhnen und Rauschen der Fahrt erstarb, der erkaltende Motor knackte geheimnisvoll, und als Roland aus dem Auto stieg, erschien ihm die ganze Szenerie wie der Archetyp des englischen Landlebens, als sähe er sie plötzlich mit Pilars fremden Augen: das schlichte, weiße Haus mit seinen Rundbogenfenstern, die mächtigen Stämme der großen Buchen mit ihren dunklen, bräunlichen Baumkronen, die anmutige Silberbirke, die alte, in die Erde eingesunkene Kirche und die weißen Tauben in dem steinernen Taubenschlag, der zu der umgebauten Scheune auf der anderen Straßenseite gehörte. Doch das alles konnte auch eng und provinziell auf Pilar wirken, die die Sommer ihrer Kindheit auf einer Farm in der argentinischen Pampa verbracht hatte, wo ihr Onkel Vieh und Poloponys züchtete; ihr Onkel, den sie sehr viel lieber mochte als ihren eigenen Vater und der so tief in die Politik der Junta verstrickt war.

Molly und Pilar streckten sich gähnend, und Pilar angelte nach ihren Schuhen. Im Wagen hatte sie ihre High Heels abgestreift und die Füße auf dem Sitz seitlich an sich gezogen, was sie immer tat; ihre Füße waren so langgliedrig und schmal wie ihre Hände. Roland begann, das Gepäck auszuladen.

»Es ist ein schönes Beispiel für ein englisches Pfarrhaus«, erklärte er ihr. »So um 1820 erbaut.«

Sie lächelte, bereit, alles, was er mochte, ebenfalls zu mögen.

»Es ist sehr hübsch.«

»Ich liebe es, weil unsere Mutter hier aufgewachsen ist. Molly ist ihre ganze Kindheit hindurch hierhergekommen. Aber die Instandhaltung ist natürlich kostspielig, da muss viel reingesteckt werden.«

»Aber ihr dürft Kington nicht verkaufen, Dad, niemals«, sagte Molly kategorisch. »Das dürft ihr einfach nicht. Es muss immer hier sein, damit man immer hierher zurückkommen kann.«

»Das müssen wir sehen.«

Roland hatte befürchtet, dass Pilar und Molly nicht miteinander auskommen würden. Er selbst hatte ein unproblematisches Verhältnis zu seiner einzigen Tochter, die er abgöttisch liebte, doch er hatte gedacht, Mollys Schweigen und ihre Unbeholfenheit könnten

Pilar vielleicht auf die Nerven gehen. Aber die beiden schienen sich zu verstehen; seit sie sich vor ein paar Tagen kennengelernt hatten – Molly lebte hauptsächlich bei ihrer Mutter, seiner ersten Frau –, war Pilar mit ihr zum Friseur gegangen, hatte ihr die Augenbrauen zupfen lassen und ihr etwas zum Anziehen gekauft. Molly hatte sich dieser Initiation dankbar hingegeben. Wahrscheinlich wäre ihre Mutter nicht einverstanden gewesen, sie war streng, was die Kommerzialisierung der Schönheit betraf. Roland beobachtete mit Interesse, wie sehr das Äußere einer Frau, das so mühelos schien, tatsächlich wohl doch mit harter Arbeit und einem hohen Maß an Sachverstand einherging. Pilars Eleganz entstand im Verborgenen, für ihn ein tägliches Wunder. Noch nie hatte sie ihn um Zustimmung gebeten.

Lärmend strömten Alice, Fran und die Kinder durch die Seitentür aus dem Haus, drängten sich um Pilar, küssten sie, küssten Molly. »Endlich! Endlich seid ihr da! Willkommen! Lasst das Gepäck doch erst mal stehen, kommt lieber gleich essen. Wir haben draußen auf der Terrasse gedeckt. Ist das Wetter nicht phantastisch? Das wird jetzt drei Wochen so bleiben, ganz bestimmt. Harriet ist natürlich unterwegs, Vögel beobachten. Und Jeff kommt nicht! Er hat wie immer Auftritte für sich gebucht und dann behauptet, er hätte die Ferien vergessen. Geht das mit deinen Schuhen, Pilar? Die sind ja traumhaft! Aber pass auf den Pflastersteinen auf.«

Alice hängte sich bei ihrem Bruder ein und spazierte mit ihm in den Garten. »Das gibt's doch nicht, Roly, du in einem weißen Anzug. Weißt du noch, wie du mich und Fran mit zwanzig verachtet hast, weil wir Wert auf Kleidung gelegt haben?«

»Ich habe niemanden verachtet.«

»Hast du wohl, hast du wohl! Du hast uns verachtet. Und jetzt sieh dich an! Was für ein toller Look. Du siehst aus wie einer von diesen TV-Akademikern, die einen durch Klosterruinen führen. Schön zerknittert, sexy und klug.«

Roland war klein und kompakt, ein ruhiger Typ mit blinzelnden braunen Augen unter stark gewölbten Lidern; sein krauses, grau meliertes Haar war kurz geschnitten, der Schädel wohlgeformt und sein Mund überraschend weich und schlaff. Wenn er denn lächelte, war er wie verwandelt. Es störte ihn nicht, von den Schwestern aufgezogen zu werden, und Kontra gab er nie. Das Spielerische lag ihm nicht, schon als Kind nicht, als er doch eigentlich hätte spielen müssen. Bescheid zu wissen und die Welt zu erklären – das war ihm immer lieber gewesen.

Ivy und Arthur zerrten Pilar zur Terrasse und drängten sie, den Tisch zu bewundern, auf dem sie jedes Gedeck mit Blättern und kleinen Zweigen voll unreifer Brombeeren geschmückt hatten. »Das ist sehr schön«, sagte sie zu allem, ohne die beiden wirklich zufriedenzustellen. In einer Schale türmte sich Obst, eine andere war mit Kirschtomaten und Gurkenscheiben gefüllt; auf Blättern waren Butter und Käse angerichtet, ein Brotlaib lag samt Sägemesser bereit, und doch spürten sie, dass sich Pilars Begeisterung in Grenzen hielt. Sie ließen ihre Hände los. Pilar sagte, sie wolle sich noch nicht an den Tisch setzen, sie sei noch ganz steif von der langen Fahrt.

»Es eilt ja nicht«, sagte Alice. »Vertritt dir erst mal die Beine. Atme die Luft ein.«

Ivy stöhnte, sie konnte nicht warten, sie würde sterben vor Hunger. Fran ignorierte sie und öffnete eine Flasche, um auf die Neuankömmlinge anzustoßen.

»Du müsstest dieses Fleckchen eigentlich im Frühling sehen, Pilar«, sagte Alice bedauernd, »dann sind die Blumen eine einzige Pracht.«

»Alles ist noch genauso wie zu Zeiten unserer Großeltern.« Roland deutete auf das schummerige Wohnzimmer. »Unsere Grandpees, so haben wir sie genannt.« Er fürchtete, dass Pilar bereits den verblichenen, beigen Brokat auf Sofa und Stühlen und die feuchtfleckige Tapete entdeckt hatte, die sich in einer Ecke von der Wand schälte. An echten Antiquitäten gab es hier nicht viel, das meiste waren Funktionsmöbel aus Kriegszeiten, die die Großeltern mit dem Haus übernommen hatten.

»Die Instandhaltung dieser alten Häuser ist furchtbar teuer«, sagte Pilar in mitfühlendem Ton.

»Wir halten es nicht instand«, erwiderte Alice fröhlich. Mit erhobenem, strahlendem Gesicht saß sie auf den Stufen der Terrasse, die Hände um die Knie gefaltet, erpicht darauf, ihre neue Schwägerin zu bezaubern. »Wir lieben es so, wie es ist. Weißt du, dass ich meinen Schlüssel vergessen habe, Roly? Als ich angekommen bin, konnte ich nur durch die Fenster reinschauen, und plötzlich kam mir das Haus vor wie ein verwunschener Ort, als sähen wir es nur in einem Spiegel und könnten niemals hineingehen. Und jetzt habe ich wirklich das Gefühl, durch einen Spiegel gegangen zu sein, als würde ich plötzlich auf der anderen Seite leben.«

»Unser Großvater war hier vierzig Jahre lang Pfarrer«, sagte Roland. »Und er war auch ein Dichter, ich glaube, ein guter sogar. Alice wird dir sagen, ob er was taugt. Alice ist jetzt die Dichterin der Familie.«

»Ich bin keine echte Dichterin«, winkte Alice ab. »Nicht so wie Großvater. Magst du Gedichte?«

Ihr fehle die Zeit, Gedichte zu lesen, antwortete Pilar, und Alice zeigte Verständnis. »Ja, irgendwie hat man nie Zeit, oder? Man fragt sich, was eigentlich mit der Zeit passiert.«

Molly hatte bereits ihre Gitarre aus der Hülle genommen. Ihr Gesicht hinter einem Vorhang aus Haaren versteckt beugte sie sich über die Saiten; das Ganze hätte angeberisch wirken können, doch ihr Spiel war so zögerlich, so minimalistisch, dass es die Luft nur ganz leicht in Schwingungen versetzte: eine kleine, wiederholte Folge von dicht beieinanderliegenden Tönen in Moll. Ihre Finger schienen das Griffbrett kaum zu berühren. Gebannt von der zarten Musik beobachtete Arthur seine Cousine.

»Ich fasse es nicht, dass wir schon wieder Alkohol trinken«, sagte Alice. »Wir haben doch vor gefühlt fünf Minuten erst damit aufgehört. Eigentlich müsste ich einen viel schlimmeren Kater haben. Kasim ist allerdings übel dran. Zum Frühstück ist er zwar gekommen, aber dann hat er sich gleich wieder in sein Zimmer zurückgezogen, und seitdem ist er nicht mehr aufgetaucht. Er hat gesagt, dass er arbeite, aber wir glauben, dass er sich einfach wieder hingelegt hat.«

Worauf sie abermals erklären musste, wer Kasim war. Roland verkrampfte sich, sein Argwohn war nicht zu übersehen. Aufgewachsen in einem weiblichen Haushalt empfand er Frauen als unkomplizierter, anregender, und die Vorstellung eines unbekannten männlichen Erwachsenen in seinem Revier ärgerte ihn, zumal es Danis Sohn war, der da am Nachmittag noch im Bett lag. Dani war für Alice eine Katastrophe gewesen, fand Roland.

Als Kasim verschlafen aus seinem Zimmer kam und sich missmutig die Augen rieb, begegnete ihm Molly, die gerade mit ihrem Rucksack den Treppenabsatz erreichte. Alice und Fran hatten Molly zwar erwähnt, doch er war davon ausgegangen, dass es sich um ein weiteres kleines Mädchen handeln würde, noch eine Nervensäge. Das unverhoffte Aufeinandertreffen erschütterte die beiden; nicht aufgrund einer sofortigen Anziehung, sondern weil diese Begegnung mit einem Vertreter der gleichen Art – der Jugend – ein Schock war hier an diesem Ort, wo sich beide schon mit ihrer Einmaligkeit abgefunden hatten, sogar erleichtert darüber gewesen waren. Ihre Begegnung machte die ganze Situation eindeutig interessanter, erhöhte allerdings auch den Druck. Schweigend gingen sie aneinander vorbei, Kasim zur Toilette, Molly in ihr Zimmer. Das Bild dieser zarten Gestalt mit dem frechen Gesicht einer kleinen Katze und den kleinen, federnden Brüsten speicherte er und nahm es mit, um es auf sich wirken zu lassen, während er möglichst geräuschlos pinkelte, denn es konnte ja sein, dass sie lauschte. Als er sich am Becken kaltes Wasser ins Gesicht spritzte und in den Spiegel starrte, nahm er sich anders wahr, weil sie ihn wahrgenommen hatte; er wusste, dass auch sie in diesem Moment in ihrem Zimmer sein Bild auf sich wirken ließ.

Auf dem Heimweg von ihrem Vogelspaziergang überquerte Harriet ein mit dichtem, wildem Gras bedecktes Feld, das zwischen den Waldstücken lag wie ein schmaler Keil, der nach oben hin steil anstieg. Die pralle Sonne war ein Schock, als sich der Pfad nach dem Zwielicht des Waldes öffnete; oben am Himmel schwebte träge ein Rotmilan, im Unterholz raschelten kleine Vögel, denen es zum Zwitschern zu heiß war, und aus den Bäumen brach mit hölzern klappernden Flügelschlägen eine Taube hervor. Ein Wasserlauf gluckerte, lebhaft ins Selbstgespräch vertieft, das Feld hinab und teilte es in zwei Hälften, ein Spalt, der sich unverhältnismäßig tief in den steinigen Boden gefressen hatte. Wie ein üppiger Pelz wuchs Brombeergestrüpp an ihm entlang, das schwer mit unreifen Beeren behangen war und noch ein paar verspätete, weiße Blüten trug, welk wie feuchte Papiertücher und von Fliegen umsummt. Harriet folgte dem Gurgeln des Baches bis zu einer Stelle, wo das Wasser über einen Stein rauschte und schäumend in ein dunkles Bassin fiel, das vor der Sonne unter einem dicken Saum von Vegetation versteckt war. Sie hockte sich nieder und streckte eine Hand aus, um den Fall des Wassers zu durchbrechen; in einer perfekten Kurve löste es sich kalt prickelnd und klar wie Glas vom Rand des Steins. Sie hätte gern davon gekostet, doch das schien ihr unvernünftig – möglicherweise versprühten sie hier auf den Feldern Pestizide. Gelegentlich wurde Harriet auf ihren einsamen Wanderungen hinterrücks von derartigen Ängsten überfallen: Was wäre, wenn sie stürzen würde und niemand wüsste, wo sie war? Also legte sie nur die nasse Hand an ihre Stirn und ließ das Wasser auf ihrer Haut trocknen, während sie weiter heimwärts ging, durch den Wald zur Straße hinab, vorbei an der restaurierten Mühle, die Londoner Künstlern handgeschöpftes Papier verkaufte, dann den Hügel entlang die stillgelegte Straße hoch bis nach Kington.

Als sie ankam, stand Rolands Jaguar zwischen ihrem und Frans Wagen, und auf dem Pflaster wartete Gepäck, umfangreiches, ansprechendes Gepäck, teure Koffer, Aktentaschen, Laptops und ein hübscher, mit bedrucktem Kattun ausgekleideter Strohkorb, um dessen Ledergriffe ein bauschiges Tuch geschlungen war. Harriet zögerte; aus dem Garten drangen aufgeregte Stimmen, vor allem die von Alice. Sie hatte das Gefühl, als müsste sie, um in diese schrille Geselligkeit einzutauchen, ihre Haut abstreifen – alle Augen würden sich auf sie richten und sehen, wie erhitzt und zerzaust sie von ihrer Wanderung war. Sie scheute auch die Anstrengung, die es bedeutete, Rolands neue Frau kennenzulernen: Eine Fremde war ein dunkles, bedrohliches, unbekanntes Land. Allein schon ihr Gepäck schüchterte sie ein, es hatte die Aura eines Lebens, das nach den strikten Regeln eines strengen Kodex gelebt wurde, den sie selbst niemals beherrschen würde.

Sie verharrte in der Stille des leeren Hofs, bis Arthur in viel zu großen Wanderstiefeln, die mit Spinnweben verklebt waren und wohl ihrem Großvater gehört hatten, aus der Spülküche kam. Dass Harriet dort herumstand, schien ihn nicht zu überraschen.

»Komm doch rüber«, sagte er. »Jetzt sind alle da.«

»Ja, das sollte ich wohl.«

Sanft nahm Arthur sie an der Hand. Gemeinsam gingen sie durch den steinernen Torbogen; im Wohnzimmer waren die Fenstertüren zur Terrasse geöffnet. Fürs Mittagessen stand ein Tisch draußen. Die scheinen unentwegt zu essen, dachte Harriet, wobei Alice ja eigentlich nicht aß, sondern nur herumstocherte, weil sie auf ihr Gewicht achtete. Am Kopfende des Tisches hatte Roland gerade das Wort ergriffen, in der Hand eine mit Avocado und Tomatenstücken beladene und dann in Vergessenheit geratene Gabel. Seine Vortragsweise war immer besonnen, mit wohlüberlegten Pausen, als würde jede Äußerung zunächst überdacht und in Anführungsstriche gesetzt, ehe er sie in einem wohlgeformten Satz in die Welt entließ. Seine Schwestern verklärten seine Klugheit, jedenfalls ein bisschen, sogar Harriet. Allerdings kamen sie sich dabei auch etwas lächerlich vor. Sie sahen ihn ja noch in kurzen Hosen vor sich, die Brille mit Heftpflastern repariert.

Roland war ausgebildeter Philosoph, hatte aber neben seiner akademischen Arbeit auch einige philosophische und cineastische Bücher für die breite Masse geschrieben, die so breit gar nicht war, und inzwischen schrieb und rezensierte er für überregionale Zeitungen. Der überraschende weiße Anzug war sicher dem Einfluss seiner neuen Frau geschuldet, dachte Harriet, er verlieh ihm etwas Weltläufiges, Betuchtes. Das Fehlen jeglichen Idylls, sagte er gerade, habe dem britischen

Film schon immer seine Grenzen aufgezeigt. »Im Gegensatz zu, sagen wir, italienischen oder iranischen Filmen ist Idylle bei uns immer Pastiche. Wir können Sehnsucht nach einer Landschaft haben, aber wir können uns nicht vorstellen, in ihr zu sein.«

Bei ihr wecke das Landleben nicht die leiseste Sehnsucht, sagte Pilar. »Ich liebe Städte. Ich liebe London. Die vielen Menschen, die vielen Annehmlichkeiten.«

Ihr Akzent war nicht stark, aber dennoch bestimmend, exotisch, schillernd. »Sie ist auf einer Farm groß geworden«, erklärte Roland. »An die fünftausend Hektar Land.«

»Mit Zahlen habe ich's ja nicht«, sagte Alice. »Ist das gigantisch oder winzig klein?«

Auch Pilar war ganz in Weiß, ihr leuchtendes Kleid wie eingestanzt in die Schatten unter der Klematis. Ihre schlanken, langen Beine waren übereinandergeschlagen, ein weißer Schuh baumelte am Zeh ihres schmalen Fußes, und ihr langes, braunes Haar wurde im Nacken von einer Spange weich zusammengehalten. Als Arthur Harriet zum Tisch führte, reagierten alle erstaunt, als hätten sie ihr Fehlen gar nicht bemerkt; für Harriet war nicht gedeckt worden. Roland überkompensierte das, indem er sie küsste, was zwischen ihnen sonst nicht üblich war, und sie dann fast feierlich zu Pilar geleitete. Harriet streckte, weiteren Umarmungen vorbeugend, eine Hand auf Armeslänge aus, und Pilar wand sich aus ihrem Stuhl und stand auf, um sie zu schütteln. Sie war sehr attraktiv und größer als alle in der Familie, tatsächlich schien sie aus einem vollkommen anderen Stoff gemacht, schnörkelloser, geschliffener und auf ein paar schlichte, prägnante Merkmale reduziert – die dunklen Striche ihrer Augenbrauen, die lange, gerade Nase, der markante Kiefer. Einen Moment lang fühlte sich Harriet vom kräftigen Duft des Parfüms durchflutet, das die andere Frau trug; noch Stunden danach konnte sie es an ihren Fingern riechen.

Pilars ungewohnte Präsenz beeinflusste sie alle und hatte zur Folge, dass die Tischgespräche falsch klangen, als würden sie ihr Familienleben unter Pilars prüfendem Blick in Szene setzen. Alice und Fran waren laut, taten sich wichtig; Fran übertrieb das Drama von Jeffs Versäumnis, seinem Egoismus. Ivy stieß ihr Glas um, Arthur fischte den Käse aus seinem Sandwich und ließ dann die Rinde liegen, und als Kasim auftauchte, wollte der sich nicht setzen, sondern behauptete, er habe keinen Hunger, um sich dann dicke Scheiben Brot abzuschneiden, die er hinten im Garten auf der Wiese vertilgte. Pilar trug nicht viel zum Gespräch bei, ihre Äußerungen waren so kurz und eindringlich wie ihre konzentrierten, klaren Blicke, als wollte sie Diskussionen abschließen und nicht eröffnen. Vielleicht nur ein kultureller Unterschied, dachten die Schwestern großmütig. Vielleicht war das Zögerliche schwierig auf Spanisch. Als sie nach der Situation in Argentinien fragten, erwiderte Pilar, sie hasse Politik. »Dort drüben ist alles Politik. Deshalb hatte ich nur den einen Wunsch: wegzukommen.«

»Sie lässt mich ihre Familie nicht kennenlernen«, sagte Roland.

»Du wirst sie kennenlernen«, versprach Pilar. »Ganz bestimmt. Lass mir einfach ein bisschen Zeit.«

»Als sie vierzehn war, musste sie sich mit einer Reitpeitsche gegen ihren Cousin zur Wehr setzen.«

»Er war nur ein bisschen übererregt.«

Die Jungverheirateten befanden sich in dem Stadium ihrer Beziehung, in dem jeder Austausch etwas Vertrauliches hatte, dessen Süße den Beobachter rasch übersättigen konnte. Über den Tisch hinweg wechselten Alice und Fran einen Blick. »Das Problem ist, dass du sie lieben wirst«, sagte Pilar. »Und sie werden dich lieben. Sie werden ein Tier schlachten, um es für dich am offenen Feuer zu braten, werden mit dir ausreiten, unter den Sternen schlafen und so weiter. Aber du weißt nicht, wie es dort ist, du kannst es gar nicht wissen. Es ist verrückt dort.«

»Philosophen lieben verrückte Orte«, sagte Alice. »Davon bestreiten sie schließlich ihren Lebensunterhalt. Und Roland hat sowieso diesen Lateinamerika-Fimmel, es reizt ihn, weil er so zugeknöpft ist, mein Bruder ist ein richtiger Puritaner. Darum schreibt er darüber.«

Doch Pilar hatte ganz offensichtlich nicht vor, mit Rolands Schwestern seinen Charakter zu erörtern. Wirklich mitteilsam wurde sie erst, als sie die äußerst effektive Umstrukturierung schilderte, die sie seit ihrem Eintritt in die Kanzlei betrieben hatte, inklusive der Trennung von einigen Mitarbeitern. »Ich habe nichts dagegen, hart zu arbeiten«, sagte sie, »aber Ineffizienz ertrage ich nicht.« Als Harriet fragte, in welchem juristischen Bereich sie tätig sei, und Pilar *Handelsvertragsrecht* antwortete, folgte ein unbehagliches Schweigen, nicht ablehnend – auf welcher Grundlage? –, ihnen fiel einfach nichts ein, und sie brachten es nicht über sich,

Das ist bestimmt interessant zu sagen. Roland, der mit unerschütterlicher Heiterkeit weiter Käse aufschnitt, verweigerte ihnen jede Hilfe. Handelsvertragsrecht, schien er zu sagen, ist ein Gesprächsstoff wie jeder andere.

Kasim kündigte an, einen Spaziergang zu machen. Tranig von zu viel Schlaf war er noch nicht bereit, Alice' Bruder gegenüberzutreten, und er wollte auch nicht, dass dieses Mädchen glaubte, er würde sich ihretwegen im Garten herumdrücken. Er und Molly hatten noch kein Wort miteinander gewechselt. Blitzschnell nahm Ivy neben ihrer Mutter die Haltung einer Bittstellerin ein, die gefalteten Hände wie zum Gebet erhoben.

»Können wir mitgehen? Bitte, bitte, Mummy! Wir können ihm den Weg zum Wasserfall zeigen. Er kann auf uns aufpassen.«

Der Form halber zierte sich Fran erst ein bisschen – sie dürften aber keinesfalls auf Bäume klettern, und Arthur solle sich von steilen Hängen fernhalten –, obwohl sie, wie Kasim dachte, doch sicher erleichtert war, die Kinder für ein paar Stunden loszuwerden. Dann musste er mit allerlei Utensilien ausgerüstet werden, die die Kinder vielleicht brauchen würden: Wasserflaschen, Feuchttücher, Kekse, Äpfel, Pflaster, Wundsalbe. Die Kinder mussten pinkeln; mussten die Schuhe wechseln. Schließlich gingen sie los, die Straße entlang, in entgegengesetzter Richtung zu der, aus der Alice und er am Vortag im Taxi hergekommen waren. Er machte ausholende Schritte und ein mürrisches Gesicht, in der Hoffnung, die Kinder abzuhängen. Doch sie waren unermüdlich, in einem fort schwatzend rannten sie wie junge Hunde auf und ab. Ivy sah befremdlich aus mit ihrer paillettenbesetzten Weste und dem unterm Kinn geknoteten Kopftuch, wie ein altes Weib im Kleinformat.

Kurz hinter der kleinen Häusergruppe war die Straße für Autos praktisch nicht mehr befahrbar; Gras brachte den Asphalt zum Platzen, und von den uralten Eichen, die zu beiden Seiten aus den Böschungen emporragten, waren Äste heruntergefallen, die die Fahrbahn blockierten. Ivy führte sie über einen Zauntritt, dann ein steiles Feld hoch bis zu einem Baum, der am oberen Ende stand. Dort wanderten sie links die Hecke entlang über weitere Felder, um schließlich durch ein Gatter in den Wald hinabzusteigen. Gelbe Wegweiser waren auf Pfähle und Bäume gepinselt. Sie konnten sich nicht verlaufen, alles in dieser Landschaft war kontrolliert und bekannt, nichts gefährlich.

Der Wald gehörte ihnen, nur in der Ferne am gegenüberliegenden Hügel quälte sich ein Bauer mit seinem Traktor übers Feld, ein Geräusch wie das anhaltende Summen eines Insekts. Was tat er? Pflügen? Aber wurde nicht im Frühjahr gepflügt? Im Wald taute Kasim auf, als hätte er sich nun weit genug von der Welt entfernt, in der er auf seine Würde achten musste, und er begann, mit den Kindern zu spielen. Als der Pfad durch eine Anpflanzung von Nadelbäumen führte, hob er Tannenzapfen auf, um Ivy damit zu bewerfen. Erst war sie sprachlos, doch bald warfen beide Kinder zurück und hatten kreischend ihren Spaß: beim Rennen die dumpfen Schläge ihrer Füße, in der Brust die kitzelnde, atemraubende Angst, Teil einer uralten, aufgestauten Gewalt, die sich im Rausch des Wurfs entlud. Ivy nannte Arthur einen Spielverderber, als er heulte, weil Kasim ihn zu fest getroffen hatte. Darauf nahm Kasim ihn für eine Weile auf seine Schultern.

Sie erreichten das verfallene Cottage, das sich vor dem Ende eines Tals in einer scharfen Wegbiegung an den Hang klammerte, wo es zwischen Bäumen steil zum Fluss hinunterging. Nach dem schattigen Wald war die Lichtung davor ein heller, überschaubarer, sicherer Ort; die Baumwipfel bewegten sich leicht, und unten gluckerte das Wasser in einer Felsspalte. Der Aussicht wegen befanden sich alle Fenster des Cottages auf der anderen Seite; hier auf ihrer Seite war das Vordach über der Eingangstür schon fast im Begriff einzustürzen. Das Dach war mit den gleichen, dick bemoosten Schindeln gedeckt wie das Dach in Kington, und aus einer Wand des Cottages ragte ein Brotofen aus grauen Steinen, die auf geheimnisvolle Weise zu einem Halbrund zusammengefügt waren. Gegenüber der Eingangstür gab es eine grasbewachsene Böschung mit wunderschönen Wildblumen.

»Ist das der Wasserfall?«, fragte Kasim und setzte Arthur ab.

»Oh, das ist noch *viel* weiter.«

Kasim ließ sich auf die Böschung fallen, lehnte sich in die Blumen zurück, schloss die Augen. »Ach, wen kümmert überhaupt der Wasserfall? Das hier reicht vollkommen.«

Ivy war geknickt. Nachdem sie ihnen so gut den Weg gewiesen hatte! Der verheißungsvolle Wasserfall mit seinem glasklaren Becken, in dem sie sich einmal böse den Fuß aufgerissen hatte, war doch ihr Trumpf gewesen. Kasims Schlaf oder vorgetäuschter Schlaf entzog ihnen den Begleiter so abrupt, als hätte sich eine Wolke vor die Sonne geschoben, was ja nicht der Fall war, der Himmel war strahlend blau.

»Sollen wir dann das Cottage erkunden?«, fragte sie.

Kasim grunzte zustimmend, ohne auch nur einen Blick darauf zu werfen.

Das Vorhängeschloss hielt zwar, war aber längst nicht mehr am Türrahmen befestigt, und die Tür stand einen winzigen Spalt offen; als die Kinder dagegendrückten, ging sie so weit auf, dass sie sich durchzwängen konnten. Drinnen bemerkten sie sofort den scheußlichen Gestank, kein unschuldiger Geruch nach fauligen Blättern und Mineralien wie draußen, sondern nach etwas heimlich Eingeschlossenem, das in aller Stille reifen konnte. Unten gab es nur einen Raum, der früher Küche und Wohnzimmer in einem gewesen sein musste; die Einbauschränke zu beiden Seiten des Kaminvorsprungs waren ursprünglich cremefarben lackiert, und eine gekachelte Feuerstelle aus den 1930ern, auf deren Rost sich durch den Kamin gefallenes Laub und Federn türmten, zeigte noch Spuren von roter Politur. Das Zimmer war leer, nur ein billiger Küchenstuhl aus Holz lag theatralisch umgekippt auf dem Dielenboden, als sollten sie glauben, jemand wäre übereilt aufgebrochen, obwohl das Haus doch eindeutig schon seit Langem verlassen war. Alle Oberflächen hatten ihren Glanz verloren und begonnen, zu einem einheitlichen, erdigen

Graubraun abzustumpfen, als wäre das alles gar nicht von Menschenhand gemacht.

Ivy fand sich zunächst damit ab, dass dieses Haus keine Treppe hatte; ins Bett mussten seine Bewohner auf wundersame Weise durch die oberen Fenster gegangen sein. Dann entdeckte Arthur hinter einer kleinen Tür Stufen; er tastete nach Ivys Hand, als sie voranging. Oben in den beiden winzigen Schlafzimmern war der Geruch schlimmer. Im ersten Zimmer mochte die Tapete einmal rosa gewesen sein: Obstkörbe, an schrägen Rosengirlanden aufgehängt. Auch dieses Zimmer war leer bis auf einen gammeligen Haufen Zeitschriften in einer Ecke gegenüber dem Fenster. Die Papierseiten glänzten nicht mehr, und einige Magazine waren aufgeschlagen, als wäre jemand beim Blättern gestört worden. In wilder Hast überflog Ivy missbilligend die Seiten, auf denen nichts als aufgedunsene Brüste, dicke Brustwarzen und nackte, fleischige, gespreizte Schenkel aus allen Perspektiven zu sehen waren. Die schlaffe, weiche Konsistenz dieser Seiten war abstoßend; einige klebten so feucht aneinander, dass sie sich fast schon auflösten.

»Komm«, sagte Arthur desinteressiert und zog an ihrer Hand.

Die Tür zum letzten Zimmer war geschlossen, und es war halbdunkel darin, weil die Fetzen einer zurückgelassenen Gardine vors Fenster gezogen waren. Ein paar träge umherschweifende Fliegen schwirrten gegen die Scheiben. Als sich die Augen der Kinder angepasst hatten, machten sie auf dem Boden eine große, dunkle Schweinerei aus, etwas Schmieriges, Verschrumpeltes, von dem der ganze Gestank ausging. Arthur erkannte es als Erster.

»Das ist Mitzi«, sagte er.

Mitzi war der Irische Rote Setter von Kington, ein mit großen, schlaksigen Sätzen umherspringendes Tier, das den Pattens gehörte, den Besitzern der ausgebauten Scheune gegenüber der Kirche. Die Kinder hatten Mitzi noch nicht vermisst, denn sie war nicht immer da, wenn Ivy und Arthur nach Kington kamen; die Scheune war ein Ferienhaus wie ihres. Ivy sah, dass Arthur recht hatte; stellenweise klebten steife Kringel von Mitzis rostbraunem Fell an dem ledrigen Ding, und es hatte ungefähr Mitzis Konturen. Weiße Knochenstifte ragten aneinandergereiht aus dem flachen, sackartig in sich zusammengefallenen Gebilde.

»Sei doch nicht blöd«, sagte sie spöttisch. »Wie soll das Mitzi sein? Denkst du, irgendjemand würde sie einfach hierlassen?«

»Aber das ist Mitzi, guck doch!«

Tatsächlich war auch eins ihrer samtenen Schlappohren zu erkennen, das vollständiger erhalten war als der Rest. Arthur trat näher, ging mit auf die Knie gestützten Händen halb in die Hocke und begutachtete die Hündin forensisch, wenn auch naserümpfend wegen des Gestanks. »Warum ist die so?«

Ivy begann laut zu lachen und Blödsinn vor sich hin zu trällern. »La, la, la, ich weiß nicht, wovon du redest«, sang sie. »Das ist nicht Mitzi, Arthur ist ein dummer Scheißer, la, la, la.«

Weil Arthur neben ihr vor diesem Ding stand, war ihr heiß geworden: Wäre Ivy allein gewesen, hätte sie hemmungsloser hinstarren können, ohne irgendetwas vertuschen zu müssen. Insofern war ihr Verhalten ein Ablenkungsmanöver, um ihn als ältere Schwester vor der Wahrheit zu bewahren. In Ivys Verwirrung begannen Mitzi und die derben Bilder miteinander zu verschmelzen: Ohne es zu merken, begann sie zu glauben, dass auch die Frauen auf den Bildern tot waren. »Lass uns wieder rausgehen«, sagte sie. »Das ist nur irgendeine stinkende Sauerei.«

»Ja, das stinkt.«

Arthur hatte im Angesicht des Grauens Ruhe bewahrt, gleichwohl blickte er sich noch ein- oder zweimal um, als sie schon die enge Treppe hinunterhasteten; hektisch zwängten sie sich gleichzeitig durch die kleine Tür.

»Untersteh dich, Kasim davon zu erzählen. Der wäre nur sauer.«

Arthur nickte gehorsam, er vertraute ihr.

Als sie durch den Türspalt ins Freie schlüpften und Ivy das Vorhängeschloss wieder in seine ursprüngliche Position gebracht hatte, hob Kasim blinzelnd den Kopf aus den Blumen; er war tatsächlich eingeschlafen. Es folgte ein für Ivy und Arthur irritierender Moment, in dem sich die gewohnte Rollenverteilung zwischen Kindern und Erwachsenen umzukehren schien, weil sie gesehen hatten, was er nicht gesehen hatte: Sein Platz war draußen in der unschuldigen Sonne. Zu spät fiel Kasim ein, dass er sie vielleicht nicht hätte gehen lassen dürfen, ohne sich zu vergewissern, dass das Cottage sicher war. Aber da waren sie schon wieder, wohlbehalten, insofern war es egal. Gähnend verkündete er, dass er einen

Mordshunger habe. Ivy packte ihr Picknick aus, legte Kekse, Äpfel und Chips zurecht.

»Wir sollen dafür sorgen, dass Arthur einen Apfel isst«, sagte sie streng.

»Wie ist das Cottage denn so von innen?«

Sie blieb lässig. »Leer.«

Arthur beobachtete genau, was seine Schwester tat; seine blauen Augen wirkten groß in seinem schmalen, feinen Gesicht, und er sah aus, als würde er sich irgendwie zusammenreißen. Ivy musste sich in Erinnerung rufen, dass er immer so aussah, selbst wenn er nur ans Abendessen dachte oder an Geld – für sein Alter war er erstaunlich geldgierig. Wie üblich nahm er immer dann einen Keks aus der Packung, wenn Ivy es tat, biss hinein, wenn sie es tat, und trank nach ihr aus der gemeinsamen Wasserflasche, wobei er wie immer nicht ordentlich zu Ende gekaut hatte und sie sich, als er fertig war, über die Krümel beschwerte, die im Wasser herumschwammen. Während Ivy übertrieben fröhlich daherschwatzte, spürte sie das Gewicht der Verantwortung für das, was sie gesehen hatten. Es hatte alles verändert, dachte sie. Nie mehr könnten sie es *nicht* gesehen haben. Es war wie ein dunkler, schmutziger Fleck in einem Winkel ihrer Vorstellungskraft. Wenn sie geradeaus schaute, konnte sie ihn ganz gut ignorieren, doch sobald sie sich zu schnell umdrehte oder ihre Vorsicht vergaß, holte die schmutzige Entdeckung sie wieder ein.

Während sich Roland und Pilar ein bisschen im Dorf umsahen, hatte es sich Alice oben im Flur auf der Fensterbank bequem gemacht, um zu lesen. Eher zufällig hatte sie sich in ihrem Zimmer ein Buch über ein Puppenhaus aus dem Regal genommen, von dem sie wusste, wie sehr sie es als Kind geliebt hatte, ohne jedoch damit zu rechnen, dass es nun so starke Gefühle auslösen würde. Gelegentlich blickte sie von den Seiten auf und sah sich um, als wüsste sie nicht mehr genau, wo sie eigentlich war. Doch sie war in Kington, dem geliebten Schauplatz ihrer Vergangenheit, und so brachte auch ein Blick durch die alten Glasscheiben des Rundbogenfensters auf das gelbliche, spröde Gras und die Erlen am Bach keinen Abstand. Nicht nur die mit dem Buch verbundenen Erinnerungen an andere Lektüren gingen ihr nahe, auch seine Geschichte zapfte tiefe Gefühlsspeicher an. Die Stimme der Autorin war klar, wahrhaftig und unsentimental: Eine der Puppen aus dem Puppenhaus verkohlte bei einem Brand und starb. In seiner Einfachheit schien das Buch Alice einen heilsamen Blick auf die Dinge zu eröffnen, den sie vor langer Zeit verloren oder vergessen und nicht mehr wiederzufinden gehofft hatte.

Verschwommen nahm sie wahr, dass Molly in ihrem Zimmer Gitarre spielte, immer wieder dieselbe melancholische Melodie, traurig und tastend, die stets an derselben Stelle abbrach. Schließlich kam die Musik ganz ins Stocken. Neben der Fensterbank stand Molly und blickte erschrocken auf sie herab.

»Alles in Ordnung, Tante Alice?«

Hinter Tränen lächelte Alice zu ihr hoch. »Ich lese etwas, das ich früher als Kind gelesen habe. Diese Geschichte macht mich wahnsinnig glücklich. Sie hat so viel in mir wachgerufen.«

»Oh«, sagte Molly hilflos. »Tut mir leid.«

»Das braucht dir nicht leidzutun, es geht mir gut.«

Die maßlose Ergriffenheit ihrer Tante war Molly peinlich. Mit schlechtem Gewissen erzählte sie Harriet später, dass Alice alte Bücher gelesen und darüber die Fassung verloren habe. Alice verliere leicht die Fassung, erwiderte Harriet nur. Typisch Alice, schimpfte sie innerlich, aus ihren Gefühlen so eine Show zu machen und die Kinder damit zu verwirren.

Ivy machte eine Szene, als sie nach Hause kamen: Sie kündigte an, dass sie das Risotto, das Alice gerade kochte, nicht essen würde. Als Fran ihr sagte, dass sie dann ohne Essen ins Bett gehen müsse, warf sie sich im Garten, von heftigen Schluchzern geschüttelt, auf die Wiese.

»Sie muss lernen zu essen, was auf den Tisch kommt.«

Das wiederum konnte Alice nicht ertragen und schlug vor, ihr stattdessen einen Käsetoast zu machen. Ivy und Arthur spielten dann vor dem Abendessen noch am Bach, der hinten durch den Garten floss, und bauten den Damm, den sie in Kington immer bauten oder zu bauen versuchten. In der Küche klapperten Besteck und Porzellan, Topfdeckel schepperten, und nach jedem Rühren schlug Alice mit dem Holzlöffel auf den Topfrand. Die Sonne stand tief, der Bach lag schon fast im Schatten. Die Füße und Waden nackt in ihren klammen Gummistiefeln platschten die beiden Kinder unter Führung von Ivy, die die Befehle gab, im Gleichschritt durchs Wasser und beobachteten zufrieden, wie es sich an ihren Stiefeln hochdrückte. Sie folgten dem Traumbild einer stillen Lagune, während sich der strudelnde Bach über den steinigen Grund seinen Weg durch die Mulden bahnte, die ihre Stiefel hinterließen. Ivy erteilte mit eindringlicher, verantwortungsbewusster Stimme ihre Anweisungen. Als die Kinder in einem anderen, denkwürdigen Sommer einmal an diesem Ufer gesessen hatten, waren plötzlich Kühe aufgetaucht, aus der Nähe wahre Giganten, und vor ihren Augen durch das Flussbett gestapft, hatten Schlamm aufgewühlt und für gewaltigen Aufruhr gesorgt, Kühe, die sich einfach einmal ihrem Alltag auf den Feldern entzogen hatten.

»Es war Mitzi.« Arthur war stehen geblieben, in jeder Hand einen Stein.

»Denkst du immer noch an dieses alte Ding«, sagte Ivy verächtlich.

»Aber das war sie.«

»Ist mir egal. Na und?«

Unter Aufbietung ihrer ganzen Willenskraft zuckte Ivy gleichgültig mit ihren mageren Schultern. Um sie herum war der pralle Sommerabend, real und verlässlich wie ein Argument gegen das Grauen, dieser Abend mit seinen letzten gelben Sonnenflecken, in denen sich schon die ersten Mückenschwärme sammelten.

Als Fran nach dem Essen die Kinder ins Bett gebracht hatte und Molly und Harriet fast mit dem Abwasch fertig waren, ging Alice oben ins Bad, um anschließend in das Zimmer ihres Bruders zu schleichen. Sie hatte einen mit Wasser gefüllten Zahnputzbecher bei sich, als wollte sie die Vasen nachfüllen. Roland, Pilar und Kasim saßen bei Kaffee und Brandy unten auf der

Terrasse; ihre Stimmen drangen durch die hochgeschobenen Fenster. Kasim hatte endlich begonnen, sich zu öffnen; vielleicht ein bisschen zu sehr. Er schien sich damit zu brüsten, wie langweilig er seine Unidozenten finde und wie dumm die meisten doch seien.

Alice entdeckte ihre Blumen auf einem Fensterbrett, gleichgültig zur Seite gestellt, aus dem Weg geräumt für die Kosmetikartikel und Fläschchen und das ganze Zeug, das dicht gedrängt auf der Frisierkommode stand: nicht nur Pilars teure Schminksachen und Parfüms, sondern auch Eau de Cologne und Feuchtigkeitscreme für Roland.

Später würde sie mit dieser Entdeckung Fran überraschen, die sich nach einem kurzen, schwierigen Telefonat mit Jeff im Flur, wo alle dem Gespräch lauschen konnten, auf dem trostlosen kleinen Fernseher im Arbeitszimmer irgendeinen Krimi ansah. Wer hätte gedacht, dass ihr Bruder eines Tages Feuchtigkeitscreme und Acqua di Parma benutzen würde? Alice schwankte zwischen liebevollem Respekt und prustendem Spott. Beim Abendessen hatte es einen kleinen Aufruhr gegeben, als er sich die weiße Hose bekleckerte; Pilar hatte sich neben ihn gehockt und furchtbar emsig und gewissenhaft an dem Fleck herumgewischt.

Sie sah sich in dem dämmerigen Schlafzimmer um, wobei ihr das Licht half, das aus dem Flur einfiel. Auf dem Boden standen offene, durchwühlte Koffer. Pilars Kleider und eine Bluse – klare Formen, kräftige Farben, Schwarz, Weiß, Rot – hingen wie Geister auf Bügeln an der geschnitzten Zierleiste des riesigen alten Kleiderschranks ihrer Großmutter. Als Alice bewundernd die rote Chiffonbluse berührte, sah sie sich vor dem ovalen, fleckigen Schranktürspiegel stehen und entdeckte etwas Altmodisches, Verstaubtes in ihrer eigenen Erscheinung, das sie stutzen ließ. Sie trug wieder ihren Bolero. Hatte sie bei der Pflege ihres Stils etwas übersehen, war etwas ihrer Wachsamkeit entgangen? Wobei ein Zuviel an Wachsamkeit, wenn man älter wurde, verheerende Folgen haben konnte. Eine Holzdiele knarrte, und sie hörte Ivys gedämpften Ruf. Schnell ging Alice durch Harriets Zimmer hinaus und steckte den Kopf ins Kinderzimmer. »Schlaf jetzt«, sagte sie.

»Ich kann nicht!« Ivy war bedrückt, ihre Augen glänzten im Halbdunkel. Sie lag auf dem Rücken in ihrem Bett wie ein kleines Mädchen aus einem Märchen, mit spitz nach oben zeigender Nase, die geflochtenen Zöpfe neben sich aufs Kissen gebettet.

»Kannst du wohl. Mach die Augen zu und denk an etwas Schönes.«

»Was denn?«

Alice suchte nach einer Idee. »Eiscreme? Katzenbabys? Zauberschuhe, die dich in ein Abenteuer entführen?«

Sie begann, Ivy die Geschichte von den Puppen im Puppenhaus zu erzählen, doch Ivy seufzte nur, wälzte sich auf die Seite und wandte Alice den Rücken zu. Ihre Augen starrten weiter ins Leere, und sie ertrug ihre Verzweiflung mit würdevollem Ernst, unzugänglich für kindische Trostversuche.

Als Harriet später ihr Zimmer betrat, drückte sie die Tür hinter sich zu und verharrte in der Dunkelheit, erleichtert, wieder einen Raum für sich zu haben, während sie spürte, wie die Anstrengung des Beisammenseins langsam verflog. Fast im selben Moment bemerkte sie, dass an der gegenüberliegenden Wand die Tür zum Zimmer ihres Bruders offen stand, obwohl Harriet vorhin darauf geachtet hatte, sie zu schließen. Auch nebenan brannte kein Licht, doch sie hörte, dass Roland und Pilar im Zimmer umhergingen; sie waren hochgekommen, um weiter auszupacken. Unangenehm berührt durch dieses Versehen zog Harriet ihre Schuhe aus und schlich durch den Raum, um die Tür wieder zu schließen. Der volle Mond war aufgegangen und schien durch die rückseitigen Fenster ins Haus; durch den Türspalt ergoss sich sein blaues Licht bis in Harriets Zimmer. Bestimmt waren ihr Bruder und seine Frau in Mondlicht gebadet.

Sie streckte die Hand aus, um die Tür, die nur ein paar Zentimeter weit geöffnet war, zuzuziehen. Durch den Spalt erregte eine Bewegung, die Harriet zunächst nicht deuten konnte, ihre Aufmerksamkeit: In den Umrissen des schweren Kleiderschranks ihrer Großmutter schien sich das Mondlicht zu schlängeln und zu winden, und Pilars aufgehängte Kleider wiegten sich dazu wie bleiche Silhouetten im Takt. Was es auch war, Harriet begriff erst nach einer Weile, dass sie es im Spiegel des Schranks reflektiert sah: ein Knäuel aus Schatten und Licht, das in einer Weise mit sich beschäftigt war, die nicht zielstrebiger, drängender hätte sein können. Es wirkte fast wie Arbeit und nicht wie ein Spiel. Harriet hatte schon zu lange hingeschaut, sich zu tief hineinziehen lassen, als sie sich endlich eingestand, was sie dort sah: Die Jungvermählten liebten sich. Zu diesem

Zeitpunkt war es bereits zu spät. Die Stirn ans Holz des Türrahmens gelehnt berührte sie ihre Brust, außerstande, den Blick jetzt noch abzuwenden.

Dann schob sich eine Wolke vor den Mond, das Licht erlosch, und sie trat von der Tür zurück, zu entsetzt, um sie zu schließen, zumal die beiden sie vielleicht gehört und gewusst hätten, dass auch Harriet sie gehört hatte. Die gedämpften Geräusche des Liebesspiels quälten sie; in den Momenten danach (einkehrende Ruhe, befriedigtes Brummen, ein leises Lachen) fühlte sie sich wie ausgehöhlt und gedemütigt. Kerzengerade stand sie da, allein in dem stillen Zimmer, kam sich vor wie eine wurmstichige, ausgezehrte, mittelalterliche Holzfigur, und mit einem Mal brachen ungeheuerliche Sehnsüchte über sie herein. Wo in ihrem Inneren waren diese Gefühle eingesperrt gewesen? Schlagartig begriff Harriet, dass das, was sie mit Christopher und anderen erlebt hatte, nicht das Wahre, Eigentliche gewesen war, sondern trockene Leibesübungen. Sie schlich durch Alice' Zimmer zur Toilette, schloss sich ein, und als sie zurückkam, trat sie laut in ihr Schlafzimmer, schaltete das Licht an, ging zielstrebig zur anderen Tür und schloss sie resolut. Unter den T-Shirts in der Kommode zog sie ihr Tagebuch hervor und setzte sich damit auf die Bettkante, wie sie es immer tat; sie schrieb das Datum, dann zögerte sie, den Kugelschreiber über dem Blatt. Kurz darauf begann sie zu schreiben.

Im Feld oberhalb von Bardon Huish habe ich etwas entdeckt, das ich noch nie gesehen habe: einen Wasserfall, in einer Spalte im Boden versteckt und von dich-

ten Brombeersträuchern überwuchert. Die Beeren waren noch sehr grün und hart. Dieser kleine Wasserfall, der sich von einer Miniaturklippe stürzt, beschreibt eine perfekte Kurve, klar wie Glas, nur eben nicht starr, sondern in ständiger Bewegung. Ich habe ihn mit der Hand durchbrochen und seine von mir vollkommen unbeeindruckte Kraft gespürt. Habe mich selbst mit dem Wasser berührt, als wollte ich mich segnen, obwohl ich natürlich wusste, dass es womöglich giftig war.

3

Am nächsten Morgen trieb sich Kasim im Garten herum und wartete darauf, dass Molly nach unten kam. Mit seinem Feuerzeug setzte er Büschel von geschnittenem, getrocknetem Gras in Brand, um Ivy zu piesacken, die in seiner Nähe auf der Hut lag und pflichtbewusst mit einer Mischung aus Verzweiflung und Begeisterung hin und her rannte, um die kleinen Feuersbrünste rasch wieder auszutrampeln. Er wusste, dass Molly auf war, weil er vor Stunden an ihrer Tür gelauscht und gehört hatte, dass sie im Zimmer umherging. Noch immer hatten sie kein Wort miteinander gewechselt. In der Absicht, sie abzufangen, hatte er sich eine Zeit lang mit seinem gestreiften Sitzkissen auf der Fensterbank gefläzt, als läse er dort das Buch, das er in Alice' Zimmer aus dem Regal genommen hatte, doch dann begann es ihm hinter der Scheibe in der Sonne zu stickig und heiß zu werden. Arthur war schnaufend die Treppe hochgekommen, stirnrunzelnd auf irgendein Kleinkinderanliegen fixiert: Ohne Kasim zu bemerken, hatte er an Mollys Tür geklopft, war hereingelassen und vom Zimmer verschluckt worden. Dann hörte Kasim leises Gitarrengeklimper, erst von Molly, die nicht gerade virtuos war, dann von Arthur, der überhaupt nicht spielen konnte. Kasim gab es auf und ging mit dem Buch nach unten.

Was machte die eigentlich da oben, verfickt noch mal?

»Die macht sich zurecht«, erklärte Ivy.

»Zurecht, wofür?«

Als Molly schließlich auftauchte und mit einem Müslischüsselchen und dem treu ergebenen Arthur im Schlepptau auf die Terrasse trat, zeigte sie keinerlei Anzeichen einer mit Aufwand betriebenen Vorbereitung. Die Jeans und das bauchfreie T-Shirt hätte sie sich in zwei Minuten überziehen können, bis auf einen schlichten Armreif aus Silber trug sie keinerlei Schmuck, und Kasim konnte nicht feststellen, dass sie geschminkt war; nicht einmal Ohrlöcher hatte sie. Ihr hübsches, klares Gesicht mit der hohen Stirn, den breiten, schrägen Augen und dem großen Mund hatte etwas Nacktes; kein Wunder, dass sie es ständig hinter dem glänzenden Vorhang ihrer braunen Haare verbarg, die genauso rötlich schimmerten wie ihre Wimpern. Ihre Nase war mit einigen wenigen rostbraunen Sommersprossen besprenkelt. Auf der Stufe sitzend, eine scharfe Falte in ihrem flachen Bauch aß sie langsam und etwas befangen ihr Müsli, während Ivy sie ausfragte. Mit vollem Mund lächelnd antwortete Molly mit Nicken oder Kopfschütteln. Fand sie ihre Schule gut? Nein. Was war ihr Lieblingsfach? Schulterzucken. Hatte sie einen Freund? Nein: Erröten. Was wollte sie machen, wenn sie groß war? Schulterzucken. Mochte sie Blumen? Ja, und schon leuchtete unter Mollys Kinn eine gelbe Butterblume.

Kasim wusste, dass Molly wusste, dass er sie beobachtete, und er wusste auch, dass sie seinetwegen schauspielerte; die Kinder waren ein willkommener Nebenschauplatz, während er und sie sich taxierten. Mollys unerschütterliche Ruhe war so geheimnisvoll wie ein stiller Binnensee, und er hatte noch nicht entschieden, ob sie besonders tiefgründig war oder besonders seicht. Als sie schließlich das iPhone aus der Tasche ihrer Jeans zog, schlug seine große Stunde. Er sah Ivy zu einer Erklärung ansetzen und kam ihr rasch zuvor, stirnrunzelnd und schroff. »In welchem Netz bist du? Hier gibt's keinen Empfang.«

»Oh!« Ivy war erbost. »*Ich* wollte ihr das sagen!«

»Bin ich schon dran gewöhnt«, sagte Molly. »Ich komme ja seit Jahren hierhin. Ich dachte einfach, ich versuch's mal.«

»Aber es geht, ich zeig's dir. Wir müssen zu dem Gatter oben am Ende des Feldes gehen. Wenn du dich draufsetzt, ist der Empfang vielleicht okay.«

»Ohne Handy fühle ich mich richtig abgeschnitten«, gestand sie.

»Mir ist es zu lästig, meins zu checken. Ist doch egal«, sagte er von oben herab.

Beinahe hätte Ivy protestiert – er hatte es wohl gecheckt! –, doch dann hielt sie trotz seiner Flunkerei ihren kleinen Mund. Die vier marschierten das Feld hoch. Oben erinnerte Kasim die Kinder daran, hinter der Linie zu bleiben, und erstaunlicherweise gehorchten sie abermals, als wäre Kasims Anweisung ein Gesetz fürs Leben. Ans Gatter gelehnt gab er vor, die sonnengetränkte Aussicht zu genießen, die bläulich schattigen Wälder, die reglosen Reihen von goldenem Getreide und die Vögel, die in der blassblauen Luft schwebten und von oben die Erde inspizierten. Derweil war Molly in ihr Handy vertieft, ihre nackte, braune Taille auf Augenhöhe neben ihm; sie jubelte, wenn sie Empfang hatte, und brummte verärgert, wenn sie ihn wieder verlor. Verstohlen blickte Kasim nach oben in ihr Gesicht; so lebhaft wie jetzt, während sie las und schrieb, hatte er es noch nicht gesehen. Als sie mit ihren Nachrichten fertig war, ging sie auf Facebook und traf mit versiert scrollenden Fingern geheimnisvoll lächelnd ihre Absprachen mit einer unsichtbaren Schar verwandter Seelen.

»Kommt, wir machen einen Spaziergang«, sagte Kasim entschlossen. »Hast du Lust, einen Spaziergang zu machen, Molly?«

Er rechnete sich aus, dass die Kinder sie begleiten würden, wenigstens auf diesem ersten Ausflug. Sie waren ihm Vorwand und Deckmantel zugleich. Begeistert schlug Ivy vor, sie könnten doch zur buddhistischen Einsiedelei gehen. »Da laufen Leute rum und meditieren, und die reden nicht mit dir, nicht einmal, wenn du sie was fragst.«

»Nein, lasst uns zum Wasserfall gehen. Und dieses Mal will ich ihn wirklich sehen.«

Ivy wandte ihm, ohne dass er es wahrgenommen hätte, ein Gesicht zu, das vor Ablehnung dunkel verhangen war. Doch sie nahm stoisch hin, dass sie, weil sie nur ein Kind war, nicht zu bestimmen, sondern sich auf das einzustellen hatte, was andere entschieden. Im Übrigen hatte sie durchaus Lust, in das Zimmer im Cottage zurückzukehren, wenn auch genauso viel Angst davor.

»Gehen wir dann wieder ins Cottage?«, fragte Arthur seine Schwester unter vier Augen, als sie das Feld hinuntergingen.

»Wozu? Wir waren doch schon drin. Ist doch nur langweilig.«

Im Esszimmer schenkte Fran allen frischen Kaffee nach. Sie benutzten das gute Porzellan aus der Anrichte mit den zarten Tassen, die fast durchsichtig waren. Wenn man sie leer gegen das Licht hielt, konnte man im Boden das Bild eines Frauenkopfs mit wehendem offenen Haar erkennen – ihre Großmutter hatte ihnen dieses Wunder gezeigt, als sie klein waren. Alice, noch im Morgenrock, redete zu viel; sie hatte sich zwischen Brotkanten und Marmeladengläsern so über den Tisch gebeugt, dass ihr Dekolleté zu sehen war, und hielt eine ihrer Hetztiraden gegen das moderne Leben. Sie sagte, die Leute verlören das Gefühl für die Schönheit und Relevanz alltäglicher Dinge. Früher habe sich ein Bauer aus einem Stück Holz einen Essnapf und einen Löffel geschnitzt und beides benutzt, um die Nahrung zu essen, die er selbst angebaut hatte. »Heutzutage ist alles banal, Gegenstände haben keine Bedeutung mehr, sie sind austauschbar geworden.«

»Ich frage mich, ob der Bauer das genauso sieht«, sagte ihr Bruder.

»Wenn er Essnäpfe schnitzt, ist er besser dran, als wenn er in einer Fabrik arbeitet.«

»Na ja, das solltest du ihn vielleicht lieber selbst fragen.«

Roland ertrug die Vereinfachungen seiner Schwester nur schwer – Alice wollte schnelle Antworten, doch um dem Kern solcher Fragen auf den Grund zu gehen, bedurfte es einer lebenslangen intellektuellen Anstrengung. Es war ihm unmöglich, in saloppem Umgangston das komplexe Hinterland seiner Überzeugungen abzustecken, zumal in seine eigenen Formulierungen die Gedanken anderer eingewoben waren. »Ich bin vorsichtig im Umgang mit deinen Werturteilen«, sagte er. »Das ist *gut,* das ist *schlecht.* Möglicherweise ist der Bauer in der Fabrik besser dran, hat mehr Freizeit und ein regelmäßiges Einkommen. Auch das musst du bedenken.«

»Aber ist es denn prinzipiell dumm, den Wert anderer Lebensweisen zu erkennen und zu begreifen, was mit unserer Lebensweise nicht stimmt?«

»Woher weißt du das, was du zu wissen glaubst? Über den Wert? Diese Frage musst du dir stellen.«

»Die Zeiten sind vorbei, in denen Bauern noch Essnäpfe geschnitzt haben, Alice«, sagte Fran. »Ich glaube, diesen Geist kriegst du nicht mehr in die Flasche zurück.«

»Es geht nicht nur um die Bauern, sondern darum, dass die Menschen früher insgesamt langsamer gelebt haben, sie haben Sachen ein Leben lang behalten und darauf achtgegeben. Unser ganzes Verhältnis zu den Dingen, die uns gehören, war früher anders. Ich finde es furchtbar, dass wir heutzutage alles wegwerfen.«

In ihrem Privatleben, dachte Roland, war Alice mehr Schauspielerin, als sie es in all den Jahren, in denen sie auf der Bühne zu stehen versucht hatte, je gewesen war. Sie hatte es immer so sehr *gewollt,* Schauspielerin zu sein, doch in jeder anderen Rolle als ihrer eigenen war sie zur Überraschung aller, die sie kannten, zaghaft und wenig überzeugend gewesen. Roland kannte seine Schwester in- und auswendig. Dieses Übersprudeln, dieses Sich-in-Szene-Setzen war keine Heuchelei, nichts Vorgetäuschtes, sondern – das wusste er – echtes Bemühen, etwas Wahres weiterzugeben. Pilar fragte Alice, ob sie, da sie doch das moderne Leben nicht leiden könne, im Fall einer Operation auch keine Narkose haben wolle.

»Natürlich bin ich froh, dass wir diese modernen Errungenschaften haben – Medikamente, Abwasserkanäle, heiße Duschen, geringe Kindersterblichkeit. Klar bin ich darüber froh. Bei den vielen Behandlungsmethoden gegen Krebs, die es heute gibt, würde unsere Mutter wahrscheinlich noch leben. Aber sind nicht trotzdem manche dieser Verbesserungen falsch, manche Fortschritte falsch? Wir machen die Welt zu hässlich. Wir haben vergessen, wie man lebt.«

»Du wärest überrascht«, sagte Roland, »wie lange die Menschen das schon sagen.«

»Du bist eine unverbesserliche Romantikerin, Alice.« Harriet klang so verbittert, dass alle sie ansahen.

»Vielleicht. Aber ist die Welt denn nicht hässlich? Und sie wird immer hässlicher.«

»Du kennst die Bauern nicht«, sagte Pilar lebhaft. »Es ist einfach, sie zu idealisieren, aber ihre Lebensweise ist sehr rückständig. Wenn du sie sehen würdest, dann würdest du vielleicht deine Meinung ändern.«

Alice schwieg, während sie gewissenhaft ihre Entgeisterung über das Wort *rückständig* durchleuchtete. Was wusste sie schon über das Bauerntum in Argentinien oder sonst wo? Die Schwestern warfen Roland vorsichtige Blicke zu: Vielleicht brüskierte es ihn zu spüren, wie schlecht seine neue Frau in das eingespielte

Gefüge ihrer Familie passte. Auch fragten sie sich, wie gut die Idee der Rückständigkeit wohl an seiner Universität ankam. Doch Roland widersetzte sich ihren stummen Fragen und hielt stur mit seiner Meinung zurück, wie er es immer getan hatte, auch in Fällen, wo es sie vielleicht nicht so brennend interessiert hatte. Er wusste, dass sich Pilar nichts aus Diskussionen machte, die zu keinem praktischen Ergebnis, keiner Entscheidungsfindung führten. Ihrer Auffassung nach hatte eine oberflächliche, klar abgesteckte Verbindlichkeit den reibungslosen Ablauf gesellschaftlicher Anlässe zu garantieren.

Pilar begann, das Frühstücksgeschirr auf ein Tablett zu räumen; die von Harriet angebotene Hilfe lehnte sie ab. Sie trug eine weiße Bluse und eine Jeans, die präzise die Rundungen ihrer schmalen Hüften nachzeichnete. Zu Beginn ihres Zusammenlebens hatte sich Roland gewundert, dass Pilar jeden Tag frische Kleidung anzog, immer makellos, nie zerknittert. Dann war ihm klar geworden, dass sie jedes Wochenende alles, was sie getragen hatte, in die Reinigung brachte. Anfangs empfand er dies als verschwenderisch, doch inzwischen hielt er es genauso. Noch dazu feilschte Pilar rabiat, wenn bei Auslieferung der Kleidung der kleinste Fettfleck, die kleinste Knitterfalte zu bemängeln war. Die Leute in der Reinigung schienen sie dafür zu bewundern.

»Wir fahren in die Stadt«, sagte er nun zu Alice. »Zeitungen holen und irgendwo E-Mails abrufen. Wenn wir entscheiden, das Haus zu behalten, sollten wir uns um einen vernünftigen Internetanschluss kümmern. Das Leben wird dadurch einfacher.«

»Aber gerade das ist doch das Besondere hier«, protestierte Alice. »Dass wir von der Außenwelt abgeschnitten sind. Es ist ein Zufluchtsort.«

Kasim hatte sich im Arbeitszimmer eine Landkarte besorgt. Er zeigte der Gruppe einen anderen Weg zum Wasserfall, der unter der einstigen Bahntrasse durch einen Tunnel führte, dann durch ein mit dichtem Gebüsch bewachsenes Stück Land, wo hölzerne Feuerwachtürme an geeigneten Aussichtspunkten postiert waren. An dem verfallenen Cottage würden sie erst auf dem Rückweg vorbeikommen. Im Wald bewarfen sie sich wieder mit Tannenzapfen: Molly kreischte unbefangen, wenn sie getroffen wurde, rannte plattfüßig den Pfad entlang und schleuderte ihrerseits Tannenzapfen auf Kasim; sie und Arthur schienen sich gegen die beiden anderen verbündet zu haben. Ivy freute sich, mit Kasim ein Team zu bilden. Ihre und seine Bewegungen schienen perfekt aufeinander abgestimmt, während sie zwischen den Bäumen umherliefen, Munition sammelten, sich auf die Lauer legten.

Als sie endlich den Wasserfall erreichten, war die Enttäuschung groß. In Ivys vorfreudiger Erwartung hatte er sich wie ein kristallener Strom schäumend in das darunterliegende Becken ergossen; in Wirklichkeit war es nur ein aufgedunsener Silberstrang in einem langen Vorhang aus tiefgrünem Moos. Kein gebieterisches Tosen von herabstürzendem Wasser, nur ein verhaltenes Rieseln. Weil Ivy ihn als Höhepunkt ihres Spaziergangs angepriesen hatte, war die Schmach groß. Kasim und Molly würdigten ihn kaum eines Blickes. Molly ließ sich ins Gras sinken und schloss die Augen, als nähme sie ein Sonnenbad; Kasim setzte sich in ihre Nähe und begann, ein Buch zu lesen, das er aus der Gesäßtasche seiner Shorts zog. In Wahrheit waren auch die beiden im ersten Moment enttäuscht; unbewusst hatten sie sich etwas Grandioses ersehnt, etwas Sensationelles, Bedeutendes, das sie überwältigt hätte. Dass Kasim und Molly ihnen so abrupt keine Beachtung mehr schenkten, überraschte die Kinder, die es gewohnt waren, jederzeit die Aufmerksamkeit der Erwachsenen zu genießen, jedenfalls solange Erwachsene in ihrer Nähe waren. Wäre ihre Mutter da gewesen, hätte Ivy nun eine Szene gemacht. Wenn etwas verpuffte, das sie propagiert und herbeigesehnt hatte, war das eine Demütigung, die bei ihr bekanntermaßen die Stimmung kippen ließ. Ohne das Drama jedoch an einer Person festmachen zu können, wollte sie das Risiko nicht eingehen, es auf die Spitze zu treiben. Also holte sie lieber die alte Geschichte hervor, wie sie sich einmal im Becken unter dem Wasserfall an einer Glasscherbe den Fuß aufgerissen hatte; auf bloße Worte reduziert klang sie seltsam zusammengestutzt und so dürftig, dass niemand zuhörte.

Molly und Kasim schienen einander vollkommen vergessen zu haben; doch dann bemerkte Ivy, dass Kasim, während er stirnrunzelnd in sein Buch blickte, mit einem langen Grashalm Mollys nackte Taille kitzelte. Anfangs so beiläufig, dass Molly nicht begriff, was es eigentlich war, und die Ähre achtlos wegwischte, ohne die Augen zu öffnen. Als das Kitzeln andauerte – als hätte der Grashalm einen eigenen, von Kasim unabhängigen Willen –, trat ein wissendes Lächeln in Mollys Gesicht, und sie schnappte, immer noch mit geschlossenen Augen, nach dem Halm und zerdrückte ihn. Kasims Gesicht verriet nichts.

Ivy fühlte sich ausgeschlossen. Plötzlich eingeschüchtert wollte sie etwas Kindisches tun: Sie ging zum Becken, um mit Arthur darin zu planschen. Das Wasser murmelte geheimnisvoll. Goldgelbe Lichtsprenkel, die sich in den teebraunen Tiefen brachen, fielen auf die verstreuten Kieselsteine am sandigen Grund; Insekten huschten wie Rennboote über die Wasseroberfläche und verschwanden blitzschnell im Dunkel unter den Farnen. Wie kalte Strümpfe schmiegte sich das Wasser an Ivys Beine. Die Kinder trugen ihre Gummisandalen, denn die durften nass werden, und man war vor Scherben geschützt. Mit ernster Miene in sein Spiel versunken schüttete Arthur mit dem Thermobecher Wasser aus dem Becken in eine Felsspalte. Ivy drückte ihre Handflächen an das durchtränkte Moos des Wasserfalls, bis ihr einfiel, dass vielleicht Nacktschnecken darin saßen, und sie rasch die Hände zurückzog. Mit einem Mal überkam sie das Gefühl, sich selbst aus weiter Ferne zu sehen, von den schlanken Wipfeln der Tannen herab, die leise schwankend die Lichtung überragten: klein wie eine Miniatur, allein in ihrem Körper, die Beine von den Knien abwärts im Wasser abgeschnitten.

Kasim pflückte wieder einen Grashalm und wischte mit der schweren, samengefüllten Ähre über Mollys Wangen und ihre geschlossenen, gewölbten, durchscheinenden Lider. Wenn ihr die Haare so aus dem Gesicht fielen, dachte er, und dann auch noch aus dieser seltsamen Perspektive, sah sie ganz anders aus: wie ein geschmeidiges Wassertier, das sich auf einem Felsen in der Sonne aalte.

»Was machst du da?«, sagte sie. »Hör auf! Das kitzelt.« Konzentriert auf seine Erkundungen hatte er Molly ganz vergessen; jetzt interessierte ihn das Ohr, das kindlich von ihrem Kopf abstand, der rosige, durchsichtige Knorpel, der golden schimmerte. Während er die Ähre durch die Windungen ihrer Ohrmuschel führte, spekulierte er laut darüber, ob der Grashalm wohl spitz genug wäre, um ihr Ohrläppchen zu durchstechen, und stupste dagegen.

Molly protestierte mit einem Aufschrei und fuhr hoch: Beide erschraken darüber, sich nach diesen Berührungen plötzlich in die Augen zu sehen.

»Warum lässt du dir keine Ohrlöcher stechen?«, fragte Kasim streng. »Oder dir die Nase piercen, wenigstens irgendwas?«

Sie würde ja liebend gern Ohrringe tragen, erklärte sie ihm, doch sie habe panische Angst davor, sich Löcher stechen zu lassen. Überhaupt sei ihr die Vorstellung von Schmerz unerträglich; sie sagte das mit einer unschuldigen Selbstgefälligkeit, als verriete sie ihm, dass sie klassische Musik oder einen bestimmten Brotaufstrich nicht mochte. »Gott sei Dank musste ich mir beim Zahnarzt noch nie eine Füllung machen lassen.«

»Schon mal von ’ner Biene oder Wespe gestochen worden?«

Der Gedanke ließ sie erschaudern. »Noch nie. Ich hasse Wespen.«

»Arm gebrochen?«

»Nö. Einmal habe ich mir den Fuß verstaucht, das war schlimm genug.«

»Dir mal 'ne Heftklammer in den Finger getackert?«

»Oh Gott!« Sie vergrub stöhnend das Gesicht in den Händen. »Nein, natürlich nicht! Ist dir das etwa schon mal passiert?«

Sie denkt, dass sie durch einen Zauber geschützt ist, dachte Kasim ungläubig. Sie denkt, dass sie die Wahl hat, dass sie irgendwie besonders ist. Sie glaubt, dass sie aufgrund ihrer ausgeprägten Sensibilität so empfindlich auf Schmerzen reagiert und es bei anderen Menschen nicht so ist.

»Hat dir schon mal jemand Brennnesseln gemacht?«, fragte er durchtrieben.

»Was ist das?«

»Das haben wir in der Grundschule immer auf dem Schulhof gemacht, gib mal deinen Arm.«

»Will ich aber nicht.«

»Gib her.«

Er packte sie mit beiden Fäusten oberhalb des Handgelenks und machte eine Bewegung, als wollte er ihre Haut auswringen, nicht sehr, aber doch so fest, dass es wehtat und sie sich losriss. Sie lachte, aber nicht richtig, und während sie über die gerötete Stelle rieb, schwoll ein Tränenfilm in ihren Augen, der das helle Braun der Iris vergrößerte wie eine Linse.

»Und was ist mit Geburt?«, fragte er. »Willst du keine Kinder?«

»Da kann man sich betäuben lassen«, sagte Molly. »Von der Taille abwärts. Meine Mutter hat das gemacht und fand es gut.«

Im Garten lagen Fran und Alice nebeneinander auf einer Decke im kratzigen Gras. Sie hatten die Röcke hochgezogen, um ihre Oberschenkel zu bräunen, obwohl sie zumindest bei Fran immer nur rot wurden. »Das ist so ungerecht«, murrte sie. »Warum habe ich nicht deine braune Haut? Harriet hat sie, und die könnte gut darauf verzichten, der ist es doch eh egal. Wie findest du denn jetzt die neue Mrs Roland?«

»Mein Gott, was für ein Drachen!«, brach es aus Alice heraus. »Armer Roly. Wie konnte er nur? Er muss gewusst haben, wie wir sie finden würden. Kein Wunder, dass er sie geheiratet hat, ohne uns etwas zu sagen.«

»Aber ihm scheint es nichts auszumachen. Er scheint es zu genießen.«

»Dabei ist er nicht mal ein Frauenheld. Er hat noch nie einen Finger gerührt: Das erledigen bei ihm immer die Frauen. Die sehen ihn, so intelligent, so verloren und so ganz und gar mit der falschen Frau verheiratet. Und schon eilen sie ihm zu Hilfe – ich könnte schwören, dass er bei der ganzen Sache kein bisschen aktiv war. Ich meine, eigentlich wussten doch alle, dass er vor Valerie gerettet werden musste, aber ob er's auch wusste, bevor Pilar es ihm erklärt hat, da bin ich mir nicht so sicher. Und jetzt hat es ihn total erwischt. Sexuell erwischt.«

»Ich finde, Pilar ist wirklich äußerst attraktiv. Ich hätte liebend gern ihre Figur.«

»Aber hat sie nicht eine etwas zu ausgeprägte Kinnpartie? Findest du nicht? So raubtierhaft. Und wie ablehnend sie sich uns gegenüber verhält! Sie glaubt vermutlich, dass wir hier bloß unsere Zeit verschwenden.«

»Sie findet, dass wir Roland nicht verdient haben.«

»Sie findet, dass wir ihm zu Füßen liegen müssten. Kein Wunder, dass er so verliebt ist. Fran, ich habe das Gefühl, dass wir Roly nie wieder für uns haben werden! Keine seiner bisherigen Frauen hat ihn uns so weggenommen wie sie. An die anderen haben wir uns gewöhnen können – oder sie sich an uns.«

»Sei nicht albern«, sagte Fran. »Das wird nicht lange dauern.«

»Du meinst, die Ehe wird nicht halten?«

»Ich meine diese Phase der Ehe: Du weißt schon, die Turteltaubenphase, in der alles, was der andere tut, so bezaubernd und originell ist. Bis dann die nächste Phase kommt, in der dieselben Sachen nur noch nervig sind.«

»Hattest du mit Jeff auch eine Turteltaubenphase?«

»Muss ich wohl, aber die Erinnerung daran ist so beschämend, dass ich sie verdrängt habe. Es kommt mir so vor, als hätte ich Jeff schon immer durchschaut.«

Oben stand Harriet im Schlafzimmer ihres Bruders. Die Schiebefenster waren komplett geöffnet, und sie hörte die Stimmen ihrer Schwestern im Garten, ohne sie zu verstehen; das wollte sie auch nicht. Staubpartikel tanzten im Sonnenlicht, und in der dichten, heißen Stille des Zimmers waren die abwesenden Bewohner dennoch präsent in den Düften ihrer Parfüms, ihrer Kosmetika, ihrer Aftershaves. Die Bettdecke und die Kopfkissen hatten sie in Bezüge gesteckt, die mit einem Muster aus wirbelndem Rot und Orange bedruckt waren; es war, als müssten die altmodischen, ausgebleichten Möbel steif eine Invasion über sich ergehen lassen. Auch Harriet war steif, eingerostet in ihrem Kopf, wo die Gedanken ächzten und knirschten. Und dennoch hatte sie sich in das Zimmer geschlichen, getrieben von dem, was sie in der letzten Nacht gesehen hatte, diesen erregenden Bildern, die sie nicht abschütteln konnte. Sie hatte nicht gewusst, dass Sex solche Macht haben konnte. Sie hatte allen Ernstes geglaubt, er sei nicht so wichtig für sie, eine Sache von vielen, die sich ignorieren ließ.

Mit zurückgelegtem Kopf tauchte Harriet das Gesicht in die scharlachrote Chiffonbluse, die an einem Bügel außen am Kleiderschrank hing, und da stand sie nun und atmete mit hängenden Armen wie durch einen Schleier. Beim Ein- und Ausatmen hob und senkte sich der Stoff an ihren Lippen und Wangen; sie konnte den sonnenwarmen Wäschegeruch regelrecht schmecken. Wenn sie jetzt jemand gesehen hätte, was für ein absurder Anblick, mit diesem Ding über dem Gesicht. Draußen fiel eine männliche Stimme in das Raunen ihrer Schwestern ein: Simon Cummins, der sich für sie um den Garten kümmerte. Sie hörte, wie sie mit ihm flirteten, wie er sie aufzog, und dann hörte sie das schläfrige, selbstvergessene Gurren der Tauben, die sich im üppigen Sommergewand der Buchen versteckten. Sie nahm die Bluse vom Bügel, trug sie in ihr Zimmer, legte sie aufs Bett. Als sie beide Türen geschlossen hatte, zog sie ihr T-Shirt aus, hakte ihren Büstenhalter auf und ließ ihn zu Boden fallen. Mit hastigen, unbeholfenen Bewegungen zog sie sich Pilars Bluse über den Kopf und ließ sie über ihren nackten Oberkörper gleiten, die Seide weich und glatt an ihren Brüsten.

Jetzt bin ich in dem drin, dachte Harriet, was sie tragen wird.

Wie hätte es sich wohl angefühlt, Pilar zu sein? So schön und selbstsicher in den eigenen Kleidern, so ungezwungen und anmutig in der eigenen Haut? Es war, als gehörte diese Frau einer anderen, überlegenen Spezies an. Zur Strafe starrte Harriet in den kleinen, runden Spiegel der Frisierkommode. Welch ein Glück, dass ihr Zimmer auf der schattigen Seite des Hauses lag und die Kommode auch noch an der dunklen Wand gegenüber dem Fenster stand. Denn was Harriet im Spiegel erblickte, musste versteckt bleiben. Diese Bluse war so verletzend wie eine Ohrfeige oder eine spöttische Bemerkung, sie machte Harriet zu einer grotesken Figur. Das strahlende Rot entzog ihrer Haut jede Farbe, und der tiefe Halsausschnitt hing schlaff über ihren vorstehenden, sommersprossigen Schlüsselbeinen. Sie sah, dass ihre Altfrauenfrisur – das kurz über den Ohren abgeschnittene Haar, das oben von ihrem Kopf abstand – ganz und gar nicht, wie sie gehofft hatte, unauffällig oder vernünftig war, sondern ein beschämender Fehler. Sie schob ihre Hand unter den transparenten Stoff, berührte ihre Brust und betrachtete voller Abscheu ihr Spiegelbild. Ihr Fleisch lag kalt wie die Nase eines alten Hundes unter ihrer Hand.

Wieder in ihrem eigenen T-Shirt setzte sich Harriet auf den Bettrand, um in ihr Tagebuch zu schreiben. *Ich habe einen Falken aus einem Feld aufsteigen sehen. Welche Kraft in den Schultern beim Heben und Senken der Flügel; das erhabene Drama seiner Bewegung. Ich bin nichts.*

Als Harriet hinunterging und das Wohnzimmer in der Erwartung betrat, es für sich zu haben, fand sie dort Alice – vor dem Sekretär ihrer Großmutter auf dem Boden kniend stocherte sie mit irgendeinem Ding in seinem Schloss herum.

»Was machst du denn da?«

Alice war überrascht, aber nicht verlegen. »Ich versuche, das Schloss zu knacken«, sagte sie. »Weißt du, wie das geht? Dani hat so einen Trick, aber ich weiß nicht mehr, wie der funktioniert. Ich habe das Gefühl, dass da Briefe drin sind, die interessant sein könnten. Glaubst du nicht? Warum sollte man das Teil sonst abschließen? Ich weiß nicht, warum ich nicht schon früher auf die Idee gekommen bin.«

Harriet erschrak über die Wut, die in ihr aufstieg. Hatte sie das nicht eigentlich schon vor Jahren abgelegt? Seit sie aufgehört hatte, Alice zu hassen, herrschte Frieden.

»Das darfst du nicht. Was es auch ist, es sind private Dinge, die du dir nicht ansehen solltest.«

»Sie sind tot, Harriet. Das ist doch lächerlich. Wenn *wir* ihren Kram nicht lesen, wer dann? Ich will ihre Briefe lesen, weil ich mich noch so gut an sie erinnern kann. Ich liebe sie. Wäre es denn besser, sie zu vergessen?«

»Granny hätte niemals gewollt, dass du in ihrer Privatsphäre herumschnüffelst. Wenn du Briefe findest, solltest du sie verbrennen.«

Alice ließ sich auf die Fersen sinken und starrte ihre Schwester an. »Was ist los mit dir? Du bist schlecht gelaunt. Und übrigens war das, was ich beim Frühstück gesagt habe, mehr als reine Romantik. Du bist doch einer Meinung mit mir, was die Hässlichkeit der Welt betrifft. Warum biederst du dich so bei Pilar an? Sie wird deine Arbeit mit Asylbewerbern nicht gutheißen, bilde dir das bloß nicht ein. Ich denke mal, dass sie ziemlich unsentimental ist, was das betrifft. Stammen die nicht alle aus ›rückständigen‹ Ländern?«

»Du bist dermaßen voreingenommen, Alice. Wir kennen Pilar doch kaum. Du weißt doch gar nicht, was in ihrem Kopf vorgeht und was für ein Leben sie hinter sich hat.«

Kaum hatten sich die beiden getrennt, bereuten sie schon, dass sie sich zu diesem Streit hatten hinreißen lassen. Es war erniedrigend für beide, weil jede sich angesichts der Provokationen der anderen gern in der Rolle der großmütigen, intelligenten Schlichterin gesehen hätte. Alice schämte sich dafür, dass sie so über ihre neue Schwägerin geurteilt hatte; Harriet lag richtig, es hatte wirklich etwas Engstirniges, Misslauniges, wie sie ihr das Eindringen in die Familie übel nahm. Pilar war bewundernswert und auf geradezu beängstigende Weise vorbildlich. An diesem Morgen hatte sie nicht nur das Frühstücksgeschirr gespült, sondern anschließend gleich noch die ganze Küche geputzt, sodass sie jetzt spiegelblank und viel schöner war als zuvor. Harriet wiederum rief sich in Erinnerung, dass Alice die Grandpees wirklich sehr geliebt und sich im Alter viel um sie gekümmert hatte; im Übrigen war das mit den Briefen bestimmt nicht so schlimm, wenn es überhaupt welche gab. Ihre Großeltern konnten gar nichts geschrieben haben, das nicht mustergültig war.

Alice stocherte weiter mit der aufgebogenen Büroklammer im Schlüsselloch des kleinen Sekretärs. Sie versuchte, sich Danis rasche, entschlossene Gesten in Erinnerung zu rufen, als er ihr zu Hilfe gekommen war, nachdem sie einmal ihren Pass in einer Schublade eingeschlossen und den Schlüssel verloren hatte. Als sie seine Bewegungen imitierte, löste sich etwas im Sekretär und gab den schrägen Deckel frei. Mit einem unterdrückten Triumphschrei – bloß nicht Harriet wieder herbeilocken – klappte sie ihn herunter und ließ die muffige, abgestandene Luft entweichen: Für einen Augenblick war die Vergangenheit da, direkt vor ihr, mit Händen zu greifen. In einem kleinen Fläschchen war die Tinte eingetrocknet, Bleistifte, ein Radiergummi, ein Anspitzer aus Plastik und Papierbögen von Basildon Bond waren in den Fächern verstaut, vor Urzeiten bezahlte Rechnungen päckchenweise in Lederklammern sortiert, die einmal ein Weihnachtsgeschenk gewesen waren, Scheckheft-Stümpfe in eine Ablage gestopft, und in einem der kleinen Beutel aus Voile, die ihre Großmutter damals selbst genäht hatte, war der Lavendel zu einem geruchlosen Pulver zerbröselt. Das Ganze trug die Handschrift der Person, die den Deckel vor zwanzig Jahren als Letzte geschlossen hatte.

Es gab ein paar Briefe; sicher lagen noch mehr davon in den Schubladen des Sekretärs, und auch die könnte sie öffnen, dachte Alice, sie wusste ja jetzt, wie es ging. Die ersten Briefe waren nicht interessant: größtenteils Geschäftskorrespondenz aus den letzten vier oder fünf Lebensjahren der alten Frau, als sie Witwe war und allein im Haus zurechtkommen musste. Damals kam eine

Pflegerin – erst alle paar Tage, dann täglich mit dem Auto aus der Stadt –, und Alice besuchte ihre Großmutter, sooft sie konnte, obwohl es auch die Zeit war, in der für sie am Theater die Katastrophen ihren Lauf nahmen. Es gab einige Fotografien aus den 1980er Jahren: Rolands Studienabschluss, dann seine Promotion, Fran als mageres Mädchen mit stacheligen, punkigen Haaren, die geschminkten Augen zwei schwarze Löcher. Diese Fotos hatte wahrscheinlich Harriet geschickt. Sie war diejenige, die es in den Jahren, nachdem die Mutter gestorben und der Vater gegangen war, geschafft hatte, Fran auf Kurs zu halten und dafür zu sorgen, dass sie in die Schule ging und bei allen Prüfungen erschien. Harriet hatte Frans Schuluniform gebügelt, ihr das Lunchpaket gemacht, ihr bei den Hausaufgaben geholfen.

Alice blickte auf die Fotos ihres jüngeren Ichs wie in ein Orakel; sie fand es schockierend, dass sie vergessen hatte, dass diese Bilder je gemacht worden waren, ja, nicht einmal mehr wusste, dass sie die Kleider, die sie darauf trug, je besessen hatte. Verunsicherung und Selbstzweifel waren das, woran sie sich aus dieser Zeit erinnerte, dabei sah die junge Frau auf den Bildern so selbstsicher und wissend aus: wie sie den Rauch ausatmete, wie sie mit zurückgeworfenem Kopf und halb geschlossenen Augen lachte oder sich großspurig für eine Party zurechtgemacht hatte. Ausgerechnet in der Zeit, als sie im Chaos ihrer Gefühle unterzugehen drohte, schien ihre äußere Identität völlig unabhängig von ihr ein anderes, kompetentes Leben geführt zu haben, ein Leben, das ihr aus der Ferne beneidens- und bewundernswert erschien. Über die Schulter hinweg ließ Alice ihren Blick durch das Zimmer wandern, auf dessen Tapete aus dem Garten silbriges Licht fiel. Da war niemand, die Stille des Raums gehörte ihr. Und doch schienen die Chaiselongue, das Klavier und der verglaste Bücherschrank mit den Romanen ihrer Großmutter – Elizabeth Goudge, Rebecca West, L. P. Hartley – in stummer Erwartung an den Wänden zu stehen. Wie schon am ersten Tag wurde Alice wieder von dem Gefühl erfasst, dass etwas Unbekanntes auf sie wartete, etwas, das nicht aus der Vergangenheit kam, sondern in die Zukunft wies. Die Türen ihrer Phantasie schienen weit aufgerissen, etwas musste kommen, musste diesen Raum füllen. Bisher hatte in ihrem Leben immer ein Mann dem Kitzel dieser Erwartung entsprochen. Ja, sie war bereit für einen neuen Mann.

Ein Bündel aus Briefen und Karten war mit einem Bändchen zusammengebunden: Sie sah, dass es Kondolenzschreiben aus der Zeit nach dem Tod ihres Großvaters sowie aus Zeitungen ausgeschnittene Todesanzeigen waren. Dem Anlass entsprechend waren die Karten mit Blumen verziert, und auf einer tat sich hinter zwei schwarzen Torflügeln eine herbstliche Allee auf. Alice stellte sich ihre Großmutter vor, wie sie nach dem Bändchen suchte, die Briefe andächtig zusammenband und dann auf die Seite legte. *Meine liebe Sophy, unsere Gedanken sind bei dir … die traurige Nachricht … wenn es dir ein Trost ist … besondere Ehre … publiziert zu haben … beten wir für Sie …* Der muffige, melancholische Geruch des alten Zeitungspapiers machte Alice ein wenig müde.

Vor dem Cottage blieb Molly stehen. »Ah, ich erinnere mich an dieses alte Haus.«

Kasim warf den Kindern einen warnenden Blick zu – sie wussten, was er bedeutete: Sie durften nicht sagen, dass sie hineingegangen waren.

»Stell dir mal vor, hier zu leben«, sagte er, und es klang wie ein Vorwurf. »Kein Strom. Kein fließendes Wasser. Keine heiße Dusche. Kein Internet- oder Handyempfang.«

Molly stutzte. »Die müssen doch Strom gehabt haben. Das hat doch jeder.«

Kasim hob beide Arme zum Himmel; nirgendwo waren Leitungsmasten zu sehen. »Glaubst du, der kommt einfach so aus der Luft?«

Molly verzog keine Miene.

»Wo meine Familie herkommt«, sagte er, »da gibt es Hunderttausende Menschen, die so leben. Millionen.«

Alle waren beeindruckt. »Woher kommt deine Familie denn?«

»Aber Wasser muss es doch geben«, sagte Arthur. »Was trinken die sonst?«

Kasim tat so, als hätte er mehr Zeit in Pakistan verbracht, als wirklich der Fall war. Er erzählte ihnen von tiefen Brunnen, vom Wasserholen am Fluss und von meilenweit entfernten Wasserleitungen, dabei hatte er eigentlich nur eine vage Vorstellung von diesen Dingen, denn seine Verwandten waren wohlhabend – nur einmal hatte er in einem Innenhof auf dem Land in einem Haus, das seinem Großonkel gehörte, Wasser aus einem Brunnen getrunken. Dieses Wasser schien ihm nun außergewöhnlich rein und kalt gewesen zu sein.

»Du hättest sterben können«, sagte Arthur.

Ivy merkte sofort, dass er die Wassergeschichte mit dem verquickte, was im Cottage geschehen war.

»Viele Kinder sterben«, sagte Kasim. »Sie sterben, weil sie schlechtes Wasser trinken.«

»Aber nicht bei uns«, fügte Molly rasch hinzu und drückte Arthurs Hand.

»Dann ist ja alles bestens«, sagte Kasim süffisant, wandte ihnen den Rücken zu und schlenderte weiter. Molly löste neben dem Weg ein Stück Moos aus dem Boden und schleuderte es so präzise auf Kasim, dass es ihn genau zwischen den Schulterblättern traf und seine lässige Haltung verdarb. Erst überrascht, dann beleidigt stieß er schließlich zu aller Erleichterung einen Schrei aus, mit dem er einer aufgestauten Wut freien Lauf zu lassen schien, hob den Moosbrocken wieder auf und schleuderte ihn mit gleicher Härte auf Molly. Dies war das Signal für die Wiederaufnahme ihres Spiels: Auf der Suche nach Wurfgeschossen rannten Molly und Arthur los, trampelten kreischend und geduckt den Pfad entlang, im schräg einfallenden Licht des schwülen Nachmittags der Welt und Zeit entrückt.

Ivy blieb auf der Lichtung zurück. Bald klangen die Stimmen der anderen zwischen den Bäumen wie aus weiter Ferne, und wie schon am Wasserfall hatte sie das Gefühl, sich aus Wipfelhöhe zu sehen, fern und klein wie eine Puppe. Während sie über die Lichtung schritt und gegen die Tür des Cottages drückte, stellte sie sich vor, jemand anders zu sein, ein mutigeres Mädchen aus einer Geschichte für Kinder. Ivy war nicht mutig, sondern ein ausgemachter Feigling, etwa beim Sport oder bei Partyspielen, bei denen man losrennen und sich auf einen Luftballon setzen musste, bis er platzte. Aber sie besaß eine unersättliche Neugier, die an ihr nagte; sie wollte ganz allein und ohne sich vor wem auch immer schämen zu müssen, sehen, was möglich war. Als sie durch den Türspalt ins Cottage schlüpfte, wünschte sie sich dennoch, es frisch geputzt und leer vorzufinden, nichts als Wände, von einem frischen Lüftchen durchweht.

Im unteren Zimmer hatte sich nichts verändert, weder das trübe, bräunliche Licht noch der in erstarrter Hektik gekippte Stuhl. Ivys Schritte hallten durch dieselbe Stille, die sie und Arthur vor einem Tag zurückgelassen hatten. Auf halbem Weg die Treppe hinauf fuhr sie herum und wäre vor Schreck fast gestolpert, als hinter ihr die Haustür zuschlug, aber es machte die Sache leichter, weil umzukehren jetzt genauso beängstigend war, wie weiterzugehen. In ihrem Kopf waren die Zeitschriften und der tote Hund als Idee längst verschmolzen und die Zeitschriften ein notwendiges Vorspiel zu dem, was danach kommen würde. Weil Arthur nicht zusah, blätterte sie diesmal mutig in den verklebten, glanzlosen Seiten und nahm alles in sich auf, das ganze ausgebleichte Papierfleisch in all seinen Variationen, immer wieder anders, immer wieder gleich. Wer waren diese Frauen? Weil sie wusste, dass sich diese Bilder an Erwachsene richteten, konnte sie gar nicht glauben, wie kindisch und derb sie waren, so ganz ohne Grund. Einfach abtun konnte Ivy sie jedoch nicht; sie riefen nicht nur heftigen Widerwillen, sondern auch das prickelnde Gefühl einer Möglichkeit in ihr wach.

Dann öffnete sie die Tür zum anderen Zimmer, die sie und Arthur hinter sich zugezogen hatten, und trat mit zugekniffener Nase, durch den Mund atmend, über die Schwelle; dennoch drang der schmierige Geruch nach Fäulnis in ihren Hals. Im Zimmer war es nicht so dunkel wie am Vortag, und weil ein leichter Wind durch die Vorhangfetzen wehte, fiel wechselndes Licht herein. Gestern hatte Ivy übersehen, dass das Fenster nicht ganz geschlossen war. Die feisten Fliegen widerten sie an, ihre Faulheit und ihr plötzliches, sinnloses Herumschwirren. Sie hätte es nicht ertragen, wenn eine gegen sie geprallt wäre. Doch als sie dann wirklich im Zimmer stand, vergaß sie ihre Angst. Bis auf die Fliegen war alles ruhig, geradezu friedlich. Außer ihr war niemand da, sie konnte tun, was sie wollte, konnte endlich ungeniert hinschauen.

Mitzi war noch da, aber irgendwie auch nicht: Der massige Klumpen lag inmitten von einem Fleck, als wäre Flüssigkeit aus ihm herausgelaufen und dann getrocknet. Nur die rostbraunen Kringel, die stellenweise daran klebten, machten ihn zu Mitzi. Im Schädel klaffte eine Augenhöhle, die weiß unter dem ledrigen Belag durchschimmerte. Als Ivy sich hinhockte, um die Überreste einer genaueren, aber auch nicht allzu genauen Untersuchung zu unterziehen, sah sie erst ungläubig, dann mit wachsender Gewissheit, dass dort, wo noch Fleisch an den Knochen hing, lebendige, weiße, fadendünne Würmer im Körper des Hundes wimmelten. An diesem äußersten Punkt ihrer Entdeckung stieß Ivy ein Geräusch aus, das nur sie selbst hörte: ein Stöhnen, ein leiser, ächzender Protest. Dennoch war sie fasziniert.

Sie konnte sich erst losreißen, als sie die anderen vom Wald her ihren Namen rufen hörte.

Vor dem Abendessen stand Fran stirnrunzelnd im dämmrigen Flur. Mit einer Sandale schob sie die Fußmatte über die karierten Fliesen bis an die Bodenleiste und trat die Falte glatt. Sie wickelte die Spiralen des Telefonkabels um ihre Hand und hob eine Schulter, um sich den Hörer ans Ohr zu klemmen. Das obskure braune Telefon aus den Siebzigern stand einsam auf dem Holztischchen wie eine dekorative Zierpflanze oder Vase: Als Molly es zum ersten Mal benutzen wollte, mussten sie ihr zeigen, wie man die Nummer wählte. Ein Stuhl stand nicht daneben. Die Grandpees hatten keine langen, gemütlichen Gespräche heraufbeschwören wollen, die doch so teuer waren. Mehrmals wählte Fran Jeffs Nummer, doch er ging nicht ran. Gereizt stellte sie ihn sich vor, wie er mit der restlichen Band Bier trank, Billard spielte und rauchte, während das Telefon vergeblich in seiner Hosentasche klingelte. In der Küche hatten Roland und Pilar begonnen, zwei Brathühnchen mit Äpfeln und Trauben zuzubereiten, ein spanisches Rezept. Ihre Zusammenarbeit war effizient: Pilar hatte alles exakt getimt, und Roland folgte, in seine Schürze eingeknotet, ihren Anweisungen, schälte Äpfel, entsaftete Trauben. Es war ein völlig anderes System als mit Valerie, die ihm ständig auf die Finger geschaut hatte, als wäre er ein weltfremder, hilfloser Mann. Jetzt nahm er jeden Arbeitsgang konzentriert und mit technischem Interesse in Angriff.

Kasim langweilte sich, während Molly den Kindern beibrachte, Uhren-Patiencen zu legen. Er beschloss, allein in den Kirchhof zu gehen, wo er Alice erst bemerkte, als er fast über sie gestolpert wäre. Sie saß im hohen Gras an einen grauen Grabstein gelehnt. Vor Schreck ärgerte er sich einen Moment lang, als hätte sie zu seinen Füßen auf ihn gelauert. Zu Hause, als Junge, war ihm ihre weibliche Präsenz beschämend bewusst gewesen: im Wäschekorb ihre Dessous, an den Betttüchern seines Vaters ihr Parfüm. Jetzt fand er ihren leisen Aufschrei und ihren lächelnden Blick von unten zu sanft, zu versöhnlich, zu klettig.

»Hast du mal ’ne Fluppe, Kas?«

Sie hätte selbst welche kaufen und nicht so tun sollen, als ob sie nicht rauchte, fand er. Trotzdem zog er eine Zigarette für Alice und eine für sich heraus und setzte sich ins Gras, mit dem Rücken im Schneidersitz an das gegenüberliegende Grab gelehnt. Die Welt hier unten zwischen den Gräsern war eine andere, heißer und voll angenehm herber Pflanzengerüche; sobald die Landschaft ringsum außer Sichtweite geriet, zählte nur noch der gewaltige Himmel. Über die Schulter hinweg las Kasim die Aufschrift auf dem zerbröselnden Grabstein, die stellenweise kaum noch zu erkennen war: *In Jesu entschlafen, 1882.*

»Entschlafen? Der schläft, und die verbuddeln ihn? Was für ein Glück, dass ich Moslem bin.«

Alice wollte stark genug sein, ihn nicht zu fragen, ob es ihm in Kington gefalle, ihm nicht zeigen, wie sehr sie seine Bestätigung brauchte. »Magst du Molly?«, fragte sie stattdessen.

Er betrachtete die glühende Spitze seiner Zigarette. Ja, Molly sei nett, antwortete er höflich, sachlich, ohne das Geringste preiszugeben. »Aber bist du dir eigentlich sicher, dass sie wirklich die Tochter deines Bruders ist? Sie ähnelt ihm ja nicht gerade. Er ist so direkt und schnörkellos und sie so rätselhaft.«

»Hör auf zu spötteln. Bloß weil Molly nicht die Allerhellste ist, kann sie trotzdem ein besonderer Mensch sein.«

»Nein, ich meine das todernst. Ich halte sie für absolut tiefgründig. Und wo wir schon beim Thema wildfremde Leute sind, wer ist Jill Fellowes?«

»Oh. Warum?«

Kasim zog das Buch, das er schon den ganzen Tag mit sich herumtrug, aus seiner Gesäßtasche; dass Alice beim Anblick des zerknickten Einbands zusammenzuckte, sah er nicht. »Siehst du, da steht ihr Name drin. Es ist ein Gedichtband. Ist das deine Großmutter?«

Alice nahm ihm das Buch aus der Hand und bog es vorsichtig wieder in Form. »Hast du diese Gedichte gelesen?«

»Ich tue nur so, als ob, um Molly neugierig zu machen. Ich bin Ökonom, ich weiß nicht, welche Funktion die Poesie erfüllt.«

»Es ist der Name meiner Mutter. Ihr Mädchenname. In dem Regal, in dem du es gefunden hast, stehen viele Bücher, die sie als Kind gelesen hat. Ich finde es geradezu unheimlich, dass du ihren Namen in den Mund genommen hast – ich bin gerade hier zu den Gräbern gekommen, um an sie zu denken. Weißt du, als sie gestorben ist, war ich erst dreizehn.«

»Aber das ist doch kein Buch für Kinder«, widersprach Kasim. Er war irritiert.

»Damals schon. Das meiste von dem, was wir Kindern heutzutage zu lesen geben, ist doch harmloses, nichtssagendes Zeug.«

Kasim vergrub melodramatisch den Kopf in den Händen. Von oben blickte Alice auf seinen kraftvoll sprießenden Haarschopf, ein glänzendes, dichtes Schwarz. »War das jetzt schlimm von mir, dass ich einfach so den Namen deiner Mutter in den Mund genommen habe? Bist du jetzt untröstlich? War sie eine Heilige?«

»Red keinen Unsinn, natürlich war sie keine Heilige«, sagte Alice. »Aber sie war ein Mensch, der von innen heraus geleuchtet hat. Temperamentvoll und klug. Stell dir vor, wie sie hier aufgewachsen ist, an diesem wunderbaren Ort. Dass du ausgerechnet in dem Moment, als ich die Augen zugemacht habe, um an sie zu denken, mit ihrem Buch vorbeikommst, passt perfekt. Nichts geschieht zufällig.«

»Doch, es gibt Zufälle.«

Sie schüttelte den Kopf. »Ich glaube nicht an Zufälle.«

Licht fiel flimmernd durch die schwankenden Grashalme, die sich unter dem Gewicht ihrer Ähren bogen, auf Alice' herzförmiges Gesicht, ihre dunklen, verhangenen Augen, ihre weiche Haut, ihr Haar. In der Kirche gebe es eine Gedenktafel, sagte sie, sehr schön, mit einem Text ihres Großvaters. Den Großeltern habe der Tod ihrer Tochter, die ihr einziges Kind war, natürlich das Herz gebrochen. Der Glaube ihres Großvaters war nur deshalb ungebrochen geblieben, weil er sich in Erwartung größtmöglicher Grausamkeiten bereits verhärtet hatte. Als Kasim fragte, ob Alice' Vater noch lebe, nickte sie, ja, wahrscheinlich in der Dordogne. Sie habe ihn seit einigen Jahren nicht mehr gesehen, und er sei ihr ziemlich egal. Als ihre Mutter an Brustkrebs starb, war ihr Vater zusammengebrochen, was ja durchaus verzeihlich war, und dann mit einer anderen Frau nach Frankreich durchgebrannt. Die eigenen Kinder hatte er als Waisen zurückgelassen, was alles andere als verzeihlich war, aber Schnee von gestern. Ihr Vater hatte geglaubt, dem Alter davonlaufen zu können, doch letztlich hatte es auch ihn eingeholt. Mit ihrer Therapeutin hatte Alice die ganze Geschichte jahrelang so intensiv durchgekaut, dass sie mit dem Thema abgeschlossen hatte.

»Im Prinzip ist er Künstler«, sagte sie. »Das war seine Entschuldigung.«

»Welche Art von Künstler?«

»Maler. Und kein besonders guter, Frauen in der Natur, in einer Art von Traumlandschaft: ein bisschen Van Gogh, ein bisschen Plattencover. Er hat nie viel verkauft. Seine neue Frau – nicht die, mit der er durchgebrannt ist – verdient das Geld. Sie ist Immobilienmaklerin und verkauft alte Bauernhöfe an Zugezogene aus England, weil die Franzosen vom Land in die Städte ziehen. Ist das nicht lustig?«

»Ist es das?«

»Ich meine nicht die Bauernhöfe und die Landflucht. Ich meine, wenn du wüsstest, was für wunderbare Dinge mein Vater über das Leben eines armen Künstlers erzählt.«

Alice ging ins Haus, um sich vor dem Abendessen noch einmal die Haare zu bürsten. Als sie an der Frisierkommode saß, dachte sie wie immer an ihre Mutter, die auch hier gesessen hatte, als Mädchen und später auch als erwachsene Frau, in dem Sommer, den die Kinder mit ihr in Kington verbracht hatten, während ihr Vater unterwegs war, um zu malen. Das Licht der schräg einfallenden Sonne funkelte auf den Fläschchen mit Alice' Parfüm, ihrem Nagellack und ihrem Make-up, auf dem glänzenden Krug mit dem Blumensträußchen, den Goldfäden in einem ihrer Tücher und ihren vielen Schmuckstücken, die nicht wertvoll waren, aber jedes für sich ein Blickfang und für sie mit starken Erinnerungen verbunden. Alice besaß die Gabe, jedem Ort, an dem sie sich aufhielt, mit Kleinigkeiten ein unverwechselbares Flair zu verleihen, als würde sie eine Szene für ein Theaterstück gestalten. In London war sie oft umgezogen und hatte nacheinander jedes Zimmer und jede Wohnung zu einem mit schönen Dingen und Kuriositäten gefüllten Nest gemacht. Mit der Bürste über ihrem Kopf blickte Alice in den Spiegel und schaute über die Schulter ihres Spiegelbildes hinweg in den Raum hinein. »Mein Liebling«, hauchte sie, ohne genau zu wissen, wen sie damit meinte. Knisternd flog ihr feines Haar der Bürste entgegen.

Plötzlich war Harriet da: Im Spiegel blockierte sie den Blick in den Raum, drängte sich in den Tagtraum ihrer Schwester und riss Alice aus ihrer Stimmung. Natürlich war es nicht Harriets Schuld, dass sie dieses Zimmer durchqueren musste – aber warum kam sie auch immer so leise angeschlichen! Vor Schreck konnte sie den Ärger, der sofort in ihr hochstieg, nicht unterdrücken. Sie fühlte sich von Harriet in einem

Moment der Eitelkeit ertappt. Sie ließ die Bürste sinken und drehte sich um.

»Meine Güte, was machst du hier? Spionieren?«

»Ich dachte, ich sollte dir vielleicht sagen«, erwiderte Harriet schroff, »dass ich mir doch mehr Urlaub nehmen konnte. Ich werde also länger bleiben können.«

Alice war bewusst, dass sie ihre Begeisterung aus schlechtem Gewissen hochspielte: Sie sprang von ihrem Hocker hoch und küsste ihre Schwester, die spürbar steif blieb, außerstande, die Umarmung zu erwidern.

»Oh, Hettie! Das freut mich sehr! Danke!«, rief sie. »Ich weiß, ich bin eine grantige alte Ziege und habe es gar nicht verdient, dass du etwas Nettes für mich tust. Es tut mir leid.«

»Ich tue es nicht für dich«, erwiderte Harriet. »Es tut mir gut, eine Pause einzulegen. Ich genieße es hier.«

Was man ihr nicht unbedingt anmerkt, dachte Alice. Sie sah angespannt aus und hatte Schatten unter den Augen, die dünne Haut leicht violett, als hätte sie schlecht geschlafen. Alice hoffte, dass nicht die Einquartierung in das enge, unbequeme Zimmer der Grund war. Sie dachte an ihren Concealer, der äußerst wirkungsvoll war und diese Augenringe weggezaubert hätte, doch sie zögerte, ihn Harriet anzubieten, weil sie die Verachtung ihrer Schwester fürchtete.

Harriet tippte mit einem Finger gegen die Gläschen und Tiegel auf der Frisierkommode.

»Mit diesem ganzen Zeug habe ich mich noch nie befasst«, sagte sie. »Was ist das alles?«

Alice sah sie aufmerksam an.

»Pass auf«, sagte sie. »Setz dich auf den Hocker. Lass

mich etwas an dir ausprobieren, nur eine klitzekleine Sache. Es ist nur ein winziger Klecks Creme. Niemand wird es merken, du wirst nur hübscher aussehen.«

Lust und Abwehr gingen in Harriets Gesicht eine für sie ungewöhnlich sichtbare Mischung ein, während sie zögerte. Schließlich gab sie nach und nahm gehorsam mit dem Rücken zum Spiegel Platz. Alice wühlte in ihrer Schminktasche; dann trug sie behutsam, fast liebevoll den Concealer auf und danach eine sehr leichte Grundierung, Kajalstift, Lidschatten, Wimperntusche. Ausnahmsweise kamen sich die Gesichter der Schwestern einmal ganz unbefangen und ohne jede Feindseligkeit nah, verletzlich das von Harriet, versunken das von Alice, während sie sich auf etwas konzentrierte, das sie in höchstem Maße beherrschte.

»Oh nein«, sagte Harriet entsetzt, als sie schließlich in ihr Spiegelbild blickte. »Das bin ich nicht. Das ist nicht richtig so. Mach das wieder ab, Alice.«

4

Fran und Alice fuhren mit den Kindern in die Stadt. Fran brauchte Fisch vom Bauernmarkt, um eine Pastete zu machen. Als sie auf dem Markt alles erledigt hatten, kauften sie sich ein Eis im zitronengelben Esplanade Café, das seit ihren Kindertagen überlebt hatte, obwohl es eher provisorisch wie ein Gartenpavillon in der kleinen Parkanlage zwischen Blumenbeeten und Minigolf stand. In ihrer Kindheit hätten sich die Schwestern eine Eisschnitte von Wall's geholt, jetzt wurde das Eis in Eigenproduktion aus Schafmilch hergestellt. Alice nahm eine Kugel, Fran und die Kinder zwei, dann ließ Ivy ihre fallen und weinte und brauchte Ersatz. »Das macht sie ständig«, sagte Fran. An die Ufermauer gelehnt schleckten die Schwestern ihr Eis und blickten über den Meeresarm, während Ivy und Arthur unten am Strand wachsam und sehr manierlich ihre sandgefüllten Eimer umstülpten, weil sie als Nachzügler zwischen den bereits okkupierten Lagerplätzen der Familien spielen mussten. Die vor Hitze flimmernde Luft roch nach ranzigem Frittierfett und Süßigkeiten. Die Schreie der Kinder hallten über den festgebackenen Sand, über die Ufermauern und die Steine der langen, gegen die Erosion errichteten Wellenbrecher.

Eine richtige Küste bot diese Küstenstadt nicht, da konnten die Geschäfte am Ende der Hauptstraße noch so viel altmodischen Urlaubsfrohsinn verbreiten: Eimer und Schaufeln und Windschutzsegel und Plastikwindrädchen an Stöcken. Der Sand wurde von einem Küstenstrich weiter unten herbeigeschafft; bei Ebbe musste, wer schwimmen wollte, gefühlte Meilen in den knöchel- oder wadentiefen Schlick hinauswaten, der sich im schimmernden, verwirrenden Licht in endlosen Flächen vor dem Auge ausbreitete, sodass die Küste für den, der sich umdrehte, nicht nur in weiter Ferne zu liegen, sondern tatsächlich verschwunden schien. Nach einer rauen Nacht konnte das vom Schlick getrübte Wasser braun wie Milchschokolade sein. Brachvögel, Austernfischer und auch seltenere Vogelarten ernährten sich hier von den zahlreichen Würmern, die im Schlamm zurückblieben, wenn das Meer ihn freigab. Weil man problemlos bis nach Wales blicken konnte – auf die blauen Hügel und das weiße Gespenst eines Kraftwerks in Aberthaw –, fühlte sich diese weite, wässrig glänzende Fläche dennoch vertraut an, wie eine bekannte Größe, die gleichwohl und bekanntermaßen tückisch sein konnte.

Genüsslich gingen Fran und Alice im Gespräch alle Familienmitglieder durch, und als Molly an der Reihe war, sagte Fran, dass sie für ihr Alter doch noch sehr jung wirke.

»Ja, sie ist ein bisschen leer im Kopf, oder?«, stimmte Alice ihr zu.

»Mit Pilar scheint sie aber ganz gut klarzukommen.«

»Aber ist dir mal aufgefallen, dass Roland, der Molly doch angeblich so anbetet, eigentlich nie mit ihr redet – ich meine, über Bücher oder Ideen oder so? Dafür ist sie aber ein sehr lieber Mensch.«

»Ja, Molly ist wirklich nett zu den Kleinen. Aber ob sie weiß, wie man ein Ei kocht?«

»Und sie ist wahnsinnig hübsch. Kas ist schon ganz verknallt. Ich glaube, Roly erträgt diesen unterschwellig sexuellen Blick auf seine Tochter nicht. Jedes Mal, wenn Kas ihr nahe kommt, scheint er innerlich zu kochen. Wobei ich nicht glaube, dass Kas sie angerührt hat. Er ist eigentlich ein Unschuldslamm, hält sich aber für schrecklich verrucht und raffiniert.«

»Ich gehe doch mal davon aus, dass er sie nicht angerührt hat«, sagte Fran pikiert. »Sie ist noch ein Kind.«

»Sie ist sechzehn. Was hast du mit sechzehn getrieben?«

»Na ja eben.«

Fran sagte immer, dass sie das, was sie selbst früher angestellt hatte, ihren Kindern niemals durchgehen lassen würde. Sich selbst bedienen und es anderen verbieten – so nannte Alice das. »Wie auch immer, wenn Ivy so weit ist, wirst du gar nicht wissen, was sie so treibt. Sie wird es dir einfach nicht sagen.«

Bei der Vorstellung, dass auch Ivy irgendwann so weit sein würde, stöhnte Fran auf.

»Ich lese gerade Mums alte Briefe«, sagte Alice. »Die Briefe, die sie den Grandpees in ihrem ersten Jahr in Oxford geschrieben hat. Sie erzählt von Vorlesungen und lustigen Sachen, die passiert sind, aber wer weiß, was wirklich bei ihr los war?«

»Weißt du, Alice, irgendwie hat es etwas Ungutes, in diesen alten Geschichten herumzustochern. Es ist zu deprimierend. Es bringt doch nichts, ständig zurückzuschauen.«

»Warum nicht? Ich schaue gern zurück. Es ist doch faszinierend, sich vorzustellen, wie unsere Mutter als Kind war, als ihr das ganze Leben noch bevorstand: die Sechziger und die Revolution und die Schlaghosen und das alles. Als Dad ihr noch bevorstand.«

»Fang jetzt bloß nicht an, über Dad zu wettern«, sagte Fran. »Und ihm an allem die Schuld zu geben.«

Von den vier Geschwistern war sie die Einzige, die Kontakt zu ihrem Vater hielt; schon mehrmals hatte sie ihn mit den Kindern in Frankreich besucht.

»Ich habe doch schon vor Jahren aufgehört, über ihn zu wettern. Inzwischen denke ich kaum noch an ihn. Wirklich bemerkenswert finde ich, dass Mum so gebildet war, von ihren Griechisch- und Lateinkenntnissen mal abgesehen. Sie wusste auch wahnsinnig viel über Geschichte und Literatur, viel mehr als wir. Vielleicht wussten die Leute damals einfach mehr. Jedenfalls sehr viel mehr als Molly, so viel ist sicher.«

»Ach, Molly, die weiß doch überhaupt nichts.«

In diesem Moment klingelte Frans Handy, und sie wandte sich von ihrer Schwester ab, um die Strandpromenade entlangzugehen, während sie konzentriert nach vorn gebeugt telefonierte, taub gegenüber dem Geschehen um sie herum, den flanierenden, Pommes und Zuckerwatte essenden Familien und den Silbermöwen auf der Mauer, die mit ketchupbekleckerten Schnäbeln und glasigen Augen alles verfolgten. Alice wusste, dass es nur Jeff sein konnte. Meistens strahlte Frans Gesicht vor entschlossener Zuversicht, die flach liegenden Augen blau, die hellen Augenbrauen fast unsichtbar. Wenn sie aber mit Jeff sprach, zog es sich spitz zusammen.

»Gibt's was Neues?«, fragte Alice, als sie zurückkam. »Kommt er noch?«

In diesem Moment brach sich das Licht in den Gläsern ihrer Sonnenbrille, und das tat es, wie Fran fand, auf eine besonders unverschämte Weise: Sie sah Köpfe herumschnellen und Menschen überlegen, ob sie ihre auffallend gut aussehende Schwester irgendwie aus dem Fernsehen kannten. In London waren auffallend gut aussehende Menschen Teil einer Kulisse, von der sich Alice nicht abhob – hier auf dem Land war es anders.

»Ich will ja gar nicht, dass er kommt, das habe ich dir doch gesagt«, antwortete Fran. »Mit dem bin ich fertig. Kann er einem eigentlich auch mal was geben? Immer bin ich diejenige, die gibt.«

»Aber du liebst ihn doch. Er ist doch der Eine, der Richtige. Sei nicht immer so gegen ihn.«

»Von dir lasse ich mir nicht erklären, wie ich mein Liebesleben hinkriegen soll, Alice. Du hast bei deinem auch nicht so tolle Arbeit geleistet. Harriet hat recht, du bist eine totale Romantikerin.«

»Lieber romantisch als abgestumpft. Und ich *hatte* wenigstens ein Liebesleben. Auch wenn die Romantik im Rückblick manchmal wirklich etwas Irreales hat. Das ganze Sich-Verlieben und wieder Entlieben ist doch im Grunde Schwerstarbeit, und nichts davon hinterlässt Spuren, wenigstens keine sichtbaren.«

»Na ja, vielleicht hättest du doch Kinder bekommen sollen. Kinder sind ziemlich real. Kinder *sind* eine Spur.«

»Wie kannst du so was sagen, Fran? Es war doch keine *Entscheidung*, keine Kinder zu kriegen.«

»Nicht? Wann hättest du denn Zeit für Kinder gehabt, zwischen deinen ganzen Abenteuern?«

Worauf beide Schwestern es fertigbrachten, beleidigt zu sein. Fünf Minuten lang schmollten sie und konnten einander nicht verzeihen, bis sie es doch wieder vergaßen und ihr endlos kreisendes Gespräch fortsetzten. Im Laufe der gemeinsamen Tage kam es immer wieder vor, dass die Geschwister das familiäre Miteinander als ärgerlich und irritierend erlebten: wie es an ihrer Liebe nagte, ihrer Verbundenheit, die doch, wenn sie getrennt waren, trotz allem stark und beständig war. Sie kannten einander so gut, zu gut, und waren dennoch fortwährend erstaunt über die schwierigen, in Vergessenheit geratenen Charakterzüge der anderen, die ihnen, sobald sie sich zeigten, gleich wieder vollkommen vertraut waren.

Als Roland ankündigte, dass er mit Pilar eine Spazierfahrt durchs Moor machen wolle, fragte Harriet, ob sie mitkommen dürfe. Weil er lieber allein mit Pilar gewesen wäre, wurde die Freundlichkeit zu seiner älteren Schwester in der Folge etwas steif. Dass er Harriets Leben als eintönig empfand, gab ihm nicht das Recht, sie das spüren zu lassen. Sie war nicht dumm, hatte viel gelesen: Sogar über die aktuelle wirtschaftliche Situation in Argentinien war sie offenbar auf dem Laufenden. Und natürlich bewunderte Roland die Arbeit, die sie leistete. Doch ihr Leben erschien ihm so klein, für ihre globaleren Reflexionen hatte sie gar kein Ventil. Im Prinzip hatte sie ja Christopher zum Reden, doch der war ständig mit seinem Fahrrad unterwegs. Als zutiefst unsportlicher Mensch konnte Roland den hageren Christopher, der sein mittleres Alter in hautengem Elastan zur Schau stellte, nicht ernst nehmen.

In der Sonne war die Weite des Moors überschaubar, die Farben ein weiches Mauve und Tabakbraun. Sie mussten Pilar erklären, wie herb diese Landschaft im Winter oder bei schlechtem Wetter sein konnte. Der Aussicht wegen verließen sie den Wagen und erkundeten das ausgebleichte, von trockenen Pfaden durchzogene Gestrüpp, wo Schafe ihre dunkel glänzenden Kotkügelchen zurückließen und sich ihre Wolle im nach Kokosnuss duftenden Ginster verfing. Harriet hob einen violetten Zweig Heidekraut auf und sagte Pilar, sie solle ihn behalten, es sei ein Glücksbringer. Dann fuhren sie weiter zu einer alten Flussquerung, wo abgeflachte Felsbrocken als Trittsteine übers Wasser führten und in einem Garten Cream Tea angeboten wurde. Als Roland das gefüllte Tablett auf ihrem Tisch abstellte, wusste er, dass Pilar in ihrer engen Hose und mit der Sonnenbrille die Blicke anderer Touristen auf sich lenkte.

Roland hatte sich gefragt, ob Harriet Pilar wegen ihrer Klassenzugehörigkeit und ihres familiären Backgrounds ablehnen würde. Mit Sicherheit war Harriet in der Vergangenheit in Gruppen aktiv gewesen, die gegen die Übergriffe des argentinischen Militärs protestiert hatten. Doch Harriet wirkte lebhafter und unvoreingenommener als sonst, weniger festgefahren; sie trug sogar ein Tuch um den Hals und hatte irgendetwas Glänzendes auf den Lidern. Mit ihren weißen Haaren, ihrer steifen, geraden Haltung und ihrem ausweichenden, vogelhaften Blick wirkte sie wahrscheinlich eher wie eine ältliche Tante auf Pilar. Gerade bekundete sie ein fast übertriebenes Interesse am Leben in Argentinien, worüber Pilar nur ungern sprach.

»England muss dir doch sehr eng vorkommen im Vergleich zu den Dimensionen, die dort alles hat: die Politik, die Geschichte, sogar die Landschaft.«

»Mein Leben findet hier statt«, sagte Pilar in schneidendem Ton. »Ich habe England gewählt, ich lebe hier seit zehn Jahren, bin mit einem Engländer verheiratet. Menschen, die sich dafür entschieden haben hierherzukommen, wollen nicht immer zurückblicken.«

Harriet errötete. »Natürlich. Ich wollte damit nicht sagen, dass du in England nicht zu Hause bist. Das bist du genauso wie wir.«

Beschwichtigend berührte sie Pilars nackte Schulter, und ihre geäderte, sommersprossige Hand, deren unlackierte Nägel abgekaut waren wie die eines kleinen Mädchens, hob sich reptilienhaft gegen Pilars feinporige, braune Haut ab. Pilar akzeptierte diese kleine symbolische Verbeugung ihrer Schwägerin und hob zuvorkommend die schwere Teekanne, um Harriet als Erster einzuschenken, ihr zu verzeihen. »Ich spiele mal die Gastgeberin«, sagte sie. Beflissen hatte sie begonnen, sich all diese spezifisch englischen Gesten anzueignen. Wobei Roland wusste, dass ihn gerade das anzog, was Pilar von Engländerinnen unterschied – so wie es auch Harriet interessierte. Er fragte sich, ob gegenseitiges Unverständnis nicht der stimulierende Überbau jeder Ehe war.

Dass Harriet seine Frau wirklich zu mögen schien,

berührte ihn – auch wenn er beschlossen hatte, dass es keine Rolle spielte, ob seine Schwestern sie mochten oder nicht. Die aalglatte Zweideutigkeit, auf die Alice spezialisiert war, ging Pilar ab. Lateinamerikanische Frauen wurden seiner Meinung nach stärker als Engländerinnen dazu ermuntert, sich an den Konventionen entlang zu entwickeln, was zur Folge hatte, dass die Persönlichkeit bei ihnen schärfer konturiert war und sie genauer zu wissen schienen, was sie wollten. Natürlich lag die Eigentümlichkeit seiner Schwestern in Teilen an der Eigentümlichkeit dessen, was ihnen im Teenageralter zugestoßen war, als ihre Mutter starb und sie allein zurechtkommen mussten. Mit gerade mal siebzehn hatte Harriet bereits die Verantwortung getragen.

Nach dem Tee spazierten sie den Fluss entlang. An einem kleinen Kiesstrand streifte Pilar ihre Sandalen ab und watete ins Wasser, kreischend und nach Luft schnappend, weil es so kalt war, die Hose bis zu den Knien hochgekrempelt, die Sonnenbrille im Haar. »Es ist schön!«, sagte sie. »Kommt rein!« Harriet stand zögernd am Rand, dann ging sie zu ihr. Als Pilar in der Strömung, die sehr stark war, obwohl ihnen das Wasser kaum über die Waden reichte, ins Schwanken geriet, musste sie nach Harriets Arm greifen und sich lachend an ihr festhalten; wie ein Fels stand Harriet da, entschlossen, sie zu stützen. Durch das Rauschen des Flusses waren sie von Roland abgeschnitten. »Mein Leben in Argentinien ist im Moment sehr kompliziert«, sagte Pilar rasch. »In meiner Familie laufen Geschichten ... scheußliche Geschichten. Ich bin froh, dass ich weit weg davon bin.«

»Hast du mit Roland darüber gesprochen?«

»Das sind so üble Sachen. Er braucht das nicht zu wissen. Es gibt hier Wichtigeres für ihn, über das er sich Gedanken machen muss. Bitte sag ihm nichts.«

Dieses unerwartete Geständnis berührte Harriet. Bei ihrer Arbeit mit Flüchtlingen wurde ihr Mitgefühl permanent bis an die Schmerzgrenze beansprucht, und wenn sie darüber nachdachte, wie unbeschadet sie selbst im Großen und Ganzen durchs Leben gekommen war, schämte sie sich. Ihr eigenes Leid zählte nicht. Nein, natürlich werde sie nichts sagen, beruhigte sie Pilar. Und fügte, um nicht begierig nach mehr zu erscheinen, etwas schroff hinzu, dass sie ihr, wenn sie reden wolle, jederzeit gern zuhöre. Ein Feingefühl, unter dessen Oberfläche sich ihre Verwirrung darüber verbarg, dass Pilar gerade sie als Vertraute auserwählt hatte. Ein Hauch von Drama stieg aus den Strudeln des vorbeiströmenden Wassers empor.

Am Ufer überlegte Roland, dass er sich Pilar gut als kokettierende, tyrannische Teenagerin mit ihrer Clique von Freundinnen vorstellen konnte. Er fotografierte die beiden Frauen, die sich in den changierenden Lichtreflexen des Flusses umarmten. Er würde da nicht reingehen, er hasste es, seine Füße in kaltes Wasser zu tauchen, und hatte nichts dagegen, eine drollige Zielscheibe abzugeben – der Engländer im sommerlichen Leinenanzug, der sich in Schuhen und Strümpfen zuckend und freundlich lächelnd von den Frauen nass spritzen ließ.

Rauchend saß Kasim im Schneidersitz draußen im Garten und beobachtete Molly aus der Ferne. Ivy und

Arthur waren in seiner Nähe, auch sie im Schneidersitz, auch sie auf Molly konzentriert. Wie eine schlanke, ferne Silhouette gegen den Himmel abgezeichnet saß sie oben am Ende des Feldes auf dem Gatter, für die anderen unerreichbar in ihre Gespräche vertieft; sie kippte dabei mit dem Handy am Ohr den Oberkörper nach vorn oder warf lachend den Kopf zurück. Mitunter, wenn der Empfang abbrach, sah sie frustriert aus. Ihre Stimme war gerade noch zu hören, jedoch nicht zu verstehen, ihr Lachen ein leises, hypnotisierendes Rieseln, das die drei Ausgeschlossenen in andächtigem Schweigen verharren ließ: Molly war so geheimnisvoll, als würde sie Selbstgespräche führen oder halluzinieren. Im Garten war der Nachmittag heiß und still. Arthur sortierte den Inhalt seiner Sparbüchse, nachdem Kasim ihm trotz Ivys Protesten, dass er das nicht dürfe, gezeigt hatte, wie sie sich öffnen ließ.

»Die gehört aber mir«, sagte Arthur, stirnrunzelnd in seine Berechnungen vertieft, die langen Haarsträhnen hinter die Ohren geklemmt. Offenbar hatte er sich im Kaufmannsladen der Schule mit dem Plastikgeld vertraut gemacht.

»Aber er darf es jetzt noch nicht haben. Es ist für später, wenn er Sachen braucht.«

»Die brauche ich jetzt.«

Ivy wusste, dass er ohnehin immer nur bis sieben zählte und dann wieder von vorn begann, und sie trat unwillig mit der Spitze ihres Schuhs, dessen Wildleder grau und abgewetzt war, nach ihrem Bruder. Sie trug ein altes, cremefarbenes Unterkleid mit Spitzensaum, das ihr bis zu den Füßen ging. Alice hatte es in einem

Schrank gefunden und eins ihrer Tücher um das Mieder gebunden, damit sich die steifen Brustteile nicht wölbten. Eine Zeit lang war Ivy mit entrücktem Blick darin umhergeschwebt in der Vorstellung, sie würde beobachtet; der seidige Stoff an ihren nackten Beinen gab ihr das Gefühl, feengleich und ätherisch zu sein. Nun hatte das Kleid grüne Flecken vom Gras bekommen, und der Stoff spannte über ihren spitzen, angewinkelten Knien.

Es kam ihnen fast vor wie ein gnädiges Entgegenkommen, als Molly endlich wieder das Feld herunterstieg, zurück in ihre Welt. Mollys Begegnung mit der Welt da draußen ließ sich noch an ihrer Mimik ablesen, die ein Geflecht von Zerstreuungen und Kontakten widerspiegelte, das mit ihnen nichts zu tun hatte. Sie summte eine Melodie vor sich hin, die die anderen nicht kannten. In ihren Shorts und ihrem roten Bikini-Oberteil ließ sie ihre langen Glieder in unbeholfener Anmut ins Gras fallen; ihre Arme und Beine waren mit einem feinen, goldenen Flaum bedeckt, der in der Sonne glitzerte.

»Du bist süchtig nach dem Handy«, sagte Kasim herablassend.

Molly gab es fröhlich zu.

»Findest du es nicht beunruhigend, dass du dich mit Ersatzdrogen um das eigentliche Leben prellen lässt? Du könntest etwas verpassen. Zum Beispiel die Realität.«

»Und du bist süchtig nach diesen widerlichen Zigaretten. Wenigstens wird meine Sucht mich nicht umbringen.«

Er stieß ein hohles Lachen aus. »Das glaubst aber auch nur du. Warte mal ab, bis sie den Zusammenhang zwischen Handys und Hirntumoren nachgewiesen haben.«

Mit Pokerface übte sich Molly darin, seiner Sturheit die Stirn zu bieten. »Welchen Zusammenhang? Wenn es einen gäbe, hätten sie uns das längst gesagt. Jeder benutzt Handys.«

»Ich habe noch nie einen so gutgläubigen Menschen getroffen«, staunte Kasim. »Dann hätten *sie* es uns gesagt? Wer soll das denn deiner Meinung nach sein? Der nette Onkel von nebenan? Im Übrigen könnte ich morgen mit dem Rauchen aufhören.«

»Wetten, du könntest nicht?«

»Ich habe einfach nur keine Lust.«

»Sage ich ja, du bist süchtig.«

Worauf Kasim, in unverändert lässiger Haltung auf die Ellbogen gestützt im Gras liegend, mit einer eleganten Geste die halb volle Zigarettenpackung nahm und in einem sanften Bogen in den Bach schnippte. Es spritzte kaum, und sie drehte sich schaukelnd im Kreis, bis sie auf einen Stein gespült wurde, wo sie plötzlich nur noch wie Abfall aussah, der die Natur verschandelte. Arthur blickte von seinem Geld auf und bewunderte mit leisem Lächeln die Größe dieser Geste. Ivy sprang kreischend auf und wollte loswaten, um die kostbare Schachtel zu retten, doch Kasim hielt sie am Rocksaum zurück.

»Die Kippe vorhin hätte ich bewusster geraucht«, sagte er bedauernd, »wenn ich da schon gewusst hätte, dass es meine letzte sein würde.«

»Das glaube ich dir nicht«, sagte Molly, die ungewollt doch beeindruckt war. »Wetten, du kaufst dir neue, sobald du das nächste Mal in der Stadt bist?«

Böse sah er sie an und brachte dabei seine ganze Schönheit ins Spiel. »In meinem Land«, sagte er, »ist das Versprechen eines Mannes Ehrensache. Ich würde eher sterben, als mein Wort zu brechen.«

»Okay«, sagte sie. »Gut.«

»Da kriegt man aber wirklich Krebs von«, versicherte ihm Ivy mit ernster Miene. »Ist schon besser so.«

Mit einem geschmeidigen Satz war Kasim wieder auf den Beinen.

»Und jetzt, Miss Molly, da ich nun dem Rauchen abgeschworen habe, ist es an der Zeit, dass du dem Handy abschwörst. Wie du mir, so ich dir, um es mal so zu sagen.«

Und so schnell, dass Molly den Sinn seiner Worte noch gar nicht erfasst hatte, schnappte er sich das iPhone, das neben ihr im Gras lag. Er ärgerte sie, indem er es hochhielt und tänzelnd vor ihr zurückwich, während sie protestierend an ihn heranzukommen versuchte. Auch die Kinder waren aufgestanden, fasziniert von der plötzlichen Anarchie des Moments. Kasim rief in scharfem Ton Arthurs Namen und warf ihm das Handy zu. Ausnahmsweise bekam Arthur es zu packen und drückte es fest an seine Brust.

Flehend lief Molly auf ihn zu. »Bitte, Schatz, gib's mir.«

»Mir, mir!«, rief Kasim bestimmt.

Mitgerissen von dem Spiel und seinem eigenen Verrat missglückte Arthur sein ungezügelter Wurf, doch Kasim konnte das Handy mit einem Hechtsprung retten und rappelte sich sofort wieder auf. »Ivy, Ivy! Fang!«

Im Flug beschrieb das iPhone einen perfekten Bogen, der in Ivys ausgestreckten Händen hätte enden müssen, doch dann stolperte sie über ihren Rock und griff daneben. Das Handy segelte an ihr vorbei und landete mit einem unspektakulären, leisen Platschen im Wasser.

»Fuck«, sagte Kasim.

»Du sollst nicht fluchen!«, schrie Ivy ihn an.

Wimmernd vor Entsetzen watete Molly in ihren Sandalen ins Wasser, fischte das Handy heraus und versuchte verzweifelt, es an ihren Shorts trocken zu reiben, die Knöchel in der Strömung von kleinen Wellen umspült.

»Es funktioniert bestimmt noch«, sagte Arthur mit fester Stimme.

»Tut es nicht!«, widersprach Molly verzweifelt. »Meiner Freundin ist das Handy mal in einem Pub ins Klo gefallen, und es hat nie wieder funktioniert. Nein, guck doch! Da, es geht nicht mehr. Es geht nicht an.«

Als sie aus dem Bach wieder ans Ufer kam, scharten sie sich zu viert um das Handy und starrten auf den dunklen Bildschirm, als könnten sie ihm so ein Lebenszeichen entringen.

»Ich kriege dermaßen Ärger. Das war mein Geburtstagsgeschenk. Und das ist alles deine Schuld. Warum machst du auch so was Bescheuertes?«

»Ivy hat es fallen lassen«, sagte Kasim.

Sofort heulte Ivy los und rieb sich mit schmutzigen Fäusten die Augen wie ein Kind aus einem Bilderbuch. Molly wirkte erwachsen und besonnen in ihrer Empörung. »Es war nicht Ivys Schuld. Wie kannst du deine eigene Dummheit einem Kind in die Schuhe schieben. Schäm dich!«

»Ich hab's nicht fallen lassen«, sagte Arthur. Er schob seine Hand in Mollys Hand, und sie schüttelte ihn nicht ab. Sie wolle ins Haus gehen, erklärte sie, und versuchen, das Handy irgendwie zu trocknen, auch wenn es wahrscheinlich nichts bringen würde. Arthur hoffte noch darauf. Die Vichererschar verließ den Garten und stieg die Treppe hoch in Mollys Zimmer, eine feierliche Prozession, als wäre einer von ihnen erkrankt. Kasim war noch nie in Mollys Zimmer gewesen – es war erstaunlich unaufgeräumt. Er hatte sich alles so reinlich und ordentlich vorgestellt, genauso wie Mollys äußere Erscheinung, stattdessen sah es dort aus, als risse sie sich die Kleider abends einfach vom Leib, um sie auf den Boden fallen zu lassen und anschließend noch die nassen Handtücher aus dem Bad darauf zu werfen. Mit Ei verschmierte Teller und halb gefüllte Tee- und Kaffeebecher standen auf der Fensterbank, dem Boden und dem Nachttisch. Auf dem Bett war die Daunendecke ein zerwühlter Haufen, und das heruntergerissene Bettlaken lag wie eine verdrehte Wurst quer über der nackten Matratze. Molly schien es nicht für nötig zu halten, sich für das Chaos zu entschuldigen, während sie nach ihrem Föhn suchte.

»Glaubst du, das könnte funktionieren? Oder ist er zu heiß?«

Vorsichtig drehten sie das iPhone im warmen Luftstrom, doch es ließ sich nicht zu neuem Leben erwecken. Dann saß Molly schweigend und bedrückt auf dem Bettrand, neben ihr Kasim und zu ihren Füßen die Kinder. Mollys Schweigen war schlimmer, als wenn sie geweint hätte. Arthur begann, eins von Mollys Knien zu streicheln und dabei tröstende Töne von sich zu geben, und bald machte Ivy mit und streichelte das andere Knie. Der glänzende, nach Shampoo duftende Vorhang von Mollys Haar war so nah bei Kasim, dass ihr Gesicht dahinter verschwand – er glaubte dennoch, ein Zittern zu spüren. Behutsam legte er ihr einen Arm um die nackten Schultern. Dann begann er, ihren Kopf zu streicheln, als würde er nur dem Beispiel der Kinder folgen; unter dem seidigen, glatten Haar spürte er die Form ihres kleinen Schädels. Ihrem Vater, sagte Molly, werde sie erst am nächsten Tag erzählen, was passiert sei, nur für den Fall, dass sich das Handy vielleicht doch noch erhole.

»Hast du wirklich solche Angst vor ihm?«, fragte Kasim. »Er wirkt wie ein Teddybär. Ich hätte gedacht, dass man ziemlich einfach mit ihm zurechtkommt.«

»Ich habe keine Angst vor ihm. Mein Dad ist wirklich nett zu mir, er wird nie sauer. Aber ich will ihn nicht enttäuschen. Ich habe ihm versprochen, dass ich darauf aufpasse.« Von Gewissensbissen gequält versuchte Kasim, Molly abzulenken, indem er die Schrecklichkeit seines eigenen Vaters hochspielte. »Er nimmt Drogen, er ist ein Egomane, und er rastet aus, wenn er sich verarscht fühlt oder glaubt, man würde ihm seine Zeit stehlen. Und er ist ständig mit neuen Frauen unterwegs. Als ich klein war, hat er Frauen mit nach Hause gebracht, und ich musste mir die Kopfhörer aufsetzen, damit ich sie nicht hören konnte.«

»Wieso hören, was haben die denn gemacht?«, fragte Ivy.

»Lass gut sein«, sagte Molly.

Sie war erschüttert und voller Mitleid. »Ich weiß, dass mein Handy eigentlich nicht so wichtig ist«, sagte sie. »Es ist ja nur ein Ding.«

Als Roland und Pilar zurückkamen, setzten sie sich mit ihren Zeitungen in den Garten; Pilar hatte den Wirtschaftsteil aufgeschlagen, las aber nicht, sondern döste in der gelben Nachmittagssonne. Ihre Augen öffneten sich, als Alice aus dem Wohnzimmer auf die Terrasse trat und vor den Stufen zum Garten stehen blieb. Hinter ihr klafften dunkel die Fenstertüren, als käme sie von Ausgrabungen in der Unterwelt zurück. Roland und Pilar, die gefangen in ihren tief durchhängenden Liegestühlen unten auf der Wiese saßen, waren sofort unangenehm berührt, als würden sie in eine Bühnenshow hineingezogen. Fran hatte sich auf die Stufen zur Terrasse gesetzt, um Stachelbeeren zu putzen, und Harriet lag lesend auf einer Decke im Gras. Die Kinder waren alle irgendwo oben im Haus. Geblendet vom hellen Licht blinzelte Alice ein paar Tränen weg, die wegen ihres theatralischen Auftritts falsch wirkten. Ihre Stimme zitterte vor Gefühl.

»Hör dir das an, Roland. Schau mal, was ich gefunden habe. Das hier sind Briefe, die du Mum geschrieben hast, als sie im Krankenhaus lag.«

»Das bezweifle ich. Ich erinnere mich nicht, dass ich ihr geschrieben habe.«

»Hast du aber! Und sie sind wunderschön. *Liebe*

Mater. Weißt du noch, dass du sie so genannt hast? Das sollte ein Späßchen sein, gegen die altehrwürdigen Privatschulen und so, obwohl du ja eigentlich auch irgendwie einer von denen sein wolltest, und du bist ja auch nachmittags freiwillig in diesen Latein-Zusatzkurs gegangen. *Liebe Mater, hier ist eigentlich alles beim Alten, nur dass es ohne dich nicht dasselbe ist, sondern ziemlich trostlos.*«

Roland ließ warnend seine Zeitung sinken. »Lies bitte nicht daraus vor.«

»Warum denn nicht? Schäm dich doch nicht dafür, Gefühle zu haben. *Ich vermute, dass du im Krankenhaus in Selbstmitleid zerfließt. Bei mir wäre es jedenfalls so, das weiß ich. Hier also zu deiner Unterhaltung ein paar Perlen aus unserem derzeitigen Familienleben. Dad macht uns Tee, der aber ziemlich scheußlich schmeckt, er hat eben nicht dein weibliches Fingerspitzengefühl. Jetzt zeigt sich auch, dass sogar deine Baked Beans ein Beweis deines kulinarischen Genies sind. Er lässt den Toast anbrennen und schmiert dann zu viel Butter drauf. Wenn ich im Bett liege, bilde ich mir manchmal ein, ich könnte unten deine Stimme hören.*«

Stumm saßen die Geschwister da, fassungslos und bleich im grellen Sonnenlicht. »Du bist wirklich unerträglich, Alice«, sagte Roland.

»*Mater, ich wünschte, du wüsstest …*«

Energisch stemmte sich Pilar, die Zeitung in ihrem Schoß zerknitternd, aus dem Liegestuhl, marschierte die Stufen hoch und riss ihrer Schwägerin die Briefe so schnell aus der Hand, dass Alice überrumpelt war. »Die kannst du mir doch nicht einfach wegnehmen!«, rief Alice entrüstet. »Das sind die Briefe meiner Mutter!«

»Tut mir leid, vor jedem ordentlichen Gericht gehören sie immer noch Roland.«

Pilar hatte das Bündel Briefe an ihre Brust gedrückt, und so funkelten sich die beiden Frauen an. Vor dem dunklen Hintergrund der Türen waren sie in ihrer Haltung wie erstarrt, die Gesichter zwei Masken, in denen das Licht alle Nuancen ausgeblendet hatte. »Wir sind hier aber nicht vor Gericht!«, rief Alice aus. »Wir sind eine Familie, falls dir das noch nicht aufgefallen ist.«

»Das ist mir sehr wohl aufgefallen. Familien sind immer am schlimmsten, am streitsüchtigsten. Mir ist das Gesetz lieber.«

»Tja, da sind wir halt anders. Wir leben nicht nach starren Regeln. Vielleicht fällt es dir schwer, dich da einzufügen.«

Unbehaglich in seinem Liegestuhl sitzend nahm Roland die Briefe entgegen, die Pilar ihm energisch hinhielt, ohne einen Blick darauf zu werfen. Sie angelte ihre Schuhe unter dem Liegestuhl hervor, zog sie an und rauschte an Alice vorbei ins Haus. Hilflos horchten sie auf ihre Schritte, die laut die nackten Holzstufen hinaufhallten. »Gut gemacht«, sagte Roland. Leise lächelnd steckte er seine Brille ein, faltete die Zeitung, dann den aufgeschlagenen Brief und schob ihn ungelesen in seinen Umschlag. Als er seiner Frau ins Haus folgte, sah er seine Schwestern nicht an, nur die hängenden Schultern taten seine Geduld und seinen resignierten Überdruss kund angesichts eines solchen Ausbruchs von Dummheit.

»Oh, Alice«, sagte Fran. »Herrgott noch mal!«

»Wie konntest du!«, sagte Harriet.

Alice war verletzt. »Ich weiß nicht, warum alle so sauer auf mich sind. Ist das denn nicht ein bezaubernder Brief?«

»Es geht um deine Taktlosigkeit. Das war Rolands Brief.«

Sie schien wirklich verdutzt. »War ich taktlos?«

In Rolands und Pilars Zimmer waren beide Fenster komplett geöffnet. Die Schwestern konnten nicht überhören, was oben vor sich ging: ein aufgebrachter Wortschwall, den verstehen zu wollen nicht die Mühe wert war, denn Pilar sprach Spanisch. Die Überraschung darüber, dass Roland in scheinbar perfektem, fließendem Spanisch antwortete, ging in der Hitze des Gefechts beinahe unter. Wieso hatte er sich damit noch nicht vor ihnen wichtig gemacht? Was für eine aufdringliche Zurückhaltung, in Anwesenheit der Verwandten als Paar immer nur Englisch zu sprechen, was für eine ärgerliche Rücksichtnahme der beiden. Noch dazu klang Rolands Spanisch lustigerweise ungeheuer englisch: so beschwichtigend, so vernünftig. Harriet nahm ihre Decke und ihr Buch, Fran ihr Sieb mit den Stachelbeeren; lieber den Rückzug antreten vor den Folgen dessen, was Alice getan hatte. Dann riss Roland – seine einzige heftige Geste – die Schiebefenster herunter, dass die Scheiben in den Rahmen nur so klirrten. Abrupt klangen die Stimmen gedämpft. Das Rumpeln der Schubladen in der Frisierkommode und das Krachen der Scharniere, als die Schranktür aufschlug, konnten sie trotzdem hören.

»Packt sie jetzt?« Harriet war entsetzt. »Du musst dich entschuldigen, Alice. Geh hoch und sprich mit ihr. Sofort.«

»Aber das kann ich nicht, weil es mir ja gar nicht leidtut.«

Fran trug ihre Stachelbeeren in die Küche, um einen Crumble zu machen, während sich Harriet weiter im Garten herumtrieb und vergeblich die Ohren spitzte. Alice flüchtete durch die Maueröffnung in den Kirchhof und ging dann, um sich zu verstecken, sogar in die Kirche hinein, die sie sonst aus abergläubischer Angst mied, nachdem dort inzwischen so viele Menschen beerdigt worden waren: ihre Mutter, dann sieben Jahre später ihr Großvater und schließlich ihre Großmutter. Sie zog das Maschendrahttor hinter sich zu, damit keine Vögel hereinflogen, dann die alte, schwere Tür. Im Inneren der Kirche wurde sie vom kühlen Halbdunkel verschluckt. Jedes Geräusch hallte in der Stille wider wie ein Stein, der in einen Brunnen gefallen war. Laut ließ Alice den Riegel einrasten und ging, ihrem eigenen Echo folgend, durch das Kirchenschiff. Sie kauerte sich am Ende einer der Kirchenbänke vor die weiß getünchte, klamme, grünfleckige Wand und redete sich ein, unsichtbar zu sein, falls jemand käme, um sie zu holen. Die Messingtafel mit dem Namen ihrer Mutter, deren Geburts- und Todesdatum und der Zeile aus dem Gedicht ihres Großvaters würde sie nicht beachten, es ging einfach nicht, nie. Ihre Großmutter hatte ihm die Eitelkeit, sein eigenes Gedicht zu zitieren, nie verzeihen können.

Zitternd fiel Licht durch die klaren Glasscheiben, die

vor dem Hintergrund der Bäume grün schimmerten. Alice versuchte, sich nicht zu bewegen, um die Kirche so sein zu lassen, wie sie ohne sie war. Lange hatte diese kühle Luft, die nach wurmstichigem Holz roch, nach moderigen Gesangbüchern auf feuchtem Stein, nach hartem Eisen und speckigem Samt, auf Alice gewartet. Die Kirche war noch feuchter geworden, denn sie wurde inzwischen nur noch einmal im Monat eine Woche lang genutzt. Neugierig wie eine Touristin betrachtete Alice die Musikempore auf der Westseite und das uralte Taufbecken aus Stein mit seinen fast bis zur Unkenntlichkeit abgewetzten Reliefs. Harriet war hier noch getauft worden, nicht aber die anderen (»da hat dann einfach der Dampf dahinter gefehlt«, hatte ihre Großmutter diesbezüglich einmal bemerkt, weshalb Alice jahrelang geglaubt hatte, Babys würden mit heißem Wasser getauft). Das von ihrer Großmutter angefertigte Altartuch, beige und im Stil der damaligen Zeit mit einfachen, groben Formen in Schwarz und Gelb bestickt, war an einer Seite voller Schimmelflecken. In Alice' Brust bebte noch der Streit mit Pilar und den anderen nach; es war ein stechender Schmerz. Und kaum hatte sie sich in ihre Ecke auf der Kirchenbank geflüchtet, brach die ganze Mauer der Selbstverteidigung in sich zusammen. Schon regte sich ihr Gewissen, als wäre es wie ein Spinngewebe durch die Kirche auf sie herabgeschwebt. Alice empfand es immer als große Erleichterung, den Kampf aufzugeben und stattdessen sich selbst an den Pranger zu stellen. Genauso blindlings, wie sie andere verletzte, erwartete sie Vergebung, wenn ihre Reue aus tiefstem Herzen kam. Was war nur in sie gefahren! Einfach laut Rolands Brief vorzulesen und seine Gefühle öffentlich zur Schau zu stellen, wo er doch so zurückhaltend war! Wahrscheinlich hatte außer ihrer Mutter und ihrer Großmutter noch nie jemand diese Briefe gelesen. Seufzend ließ sie den Kopf hängen und vergegenwärtigte sich gnadenlos mit aller Strenge die ganze Szene. Was für ein Auftritt! Pilar hatte ja so recht gehabt, ihr die Briefe aus der Hand zu reißen. Es versetzte ihr einen Stich, wie schwer das Feingefühl ihrer neuen Schwägerin nun gegen sie in der Waagschale lag. Pilars Rechtschaffenheit war genauso makellos wie ihre Kleidung, immer stilsicher, nie zu viel. Plötzlich angewidert von ihrem eigenen Geschmack kam Alice zu dem Schluss, dass er etwas Schales hatte; sie war zu flatterhaft in ihrer Auswahl und einfach immer zu bemüht.

Ivys und Arthurs Versteck war eine Höhle in der dichten, moderigen Hecke oben auf der Gartenmauer, direkt neben einem der beiden bröckeligen Steinpfosten, zwischen denen das Holztor schon vor langer Zeit weggemodert war. Vom Garten aus konnten die Kinder leicht hinaufklettern, doch zum karamellbraun versandeten Sträßchen ging es tief hinab, weshalb das Versteck verboten war, und so assoziierte Ivy den bitteren Geruch des Ligusters mit Gefahr. Arthur glaubte, dass *Hecke* und *Aushecken* irgendwie zusammenhingen, was ihm als Erklärung plausibel schien. Zum Spionieren war dieses Versteck bestens geeignet, nur dass es nicht viel zu spionieren gab, weil nichts und niemand so weit die Straße hochkam. Der Traktor mit seinen Anhängern, die mit Heuballen, schwarzen Silagesäcken oder ein paar blökenden Lämmern beladen waren, bog immer in den Weg zum Bauernhof ein, ehe er ihr Haus erreichte.

Auf den vermoosten Schlusssteinen der Mauer kauernd begann Ivy in der Enge ihres Verstecks, Uhren-Patiencen zu legen. In dieser Höhle war ihr langes Kleid eine Last, weil es sich unentwegt in den Ligusterzweigen verfing. Arthur schaute versunken zu, wie sie die Karten umdrehte, und seufzte jedes Mal erleichtert, wenn es kein König war. Sein Optimismus regte Ivy auf. Die Karten klebten aneinander, und sie beneidete Molly um ihr Geschick. Ob es überhaupt zählte, wenn jetzt eine Patience aufging, wo doch keiner es sah? Wahrscheinlich würde es ihnen später niemand glauben. Immer noch bedrückt, weil sie Mollys Handy nicht gefangen hatte, schummelte Ivy einmal, ohne dass Arthur es merkte. Doch am Ende nützte auch das nichts, und so sammelte sie niedergeschlagen die Karten ein und steckte sie in die Tasche ihrer Shorts, die sie unter dem Kleid trug.

Von ihrem Versteck aus konnten sie direkt in den Hof der ausgebauten Scheune der Pattens auf der anderen Seite der Straße blicken. Die Pattens waren in Kington nicht ansässig. Seit Ivys und Arthurs Ankunft lag der Hof leer und verwaist im Sonnenschein, die Rosen waren erblüht und ungepflückt wieder verwelkt, und die Tage erwachten und verloschen unbemerkt vor der rosaroten, hohen Backsteinwand mit den Schlitzen unter dem Dach, wo die Tauben ein und aus flogen. Die Kinder hatten es immer ganz normal gefunden, dass Mitzi, wenn die Pattens da waren, durch den Hof streunte, in den Ecken schnüffelte, mit buschigem Schwanz jeden Befund meldete oder bei Hitze mit schlaffen Gliedern hingestreckt auf den Pflastersteinen lag. Ivy war eigentlich nicht verrückt nach Hunden. Ein kleines bisschen hatte sie sich sogar vor Mitzi geekelt, ihrem Fell, das seidig aussah, sich aber fettig anfühlte, dem schlechten Atem und dem Sabbern des Hundes. Doch nun war der Gedanke an Mitzi so fest in ihrem Bewusstsein verankert wie etwas, von dem man weiß, dass es verborgen in der Landschaft liegt; das verfallene Cottage hatte sich in ihren Gedanken zum Auslöser eines ständigen, vagen Unbehagens abstrahiert. Mit der Zeit kam ihr die Gewissheit abhanden: Täuschte sie sich? Waren sie nicht zu jung, um als Einzige etwas so Wichtiges zu wissen?

Wenn Arthur aufgeregt war, trat an seinen blassen Schläfen das Blau der Adern noch deutlicher hervor. »Was glaubst du, warum haben sie die Tür zugemacht?«, fragte er.

Sie tat so, als wüsste sie nicht, wovon er redete. »Welche Tür?«

»Jemand könnte Mitzi nur kurz eingeschlossen haben, und dann sind sie weggegangen und haben Mitzi vergessen und dann woanders nach ihr gesucht.«

»Klar, ganz bestimmt, so ist es gewesen«, sagte Ivy bissig. »Totaler Gedächtnisschwund, klar.«

»Oder vielleicht«, fuhr Arthur fort, der sich das alles selbst zusammengereimt haben musste, »ist sie von selbst reingelaufen. Sie hat sich ein bisschen umgeguckt, und als sie fertig war, musste sie die Tür eigentlich nur mit der Nase weiter aufstoßen, um rauszukommen.« Zur Veranschaulichung machte er mit der Nase eine ulkige Stoßbewegung. »Aber stattdessen hat sie die Tür aus Versehen zugemacht.«

Dies erschien Ivy plausibel, doch sie hätte es niemals zugegeben. Mitzi war wirklich oft meilenweit allein durch die Wälder gestreift. Zunächst hätte das Schließen der Tür gar nicht wie eine Katastrophe ausgesehen: Sie hätte weiter im Zimmer herumgeschnüffelt, ein bisschen gebellt, sich dann hingelegt und gewartet, dass jemand auftauchte. Vielleicht hätte sie es sich auf einem Blätterhaufen bequem gemacht. Aus irgendeinem Grund fand Ivy ein so banales Missgeschick schlimmer als jede Vorstellung von Quälerei oder Vernachlässigung. Stoisch weigerte sie sich, ihrem Bruder durch eine mitfühlende Geste zu zeigen, dass seine Vermutung vielleicht richtig war. Vor Ablehnung fühlte sich ihr ganzes Gesicht steif an.

Alice machte sich auf die Suche nach Pilar, um die ganze Schmach vor ihrer Schwägerin auszubreiten. In der Küche stampfte Fran gerade Kartoffeln für ihre Fischpastete. »Die werden oben sein«, sagte sie finster. »Wenigstens ist es jetzt ruhig. Ich gehe einfach mal davon aus, dass ihre Abreise nicht unmittelbar bevorsteht, also mache ich eine große Pastete.«

In ihrer Ungeduld hätte Alice vor Rolands Zimmertür beinahe vergessen anzuklopfen, und ihre Hand zuckte, als es ihr auffiel, vom Türknauf zurück, als hätte sie sich daran verbrannt. Jetzt waren Rolands und Pilars Stimmen nicht mehr erhoben, sondern zärtlich gesenkt; Alice konnte nicht hören, ob sie englisch oder spanisch sprachen. Auf jeden Fall war der schlimmste Streit vorbei. Als sie anklopfte, hörte sie drinnen gedämpfte Unmutsbekundungen und eine plötzliche, wohlbekannte Betriebsamkeit, und ihr erster Impuls war zu lachen – wie lustig, ihren Bruder Roland mitten am Nachmittag beim Liebesspiel zu ertappen. Doch dann rief sie sich in Erinnerung, dass ihr Bruder nicht mehr ihr Intimfreund war und sein Sexualleben sie nichts anging.

»Ich bin's nur«, sagte sie entschuldigend.

Als Büßerin harrte sie lange und gefasst im Flur aus, bis Roland die Tür öffnete. Komplett bekleidet, aber barfuß und so zerzaust, wie es bei seinem kurz geschnittenen Haar möglich war, versperrte er ihr den Weg. Ihr war so, als musterte er sie von Kopf bis Fuß, um zu sehen, in welche Schwierigkeiten sie ihn nun wieder bringen würde – wie ein Polizist, der überprüfte, ob sie eine Waffe bei sich führte. »Ich bin so ein Idiot, Roly«, sagte Alice flehentlich. »Kannst du mir verzeihen?«

Das allein reichte nicht, um ihn umzustimmen; auf weitere Komplikationen gefasst runzelte er die Stirn. »Ich habe mich Pilar gegenüber vollkommen danebenbenommen. Weiß sie, dass ich im Grunde nur eifersüchtig bin? Ich bin wie ein Kleinkind, das die ganze Aufmerksamkeit für sich haben will und deshalb Mist baut. Meine Therapeutin sagt, dass ich nie darüber hinweggekommen bin, dass Fran aufgetaucht ist und mich verdrängt hat.«

Er hoffe nur, dass die Therapeutin ihr nicht viel berechne, sagte Roland, wenn das alles sei, was bei den Gesprächen herauskomme, doch dann trat er einlenkend von der Tür zurück. Im Zimmer waren beide Fenster wieder ganz geöffnet; auf der rosa Tapete bewegten sich die zarten Schatten der Erlen, und vom Garten her waren die Stimmen der Kinder zu hören. Pilar saß im Slip an der Frisierkommode und steckte ihr üppiges Haar hoch. Das Fleisch an ihren erhobenen Armen war braun und fest, und Alice nahm an, dass sie befriedigt war, nicht nur körperlich nach dem Sex, sondern befriedigt auch deshalb, weil sie geliebt wurde. Im Spiegel begegnete ihr Pilars Blick, und Alice, entschlossen, ihrer neuen Demut treu zu bleiben, weigerte sich, auch nur einen Hauch von verschlagenem Triumph darin zu erkennen. »Pilar, was ich gesagt habe, tut mir wirklich leid. Ich war total im Unrecht, und du hattest recht.«

Die Augen im Spiegelbild hielten ihrem Blick stand, doch Pilar taute nicht auf und verzichtete auf jeden freundlichen Kommentar – etwa, dass sie ja ein bisschen mitschuldig sei oder überreagiert habe. »Schnee von gestern«, sagte sie nur, als würde sie eine neu gelernte Redewendung testen.

»Ich bin manchmal blind gegenüber den Gefühlen anderer«, fügte Alice rasch hinzu.

»Jetzt übertreib mal nicht«, sagte Roland. »Das reicht schon. Du bist genauso blind wie jeder andere auch.«

Seine Schwester umarmte ihn, was ihn in Verlegenheit brachte; lächelnd, aber energisch befreite er sich. Im frühen, quälenden Teenageralter war ihm Alice sehr nah gewesen; beide waren gute Schüler gewesen und hatten die Hausaufgaben in wildem Wettstreit erledigt. Doch als sie älter wurden, war sie, die Jüngere, ihrem Bruder irgendwie davongerannt, erster Freund, Sex, Liebe, und er hinkte kläglich hinterher, untauglich in allem, was nicht die Welt seiner Bücher und Studien war. In dieser ungleichen Entwicklungsphase hatte er, von seiner sozialen Unfähigkeit gelähmt, den Bildungsvorsprung gegenüber Alice gewonnen und Zugang zu seinem erwachsenen Ich gefunden.

Und nun plötzlich dieses Projekt, die Briefwechsel der Großeltern zu lesen. Ein Buch über ihren Großvater wollte Alice angeblich schreiben, doch Roland glaubte nicht daran, dafür fehlte ihr die Disziplin. Wenn sie von ihren Ausflügen zurückkamen, lag Alice manchmal mitten am Nachmittag im Bett und schlief, oder sie blickte mit staubverschmiertem Gesicht von Bergen alter Briefe auf, als würde sie ihre Geschwister kaum kennen oder jemand anderen erwarten. Roland machte sich Sorgen, sie könnte gänzlich den Halt verlieren. Ihren Versuchen mit der Schauspielerei war, als sie es aufgegeben hatte, eine lange Reihe von Jobs gefolgt: Kellnern in Kneipen, diverse Foyer-Jobs in Theatern, private Nachhilfe. Sie kam mit wenig Geld zurecht. Auch hatte sie ein paar Gedichte veröffentlicht, sich der Literatur aber nie mit der dafür notwendigen Kompromisslosigkeit verschrieben; ihren Gedichten fehlte die Schwere, sie war zu bemüht zu gefallen. Als er nun vorschlug, dass sie über ihre Pläne für das Haus reden sollten, bat Alice um mehr Zeit. Es sei doch noch jede Menge Zeit, sagte sie. Bald würden sie sich auf jeden Fall zusammensetzen und dieses wichtige Gespräch führen. Aber jetzt müssten sie doch noch keine Entscheidung treffen, wo es gerade so schön sei, da wäre es doch ein Jammer, alles zu verderben. Nun ja, um ein Haar wäre Alice genau das gelungen.

Abends im Bett dachten sich die Kinder ein neues Spiel aus. Die Höhle unter Ivys Decke war eine Art unterirdische Halle oder Tempel, in den sie und Arthur von ihren Streifzügen durch die gefährliche Welt zurückkehrten. Oft kamen sie verletzt zurück und heilten ihre Wunden mit magischen Tannenzapfen – Arthur konnte besonders ergreifend stöhnen und mit flatternden Lidern in Ohnmacht fallen. Solange die Erwachsenen die Kinder oben spielen hörten, achteten sie nicht weiter auf sie. Ivy gab Arthur barsche Anweisungen. Sie erwähnte die *toten Frauen,* allerdings nur beiläufig, halblaut, als wüsste er natürlich, wen sie meinte: *Sie* befahlen den Kindern, sich ihre Schlafanzugoberteile um den Kopf zu wickeln, *sie* ließen sie in einem Zahnputzbecher heiliges Wasser aus dem Badezimmer holen. Obwohl die toten Frauen nicht unbedingt ihre Feindinnen waren, klang Ivy vorsichtig, wenn sie mit verhaltener Stimme von ihnen sprach. Draußen starrten ihnen im blauen Mondlicht die Felder entgegen, und die Schatten der Nacht wirkten bedeutungsvoller als die des Tages. Sie hörten das Eulenmännchen rufen und dann die gedämpftere Antwort des Weibchens, als führten die beiden ein Gespräch.

»Was macht die Eule?«, flüsterte Arthur.

»Jagen und töten«, sagte Ivy nüchtern.

Kasim schlief tief und fest, als Molly am nächsten Morgen die Tür zu seinem Zimmer öffnete. Offenbar löste ihr Eindringen in einer tiefer gelegenen Kammer seines Ichs einen Alarm aus, der ihn in die Welt zurückholte: Mit einem Schrei fuhr er hoch.

»Was machst du hier? Wie viel Uhr ist es?«

In seiner Vorstellung konnte es nur aberwitzig früh sein – Morgendämmerung, wenn nicht noch früher. Mollys Haare waren nass, und sie trug einen Frotteebademantel; ihre Haut war leicht gerötet und feucht vom Bad.

»Neun. Die stehen gerade alle auf. Ich habe gute Nachrichten. Rate mal was?«

Verschwitzt und noch vage erregt von seinen Träumen sah sich Kasim im Nachteil: Wahrscheinlich hatte er auch noch üblen Mundgeruch. Als Molly sich auf den Bettrand setzte, glaubte er zu spüren, wie das Laken ihre Nässe aufsog. War sie nackt unter ihrem Morgenrock? Fröhlich verkündete sie ihm, dass ihr iPhone wieder funktioniere. »Der Föhn war wirklich der Trick«, sagte sie. »Das hätte ich nie gedacht. Ist das nicht super? Ich bin dermaßen erleichtert.«

Er konnte es nicht fassen, dass sie gekommen war, um über ihr Handy zu schwafeln – als ob das wichtig für ihn gewesen wäre. Als sie wieder gegangen war, fühlte er sich bloßgestellt, weil sie nun sein Zimmer gesehen hatte, das zu aufgeräumt war, zu leer; so karg wie eine Zelle, mit nichts als einem schmalen, dünnen Teppich auf den nackten Holzdielen, die Wände in einem scheußlichen, kalten Blassblau gestrichen. In seinen Augen stand dieses Interieur für eine ganz bestimmte, bürgerliche und spezifisch englische Lebenshaltung, die er verabscheute: kühl, herablassend, zurückhaltend und voller Verachtung für materiellen Komfort. Zu säuberlich gefaltet lagen seine Kleider auf dem Stuhl, zu gesittet darunter, Seite an Seite, seine Turnschuhe. Für die anderen hatte er sich mit einem geheimnisvollen Nimbus umgeben, wenn er vorgab, in der Zurückgezogenheit seines Zimmers zu arbeiten. Doch nun hatte Molly es gesehen, sie wusste, dass er gar keine Bücher mitgebracht hatte und das Zimmer kahl war und nackt.

5

Pilar klagte über ihre nachlassende Kondition, das regelmäßige Schwimmen fehle ihr; Harriet erzählte ihr von einem nahe gelegenen Hotel mit einem Schwimmbad, das sie benutzen könnten, und so machten sich die beiden Frauen eines Morgens nach dem Frühstück in Harriets Wagen auf den Weg. Harriet war schon dort gewesen. Es war ein tristes, viktorianisches Hotel aus rotem Stein, an der Küste oberhalb einer schmalen Bucht inmitten eines Caravanparks gelegen; das Schwimmbad befand sich im Keller unter dem Gebäude und war künstlich beleuchtet. Das Mädchen an der Rezeption öffnete es ihnen widerwillig und musste, weil sie keine Hotelgäste waren, den Geschäftsführer anrufen, um zu erfragen, was sie berechnen solle. Harriet hätte sich am liebsten bei ihrer Schwägerin entschuldigt: Wie düster und beklemmend musste dieses Hallenbad für jemanden sein, der es gewohnt war, im Freien zu schwimmen. Dann erinnerte sie sich daran, dass Pilar ihr vorgeworfen hatte, ständig auf Argentinien Bezug zu nehmen. Vielleicht akzeptierte Pilar diesen absurden Pool ja als Teil eines Englands, zu dem sie unbedingt gehören wollte.

An allen Wänden waren gelbe, schalenförmige Lampen befestigt, die ihr Licht seltsamerweise nach oben warfen, wodurch die Oberfläche des Wassers ölig aussah und in wechselnde, sich verschiebende Formen aufriss, als sie hineinstiegen. Pilar und Harriet trugen ähnlich schlichte, schwarze Badeanzüge. Beide waren sportliche Schwimmerinnen, die am liebsten kraulten; das Becken war eindeutig zu kurz, doch wenigstens hatten sie es für sich. In der dumpf hallenden, höhlenartigen Akustik des Raums empfand Harriet zum ersten Mal eine Art von Ebenbürtigkeit. Im Wasser ließ ihr geschmeidiger, straffer Körper sie nicht im Stich. Vielleicht könnten sie ja wirklich Freundinnen werden; seit Pilar sie – jedenfalls ein bisschen – zu ihrer Vertrauten gemacht hatte, glühte Harriet innerlich. Eine Zeit lang zogen die Frauen im befreienden Gefühl der Bewegung ihre Bahnen, ohne aufeinander zu achten. Dann forderte Pilar Harriet zu einem Wettschwimmen heraus: vier Bahnen. Harriet wusste, dass sie schneller war; Kampfgeist war ihr eigentlich fremd, doch nun setzte sie alles daran zu gewinnen und spürte mit einem Mal ihre ganze Stärke – sie hätte mit Leichtigkeit zwanzig Bahnen geschafft oder vierzig. Als sie sich am Beckenrand hochstemmte, Chlorwasser aus Nase und Augen strömend, war sie außer Atem, lachte und jubelte. Sobald sie wieder Luft bekamen, schwammen sie abermals um die Wette. Während Harriet, getragen von einem unerwarteten Glücksgefühl, das Wasser durchpflügte, war ihre ganze Schüchternheit und Unbeholfenheit außer Kraft gesetzt.

Nach dem Schwimmen schälten sie sich nebeneinander in getrennten, engen Kabinen aus ihren nassen Badeanzügen, trockneten sich ab und zogen sich wortlos wieder an; jede hörte, wie sich die andere bewegte und dabei gegen die dünne Trennwand stieß. Um einen Kakao zu trinken, gingen sie in den terrassenförmig angelegten Garten des Hotels oberhalb der Bucht. Im Sonnenlicht hatte sich das Wasser in eine gleißende Zinkfläche verwandelt, zu hell, um draufzuschauen. Pilar kämmte mit den Fingern durch ihr nasses Haar. Sie sah ernst aus, nachdenklich, und begann in schroffem Ton, während ihr Blick über Harriets Schulter ging, Fragen zu stellen über deren früheres Leben, als sie sich politisch engagiert und für diverse Ziele gekämpft hatte. Hatte Harriet ihr damaliges Tun jemals bereut?

»Warum willst du das wissen? Das ist eine schwierige Frage.«

»Du siehst nicht aus wie eine Revolutionärin«, sagte Pilar freiheraus.

Bei niemand anderem hätte Harriet eingewilligt, über dieses schmerzhafte Thema zu sprechen, doch sie sah, welche Überwindung es Pilar kostete, ihr diese Fragen zu stellen; normalerweise führte sie unpersönliche, pragmatische Gespräche. Roland hatte ihnen erzählt, dass die politischen Aktivitäten ihres Onkels einen Schatten auf die Familie warfen; wenn es ein Geheimnis gab, hatte es wahrscheinlich mit ihm zu tun. Harriet sagte, dass sie tatsächlich keine große Revolutionärin gewesen sei, etwas Waghalsiges oder Aufsehenerregendes habe sie nie getan. »Aber ich denke, ich habe schon geglaubt, die Revolution zu unterstützen, was aus heutiger Sicht lächerlich klingt. Die ganzen Kampagnen, Flugblätter, Versammlungen, Demonstrationen. Ich habe mir mit Jobs, hauptsächlich in Büros, mein Geld verdient, aber dieses Ich, das den ganzen Tag gearbeitet hat, schien gar nicht richtig zu existieren. Ich dachte, ich würde mich für etwas aufopfern. Das habe ich auch, aber für die falsche Sache. Und das ist schlimmer, als nichts zu tun. Was ich damals getan habe, hat den eigentlichen Zweck verfehlt. Andere Leute haben echte politische Arbeit geleistet und versucht, Dinge zu verbessern. Wir haben sie als Reformisten verachtet, sie waren uns nicht revolutionär genug.«

In der Kulisse dieses sonnigen, ländlichen Gartens klang ihre Geschichte weit hergeholt und abstrakt. Sie waren die einzigen Gäste draußen, es war noch früh; im grellen Morgenlicht leuchtete das Weiß der Tassen, die zwischen ihnen standen. In den Ecken des Tisches lagen gegen den vom Meer kommenden Wind Steine auf der Plastiktischdecke, doch in diesem Moment war es vollkommen windstill und heiß. Nichts regte sich bis auf die Bienen und anderen Insekten in den Beeten, die mit hohen, stacheligen Yuccapalmen, Akanthus und Ziergräsern bepflanzt waren. Aufmerksam studierte Pilar Harriets Gesicht. »Ich interessiere mich für Menschen, die ihre Meinung ändern«, sagte sie. »Vielleicht ins Gegenteil umschlagen. Hast du deine Meinung plötzlich geändert? Innerhalb von einem Tag?«

»Natürlich nicht innerhalb von einem Tag«, sagte Harriet. Und sie sei auch nicht ins Gegenteil umgeschlagen. Sie hatte sich nicht in eine Faschistin oder Konservative verwandelt. Ungerechtigkeit, Leid und Grausamkeit lehnte sie immer noch ab und fand nach wie vor, dass es wichtig war, etwas dagegen zu unternehmen. Doch sie hatte ihr früheres Leben abgestreift wie eine alte Haut. Erst danach hatte sie gemerkt, dass sie keine zweite hatte und auch keine Energie mehr für jegliches Engagement. Eine ganze Weile war sie krank gewesen, richtig krank. Christopher hatte ihr geholfen, diese schwere Zeit durchzustehen – auch er war ein Abtrünniger.

»Hier in England ist Revolution machen wie Kindergeburtstag feiern«, sagte Pilar. »Hier wird so vieles als selbstverständlich betrachtet. Ihr habt keine Ahnung.«

»Wir haben keine Ahnung. Ich weiß.«

»Wo ich herkomme, da sind Revolutionäre schreckliche Menschen. Und die anderen sind genauso schlimm. Überall Tod und Konflikte, die den Menschen, die einfach nur leben wollen, Probleme bereiten.«

»Was für Probleme? Ich meine, konkret für deine Familie. Neulich hast du etwas erwähnt.«

Mit einer ärgerlichen, abweisenden Handbewegung schob Pilar ihre Tasse zur Seite. »Ich kann nicht«, sagte sie. »Ich bin nicht bereit, darüber zu sprechen. Es war nicht meine Absicht, diese dummen Komplikationen in Rolands Leben zu tragen.«

Harriet ertappte sich bei dem verrückten Gedanken, Pilar alles zu beichten. Sie wollte ihr erklären, dass sie früher allein wegen Pilars Herkunft und ihrer äußeren Erscheinung über sie gerichtet hätte, doch sie wusste nicht, wie Pilar darauf reagieren würde, und wollte nicht, dass sie sich wieder zurückzog. Harriet hasste es, über diese alten, falschen Gewissheiten nachzudenken, damals als sie die Welt aufgeteilt hatte in diejenigen, die tapfer Unrecht erduldeten, und diejenigen, die es ihnen zufügten. Selbstverständlich hatte sie ihre eigene Familie – ihre bürgerliche Familie – auf der Seite des

Unrechts gesehen. Reich waren sie eigentlich nie gewesen, aber gebildet, und sie waren zumindest die Erben gewesen und nicht die Enterbten. Und so hatte Harriet gedacht, ihr ganzes Leben müsse eine Art von Wiedergutmachung für diese Privilegien sein. Im Rückblick kam ihr das alles sehr theatralisch vor.

Ivy saß allein in ihrem Versteck auf der Mauer und legte wieder einmal Patiencen, als die Stille, die bis dahin undurchdringlich schien, vom lauten Dröhnen des Autos der Pattens zerrissen wurde. Beängstigend nah glitt sein rotes, glänzendes Dach unter ihr vorbei, dann bog der Wagen in den Hof der ausgebauten Scheune ein, wo er knirschend über den Kies rollte und Steinchen aufwirbelte. Voller Hoffnung beobachtete Ivy, wie Janice Patten auf der Fahrerseite ausstieg: Plötzlich hielt sie es für möglich, dass durch irgendeinen glücklichen Zufall oder eine falsche Verknüpfung in ihrem unzulänglichen Kinderhirn vielleicht doch Mitzi durch die offene Fahrertür aus dem roten Auto springen und nacheinander allen Schnüffelecken im Hof den dringend erforderlichen Besuch abstatten würde. Dann wäre alles wieder in Ordnung. Doch stattdessen stieg nur Claude Patten aus dem Wagen, blieb auf dem Kies stehen und streckte sich stöhnend. Janice nahm unterdessen ein paar Taschen von der Rückbank. Aber wenn ihr Hund tot wäre, wie könnten sie dann so normal sein?

Zu schnell tauchte der letzte König auf; Ivy sammelte ihre Karten ein, kletterte von der Mauer, trottete ins Haus. Im Wohnzimmer spielte Alice Klavier, ein melancholisches Stück, dessen Klänge Ivy mit einer abergläubischen Vorahnung erfüllten. Sie zog sich nach oben zurück, ohne jemandem zu sagen, dass die Pattens eingetroffen waren. Allein in ihrem Zimmer kroch sie unter die Bettdecke und vertiefte sich in ein Buch, das sie aus dem Regal in Alice' Zimmer genommen hatte und nun zum zweiten Mal las. Das Hin und Her der Stimmen im Erdgeschoss ließ sich nicht ausblenden, und sie fühlte sich übergangen. Als ihr irgendwann der Geruch von frisch gebackenem Kuchen in die Nase stieg, wurde ihr bewusst, dass sie nicht zu Mittag gegessen hatte. Sobald sie das Buch ausgelesen hatte, stellte sie es ins Zimmer ihrer Tante zurück und nahm sich ein neues. Lesen war besonders tröstlich, wenn man schon wusste, was geschehen würde.

Während Pilar mit Harriet unterwegs war, wollte Roland in die Stadt fahren, um seine E-Mails zu lesen und Zeitungen zu besorgen, obwohl Alice sagte, sie wolle keine Zeitungen, nicht in Kington.

»Können wir nicht wenigstens mal ein Weilchen uninformiert sein? Die Welt kommt sehr gut zurecht, ohne dass wir wissen, was gerade los ist.«

»Keiner sagt, dass du die Zeitungen lesen sollst.«

»Aber dann gucken sie mich so erwartungsvoll an, und die Neuigkeiten sickern trotzdem aus ihnen heraus.«

Molly bat darum, mitfahren zu dürfen: Sie wollte Kasim die Spielhalle zeigen, die sie als Kind so geliebt hatte. Auf der Fahrt in die Stadt saßen die jungen Leute auf dem Rücksitz des Jaguars. Roland stellte sich Kasims Hand auf Mollys Oberschenkel vor, der auf dem

Ledersitz nackt aus ihren Shorts ragte, wobei er eigentlich noch keine Berührungen gesehen hatte und nichts darauf hindeutete, dass mehr zwischen den beiden war als der Kitzel gegenseitiger Anziehung. Roland war schon immer begeistert von seiner Tochter gewesen, ihrer Unkompliziertheit, ihrem Entgegenkommen, ihrer Anmut. Seine Liebe zu ihr, die ihm leichtfiel, war ein ruhiger, starker Strom von Gefühlen. Weil sie ganz offensichtlich keine Intellektuelle war, hatte er nie Druck auf sie ausgeübt, gut in der Schule zu sein; die langweilige Fixiertheit von Eltern auf Leistung lenkte in seinen Augen von den wahren Werten der Kunst und des Denkens ab. Dass ihn nun die Sexualität seiner Tochter als Vorstellung so irritierte, überraschte Roland. Er mochte Kasim nicht; es war anstrengend, im Gespräch mit ihm die Führung nicht abzugeben und seiner Ignoranz beizukommen, seinem wachen Geist, seiner hohen Meinung von sich selbst. Kasim schmeichelte Roland mit einer Lässigkeit, als müsste Roland sich zwangsläufig darüber freuen, außerdem gab der Junge gut gelaunt finstere Urteile über Politik, Wirtschaft und die Zukunft des Planeten ab. Roland war froh, als er den Wagen geparkt und sie sich darauf geeinigt hatten, getrennte Wege zu gehen.

Im Buchladen war er peinlich darauf bedacht, der Buchhändlerin mit Höflichkeit und Charme zu begegnen, um dann zwischen Grünlilien, dicken Liebesschmökern und den kleinen Stühlen der Kinderabteilung seine Mails zu lesen. Ein Verleger bat um ein Vorwort für eine neue Drehbuch-Reihe, jemand wollte ihn für einen Plenarvortrag bei einer Konferenz über die Ikonographie des Films buchen, und sein Agent hatte einige freundliche Bemerkungen über einen Beitrag weitergeleitet, den er für den *Guardian* geschrieben hatte. Das alles stellte die abgerissene Verbindung zu seinem öffentlichen Ich wieder her. Ein Leben, in dessen Mittelpunkt nicht die Arbeit stand, war für ihn unvorstellbar; sie war der Rahmen, der alle sonstigen Mängel und Unzulänglichkeiten wettmachte. Dass irgendwann sein Interesse erlöschen und er der Langeweile ausgesetzt sein könnte, war ihm eine grauenhafte Vorstellung. Irgendwann zwischen dreißig und vierzig war er in Panik geraten, hatte sich in seinem Universitätsinstitut gefangen gefühlt und sich von da an strategisch um eine zweite Karriere in anderen Gefilden bemüht. Er versuchte, sich vorzustellen, wie es wohl für Alice war, ihre ganzen Hoffnungen nur auf Selbstverwirklichung und Beziehungen gesetzt zu haben. Vielleicht hätte sich alles anders entwickelt, wenn sie als Schauspielerin erfolgreich gewesen wäre.

Als er im Buchladen fertig war, kaufte er sich einen Kaffee und ein Sandwich und setzte sich mit seiner Zeitung an einen auf dem Bürgersteig stehenden Café-Tisch; er sah Molly und Kasim vorbeischlendern und tat, als bemerkte er sie nicht. Kasim biss in einen Burger, der in fettiges Serviettenpapier eingeschlagen war, Molly schleckte ein Eis. Ins Gedränge der bummelnden Urlauber getaucht sahen sie dennoch nicht ganz so aus wie die anderen. So nachlässig sie auch gekleidet waren, ihre Klasse, ihre Bildung und Kasims braune Haut hoben sie ab. Diese altmodischen Erholungsorte waren immer noch bemerkenswert weiß, das fiel jedem auf, der an die Menschenmengen der Großstädte gewöhnt war. Roland konnte nicht umhin, sich über die Enge und Einfallslosigkeit der kleinen Stadt zu ärgern. Wenn er jetzt in Frankreich, Tunesien oder Brasilien in irgendeiner Kleinstadt an einer Straße gesessen hätte, wäre es anregend gewesen, als wacher Beobachter alles in sich aufzunehmen. Er konnte diesen Ort nicht genießen, er war zu vertraut, er war Heimat.

Molly und Kasim hatten in der Spielhalle Eishockey gespielt und flache Scheiben über einen Tisch schliddern lassen, dann mit einem mechanischen Arm nach Plüschtieren gefischt. Sie hatten den Stapel gewonnener Tickets gegen eine weiße chinesische Porzellanvase in Form eines zerknautschten Stiefels eingetauscht, von der Kasim sagte, dass er sie Alice schenken werde. Er wollte sie in die Verlegenheit bringen, dankbar aussehen zu müssen, obwohl sie bestimmt noch nie etwas so Scheußliches gesehen hatte. Auf der Straße waren sie an einem Tätowierstudio vorbeigekommen, und nun versuchte er, Molly zu beschwatzen, sich ein Tattoo stechen zu lassen.

»Nur ein klitzekleines. Nur, sagen wir, einen kleinen Schmetterling. Am Knöchel.«

»Soll das ein Witz sein? Das muss ein Witz sein. Lieber würde ich sterben.«

»Ich weiß gar nicht, wovor du Angst hast. Komm schon, ich habe mit dem Rauchen aufgehört, glaubst du, ich leide nicht? Ist doch nur eine kleine Nadel, die an der Oberfläche deiner Haut herumpikst, nur ganz oberflächlich. Und es dauert auch gar nicht so lange. Nur ein paar Stunden oder so. Kleine, mit Tinte gefüllte Nadeln.

Das ist alles. Sie werden sehr sauber gehalten. Und dein Knöchel ist weit von deinem Gehirn entfernt.«

»Das machst du extra!«, rief sie, nur halb amüsiert. »Du machst dich lustig über mich! Das merke ich doch.«

Argwöhnisch streckte Ivys Mutter den Kopf durch die Zimmertür und fragte ihre Tochter, was eigentlich los sei. »Warum spielst du nicht draußen, wo doch so schön die Sonne scheint?«

»Warum sollte ich? Ich hasse alle.«

»Sei doch nicht albern. Die Pattens sind da, Janice ist rübergekommen. Alice hat einen Kuchen gebacken und in der Küche, wie sollte es anders sein, ein schönes Chaos angerichtet.«

»*Ich* wollte Kuchen backen«, sagte Ivy. »Das ist gemein.«

Ihre Mutter machte die Tür zu und ging.

Als Ivy unten im Wohnzimmer Janice Pattens Stimme hörte – tief wie die eines Mannes, aber geschwätziger –, ließ sie ihr Buch aufgeschlagen auf dem Kopfkissen liegen, schlich lauschend übers Geländer gebeugt die Treppe hinunter und versuchte dann, unsichtbar ins Zimmer zu gelangen; gern wäre sie bäuchlings wie eine Schlange hineingekrochen und hätte sich unter einem Sessel eingerollt. Doch Janice war auf der Hut. »Ich sehe was, was du nicht siehst«, sagte sie mit munterer, gespielt überraschter Stimme. »Und ich glaube, es ist Prinzessin Ivy.«

Janice hatte so ihre Vorstellungen von den Nachbarn, diesen künstlerisch angehauchten Exzentrikern, und schon einige Geschichten über sie gesammelt: Zusammen mit ihrem Großvater waren sie Teil der Historie dieses Orts, auch wenn sie das wunderschöne alte Haus so verfallen ließen, dass sein Zustand inzwischen haarsträubend war. Ivy hatte vergessen, dass sie ihr seidiges Unterkleid trug. Inzwischen war es fleckig und zerrissen, doch sie hatte es an diesem Morgen als eine Form der Buße noch einmal angezogen. Sie hörte auf zu kriechen und ließ sich schmollend in einen Sessel fallen.

»Da hat jemand schlechte Laune«, entschuldigte sie Fran.

»*Ich* wollte backen«, sagte Ivy. »Du hast es mir versprochen, Mum.«

»Ich wünschte, du hättest mir geholfen, Schätzchen«, schaltete sich Alice ein. »Warum hast du nichts gesagt? Mein Kuchen ist eine Katastrophe, flach wie ein Pfannkuchen. Janice, wenn du lieber etwas anderes haben möchtest …«

Janice beruhigte sie scheinheilig.

Alice betrachtete ihren Kuchen. »Eigentlich ist es ja eher ein großer Keks als ein Kuchen.«

Die beflissene Gastfreundlichkeit ihrer Mutter und ihrer Tante, der Wirbel, den sie um Janice machten, und wie sie ihr die alte Geschichte von der Frau mit den flatternden Haaren in den Teetassen auftischten (Janice war Expertin für Antiquitäten), das alles verriet Ivy, wie sehr sie sich wünschten, die Nachbarin wäre nicht gekommen. Sie war groß und schwer, hatte einen kleinen Kopf, einen rosa Teint und winzige, flinke Augen; ihr auffälliger, gelber Lockenschopf wurde langsam grau, und der Stoff ihrer Seidenbluse spannte so sehr über der Brust, dass er an den Knöpfen zog. »Apropos schlechte Laune«, sagte sie. »Claude hütet das Bett. Er behauptet, von der Fahrt erschöpft zu sein, dabei habe *ich* die ganze Zeit am Steuer gesessen.«

»Es ist aber auch anstrengend«, sagte Alice mitleidig. »Als Beifahrerin weiß ich genau, wie er sich fühlt. Ich muss ja ständig bei allem meinen Senf dazugeben und bin schon erschöpft, wenn ich nur ans Autofahren denke. Ich könnte mich sofort dazulegen. Also, natürlich nicht in *dem* Sinne.«

Sehr gern, sagte Janice, allerdings würde er schnarchen und um sich treten wie ein Pferd. Auf dem Boden war Arthur dabei, sich im Schneidersitz mit Mollys transparentem Nagellack die Fingernägel zu lackieren; hoch konzentriert tauchte er den kleinen Pinsel ins Fläschchen. »Findet hier keiner, dass man ihn daran hindern sollte?«, fragte Ivy müde. »Der schmiert noch alles mit Nagellack voll. Und dieses durchsichtige Zeug ist sowieso Zeitverschwendung. Sieht doch hinterher gar nicht anders aus.«

»Es festigt die Nägel«, sagte Arthur.

»Er macht das sehr schön«, sagte Fran. »Und Molly hat bestimmt nichts dagegen.«

Arthur blickte von dem Nagel, den er gerade mit seinem Pinsel bestrich, zu Ivy hoch, ein stummer Vorwurf in seinem schmachtenden Blick; sie war die Einzige, die wusste, wie wenig unschuldig er war. »Warum habt ihr Mitzi nicht mitgebracht?«, fragte er Janice.

»Ja, wo ist Mitzi?«, fragte Alice, während sie Ivy auf einem Teller ein Stück Kuchen anreichte.

Janice, die gerade einen Bissen genommen hatte, hielt sich, weil sie noch nicht antworten konnte, kauend die

Hand vor den Mund und signalisierte mit ihrer Miene Bestürzung. Es war einfach zu viel, Ivy konnte nicht mehr: Sie ließ den Teller fallen, der zum selben Service gehörte wie die Teetassen. Wie im Zeichentrickfilm schien er – so groß war die Anspannung – einen Moment lang in der Luft zu stehen, dann prallte er vom Boden ab und landete kopfüber auf dem Teppich, ohne zu zerbrechen; fast im selben Moment sprang Ivy auf, trat dabei auf den umgedrehten Teller samt Kuchen und hörte es unter ihrem Schuh knacken.

»Jetzt sieh dir an, was du gemacht hast!«, schimpfte Fran.

Alice beschwichtigte sie; nicht so schlimm, sie hätten doch noch jede Menge Teller, und um den Kuchen sei es nun wirklich nicht schade. »Es gibt gar nicht jede Menge Teller«, heulte Ivy. »Das sind die letzten!«

Inzwischen hatte Janice zu Ende gekaut. »Habt ihr das denn nicht mitbekommen?«, rief sie aufgewühlt. »Mitzi ist verschwunden! Ich dachte, ihr wüsstet das.«

»Nein, das wussten wir nicht. Wir reden eigentlich mit niemandem hier. Mit Simon Cummins haben wir geredet. Aber der hat nichts gesagt.«

Janice musste sich mit einem aus dem Ärmel gezogenen Papiertaschentuch die Tränen abtupfen, während sie ihnen die Geschichte erzählte. Arthur schien die ganze Zeit händewedelnd, wie er es sich von Molly abgeschaut hatte, ins Trocknen seiner Nägel vertieft.

»Es ist passiert, als wir über Ostern hier waren. Eines Morgens ist sie verschwunden, und zuerst habe ich mir keine großen Gedanken darüber gemacht, sie hat ja oft draußen ihre kleinen Abenteuer gesucht. Aber dieses

Mal ist sie einfach nicht zurückgekommen. Wir haben tagelang überall nach ihr gesucht. Claude glaubt, dass sie vor ein Auto gelaufen ist, und es stimmt ja auch, dass sie schrecklich unvernünftig war. Aber ich glaube, dass sie entführt wurde. Reinrassige Hunde sind wahnsinnig wertvoll. Ich sage mir immer, dass sie bei irgendwelchen neuen Besitzern, die sie abgöttisch lieben, ein Leben im Luxus führt, auf Samtkissen schläft und sich von Hühnerbrüstchen und gegrillten Tomaten ernährt. Wisst ihr noch, wie verrückt sie nach gegrillten Tomaten war? Obwohl ich schon glaube, dass sie sich noch nach uns sehnt – zumal ich mich frage, woher die neuen Besitzer das mit den Tomaten überhaupt wissen sollen. Wir sind jedenfalls einige Tage länger geblieben als geplant, weil mich der Gedanke verfolgt hat, dass sie doch noch auftaucht und wir dann nicht da wären. Jede Nacht habe ich mir eingebildet, dass sie jaulend an der Tür kratzt, und irgendwann hat sich Claude geweigert, runterzugehen und nachzusehen, er meinte, ich wäre wohl langsam dabei, verrückt zu werden. Es ist doch nur ein Hund, hat er gesagt.«

»Es war nicht nur ein Hund!«, rief Alice. »Es war Mitzi!«

»Wenn sie überfahren worden wäre«, sagte Fran und hob dabei die Tellerscherben auf, »müsste man sie doch inzwischen gefunden haben.«

»Das denke ich auch. Aber Claude sagt, Leute, die Hunde überfahren, wollen nicht dafür geradestehen, sie nehmen einfach die Leiche mit und sehen zu, dass sie sie irgendwo schön weit weg wieder loswerden.«

»Claude hat aber eine ziemlich rege Phantasie, oder?«

»Trotzdem, man hört doch ganz erstaunliche Geschichten«, sagte Alice, »von Hunden, die nach vielen Jahren zu ihren Besitzern zurückkehren.«

»Ja, ich weiß«, sagte Janice. »Und darauf baue ich auch.«

Ivy spürte Arthurs erwartungsvollen Blick, und sie wusste, dass sie die anderen daran hätte hindern sollen, weiter auf das Unmögliche zu hoffen. Sie öffnete den Mund, um etwas zu sagen. Doch in diesem Moment begann Fran, mit Handbesen und Kehrschaufel verärgert die Kuchensauerei zusammenzufegen und dabei mit dem Besenstiel Ivys Füße wegzustoßen, als interessierte sie der Hund überhaupt nicht. Als Ivy auf ihre über die Kehrschaufel gebeugte Mutter herabsah, glaubte sie plötzlich, ihr Geheimnis schützen zu müssen. In all seiner Hässlichkeit gehörte es ihr, und sie wollte nicht, dass die Erwachsenen es in Besitz nahmen, es wieder in Ordnung brachten und alles bereinigten, noch nicht, auch wenn ihr die unausgesprochenen Worte die Luft zum Atmen nahmen. Wenn sie nichts sagte, würde Arthur auch nichts sagen, da war sie sich sicher. Sie wusste, dass sie sich mit dieser Unterlassung ihre Geborgenheit und ihren Anstand nahm. Und während alle noch traurig wegen Mitzi waren, erklärte Ivy in unverschämtem Ton, dass sie jetzt aber dringend neuen Kuchen brauche. »Keinem scheint hier aufzufallen, dass ich sterbe vor Hunger!«

Worauf Janice sie tadelte: Wie könne sie nur *vor Hunger sterben* sagen, wo doch in afrikanischen Ländern wirklich Kinder verhungerten. Daraufhin erklärte Alice, dass sie nun ein schlechtes Gewissen habe, denn sie selbst benutze die Formulierung ebenfalls ständig. Als Ivy den trockenen Kuchen heruntergewürgt hatte, ging sie bedrückt Stufe für Stufe laut stampfend die Treppe hoch und kam sich dabei unmöglich vor. Bei Alice probierte sie den Lippenstift auf der Frisierkommode aus, so fest, dass der kleine, dicke Stiel aus roter Paste abbrach. Dann ging sie ins Nachbarzimmer, durchwühlte Harriets Kommode und fand unter ihren Kleidern versteckt das Tagebuch. Harriets Handschrift war sehr klein, Seiten über Seiten voll davon. Da schien nichts Geheimes drinzustehen, nur so Zeug über Wanderungen und Vögel und Leute. *Saß heute Abend beim Essen neben P. Bin ich glücklich? Ich denke, ich bin glücklich, aber es kommt dem Wahnsinn sehr nahe.*

Mit dem abgebrochenen Lippenstift schmierte Ivy die Seiten voll. Bewusst fehlerhaft und dann auch noch auf dem Kopf schrieb sie *fuk,* dahinter Arthurs Namen in breiten, krakeligen Buchstaben, die der eher sorgfältigen Schrift ihres Bruders in nichts ähnelten. Danach waren Harriets weißer Kissenbezug und ihr Laken mit zinnoberrotem Lippenstift verschmiert.

An diesem Nachmittag brach Alice zu einer Wanderung auf. Sie wollte allein sein: Sie hatte sich über die fade, kleinkarierte Unterhaltung mit Janice im Wohnzimmer geärgert. Und als die anderen vom Schwimmen zurückkamen, wurde es auch nicht besser – Pilar und Fran sprachen doch tatsächlich über Hauspreise. In Gesellschaft war Alice häufig enttäuscht; sie träumte von einer Geselligkeit in Idealform, bei der ihre drängendsten, wichtigsten Gedanken mühelos in Worte fließen und auf Verständnis stoßen würden, so wie auch sie die wahrhaftigen Gedanken der anderen hören würde. Früher hatten sie und Roly stundenlang über alles geredet – die Religion, die Kunst und den Tod – und sich dabei hervorragend verstanden. Doch mittlerweile war er immer so auf der Hut und baute seine ganze Intelligenz, sein ganzes Wissen wie eine Barriere vor ihr auf, um sie außen vor zu lassen. Seit er mit Pilar in Kington eingetroffen war, hatte Alice ihn nicht einen Moment für sich gehabt.

Das verletzte sie, dabei hatten sich nach ihrem schlechten Benehmen doch erst an diesem Morgen Reue und Zuneigung in ihr geregt. Der Kuchen sollte eine liebevolle Überraschung sein und die ganze Familie zusammenbringen, doch dann war der Teig nicht aufgegangen, und keiner hatte davon essen wollen. Und dann war auch noch Janice Patten aufgetaucht. Alice tat die Sache mit ihrem Hund zwar leid, aber Janice hatte scharfe Augen und einen forschenden Blick, und man hatte gemerkt, dass sie alles abspeicherte, um eine ihrer Geschichten daraus zu machen. Mit jedem im Dorf schien Janice befreundet zu sein, obwohl die Pattens auch nicht mehr Zeit hier verbrachten. Ständig erzählte sie Neuigkeiten von Leuten, deren Namen ihr nichts sagten. Alles in allem mochte Alice Claude lieber als Janice, auch wenn er ein verhätschelter, genusssüchtiger Typ war mit seiner Wampe und seiner Glatze, die aussah wie eine von fettigen, grauen Haarfransen eingerahmte Tonsur. Claude war Architekt, weshalb ihre umgebaute Scheune so schön war, wenn auch vor lauter gutem Geschmack vielleicht etwas künstlich und steril.

Beim Gehen fiel die ganze Gereiztheit von Alice ab. *Mein Geliebter,* dachte sie, während sie durch das spärliche Unterholz des ersten Waldstücks wanderte, das aus angepflanzten Nadelbäumen bestand. Sie meinte natürlich nicht Claude Patten, bei dem Gedanken musste sie laut auflachen. Hoch oben brachen Sonnenstrahlen durch die Wipfel der Kiefern und warfen Lichtsäulen in den staubigen, braunen Raum, der Alice an ein leeres Theater erinnerte. *Mein Geliebter, Liebster, du mein Einziger.* Nein, es war nicht Claude! Seit Alice in Kington war, schienen ihre einsamen Träumereien in solchen liebesbriefartigen Kadenzen zu münden, in Liebesbriefen, die sie so nie geschrieben hatte. In ihren echten Liebesbriefen war der Ton eher leicht, trocken und witzig – oder aber gepeinigt und wild. Jedenfalls schrieb heutzutage ohnehin niemand mehr Liebesbriefe oder überhaupt Briefe. Liebespaare meldeten sich einfach jeden Tag stündlich per Handy und tauschten Banalitäten aus. Aber diese sehnsuchtsvolle Stimme in ihr war inzwischen ein richtiger Tick, den sich ihr erregtes, stolperndes Herz irgendwie angewöhnt hatte. Nur gab es bislang noch keinen Mann. Sie lebte in dieser aufgeregten Erwartung, ohne eine bestimmte Person im Sinn zu haben. War das in ihrem mittleren Lebensalter die neue Form von Neurose? Darüber sollte sie mit ihrer Therapeutin sprechen. Alice bezeichnete Eva als Therapeutin; eine richtige konnte sie sich nicht leisten, Eva war eher eine Beraterin und ging mit ihren recht eindringlichen Ratschlägen häufig einen Schritt zu weit. Eigentlich waren ihre Gespräche vertrauliche Plaudereien zwischen Freundinnen. Einmal hatte Eva ihr sogar gesagt, sie solle »sich am Riemen reißen«. Allerdings berechnete Eva ihr nichts, wenn Alice knapp bei Kasse war.

Als Alice den Wald hinter sich hatte, nahm sie ein steiles Sträßchen, das sich den Hügel hinaufschlängelte. Niemand begegnete ihr, kein Auto fuhr vorbei. Hier kam niemand hin. Der Weg war mit Ästen übersät, die der letzte Starkwind heruntergerissen hatte; mächtige Eichen ragten vom Alter gekrümmt aus den Böschungen empor, ihre graue Haut schrundig und zerklüftet. In den hohen Hecken waren die zarten Blütenpflanzen des Frühsommers derb wuchernden Nesseln, Brombeersträuchern und Ampfer gewichen, der in der Hitze unangenehm roch. Sie überquerte einen Zauntritt und ging das Stoppelfeld hoch bis zu einem Unterstand, unter dessen Dach zylindrische Strohballen gelagert wurden. Hier oben breitete sich die weite Landschaft vor ihr aus, in der gleißenden Sonne von allen dunklen Flecken gereinigt: Über den glänzenden Meeresarm hinweg ging der Blick bis zu den blauen Hügeln von Wales und landeinwärts bis über das Moor. Doch was Alice suchte, war nicht das große Panorama, das die Landschaft erklärte wie eine ausgebreitete Karte; Roland wusste bei jedem Spaziergang immer, wo Norden war. Ihr war das Eintauchen und Sich-Verlieren wichtiger, ohne zu verstehen, wie die Flanken und Furchen der Hügel genau ineinandergriffen.

Auf dem Weg nach unten blieb sie am Rand einer Wiese lange auf dem Rücken im hohen Gras liegen, im Halbschatten einer Gruppe von Kastanienbäumen. Sie dachte an die Wissenschaftssendung, die sie neulich im

Fernsehen gesehen hatte, und es schien ihr, als hätte sie plötzlich einen tiefen Einblick in die Bedeutung der kreativen und destruktiven Impulse, die die Dynamik der Schöpfung ausmachten. Würde sie jetzt, zu diesem späten Zeitpunkt, wenn es noch möglich wäre, ein Kind haben wollen? Fehlte das in ihrem Leben? Zwischen den Briefen ihrer Großmutter hatte sie mehrere Seidenpapierchen gefunden, darin eingeschlagen Milchzähne und blonde Babylöckchen, hell und so leicht wie Luft. Vielleicht stammten diese Dinge von ihrer Mutter oder ihren Geschwistern oder ihr selbst; sie hatte sie niemandem gezeigt, und sie lösten ein kompliziertes, schmerzhaftes Gefühl von Ausschluss und Verlust bei ihr aus. Wobei sich nicht leugnen ließ, dass Alice in der Vergangenheit, wann immer sie der Realität nahegekommen war, ein eigenes Kind zu haben, nicht die geringste Vorfreude empfunden hatte, nur eine konfuse Panik, als würde es dunkel um sie herum. All die vielen kleinen Eier, die in ihr waren seit ihrer Geburt: Alice stellte sie sich wie Reihen von winzigen, perlmuttfarbenen Zähnchen vor, und sich auszumalen, wie sie eins nach dem anderen fortgespült wurden, war traurig und beruhigend zugleich.

Dann glaubte sie, eine Lerche senkrecht aus dem Feld aufsteigen zu sehen, jubilierend und wie von einem unsichtbaren Luftstrahl emporgehoben, doch als sich Alice auf die Ellbogen stützte und aufrichtete, zweifelte sie an ihrem Urteil. Der Vogel war nur noch ein Punkt am Himmel, zu weit entfernt, um sicher zu sein. Gab es überhaupt noch Lerchen in diesem Teil des Landes? Alles war im Niedergang begriffen. Was waren sie nur für eine geschwächte Generation, dachte sie. Materiell gesehen besaßen sie so viel, doch immer beschlich sie dieses Gefühl, im Danach zu leben, einer Zeit, in der das Beste schon vorbei war.

Zur Schlafenszeit verlor sich Ivy in einem ihrer Tobsuchtsanfälle. Eine Zeit lang war das Haus wie aufgebläht von ihren lauten Schluchzern und Vorwürfen. »Ich kann nicht schlafen in diesem schmutzigen, alten Bett. Die ganzen Sprungfedern ragen aus der Matratze: Guck dir doch meine zerkratzten Beine an. Das ist wie eine Folterkammer! Ich will mein eigenes Zimmer. Nie denkst du an mich! Du hast nur Arthur lieb. Ich will nach Hause zu Daddy! Andere Kinder fahren richtig in Urlaub, die fliegen mit Flugzeugen. Ich hasse es hier! Ich wünschte, ich wäre tot. Es ist so langweilig hier! Es gibt nichts zu tun.«

»Ja, es ist wirklich langweilig«, stärkte ihr Arthur den Rücken.

Alice versuchte, ihnen zu erklären, warum es gut für sie sei, mal von den Computern wegzukommen und ihre eigene Phantasie zu benutzen. Auch Fran redete ihrer Tochter gut zu und blieb ruhig, bis sie auf einmal die Geduld verlor, Ivy hart gegen die Beine schlug und sie, was alles noch schlimmer machte, anschrie, dass sie die Nase voll habe und Ivy sie in den Wahnsinn treibe, sich hier einfach so aufzuführen wie eine egoistische, verzogene Göre. Alice warf Fran einen penetranten Blick zu, enttäuscht von ihr und trotzdem voller Verständnis. »Die Kinder sind übermüdet«, sagte Fran trotzig, als sie wieder die Treppe herunterkam, erhitzt und beschämt über ihre eigene Empörung. »Wahrscheinlich haben sie noch dazu einen leichten Hitzschlag bekommen. Ich habe vergessen, ihnen zu sagen, dass sie ihre Kappen aufsetzen sollen.«

Die anderen Erwachsenen machten ungläubige Gesichter, bestürzt über diesen lautstarken Kummer, der die Steinwände des Hauses in Papier zu verwandeln schien. Sie schwiegen, aber natürlich dachten alle, dass sie ihrem Kind niemals erlauben würden, so ein Theater zu machen. Und Fran fragte sich wütend, warum sie eigentlich glaubten, beim Thema Kindererziehung mitreden zu können. Roland war so gut wie gar nicht auf die Probe gestellt worden mit Molly, die ein sanftmütiges, verschlafenes Baby gewesen war, während Ivy wie eine Verräterin im Herzen ihrer Mutter saß und sie von innen auffraß. Fran gab Jeff die Schuld daran, eigentlich hätte sie ihn in diesem Moment am liebsten angerufen und ihm, solange die Wunde noch frisch war, alles erzählt. Trotzdem hätte sie nicht die Beherrschung verlieren dürfen. Während sie steifnackig mit dem Rücken zum Haus auf den Stufen der Spülküche saß, schlichen hinter ihr die anderen in der Küche umher, trugen Geschirr vom Esstisch herein, spülten, tauschten sich mit leisen Stimmen über praktische Dinge aus oder machten erste, harmlose Scherze, die beim nächsten Lamento aus dem Obergeschoss wieder eingestellt wurden. Kasim und Molly machten eine Art Pantomime: Sie kicherte, als er ihr mit einem Fleischspieß aus der Besteckschublade drohte. Hohl klang alles, was jetzt hier unten geschah, als würde oben eine Geburt stattfinden oder ein Tod.

Gelegentlich tauchte Ivy aus ihrem Zimmer auf und postierte sich laut schluchzend vor der Treppe oder machte sich zögernd und herzergreifend an den Abstieg, bis Fran sie wieder zurückschickte. Aus einmal begonnenen Kämpfen fand Ivy keinen Ausweg, immer wieder zog es sie zur Quelle ihres Unglücks hin, um weiter darin zu baden. »Siehst du, wie du mich hasst? Alle finden mich schrecklich, das weiß ich! Jetzt ist alles kaputt, alles ist vorbei.«

Arthur lag brav in seinem Bett und verfolgte das verzweifelte Kommen und Gehen seiner Schwester mit ruhiger Kennermiene. Als sie sich schließlich unter ihrer Daunendecke einem hysterischen Husten hingab, beschloss er, dass dies der richtige Moment sei, aus seinem Bett in ihres zu klettern, sie zu trösten und seinen Arm um sie zu legen, was er dann auch mit nicht mehr als einem Anflug von Heuchelei tat. Zitternd, leidend, mit ihm zugewandtem Rücken hatte Ivy die Knie an die Brust gezogen, und Arthur schlug ihre ganze Energie entgegen: Durch ihren dünnen Schlafanzug stieß er an ihre Rückenwirbel, und ihr geflochtener Zopf, der unter ihm lag, war hart wie ein Seil. »Ich hab es doch gar nicht so gemeint!«, flüsterte sie aufgebracht. Beschwichtigend antwortete Arthur, das wisse er doch, und fragte sie, ob sie das Spiel spielen wolle.

»Ich mache mir Sorgen«, sagte sie, ihre Stimme noch rau vom Schluchzen. »Ich glaube, die Frauen sind wütend. Es gibt nur eins, was wir tun können.«

»Was denn?«

Sie müssten mit einer Schere kleine Schlitze in die Gardine schneiden, um ihnen ein Opfer darzubringen.

Gehorsam lief Arthur ins Badezimmer, um die Nagelschere zu holen. Ivy gab ihm in fachkundigem, lehrerinnenhaftem Ton ihre Anweisungen – wobei Arthur, während er mit dem harten Vorhangstoff kämpfte, der zwischen den Klingen der Schere wegrutschte und sich schlecht schneiden ließ, genau wusste, dass sie sich alles Schritt für Schritt ausdachte.

»Wir müssen morgen noch mal zum Cottage«, sagte sie. »Wir brauchen Proben von diesen Zeitschriften.«

»Warum hast du den Erwachsenen nichts gesagt? Über Du-weißt-schon.«

Ivy zuckte mit den Schultern. »Ich hasse sie«, sagte sie. Es sei ihr egal, was die Erwachsenen erführen oder nicht.

Pilar, die an diesem Abend ihre Chiffonbluse trug, begann zu frösteln; während Alice in der Stille, die sich nach Ivys Ausbruch schließlich eingestellt hatte, Kaffee kochte, ging sie hoch in ihr Zimmer, um sich ein Schultertuch zu holen. Roland folgte ihr, er wollte die Schuhe wechseln. Im Kinderzimmer hörten sie eine Rauferei, dann gedämpfte, wahrscheinlich erboste Gespräche, dabei sollten die Kinder längst schlafen. Am Morgen hatte Roland die Schiebefenster so weit wie möglich geöffnet, denn unter dem Dach heizten sich die Zimmer tagsüber sehr auf; nun beeilte er sich, sie gegen die Insekten der Nacht wieder zu schließen. Im Garten hoben sich die Silhouetten der Bäume vom dämmerigen Himmel ab, der wie mit flüssigem Licht gefüllt war; dazwischen flatterten Fledermäuse, und irgendwo schmetterte eine Amsel. Die Luft im Zimmer war schwer und weich wie Samt. In einer Vase auf der Fensterbank ließen einst violette Blumen ihre welken Köpfe hängen, und eine weiße Rosenknospe war, anstatt aufzugehen, im trüben Wasser braun geworden und vertrocknet. Pilar erkundigte sich nach Rolands E-Mails: irgendetwas Interessantes dabei? Vor der Frisierkommode kniend suchte sie in den Schubladen nach ihrem Tuch. Roland erzählte ihr von dem Plenarvortrag und dem Verleger, der ein Vorwort für eine neue Reihe wollte.

Ihre liebevolle Anteilnahme an seiner Berühmtheit berührte ihn; für seine Ideen interessierte sie sich eigentlich nicht. Pilar hatte keine Ahnung, wofür Philosophie gut sein sollte, und er war sich nicht einmal sicher, ob sie wusste, wofür Filme gut waren. In ihrem Berufsleben gab es keinen leidenschaftlichen Kern – bis auf ihren Glauben an das Gesetz als Institution, der tief und bedingungslos war. Die Arbeit eines Individuums aber betrachtete Pilar als ein Mittel, um Einfluss zu erringen: Jeder sollte das Beste aus sich machen. Rolands akademische und öffentliche Karriere fasste sie als reines Konfliktgeschehen auf, ein permanentes Ausbremsen und Überbieten. Während sie ihn interessiert ausfragte – waren es denn nützliche Kontakte? Projekte mit Reputation? –, kämpfte sie mit den schwergängigen Schubladen der billigen Frisierkommode aus Kriegszeiten. Ständig klemmten sie oder rutschten ganz aus den Schienen. Dann mussten sie mit lautem, ruckelndem Getöse wieder hineingeschoben werden. Rolands Großmutter hatte die Schubladen immer mit Kerzenwachs eingerieben. Roland bewunderte die

Geduld seiner Frau, die sich mit allem, was in diesem hoffnungslosen, schrulligen alten Haus nicht funktionierte, klaglos abfand; sogar mit den Sprungfedern, die ja tatsächlich, wie Ivy sich beschwert hatte, durch die Matratzen stachen.

Seine Schwestern hingen an all dem, als wären diese Mängel ihre Verbindung zur Vergangenheit; Pilar jedoch war modernen, reibungslosen Komfort gewohnt. Roland fand, dass sie eine sentimentale Familie waren – vielleicht wäre es wirklich gut für alle, das Haus aufzugeben. Wäre es nicht eine echte Erleichterung? Jedes Zimmer war für Roland so unauslöschlich von dem ersten Sommer geprägt, den sie hier ohne ihre Mutter verbracht hatten. Er hatte bis dahin – damals war er fünfzehn – nicht gewusst, wie sehr das Licht oder fehlende Licht die Gegenstände veränderte, die man darin betrachtete. Der Tod ihrer Mutter und das, was er bedeutete und mit sich brachte, dieser neue Blick auf die Dinge, schien in die Bettdecken, Klaviertasten und Steinwände hineingesickert zu sein.

Durch lange Übung geschult bugsierte er die Schublade in die richtige Position und schob sie wieder zu. Dann stellte er sich hinter Pilar, die vor dem ovalen Spiegel des Kleiderschranks ihr Haar bürstete, und sah dabei nicht sich, sondern sie an. Ihre eindringliche Schönheit, herb und ebenmäßig, weckte eine Sehnsucht in ihm, die nicht zu erfüllen war, und genau das machte diese Sehnsucht ja aus. Die bezaubernde Oberfläche, die ihn wieder und wieder anzog, war sich selbst Bedeutung genug und musste sich, da sie keinen tieferen Sinn besaß, seinem Verständnis entziehen. Unter der lockeren Bluse ließ er seine Hand über ihre Haut gleiten. »Wir können abreisen, wann immer du willst«, sagte er. »Jetzt haben wir uns hier blicken lassen, und du hast alle kennengelernt. Wir könnten Molly hierlassen und noch für ein paar Tage allein wegfahren. Ich weiß, dass meine Schwestern anstrengend sein können, das mit Alice neulich war furchtbar. Wir könnten nach Venetien fahren, ich könnte dir die Villen zeigen.«

Sein Vorschlag schien Pilar zu überraschen. Sie schmiegte sich in seine Umarmung. »Ach, nein, lass uns bleiben. Mir gefällt es hier. Das ist doch das echte England, oder? Ich fange an, es lieb zu gewinnen.«

Beim Kaffee im Esszimmer überreichte Kasim Alice in aller Form den chinesischen Stiefel. »Das habe ich für dich gekauft«, murmelte er und wandte den Blick ab, als wollte er seine Rührung verbergen. »Ich dachte, es gefällt dir, und ich wollte mich bei dir dafür bedanken, dass du mich eingeladen hast. Es bedeutet mir viel. Deshalb wollte ich dir etwas Besonderes schenken.«

Als Alice den Stiefel auspackte, stutzte sie nur den Bruchteil einer Sekunde. Ihr leuchtendes Gesicht und ihr überraschtes Entzücken waren jederzeit rasch abrufbar. »Oh, Kas, was für ein wundervoller Stiefel! Seht mal, wie fein gearbeitet die kleinen Falten sind, wie aus richtigem Leder! Da kann ich Blumen hineinstellen. Wunderschön. Danke.«

Sie war so huldvoll wie eine Schauspielerin, die Routine im Entgegennehmen von Ehrungen hatte. Molly tat es körperlich weh, wenn andere in ihren dummen

Hoffnungen getäuscht wurden, sie konnte nicht anders als Mitleid haben. »Er weiß, dass der Stiefel hässlich ist, Tante Alice«, sagte sie. »Er nimmt dich nur auf den Arm. Wir haben ihn in der Spielhalle gewonnen.«

»Jetzt hat Molly alles verdorben«, sagte Kas böse. »Warum hast du das gemacht?«

Fran lachte und sagte, sie könne sich noch daran erinnern, als Kind selbst mal so einen Stiefel gewonnen zu haben. Alice' Miene war immer noch heiter, nur einen Hauch verletzt, während sie offen in alle Gesichter blickte, bereit, sich über ihre eigene Gutgläubigkeit zu amüsieren. »Und ich war so gerührt, weil ich dachte, du hättest ihn extra für mich ausgesucht, Kas. Dabei hätte ich wohl eher beleidigt sein sollen.«

Typisch Alice: Wenn sie bloßgestellt wurde, zog sie sich nicht zurück, sondern stellte ihre Niederlage weiter zur Schau. Dann erzählte sie den anderen von ihrer Wanderung, der Schönheit der Landschaft und ihrem Glücksgefühl, als sie am Nachmittag im Gras gelegen hatte. Sie sagte, es sei eine transzendente Erfahrung gewesen, als hätte sie gespürt, wie das Universum in ihrem Körper pulsierte, und sie habe endlich die alten Mythen verstanden, in denen Götter in Naturgestalten schlüpften, um mit sterblichen Frauen Liebe zu machen. Roland genierte sich für seine Schwester, er fand, sie hätte ihre Ekstasen für sich behalten sollen. Warum musste bei Alice immer alles auf Sex hinauslaufen? Sie konnte es nicht lassen, ständig in diesen aufgedrehten Flirtmodus zu schalten, selbst wenn niemand zum Flirten da war. Kam ihr denn gar nicht in den Sinn, dass sie für Kasim schon fast eine alte Frau war, jedenfalls eine, die ihre beste Zeit hinter sich hatte? Schlimm genug, dass sich ihre Affäre mit Kasims Vater so schmerzhaft über Jahre hingeschleppt hatte. Roland ärgerte sich, seine Schwester durch die Augen dieses Jungen sehen zu müssen.

Harriet und Pilar saßen zusammen auf der Terrasse. Beim Abendessen hatte Harriet fasziniert beobachtet, wie die rote Chiffonbluse locker Pilars braunen Hals und ihre Arme umspielte. Während ihr das Tuch über die Arme rutschte, erlosch im Halbdunkel das Rot der Bluse, wurde durchsichtig, sodass Harriet zu erkennen glaubte, was Pilar darunter trug: keinen Büstenhalter, sondern ein schimmerndes, seidiges Hemdchen, das über ihren Brüsten hin und her glitt, wenn sie sich bewegte. Ihre silbernen Ohrringe fingen schimmernd das Licht aus dem Wohnzimmer ein. Während sich ringsum die Dunkelheit verdichtete, gab Harriet ihrer Sehnsucht nach und betrachtete Pilars Mund, wie er sich bewegte, wenn sie sprach: die vollen, geschmeidigen Lippen, energisch zusammengepresst oder sich öffnend, in öligem, leuchtendem Rot glänzende Lippen, die ihrem dunklen Akzent eine sinnliche Form gaben. Matt und wie verdünnt wirkte im Vergleich das einheimische Englisch. Pilar beklagte sich über Mollys Mutter, die schwierig sei, sich immerzu querstelle; anscheinend fand Roland, dass Molly für die beiden letzten Schuljahre auf eine Privatschule wechseln sollte. Weil Roland selbst eigentlich immer viel für staatliche Schulen übrig gehabt hatte, schien es wahrscheinlicher, dass die Idee von Pilar stammte. Harriet hegte keinerlei Sympathie dafür, und sie mochte Mollys Mutter. Doch das alles hatte nicht die geringste Bedeutung. Harriet hatte mehrere Gläser Wein getrunken. In ihrer Phantasie war der Kuss glühend und hell, und sie stürzte sich hinein wie in einen Tunnel.

Am Nachmittag hatte Harriet die Lippenstift-Schmierereien auf ihrer Bettwäsche bemerkt, aber nichts gesagt, weil sie den Kindern keinen Ärger bereiten wollte. Als sie abends zum Schlafen hochging, fand sie in der Schublade ihre sorgsam gefalteten T-Shirts durcheinandergeworfen und das Tagebuch verunstaltet, eine ganze Seite darin zerrissen. Sie zweifelte keine Sekunde daran, dass ihr Neffe derjenige war, der *Arthur* hineingeschrieben hatte wie auch diese anderen Sachen. Stumm stand sie da und starrte auf das Gekrakel. Im Nachbarzimmer machten sich ihr Bruder und Pilar bettfertig, und sie verfolgte ihre Bewegungen und ihre leise Vertrautheit mit wachem, brennendem Bewusstsein. Wie viel konnte Arthur von dem, was er gelesen hatte, verstanden haben? Er war noch klein, in der Grundschule unter den Erstlesern, und sie hatte geglaubt, den Kern ihrer Notizen in harmlosen Beschreibungen mehr oder weniger versteckt zu haben, eigentlich für niemanden außer ihr selbst verständlich. Doch die krakeligen Worte gaben ihr das Gefühl, ertappt worden zu sein, zumal er in den Eintragungen ihre beschämendsten, wundesten Punkte berührt hatte. *Du bist dum. Fuck. Fuk. Fuk you. Las mich in Ruhe.* Sie zwang sich, rational zu denken: Kinder waren zu willkürlichen, dummen Boshaftigkeiten imstande, sie sollte das nicht ernst nehmen. Nur hatte sie eben das

Gefühl gehabt, dass Arthur sie mochte. Sie spürte seinen Verrat, und seine Worte führten ihr die Gewalt ihrer Leidenschaft vor Augen: *fuk you, fucking, fuck* – eine Wahrheit so abstoßend und scheußlich wie das Messer in der Wunde.

6

Alice saß oben auf dem Gatter, das Handy mit hochgezogener Schulter ans Ohr gedrückt, und telefonierte nacheinander mit ihren Freunden. Nur halb ins Gespräch vertieft drehte sie sich langsam auf dem Tor hin und her, um die Landschaft, die ihre Freunde nicht sehen konnten, in sich aufzunehmen. Es war ein heiterer, leuchtender Morgen: Wie ein dünner Schleier lag das Licht über den Feldern. Unter ihr blitzte das Schieferdach des Hauses, während auf den anderen Dächern im Dorf Sonnenkollektoren zu sehen waren. Die Bussarde, die in den Aufwinden über dem Talkessel schwebten, hielten Abstand zueinander, und Alice fühlte sich, als schwebte auch sie in der blauen Luft. An der gegenüberliegenden Talflanke waren die Wälder, in deren Baumkronen sich noch Dunkelheit sammelte, von einem dichteren Blau. Wie ein Kinderpuzzle lag die Landschaft vor ihr, aus einfachen, groben Teilen zusammengesetzt. Zwei alte Pferde kamen zu einem Zaun getrottet, um Alice zu betrachten und mit aufgerichteten Ohren ihrer Stimme zu lauschen, die ihnen auf der stummen Fläche ihrer Tage wie eine verrückte, glänzende Linie erscheinen musste. In der Ferne, am Rand eines Feldes, sah sie ein Feuer, das in der ganzen Helligkeit nur ein schwacher, oranger Fleck war, darüber der zart aufsteigende Rauch, der das Licht verzerrte wie altes Glas. Sie bildete sich ein, das Prasseln zu hören, als würde es durch die Entfernung verstärkt.

»Hallo, ich bin's. Dreimal darfst du raten, wer. Ich weiß, dass du nicht weißt, wer ich bin. Ich befinde mich gerade in Klausur – nein, nicht im wörtlichen Sinn, kein Kloster, ich bin nicht Nonne geworden oder so. Wobei, vielleicht werde ich's ja irgendwann, wer weiß. Ich liebe es, von allem abgeschnitten zu sein und ganz tief in mich zu gehen. Allerdings glaube ich nicht, dass ich das frühe Aufstehen ertragen könnte, ich meine als Nonne. Aber egal, wie geht es dir? Was treibst du so? Ich habe an dich gedacht. Eigentlich telefoniere ich ja im Moment nicht, aber ich hatte Lust, mit dir zu reden.«

Ziemlich oft wurde sie mitten im Satz aus der Leitung geworfen – der Empfang war schlecht –, und dann rief sie nicht etwa zurück, sondern lieber gleich den Nächsten an. Sie hätte auch den Festnetzanschluss im Haus benutzen können, doch irgendwie schien das alte braune Telefon im Flur Oberflächlichkeiten zu missbilligen. Es war besser, hier oben zu sitzen, die Welt vor ihr ausgebreitet wie eine Vision dessen, was möglich war. Mindestens die Hälfte derer, die sie anrief, waren Männer. Alice war gut darin, Freunde beiderlei Geschlechts zu gewinnen und zu halten, sie war loyal, aufmerksam, ging großzügig mit ihrer Zeit um, und andere wussten fast nichts von ihrer anderen Seite, ihrem Drang, sich zu verkriechen, einzugraben, regungslos zu verharren. Sie erzählte ihnen zwar bereitwillig davon, doch in so scherzhaftem, selbstbewusstem Ton, dass man sie nicht unbedingt ernst nehmen musste.

Beim Aufwachen an diesem Morgen hatte sie sich

stark und jung gefühlt. Sie hatte einen schönen Traum gehabt von harmlosem, unkompliziertem, angenehmem Sex mit einer verschwommenen Person, niemand, den sie kannte. Der Traum hatte sie überrascht, und weil sie glaubte, dass er eine Botschaft enthielt, hatte sie ihr Handy, das sie außer Sichtweite in einer Schublade unter den Kleidern aufbewahrte, herausgeholt und das Ladekabel angeschlossen. Nun hatte sie begonnen, in leichtfertigem Durcheinander alle zu kontaktieren. Einer von ihnen musste es sein. Sie lebte in so großer Erwartung, dass etwas geschehen würde. Es gab mehrere Möglichkeiten. Sie spürte, dass sie übersprudelte vor Phantasie und wieder bereit war, sich fallen zu lassen, sich einem neuen, unentdeckten Kontinent auszusetzen. *Du wurdest vergöttert, Alice,* hörte sie eine freche Stimme, *vergöttert*. Unter ihren Männern gab es einige Favoriten, von denen es jeder sein konnte: ein Dichter – ein echter –, der an der Goldsmiths lehrte, ein Kollege, der mit ihr am Theater jobbte, einige Jahre jünger als sie, aber gut möglich, dass er es gar nicht wusste, oder dieser liebenswürdige, feinsinnige Mann, der neulich bei ihr zu Hause in der Nische das Regal eingebaut hatte. Ihn rief sie allerdings nicht an, es fehlte der Vorwand, denn weitere Schreinerarbeiten konnte sie sich derzeit nicht leisten.

»Es ist herrlich hier«, sagte sie zu einem alten Freund, der in der Jugendarbeit tätig war und sich vor Kurzem von seiner Frau getrennt hatte. »Ich bin mit meinem Bruder, meinen Schwestern und ihren Familien hier. Wir essen und trinken, schlafen, spazieren über die Felder. Gestern habe ich allein unter einem Baum gelegen, und es kam mir wirklich so vor, als hätte ich gespürt, wie sich die Erde dreht, verstehst du? Ich dachte an die alten Götter, die als Naturgestalten getarnt sterbliche Frauen verführten. Ich habe mich gefühlt wie eine dieser Frauen. Aber nicht wie Daphne, die sich in einen Baum verwandelt. Gibt es eigentlich eine, die sich in eine Erdscholle verwandelt? So habe ich mich gefühlt, wie ein Teil der Erde. Das hier ist das schönste Fleckchen von ganz England, aber sag's nicht weiter, wir wollen ja nicht, dass jeder es weiß.«

Alle waren freundlich und freuten sich, von ihr zu hören; es wurde geflirtet. Sie selbst flirtete, hörte sich mit weicher, gedehnter Stimme schäkern, sie verfiel in die vertrauten Mechanismen wie ein gut geschmierter, eingefahrener Motor, der mit einem Ruck wieder anspringt. Dennoch ließ sich ihre Phantasie nicht entfachen, ihr Herz nicht bewegen: Sie mochte sie alle, aber sie mochte sie nur, sah sie in einem nüchternen, klaren Licht, das durch kein Bedürfnis oder Verlangen getrübt war. Als sie vom Gatter stieg, war sie genauso allein wie zu Beginn ihrer Gespräche. Doch es ging ihr gut, wirklich gut, sie fühlte sich sicher und ganz bei sich. Nur schien es, als wäre im Spektrum ihrer Empfänglichkeit plötzlich ein ganzer Bereich ausgeschaltet, ein Bereich, auf den sie gebaut hatte und der jetzt so vollständig verschwunden war, als hätte er nie existiert. War es das, was in ihrem mittleren Lebensalter auf sie zukam? Jede Menge Herzlichkeit und Freundschaft, aber nicht mehr das andere? Das tiefe Eintauchen, das Geheimnis, das alles unterfüttert? Doch woher kam dann der Traum?

Als Alice aus der Helligkeit des Tages wie blind ins Halbdunkel der Spülküche trat, lauerte ihr dort bereits Harriet mit der Bitte auf, sich etwas anzusehen, sie brauche ihren Rat. Harriet führte sie die Treppe hoch, machte in ihrem Zimmer verstohlen die Tür hinter sich zu und zog eine Plastiktüte unter dem Bett hervor.

»Du kennst dich mit diesen Dingen aus«, sagte sie. »Ich habe das hier gekauft. Aber wahrscheinlich ist es grauenhaft. Du musst mir die Wahrheit sagen, Alice. Und mach nicht das mit mir, was du tust, wenn du anderen Leuten schmeicheln willst.«

»Du hast dir selbst ein Kleid gekauft! Wie ungewöhnlich! Ich habe dich seit tausend Jahren nicht mehr in einem Kleid gesehen. Aber wo um alles in der Welt hast du hier in der Gegend etwas Kaufbares gefunden?«

In einem Geschäft auf der High Street, antwortete Harriet ängstlich, ob das ein Fehler gewesen sei? Sie werde heute mit Pilar ans Meer fahren, und sie frage sich, ob sie es anziehen solle. Alice versuchte, sich nicht anmerken zu lassen, dass sie bei keinem dieser Läden auch nur einen Blick ins Schaufenster geworfen hätte. Was darin präsentiert wurde, kam einem Todesurteil gleich – verstaubt, ältlich, undenkbar. In diesen Kleidern konnte man jede Hoffnung auf Glück begraben. Harriet hatte etwas Geblümtes, Verspieltes in Rosa und Blau gekauft, aus Chiffon, mit einem Futter aus Baumwolle und einem Tellerrock: wie ein Partykleid für ein kleines Mädchen. An einer Sechzehnjährigen, an Molly, hätte es, wenn man so wollte, als Retro-Parodie vielleicht noch sexy ausgesehen.

»Es ist hübsch«, sagte Alice zögernd. »Nein, nein, wirklich, es ist hübsch.«

»Es gefällt dir nicht.«

»Du musst es anziehen, sonst kann ich nicht sehen, ob es an dir funktioniert oder nicht. Ich wünschte, du hättest mich mitgenommen.«

Resigniert, mit verbittertem Gesicht, schälte sich Harriet aus ihrem T-Shirt und ihrer Hose, um für einen Moment ganz in dem Kleid zu verschwinden, was den seltsamen Effekt hatte, dass sie, als sie wieder auftauchte, aussah wie eine alte, verwitterte Holzpuppe, die man in ein Barbie-Outfit gesteckt und darin gekreuzigt hatte. Gegen den blassen Chiffonstoff wirkten ihre braunen Arme und ihre braunen, muskulösen Waden androgyn. »Dein Gesichtsausdruck sagt alles, Alice! Ist es so schlimm?«

Alice tat es schrecklich leid. »Immer habe ich etwas zu nörgeln, aber es geht wirklich nicht. Es ist zu … wie soll ich sagen … zu viel Flitter. Der ganze Schnitt ist ungeeignet für dich, angefangen damit, dass es wie ein Sack an deinem Busen hängt. Kannst du es zurückgeben?«

Harriet fing an, herumzukaspern wie ein Kind und mit lustigen, steifen Schritten durchs Zimmer zu marschieren, mit einfältigem Lächeln die Beine schwingend, um Alice zum Lachen zu bringen. »Ich bin die verrückte Alte, neben der im Bus keiner sitzen will, stimmt's?«

»Jetzt hör auf, wirklich. Du bist einfach unerfahren im Kleiderkaufen. So etwas braucht Jahre: Du musst genau wissen, was du tust und was du willst. Du musst Stunden deines Lebens dafür opfern, dich damit beschäftigen, dich auf nichts anderes konzentrieren. Und dann musst du natürlich auch noch mit dem mithalten, was die idiotische Mode gerade vorgibt. Ich schäme mich für mich selbst, wenn ich dir das so sage. Du bist dafür nicht eitel genug, Hettie. Hör zu, ich leihe dir was, wenn du dich schick machen willst.«

»Nein, ich werde das Kleid anziehen!«, scherzte Harriet und entfloh in eine Zimmerecke. »Damit alle es sehen können!«

Alice befahl ihr, das Kleid wieder auszuziehen, und brachte ihr bessere Sachen zum Anprobieren. »Du musst dich so kleiden, dass es deiner wunderbaren Figur schmeichelt«, sagte sie. »Du hast dermaßen Glück, so schlank zu sein, ohne dir Gedanken darüber machen zu müssen. Dein Körper sieht einfach phantastisch in Kleidern aus.«

In echter Opferbereitschaft – Alice mochte diese Sachen selbst und hatte nie genug Geld, um sich das zu kaufen, was sie wollte – gab sie ihrer Schwester einen gerade geschnittenen, grauen Cordrock und ein cremefarbenes Seidenshirt mit tiefem, rundem Ausschnitt. Als Harriet alles angezogen hatte, stellte sich Alice hinter sie und machte sich an ihren Haaren zu schaffen, fuhr mit den Fingern sanft wie eine Friseurin über ihre Kopfhaut, um das Haar aufzuplustern, und blickte dabei prüfend in den Spiegel. »Hier«, sagte sie. »Lass sie ein bisschen wachsen, damit sie dein Gesicht weicher einrahmen. Wir werden älter, wir können es uns nicht mehr leisten, so hart mit uns zu sein. Und du brauchst Perlen oder so: nur eine einfache Kette, nichts Überladenes. Ich schaue mal, was ich habe. Du solltest auf

Understatement setzen, auf den dezenten Look der Französinnen, verstehst du? Der steht dir, du siehst stilvoll aus.«

»Stilvoll, Alice? Was für ein schöner Euphemismus, wofür soll der stehen?«

»Für nichts. Es beschreibt genau das, was du bist.«

Alice ließ ihre Hände noch eine Weile auf dem Kopf ihrer Schwester liegen, spürte die Wärme ihres Schädels und die stille Ruhe, mit der sie sich ihr plötzlich auslieferte. Gern hätte sie Harriet von ihrem sexuellen Traum der letzten Nacht erzählt, wie er ihren Vormittag in Farbe getaucht und sie so unerklärlich glücklich gemacht hatte. Doch das ging natürlich nicht. Sie konnte diese Dinge im Wachzustand nicht laut aussprechen: die Bewegungen, der zärtliche, gesichtslose Liebhaber, die lustvollen, alles durchflutenden Gefühle. In Sprache übertragen wäre etwas Ordinäres daraus geworden, Harriet hätte sich über sie empört.

Ivy und Arthur sollten selbst ihre Betten machen. Dafür mussten sie lediglich ihre Schlafanzüge unter die Kopfkissen legen und die Decken glatt ziehen, doch sie stöhnten und protestierten, und die Arbeit schleppte sich dahin, als wären sie schon völlig erschöpft. Als sie sich anschließend im Badezimmer die Zähne putzten, stand ihre Mutter dabei und flocht Ivys langes Haar zu zwei Zöpfen, an deren Enden sie mit routinierten, flinken Bewegungen die Gummis befestigte.

»Bei Dad müssen wir uns nicht die Zähne putzen«, beklagte sich Ivy. »Nicht morgens *und* abends.«

»Das liegt einfach an seiner Verantwortungslosigkeit. Wollt ihr so schlechte Zähne haben wie euer Vater, überall Füllungen?«

»Die sind ziemlich braun«, sagte Arthur nachdenklich.

»Das ist wirklich *gemein*. Die warten auf uns, die gehen noch ohne uns los!«

»Natürlich nicht. Und sei bitte vernünftig, während ihr unterwegs seid, Ivy. Du trägst die Verantwortung dafür, dass Arthur sich vom Wegrand fernhält, wenn es steil runtergeht. Und tu alles, was Molly dir sagt.«

Ivy spuckte ins Waschbecken, und der Blick, den sie dabei ihrer Mutter zuwarf, war voller Weltschmerz. Fran gab beiden Kindern einen Kuss, während sie ihnen mit dem Handtuch die Münder abtrocknete. Ungeduldig, aber nicht feindselig drehten sie die Gesichter weg, und als die beiden mit Kasim und Molly die Straße entlangmarschierten, fragte sich Fran plötzlich, was sie ohne sie eigentlich tun sollte. Alice war in ihre alten Briefe vertieft, Roland saß schreibend in seinem Zimmer, Harriet und Pilar waren schwimmen gegangen. Am Ende jedes Schuljahrs, wenn die Ferien näher rückten, wartete Fran ungeduldig darauf, ihrem Job zu entkommen und wieder Privatmensch zu werden, von der langen Zwangsgemeinschaft mit ihren Schülern übersättigt und vom sich wiederholenden Schulalltag genervt. Nach einigen Wochen Ferien kippte dann ihre Stimmung, und sie sehnte sich wieder nach der geordneten Routine ihres Klassenzimmers. Fran war eine beliebte Lehrerin, obwohl sie streng war, unerbittlich und obwohl sie einen bissigen Humor hatte, durchaus auch auf Kosten der Schüler; sie trieb sie an und brachte sie durch die Prüfungen. Es war Ehrensache für sie, dass sie von den schwierigen Schülern genauso viel erwartete wie von den willigen. In Kington dagegen war jeder Tag so konturlos; die Vorstellung, all die leeren Stunden aus eigenem Antrieb füllen zu müssen, war entmutigend.

In der Spülküche schloss sie das Radio an und machte sich an die langwierige Arbeit, im großen Emaillebecken die schmutzige Wäsche zu waschen und auszuspülen. Wenigstens gab es die zweckorientierte, grimmige Befriedigung, sich durch die Liste unerledigter Dinge zu kämpfen. Die alte, monströse elektrische Trockenschleuder ihrer Großmutter musste von ihrem Platz an der Wand weggehievt werden. Als sie dann mit atemberaubender Wucht auf dem Steinboden vor sich hin ratterte, spie sie mit dem Spülwasser, das Fran in einer unter dem undichten Schlauch platzierten Plastikschüssel auffing, Teile ihres eigenen Rosts aus. Jedes Jahr rechneten sie, wenn nicht mit dem Ableben dieser Schleuder, dann wenigstens damit, dass sie jemandem einen Stromschlag versetzen würde. Doch sie hielt sich, solide wie ein Panzer. Schließlich musste die nasse Wäsche auf die Leine in die Sonne gehängt werden, die malerisch vom Himmel lachte. Zu Hause besaß Fran eine vollautomatische Waschmaschine und einen Trockner. Sie hatte schon fast vergessen, wie erfüllend es war, Wäsche aufzuhängen.

Anschließend setzte sie sich, mitten am Tag bei laufendem Fernseher, ins Arbeitszimmer. In der Stadt hatte sie Postkarten gekauft, die nicht scheußlich genug waren, um als Witz zu funktionieren. Sie nahm die mit den im Exmoor-Nationalpark grasenden Ponys. *Lieber*

Jeff, schrieb sie. *Die Kinder vermissen dich. Sie finden, dass ich eine Tyrannin bin und du viel netter, was wahrscheinlich stimmt. Nur dass ich hier bin, du aber nicht.* Mit dem Kuli malte sie auf die Vorderseite der Karte eine Sprechblase, die aus dem Mund eines Ponys kam: *Ich wünschte, ich wäre in einer Band.*

Wenn sie in Kington waren, bunkerte sich die ganze Familie in der Regel zu Hause ein. Mit dem Auto ging es nur ab und zu in die Stadt, zum nahe gelegenen Ausgangspunkt eines Lieblingswanderwegs oder landeinwärts auf die ewig gleiche Pilgerfahrt zu ihrem Lieblingsantiquariat. Sie entschuldigten es damit, dass sie der Wanderwege, die vor ihrer Haustür starteten, einfach nicht überdrüssig wurden. Doch dieser Rückzug war nicht nur durch Faulheit bedingt. Bei ihrer Ankunft umfing sie sofort die Vergangenheit, und sie verfielen in alte Muster und Wiederholungen, ließen sich in die Routine früherer Tage hineinziehen. Im Nachhinein konnten sie die einzelnen Urlaube in Kington nicht voneinander unterscheiden.

All die Spaziergänge, die Picknicks, die langen, trägen Zusammenkünfte um den Esszimmertisch verschmolzen miteinander: sonnige wie regnerische Tage und sogar verschneite. In welchem Jahr hatte Molly noch gleich diese beiden Freundinnen mitgebracht, die fast nie den Mund aufmachten, außer um sich, wenn sie allein mit Molly waren, bitterlich über das Badezimmer und das Essen zu beklagen? Und wann hatte Christopher mit dem Fahrrad vom Bahnhof kommend den steilen Hügelkamm überquert? Alle Weihnachtsfeste, die sie hier gefeiert hatten, sahen auf den Fotografien gleich aus; nur die Frisuren änderten sich. Langsam alterten sie unter den immer gleichen Papierkronen. Aus den Babys wurden Kinder, und Rolands Ehefrauen lösten einander ab – in einem langen Aufmarsch, wie Alice gern übertrieb.

Harriet und Pilar hatten vor, auf die andere Seite des Moors zu fahren und dann ein Stück weiter die Küste entlang, wo sich der Meeresarm immer weiter öffnete, um dort nach einem Strand zu suchen, an dem sie schwimmen konnten. Für Harriet war dies ein enormer Traditionsbruch, auch wenn sie nur dreißig Meilen zurücklegen würden. Weil sie den Weg nicht genau kannte, musste sie Pilar auf die Karte schauen lassen. Irgendwie hob die Fahrt Harriets Stimmung, neue Perspektiven schienen möglich. Arthurs Kritzeleien hatten nichts zu bedeuten. Und ihr Missgeschick mit dem Kleid war einfach nur lustig und ganz egal. Normalerweise hatte die strenge Nüchternheit des Moors etwas Vorwurfsvolles, doch heute war die mit struppigen Büscheln bestandene Erde im sanften Sonnenschein wie eine Einladung zum Spielen. Die malvenfarbenen und hellbraunen Flächen waren heiter und voller Leichtigkeit. Harriet hatte in dem Seidenshirt, das Alice ihr gegeben hatte, einigermaßen gut ausgesehen, Alice war wirklich geschickt in diesen Dingen. Vielleicht könnte Harriet es beim Abendessen bei den Pattens anziehen. Vielleicht war es ja gar nicht so lächerlich, wenn man ein wenig stilvoll aussah.

Alles, woran Harriet dachte, glänzte im Licht des Möglichen, weil neben ihr Pilar auf dem Beifahrersitz saß. Die Fahrt war in erster Linie Pilars Idee gewesen, und ihren Mann hatte sie ganz offensichtlich nicht mitnehmen wollen: Nur für Schwimmerinnen, hatte sie gesagt. *Wir wollen mal im richtigen Meer schwimmen.* Ihr Beharren hatte etwas Mädchenhaftes gehabt, das nun wieder verflogen war; schweigend blickte sie hin und wieder aus dem Fenster, als könnte die Landschaft ihre Aufmerksamkeit nur kurz fesseln. Das Haar hatte sie zu einem nüchternen, tief sitzenden Pferdeschwanz zusammengebunden. Harriet war zu schüchtern, um von sich aus zu fragen, was ihre Schwägerin dachte und vorhatte. Die Gegenwart dieser anderen Frau – ein Geschenk des Zufalls, dessen schillernde Oberfläche sie blendete – wurde von Harriet nicht hinterfragt, sondern demütig hingenommen. Ihre eigenen Absichten verbarg sie sogar vor sich selbst, eingehüllt in die wechselnden Bilder der sonnenüberfluteten Landschaft. Im Fahrtwind wurde sie von Pilars Parfüm umweht – sie hatten in der Hitze die Fenster öffnen müssen, denn natürlich besaß Harriets Wagen keine Klimaanlage. Als sie im Moor auf halbem Weg an einem Biergarten hielten, störte es Harriet nicht, dass Pilar kaum ein Wort sagte. Sonst litt sie in solchen Momenten, schrieb anderer Leute Schweigen ihrer eigenen Unzulänglichkeit und Sprachlosigkeit zu. Ihre Lockerheit gegenüber Pilar, auch ohne Worte, sah sie als eindeutigen Beweis ihrer Vertrautheit.

Als sie schließlich in die steile kleine Küstenstadt hinunterfuhren, war es ein berauschendes Gefühl, so viel weiter südlich und westlich, so viel weiter von allem entfernt zu sein als sonst. Im Gegensatz zum Meeresarm mit seinen diffusen Ausdehnungen und schlammigen Gezeiten erstreckte sich das silberne Meer hier im prallen Licht ungehindert bis zum Horizont. In aufsteigenden Terrassen klammerten sich die Häuser ängstlich an die steilen Flanken der Küste; unten am Meer ähnelten die kleinen, viktorianischen Villen Scherenschnitten aus hellem Papier, das hübsche Holzgitterwerk der Giebelblenden wie Phantasien bäuerlicher Kunst. Der Ort war heruntergekommen und mit Cafés und Fish-and-Chips-Läden überversorgt, wie gefangen in einer Zeitschleife, und auch die Menschen am Strand wirkten wie Überbleibsel einer anderen Epoche. Große Kinder, dachte Harriet, wie sie ihre Plastikeimer mit Sand füllten und in den Wassertümpeln stocherten, die die Ebbe hinterlassen hatte. Mit dem Gesicht nach unten ruderten sie auf Luftmatratzen oder hüpften kreischend in der nicht abreißenden Flut der sich brechenden Wellen, die dann wie ein Schaum gewordener Nachhall den Kies hochschwappten und sich prasselnd wieder zurückzogen. Wo die Felsen bis ins Wasser reichten, warf sich das Meer in weißen Gischtwolken dagegen.

Sie schlossen ihre Wertsachen im Kofferraum ein, damit sie während des Schwimmens ihre übereinandergelegten Handtücher und Kleider im Sand zurücklassen konnten. Eilig zogen sie sich aus und schritten ins flache Wasser, das sich hob und senkte, während es ihre Beine umspülte. Schreiend und lachend, weil es so kalt war, wateten sie immer weiter hinein und tänzelten mit hochgezogenen Schultern auf Zehenspitzen, um das Eintauchen hinauszuzögern, bis die schwankende Wasseroberfläche, trüb wie dunkles Glas und von treibenden Algen durchbrochen, ihre Taillen streichelte wie Hände, die in kühlen Handschuhen steckten.

Pilar stopfte ihr eingerolltes Haar unter eine rosa Badekappe aus Gummi, damit es trocken blieb, und ihr langes Gesicht war plötzlich nackt und streng, die Haut weicher, wächserner, bläulicher im schimmernden Licht. Harriet tauchte als Erste ein, erlebte als Erste den Schock der veränderten Perspektive, den auf Augenhöhe rutschenden Horizont, das dichte, von ihren Händen durchschnittene Salzwasser, den platschenden Aufruhr in ihren Ohren im Wechsel mit abgeschiedener Unterwasser-Stille. Ihr Körper begann die Kälte des Wassers in Wärme umzuwandeln, die ihr Auftrieb gab. »Es ist herrlich«, rief sie mit der leichten Heimtücke derer, die es als Erste geschafft haben. Pilar sah sie kritisch an, zögerte und warf sich dann mit spitzem Mund und einer ulkigen Bewegung, als zöge sie an zwei Zügeln, ins Meer.

Mit voller Kraft schwammen sie ins tiefe Wasser hinaus und wieder zurück, von den sich dem Ufer entgegenwälzenden Wellen getragen, und dann noch einmal hinaus, wo sie weit weg waren von den kleinen Leuten, die in der Brandung spielten. Ihre Lust am Wasser nahm ihnen fast das Menschliche; aus der Luft ins Meer verpflanzt hatte sich ihr Bewusstsein geschärft und war verstummt, die Bewegungen und das Untertauchen ihre einzige Sprache. Vor der Sonne kreisten schreiende Möwen, deren Flügel die Luft durchschnitten wie Messer, wenn sie nicht am Himmel emporstiegen und sich von oben dem Wasser entgegenstürzten wie Spielzeugvögel, mit zusammengeklappten Flügeln und glasigem Blick.

Einmal ließ sich auch Harriet unter die Wasseroberfläche sinken. Sie öffnete die Augen, um sich später daran zu erinnern: in der bräunlich grünen, sandigen Brühe, zwischen tanzenden Partikeln und gekrümmten Sonnenstrahlen Pilars amphibienhaft strampelnde Beine. Es kam ihr vor, als wäre sie seit ihrer Kindheit nicht mehr an diesem Ort gewesen, sie hatte ihn vergessen. Als sie wieder auftauchte, zurück in den lärmenden Tag, rechnete sie fast damit, sich in einem anderen Leben wiederzufinden. Dann sah sie, dass ihr Pilar von noch weiter draußen zuwinkte. Sie schwammen, bis sie spürten, dass sie zu erschöpft und nicht mehr in Sicherheit waren, und als sie triefend aus dem Wasser kamen, konnten sie kaum noch die Knie heben, kaum noch aufrecht stehen.

Harriets ganzer Körper zitterte und verkrampfte sich; auf dem harten Sand unter einem der verschlissenen gestreiften Handtücher aus dem Schrank in Kington kauernd musste sie die Zähne zusammenbeißen und die Augen schließen, um sich wieder zu fangen. Pilar rieb sich bereits geduldig mit Sonnenöl ein, das so nussig und würzig roch wie das Öl, das früher Harriets Mutter benutzt hatte. In England schien inzwischen keiner mehr diese Sorte zu kaufen. Dann bot Pilar Harriet an, sie ebenfalls einzureiben. »Los, bei deiner hellen Haut.«

Harriet ließ das Handtuch auf den Boden rutschen und mit gebeugtem Nacken den Kopf sinken. Sachlich fing Pilar an, ihr mit Öl die Schultern einzureiben, vor deren knochiger Blässe Harriet innerlich die Augen verschloss.

»Mit dir kann ich reden, Harriet«, sagte Pilar, während sie kräftig über ihre Schulterblätter rieb, deren Konturen folgte, ihr über den Nacken streichelte, dann mit massierenden Bewegungen den Hals hochging bis zum Haaransatz und hinter die Ohren und von da aus über die Oberarme wieder nach unten, als wäre es das Natürlichste der Welt. »Es gibt Dinge, über die kann ich mit Roland nicht reden. Ich will, dass alles angenehm für ihn ist, ich will mit diesen Sorgen nicht die Stimmung zwischen uns trüben. Valerie hat doch immer an ihm herumgenörgelt, oder? Es gibt da ein Problem mit meiner Tante. Zum Teil ist das auch der Grund, warum ich nicht so wild darauf bin, nach Hause zu fahren und die Familie zu besuchen. Diese Tante will, dass ich mich einem Test unterziehe, den ich aber nicht machen will.«

Unter dem Eindruck von Pilars gekonnter Massage geriet das Denken bei Harriet in weite Ferne. Ihr Körper schmolz, und sie ließ sich wie von Sinnen dazu hinreißen, sich die öligen Hände vorzustellen, wie sie unter dem nass an ihr klebenden Badeanzug über ihre Brüste glitten, dann suchend tiefer und tiefer rutschten bis zu dem Ort, wo sich ihre Schenkel schaudernd, bläulich und blass vor Kälte aneinanderpressten. Seit Langem hatte niemand sie mehr so unbefangen berührt, vielleicht sogar noch nie, jedenfalls nicht, seit sie erwachsen war. Widerstrebend zwang sie sich, ihre Gedanken auf das zu richten, was ihre Schwägerin sagte. »Was für ein Test?«

Nüchtern streifte Pilar die Träger von Harriets Schultern. Ein DNA-Test, erklärte sie, weil einige Leute glaubten, ihre Mutter und ihr Vater seien nicht ihre rechtmäßigen Eltern. Sie habe ihre Eltern zwar nie besonders gemocht, aber deshalb wolle sie ja nicht gleich eine neue Familie haben, ihre alte reiche ihr vollkommen, danke schön. »Du weißt nicht, wie diese Leute sind. Diese Aktivisten, diese Linken: Besessen sind die, denken Tag und Nacht immer nur an diese eine Sache. Ich kann es natürlich verstehen. Aber zu denen will ich nicht gehören. Glauben die, ein Test könnte ihnen ihre Söhne und Töchter zurückbringen?«

Harriet dachte angestrengt nach. »Du meinst, du könntest adoptiert worden sein?«

»Alle wissen, dass ich adoptiert wurde, zusammen mit meinem Bruder. Es war die Zeit der Desaparecidos, als so viele Leute verschwunden sind, aber wir kamen aus einem Waisenhaus, alles ganz legal und offiziell. Wir haben alle Papiere. Und überhaupt, was soll der Test beweisen? Ich gehöre nicht zu diesen Leuten, sie leben in einer anderen Welt. Mein Onkel sagt, was hin ist, ist hin.«

Während Harriet mit den Händen im grobkörnigen Sand nach Muschelteilen suchte, schwebte sie trotz bohrender Schuldgefühle in höchster Wonne. Wie konnte sie nur so egoistisch sein, so glücklich, wenn Pilar doch so litt? Sie hatte von diesen Geschichten gehört: dass damals die Kinder von Verschwundenen privilegierten Freunden des Regimes zur Adoption überlassen wurden. Doch diese ganze Situation war so undurchsichtig, dass Harriet die komplizierte Frage nach der Gerechtigkeit wegschob. Abgeschottet in ihrem wohlbehüteten Leben hatte sie gar kein Recht, darüber zu urteilen. Was wusste sie schon? Pilar wuchs in ihren Augen zu einer stoischen Heldin, die in der politischen Realität mit den schrecklichen Folgen der Gewalt zu leben hatte.

Kasim sagte, die Kinder könnten das verfallene Cottage ruhig betreten, das sei schon okay. Als Molly zu bedenken gab, dass es vielleicht doch gefährlich sein könnte, beruhigte er sie unbekümmert. »Das Ding steht hier seit hundert Jahren und wird auch in hundert Jahre noch hier stehen. Außerdem waren sie sowieso schon drin, wir waren alle drin, da ist nichts, wovor man Angst haben müsste.«

»Ich gehe lieber mit«, sagte Molly. »Obwohl es schon gruselig ist. Es stinkt.« Sie schauderte wie eine Katze, die an kaltem Wasser schnuppert.

Kasim zwinkerte Ivy zu: Sie würden sich verbünden müssen, um Molly umzustimmen. »Es ist unser Geheimnis«, sagte Ivy mit finsterer Miene. »Da darfst du nicht rein.«

»Setz dich hier auf die Böschung.« Kasim führte Molly an den Schultern hin. »Mach dir keine Sorgen um die Kinder, die kommen schon klar«, redete er auf sie ein. »Ich bin hier an dem Tag, bevor du gekommen bist, eingeschlafen. Es ist ein magischer Ort, der einen in den Schlaf hineinzieht. Die Umrisse, wo ich gelegen habe, sind noch zu erkennen – da, wo das Gras platt gedrückt ist. Probier's mal aus.«

»Ich sehe keine Umrisse.«

Sanft, aber beharrlich drückte er Molly zu Boden, sehr zugewandt und doch auch so, als spulte er nur ein im Voraus erdachtes Programm ab. Sie ging in den Schneidersitz. »Nein, leg dich auf den Rücken, du musst dich hinlegen. Und versuch, wach zu bleiben, mal sehen, ob du das schaffst. Mach die Augen zu. Wetten, dass du in einer halben Minute schläfst? Ich glaube, dass du hochgradig empfänglich bist.«

Gehorsam legte sich Molly ins Gras, und das Haar fiel ihr aus dem Gesicht, als sie mit geschlossenen Augen in die Sonne blickte. Sie war blass, so gut wie gar nicht gebräunt, aber wenigstens auch nicht verbrannt, mal abgesehen von den paar verschwommenen Sommersprossen auf ihrer Nase und dem rostroten Schimmer am Haaransatz, der fast so aussah, als würde sie sich nicht waschen, obwohl Kasim mit ziemlicher Gewissheit sagen konnte, dass sie sich oft und ausführlich wusch, er hörte doch stundenlang, bei Tag wie bei Nacht, das Wasser laufen, wenn sie im Bad war. Ihre leicht violetten Lider waren in geschlossenem Zustand unanständig groß und ihre vollen Lippen arglos geöffnet – sicher wären sie trocken und aufgesprungen gewesen, hätte Molly nicht dauernd dieses Zeug aus der Tube in ihrer Hosentasche benutzt, mit dem sie unentwegt hantierte, ständig um ihr Aussehen besorgt. Im Liegen wurden ihre kleinen Brüste so flach, dass sich hauptsächlich die leeren, zerknautschten Körbchen ihres BHs unter dem T-Shirt hoben und senkten; wie ein brauner Knoten lag ihr Bauchnabel in der tiefen, nackten Mulde zwischen ihren Hüftknochen.

Kasim beugte sich über Molly, ohne sie zu berühren, betrachtete sie und redete mit sanfter Stimme auf sie ein, immer so, dass sein Schatten nicht auf sie fiel, sie nicht störte. Wenn er sie sich genau genug ansehen könnte, dachte er, könnte er sie vielleicht verstehen, sie durchschauen. Irgendetwas an ihrem Äußeren hinderte ihn daran, aber was? Ihre Schönheit war nur ein subjektiver, flüchtiger Effekt, der nicht von Dauer sein würde; es beschäftigte ihn, dass sie alt werden, sich verändern würde. Er dachte an die flirtende Alice und daran, dass ihr Fleisch schon weicher zu werden und abzusacken begann, unter dem Kinn und an den Oberarmen; nicht dass die sehnigen, durchtrainierten Arme seiner Mutter besser gewesen wären.

»Mein Vater kapiert gar nichts«, schwadronierte er weiter, damit Molly liegen blieb und nicht die Augen aufschlug, um seinen Blick zu erwidern. »Der ist so ein Altlinker, weißt du? Eigentlich könnte er sich ja inzwischen auch mal selbst hinterfragen, so nach dem Motto, na ja, irgendwie hat meine Generation das alles ja nicht so toll hingekriegt, vielleicht haben wir trotz aller Bemühungen die Umsetzung des sozialistischen Traums nicht wirklich auf den Weg gebracht, es scheint doch alles in einer großen Scheiße geendet zu haben. Aber nein: Nie liegt es an ihm, nie ist es seine Schuld, es sind immer die anderen. Wenn sie nur auf mich und meine Kumpel gehört hätten, denkt er sich, dann hätten wir heute nicht diesen ganzen Schlamassel. Für ihn ist alles nur eine große, vertane Chance. Das geht mir auf den Geist, Molly, das geht mir dermaßen auf den Geist. Und dabei ist er auch noch so energiegeladen. Mal langsam, Dad! Hallo? Komm mal runter. Jetzt gründe nicht gleich wieder die nächste beschissene Initiative für schwarze Jugendliche oder was weiß ich, bitte lass es einfach.«

Tatsächlich stieg in diesem Moment Ärger über seinen Vater in ihm hoch, als würde Danis Männlichkeit aus der Ferne ihre Schatten über den Nachmittag werfen. Molly lächelte mit geschlossenen Augen. »Hör auf, dich aufzuregen«, sagte sie. »Vergiss es, ist doch egal. Hast du nicht eh gesagt, dass er in Pakistan lebt?«

»Wie kommst du denn darauf? Er wohnt in Ladbroke Grove. Und ich auch, bei ihm, zumindest teilweise, wenn ich nicht an der Uni oder bei meiner Mutter bin. Ich muss da weg, Mann.«

Im Cottage überkam Ivy ein plötzliches Bedürfnis, sich wichtigzumachen. Diesem Zimmer würde sie es schon zeigen, und so stampfte sie unter lauten Hallo-Rufen darin herum und trat so fest gegen den Laubhaufen auf dem Feuerrost, dass die vertrockneten Blätter über den roten Zementboden wirbelten. Sie spürte, dass ihre Plastiksandale gegen etwas Weiches, Nachgiebiges stieß, das sie ignorierte, wenn sie es auch vermied, noch einmal dagegenzutreten. Ein toter Vogel? Dann hätte sie vielleicht ein leises Knacken von brechenden Federn oder Knochen gehört. Alles war hier möglich, jeder noch so albtraumartige Horror. Sie prahlte vor Arthur, um ihre Vorrangstellung im Cottage zu festigen, und tönte, dass sie sogar schon einmal ganz allein hergekommen sei, ohne ihn.

»Wann?«

»Neulich, als du gespielt hast.«

Ihr selbst schien dieser einsame Besuch schon fast ins Reich der Mythen zu gehören: Es fiel ihr schwer, an die Kühnheit dieser anderen Ivy zu glauben, die sich heldenhaft zum Rendezvous mit den Dingen im

Obergeschoss eingefunden hatte. Sichtlich skeptisch ließ Arthur einige Münzen in seiner Hosentasche klimpern.

»Ich war hier, wirklich! Aber egal, warum hast du dein Geld mitgenommen, du Idiot? Hier kannst du's doch sowieso nicht ausgeben.«

Er sagte, dass er gedacht habe, sie würden vielleicht an einem Geschäft vorbeikommen; Ivy war voller Verachtung, aber er hatte sie auf eine Idee gebracht. »Eigentlich ist es doch gut, dass du es mitgenommen hast. Es wird Teil des Opfers, das wir bringen müssen.«

»Welches Opfer?«

Feierlich senkte sie die Stimme. »Habe ich dir doch gesagt: wegen der toten Frauen.«

Es bedurfte einiger Überzeugungsarbeit, bis sie Arthur dazu gebracht hatte, sich von seinem Ein-Pfund-Stück zu trennen; am Ende musste sie die kleinen, blassen, um den Schatz in seiner Handfläche verkrampften Finger einzeln hochbiegen. Doch als er dann losgelassen hatte, ergab er sich anstandslos in das von Ivy ersonnene Ritual. Im ersten Zimmer des Obergeschosses rissen sie Teile der verblichenen rosa Frauenkörper aus den Seiten der Zeitschriften und knüllten einige dieser Schnipsel zusammen, um sie wie einen Kranz um das Ein-Pfund-Stück zu legen. Die anderen Proben, wie Ivy dazu sagte, stopfte sie in ihre Hosentasche. Vor lauter Geschäftigkeit vergaß sie bei der Vorbereitung des Opfers fast ihre Angst, und einmal öffnete sie sogar die Tür zum anderen Zimmer, als wollte sie sich kurz vergewissern, dass Mitzi noch da war. Das war sie natürlich. Sie würde nicht weglaufen: Ihre Überreste schienen allerdings weniger zu werden und allmählich zu etwas Mickrigem, Nichtssagendem zusammenzuschrumpfen. Mitzi schien mehr und mehr Teil dessen zu werden, woraus das ganze Zimmer bestand, und auch ihr Geruch veränderte sich: Er war immer noch eklig, aber muffiger, wie von etwas Uraltem. Wenn Ivy Mitzi nun betrachtete, tat sie es mit besitzergreifender Lässigkeit, wie die erfahrene Priesterin eines Kults. Arthur nahm sich mehr Zeit, um Mitzi auf sich wirken zu lassen – Ivy war jetzt die Erfahrene.

Mit Kasims Feuerzeug – das Ivy im Arbeitszimmer vom Tisch genommen hatte, weil Kas es ja nicht mehr brauchte – setzten sie die zerknüllten Papierschnipsel in Brand; an den Kanten kräuselten sie sich und wurden braun, während die Flammen an ihnen züngelten, und einen Moment lang sah es so aus, als rekelte und streckte sich eine der Frauen genüsslich, ehe sie sich in einem Hitze- und Lichtschwall verzehrte. Als die Kinder auch den letzten Funken verantwortungsvoll ausgetreten hatten, wollte Arthur sein Geldstück wiederhaben, doch Ivy erklärte ihm, das bringe Unglück, weil es jetzt den Frauen gehöre; und so ließ er es, wenn auch mit einem unwilligen Blick über die Schulter, schließlich liegen. Der Abstieg über die Treppe war nicht zu vergleichen mit dem ersten, albtraumhaften Mal. Ivy hob die Tür, die sie hinter sich zugedrückt hatte, vorsichtig in den Angeln an, um sie wieder öffnen zu können, und Arthur drängelte sich an ihr vorbei durch den Spalt. Beide sahen Kasim und Molly im selben Moment auf der Grasböschung gegenüber dem Haus liegen, in der blendenden Sonne von der Lichtung wie eingerahmt – ein irritierendes, grelles Bild. Die beiden hatten die Kinder noch nicht bemerkt.

Genau in diesem Augenblick hielt Molly, auf ihre Ellbogen gestützt, Kas die Lippen entgegen, worauf er seine Hand um die Wölbung ihres Hinterkopfs legte, die Schultern im richtigen Winkel zu ihr hindrehte und seinen geöffneten Mund herabneigte, um sie zu küssen. Die Köpfe der beiden bewegten sich rhythmisch aneinander, langsam wie beim Eislecken. Dieser Kuss hatte in den Köpfen der Kinder als Möglichkeit nicht existiert, und der anstößige Hunger darin erschütterte sie – sie tauschten spöttische und zugleich entsetzte Blicke. Als Molly und Kasim sie kommen hörten, schnellten sie sofort auseinander, als wäre nichts geschehen, und auch die Kinder taten, als hätten sie nichts bemerkt.

Im Garten lagen Roland und Alice auf den Grasstoppeln in der Nachmittagssonne, tranken die schalen Reste eines Schaumweins und teilten sich anstelle eines Mittagessens ein Schälchen gesalzener Nüsse. Sie hatten das ganze Haus für sich, alle waren fort. Roland war redselig, nachdem er den ganzen Vormittag in seinem Zimmer am Laptop gesessen und an einer Rezension geschrieben hatte. Alice sagte, die Kritiken hätten sie, als sie noch Schauspielerin war, fast umgebracht. Sie fand die Vorstellung entsetzlich: ein unerbittliches Urteil, auf einer Zeitungsseite in Worte gegossen, die nie mehr abgeschwächt oder zurückgenommen werden konnten. War Roland aufgefallen, dass er Alice sonst bei allem, was sie vorbrachte, mit geduldiger Nachsicht widersprach? Jedenfalls wirkte er, anstatt wie üblich zu kontern, diesmal verständnisvoll. Woher kamen ihre Selbstzweifel? Mit fünfzehn oder sechzehn hatte es den Anschein gehabt, als wäre Alice die Selbstsichere, sie war so unbekümmert gewesen und ausgeglichen. Niemand hätte sich damals vorstellen können, dass Roland einmal so selbstbewusst auftreten würde.

»In einer anderen Epoche wärest du ein wunderbarer Vikar geworden, Roly. Ich meine, so ein richtig edelmütiger. Einer, der einen Mönchsorden gegründet oder den Heiden das heilige Wort verkündet hätte. Ich kann es mir so gut vorstellen. Währenddessen hätten wir als grässliche alte Jungfern zu Hause gesessen, um dir warme Leibchen zu stricken und einen Kult um unseren hochgeschätzten Bruder zu treiben, den wir insgeheim gehasst hätten.«

»Klingt nicht gerade spaßig für alle Beteiligten.«

»Für die alten Jungfern wahrscheinlich noch am spaßigsten. Du hättest Gelbfieber bekommen und wärest in deinen letzten Tagen von einem treu ergebenen eingeborenen Diener gepflegt worden, aber dein Glaube hätte dir Kraft gegeben. Glaubst du, der Glaube hat unserem Großvater Kraft gegeben? Ich meine, Spaß beiseite, als Mum starb. Oder glaubst du, dass er seinen Glauben verloren hat?«

Roland erinnerte sich daran, wie ihr Vater am Tag der Beerdigung ihrer Mutter mit Alice in dem alten Bedford-Transporter irgendwohin gefahren war, einfach weg; sie waren spät zurückgekommen, als alles längst vorbei war, und Alice hatte sich die ganze Nacht übergeben, weil sie zu viel Schokolade gegessen hatte. Trotzdem hatte Roland sie als Erwachsene bei zwei unterschiedlichen Gelegenheiten so reden hören, als wäre sie bei der Beerdigung dabei gewesen, und sie schien zu glauben, dass sie hier in Kington und nicht in einer Kirche in Marylebone stattgefunden hatte. Ihr Dad hatte behauptet, er könne religiöse Hypokrisie nicht ertragen, und Alice hatte so getan, als sähe sie das genauso, obwohl sie damals noch zu jung war, um zu wissen, was Hypokrisie überhaupt war. Roland hatte die beiden damals durchschaut, Vater und Tochter, er wusste, dass sie einfach nur Angst hatten. Alice hatte ein punkiges, unpassendes Partykleid aus rutschigem, silbernem Stoff angezogen, in dem ihr Babyspeck und die kleinen Ansätze von Brüsten zu sehen waren; alles an diesem Tag war verrückt und durcheinander gewesen, nicht einmal ihre Großmutter konnte es richten. Manchmal hatte Roland ein bohrendes Mitleid mit seiner Schwester, obwohl ihm das gar nicht ähnlich sah – er war überzeugt davon, dass Mitleid niemandem half. Alice wäre bestürzt gewesen, wenn sie es gewusst hätte.

Er fuhr mit den Händen durch seine kurzen, drahtigen Locken. »Ich vermute, unser Großvater hat geglaubt, Gottes Vorsehung sei unergründlich. Das glauben vernünftige Christen. Und es ist ja auch einigermaßen plausibel. Es entspricht in etwa dem, was ich glaube, nur ohne Gott.«

Er hatte ein paar braune Sommersprossen, und mit seinen ebenso braunen Augen erinnerte er Alice ein bisschen an eine Erddrossel; sie sah eine Fülle von Gedanken über sein Gesicht ziehen. Einen Moment lang hatte sie das Gefühl, dass sie sich wieder so nah waren wie früher. Sie tastete in der Schale nach Nüssen, fand aber hauptsächlich Salz. »Ja, das Unergründliche. Ich finde das Leben ziemlich beängstigend, du nicht? Ich bin so ein Feigling. Wahrscheinlich verstehe ich den Sinn einfach nicht. Ich meine, sogar ganz alltägliche Dinge machen mir Angst, Sachen wie die Trauer über Veränderungen oder das Altwerden oder verpasste Gelegenheiten. Und dann noch die schlimmen Entwicklungen unserer Zeit, allein die Umweltzerstörung. Ich weiß, du ärgerst dich, wenn du das Gefühl hast, dass ich mich nach früheren Zeiten zurücksehne, als wäre früher immer alles besser gewesen. Aber vielleicht war es das ja wirklich. Hast du keine Angst vor Ozeanen voller Plastik, vor schmelzenden Polkappen und Großmästereien mit Bergen von Schweinefutter? All die abgeholzten Wälder in Sambia, die ganzen Tiere, die innerhalb eines Menschenlebens aussterben, und wie die Erde überall nach dreckigen Mineralen umgepflügt wird – und dabei weiß keiner mehr, wie man einfach nur schöne Dinge macht. Ist das etwa nicht beängstigend?«

»Aber du warst doch noch nie in Sambia.«

»Ich habe ein Buch darüber gelesen.«

Roland rekelte sich in der Sonne und schloss die Augen. »Habe ich Angst? Jetzt gerade spüre ich – allen Einflüsterungen meines Verstandes zum Trotz – die physische Gewissheit meines Wohlbefindens. Aber egal, wie kommt es, dass wir so schnell bei der Apokalypse gelandet sind? Bei dir geht's immer gleich um die Apokalypse, Alice.«

»Nein, jetzt mal im Ernst: Gib zu, dass du Angst hast.«

Doch Roland gab gar nichts zu, sondern lächelte mit

geschlossenen Augen, als wäre die Angst nur ein Phänomen unter vielen, die es zu untersuchen galt.

»Ich finde Pilar wirklich hinreißend«, fuhr Alice fort. »Was ich neulich gesagt habe, war nicht so gemeint, das weißt du doch, oder? Ich bin mir sicher, dass sie sich in unsere Familie einfügen kann. Wobei ich schon finde, dass sie einen ganz schön einschüchtert. Sie ist so strukturiert und so dynamisch, sie muss denken, dass ich zu nichts zu gebrauchen bin. Aber es ist schön, wie gut sie mit Harriet klarkommt.«

Von da an sagte Roland kein Wort mehr. Er wollte nicht mit ihr über Pilar sprechen.

Alle waren bei den Pattens zum Abendessen eingeladen, sogar die Kinder. Es hatte etwas Zeremonielles, wie sie im frühen Abendlicht mit ihren Flaschen die Straße überquerten, Ivy voll konzentriert auf die ihr anvertraute Glasschüssel mit Frans selbst gemachten, unter Frischhaltefolie geschützten Schokoladentrüffeln. Pilar brachte weiße Rosen, die sie an der Gartenmauer geschnitten hatte. Sie empfanden sich als Sippe: einander verbunden und ausnahmsweise als Familie erkennbar. Roland hatte Arthur auf die Schultern genommen, als müssten sie, die Männer, sich zusammentun, um die weiblichen Horden zu dominieren. Ruhig ritt Arthur auf seinem Onkel, ein leises, unbestimmtes Lächeln auf den Lippen, die Hände vorsichtig lenkend in Rolands Haar, ein in Beifall badender kleiner Prinz.

Stumm schienen sich alle zu sammeln, sich auf die geschwätzigen Stunden vorzubereiten, während ihre Füße auf der Straße eine Staubwolke aufwirbelten und die unterschiedlichen Parfüms der Frauen sich mit der schweren Abendluft vermischten. Sogar Harriet trug ein Parfüm; sogar Roland hatte Eau de Cologne aufgetragen. Harriet strahlte eine steife Befangenheit aus, die alle eventuellen Kommentare von ihr fernhielt; sie trug den Rock und das Seidenshirt von Alice und hatte sich dazu ihr kleines Tuch um den Hals geknotet, wovon Alice ihr eher abgeraten hätte. Doch ihre hübschen Ohrringe, die sie bei einem Museumsbesuch gekauft hatte, fingen das Licht ein, und ihr Gesicht war lebendig, sonnengebräunt und noch etwas rosa von ihrem Ausflug ans Meer. Molly bewegte sich nach ihrem Kuss mit einer neuen, satten Trägheit, die nur die Kinder einzuordnen wussten. Ihren Vater, der sie beim Tagträumen beobachtete, überkam Sorge, als er darüber nachdachte, wie kindlich und unerfahren sie noch war. Kasim würde später kommen, weil er ausgerechnet jetzt noch beschlossen hatte zu baden, nachdem er sich stundenlang in seinem Zimmer verschanzt hatte. Molly hatte ihn kaum vermisst: In seiner Abwesenheit war die Vorstellung von ihm an ihrer Seite so lebendig, dass sie sich vor seiner echten, komplizierteren Präsenz fast ein bisschen fürchtete.

Schräg fiel hinter ihnen das Licht der tief stehenden Sonne durch die Fenster der Kirche in den steinernen Innenraum und ließ sie so schwerelos wirken, als schwebte sie zwischen den Gräbern. An diesem Morgen hatten sie, als einige von ihnen noch faul im Bett lagen, den bebenden Kirchengesang gehört; weil das Gotteshaus nur noch in turnusmäßigem Wechsel mit den drei anderen Kirchen des Pfarrers genutzt wurde, konnten sie sich nie merken, wann es wieder so weit war. Keiner von ihnen ging je hin, um sich auf die Betkissen ihrer Großmutter zu knien, von denen jedes mit einer anderen einheimischen Wildblume bestickt war. Wenn ein Gottesdienst stattfand, huschten sie nur etwas gesitteter und schuldbewusster durch das alte Haus, und jedem wurde bewusst, dass die Zeit nach einem klaren Schema verstrich, das auch das Nacheinander ihrer Tage bestimmte, die sich in nichts voneinander unterschieden.

Als sie den Hof der Pattens betraten, stießen in einem Tumult aus weißen, gespreizten Federn und hochgerissenen Flügeln die Tauben auf sie herab, ein Geräusch wie das Knattern von Bettlaken im Wind. Was auch immer Claude Patten für ein Architekt war (in der Hauptsache baute er wohl Altenheime und Shoppingmalls), den alten Taubenschlag hatte er klugerweise nicht seinem Zweck entfremdet. Janice hatte im Internet recherchiert, welche Tauben geeignet und wie sie zu halten waren. Mit feuchten Locken und vom Duschen geröteter Haut stand sie nun in einem Kaftan aus gletscherblau schillernder Seide mit strahlendem, stolzem Gastgeberinnenlächeln neben den hohen, zum Hof hin geöffneten Glastüren, durch die der köstliche Duft ihrer Kochkünste drang: in Wein, Tomaten und Kräutern gegartes Fleisch und selbst gebackenes Brot. Hinter ihr warfen milchig weiße Kugeln, die an Ketten von den Dachsparren der Scheune herabhingen, ein schwaches, diffuses Licht auf den langen Tisch, der aus einem Refektorium hätte stammen können und mit blauem Glasgeschirr und gelben Leinenservietten gedeckt war. Es war wie in einem großspurigen Restaurant, fand Alice. Noch wurden die Lampen von der zitronengelben Sonne in den Schatten gestellt, doch bald würde sie untergehen hinter dem Feld mit dem exotischen, struppigen Elefantengras, das für Biotreibstoff angebaut wurde und sich mannshoch hinter der Scheune dem Horizont entgegenstreckte. Janice hasste das Elefantengras – *es verschandelt die Aussicht, aber darum geht es mir nicht, es sind ökologische Gründe* – und hatte sich deshalb mit dem Bauern überworfen.

Janice begrüßte ihre Gäste, küsste sie, nahm dankend die Rosen und Trüffel entgegen und sagte zu Roland, sie habe ja immer ein bisschen Angst vor ihm, weil er so intelligent sei. Entschuldigend hob Roland Arthur von seinen Schultern und stellte ihn vorsichtig auf den Boden. Mit laut tönender Stimme rief Janice nach ihrem Mann, der irgendwie verschwunden war und dem doch, darauf bestand sie, die Verantwortung für die Flaschen zu übertragen sei. Und als die Gäste nun lautstark ihr Schweigen brachen, da wurde der lange, stille Moment zwischen ihnen, als sie gemeinsam die Straße überquert hatten, plötzlich in seiner ganzen Schönheit greifbar.

Als Kas später über die Straße ging – wahrscheinlich zu spät, wie er missmutig dachte, vielleicht sollte er es einfach ganz lassen –, war es schon fast dunkel. Der weite Abendhimmel über ihm war von einem fahlen, elektrischen Blau und voll funkelnder Sterne; er hielt inne und blieb mitten auf der Straße stehen, als hätte er etwas vergessen. In seinem Haar, das noch nass vom

Baden war, verfing sich die Kühle des Abends, und der Kragen seines letzten sauberen Hemds war schon feucht. Er war zu stolz gewesen oder zu faul, nach einer Möglichkeit zu fragen, seine Wäsche zu waschen, und hatte darauf gewartet, zufällig auf eine Waschmaschine zu stoßen. Hatte nicht heute im Garten Wäsche zum Trocknen an einer Leine gehangen?

In der Scheune waren die hohen, leuchtenden Fenstertüren weit geöffnet, und von drinnen hallten laute Stimmen heraus, dazu das geschäftige Klappern und Klirren von Gläsern und Besteck. Kasim schauderte, als er den Hof betrat, er wollte nicht Teil dieser Geselligkeit sein. Er glaubte, sich niemals in eine lärmende Schar von Freunden und Familie integrieren zu können, deren Ansprüche er wie eine plumpvertrauliche Umarmung empfand. Jetzt fühlte er sich lebendig, jetzt. Distanz war die einzige Möglichkeit, das eigene Wahrnehmungsvermögen wachzuhalten. Alice protestierte gerade gegen irgendetwas mit ihrer affektierten Stimme, die immer entweder tränenfeucht oder flirtend klang. »Ich habe vor *allem* Angst«, sagte sie. »Aber Roland gibt seine Angst nicht zu, er gibt sie einfach nicht zu.«

Angewidert stellte Kasim sich vor, wie alle mit vollem Mund lachten. Weil er auf Molly aus war, musste er dennoch hinein. Die Erinnerung an den Kuss überkam ihn, und er spürte ein ziehendes sexuelles Verlangen. Plötzlich fiel ihm aus dem nachtblauen Himmel, der eben noch wolkenlos schien, ein unerwartet dicker, warmer Tropfen auf die Wange. Zuerst dachte er, seine nassen Haare würden noch tropfen, doch dann kam schon der nächste, und er hörte, wie es ringsum zu plätschern begann, ein Regen so leise, dass drinnen nichts davon zu hören war, im Kies der Pattens nur ein verhaltenes Prasseln, das auf der ausgetrockneten Straße kleine Staubwölkchen aufwirbelte.

Teil 2

Die Vergangenheit

I

1968 kehrte Jill Fellowes zu ihren Eltern nach Kington zurück, mit ihren drei Kindern auf der Flucht vor ihrem Ehemann: Sie glaubte, dass sie für alle Zeiten mit ihm fertig sei. Sie hatte nie aufgehört, sich Jill Fellowes zu nennen – für sich selbst in Gedanken und meistens auch, wenn sie andere Menschen traf –, wobei es schon nützlich war, verheiratet zu sein, etwa beim Arzt oder im Hinblick auf Harriets Schulbesuch. Wenn Briefe von ihrer Mutter kamen, waren sie an Mrs T. R. Crane adressiert. Die Mutter schrieb ihr jede Woche – Briefe voller Neuigkeiten über das Nichts, das in Kington passierte, und immer gesalzen mit der ihr eigenen Ironie. *Hier dreht sich gerade alles darum, dass der Laden das Handtuch geworfen hat und sich weigert, außer Schnittbrot noch irgendetwas zu verkaufen, sie sagen, der Aufwand sei zu groß, und du weißt, dass dein Vater es nicht essen wird. Ich glaube, die Sonntagspredigt wird es in sich haben.* Pflichterfüllt hatte Jill ihr jede Woche einen trockenen Brief zurückgeschrieben, ihr im Gegenzug nichts erzählt, nichts.

Eines Spätnachmittags im Mai richtete sich Jills Mutter, die in ihrer ältesten Hose und dem Gartenhemd vor dem alten, weißen Haus neben der Kirche Unkraut jätete, für einen Moment auf, um grundlos innezuhalten. Sie war extrem dünn, knochendürr, wie sie selbst sagte, zierlich und ausgelaugt mit blassen, graublauen Augen und eisengrauem Haar, das von ihrem Kopf abstand wie ein seltsamer Federschopf. Ob sie in solchen Pausen an ihre Rosenknospen und den Hackfleischauflauf fürs Abendessen dachte wie die Karikatur einer Pfarrersfrau? In diesem Augenblick zerstörte eine laute Ankunftszeremonie die friedliche, öde Beschaulichkeit, und ihre geliebte einzige Tochter entstieg mitsamt den Enkeln einem Morris-Traveller-Kastenwagen mit Holzrahmen.

Jills Mutter dachte nicht wirklich an Hackfleischauflauf. Sie war wie so oft beim Alleinsein im dunklen Tümpel ihres Unbewussten versunken: Seit fünf Sekunden oder auch fünf Minuten stand sie einfach nur da und träumte von nichts. So kam es, dass sie, Sophy, als sie ihre Tochter sah, in diesem allerersten Moment tatsächlich glaubte – was nicht zu ihr passte, denn sie war rational und skeptisch, an den Glauben nur noch durch einen dünnen Faden gebunden –, sie hätte eine Vision. Die Kinder waren schön wie Engel, wenn auch klebrig und überhaupt ziemlich verdreckt, Rolands Brillensteg mit einem Heftpflaster geflickt, Hettie entsetzlich blass, und die verschwitzten Löckchen von Baby Ali waren platt gedrückt, als wäre sie, an ihrer Mutter klebend, aus dem Schlaf gerissen und auf der Straße abgestellt worden. Quengelnd stolperte sie Jill hinterher und klammerte sich an ihren Mantel, sodass Jill fast über sie gefallen wäre.

»Halt sie mal fest, Hettie, ja?«

Der Morris Traveller gehörte nicht Jill. Sie konnte gar nicht Auto fahren und hätte sich auch keinen Wagen leisten können. Sie waren mit dem Zug, dann dem Bus aus London gekommen, und als sie von dort, wo der Bus sie abgesetzt hatte, aufgebrochen waren, um die zwei Meilen bis nach Kington über kurvenreiche Sträßchen zu Fuß zu gehen – und dabei wahrscheinlich aussahen wie Dust-Bowl-Flüchtlinge, sagte Jill, auf der Flucht vor den großen Staubstürmen –, hatte sich ein vorbeifahrendes Auto ihrer erbarmt und sie mitgenommen. Als Jill den zusammengeklappten Kinderwagen und einen Koffer hinter den Rücksitzen herausgezerrt hatte, beugte sie sich lächelnd durch das offene Beifahrerfenster, und Sophy hörte die Stimme ihrer Tochter, genauso reizend und charmant, wie sie es gelernt hatte. *Wirklich unglaublich nett von Ihnen … uns das Leben gerettet.* Der Morris setzte zurück in die Einfahrt des Hofs der Brodys und war, bis Sophy ihre Schaufel fallen gelassen hatte und zum Tor gelaufen war, bereits verschwunden.

»Hallo, ihr Lieben, mein guter Junge und ihr lieben Mädchen«, sagte sie. »Was ist denn passiert?«

»Wir stinken«, sagte Jill ausdruckslos. »Die werden alle Fenster aufmachen müssen, um unseren Geruch wieder loszuwerden. Harriet hat sich im Bus übergeben, und ich hatte außer ihrer eigenen Strickjacke nichts zum Aufwischen. Die ganze Reise war die reinste Hölle. Diese Leute eben, die mussten gar nicht nach Kington und haben extra für uns einen Umweg gemacht. Keine Ahnung, wer das war, aber die schienen uns zu kennen. Wir brauchen ganz dringend ein Bad.«

»Oh, aber wer *war* das?«

Es gab ein kompliziertes Geflecht aus Verpflichtungen und Gefälligkeiten, über das sich Sophy bereits Gedanken machte. »Wie nett von ihnen! Ich würde mich gern bei ihnen bedanken.«

»Ich habe so getan, als wüsste ich's. *Na, wie geht's Ihnen allen denn so?*, habe ich gefragt. Aber deren Leben war einfach zu nichtssagend, ohne jeden Anhaltspunkt. Eine Tochter namens Penny, die reitet? Jedenfalls waren sie neugierig und wollten wissen, warum Dad uns nicht am Bahnhof abgeholt hat. Ich habe gesagt, es sei ein spontaner Besuch. Was es ja auch ist.«

»Schätzchen, du hättest doch bei den Smiths anrufen können. Wie soll ich euch denn jetzt alle satt kriegen? Die wundersame Vermehrung funktioniert bei Brot und Fischen, aber nicht bei einem kleinen Hackfleischauflauf. Und du weißt doch, dass es den Smiths wirklich nichts ausmacht. Es liegt an der Starrköpfigkeit deines Vaters, dass er keinen Telefonanschluss will. Der Laden hat jetzt jedenfalls zu. Ich werde bei den Brodys ein paar Eier holen müssen.«

»Wir essen keine Eier.« Feierlich hatte Roland die Neuigkeit verkündet.

»Oh, *Gott*«, sagte Jill. »Ich dachte wirklich, wir würden gar nicht mehr ankommen und müssten unter einer Hecke schlafen, und du machst dir wegen ein paar Eiern Sorgen.«

»Du darfst nicht ›Gott‹ sagen«, sagte Hettie. »Großvater mag das nicht.«

»Großvater ist nicht hier. Er macht Krankenbesuche.«

»Den Kranken sei Dank«, sagte Jill. »Dann können wir ja fluchen, bis er zurückkommt.«

Sophy setzte Teewasser auf. Es war erstaunlich, wie

unvermittelt Jill und ihre Kinder real geworden waren, hier bei ihr im Haus. Normalerweise hatte sie vor den Besuchen ihrer Tochter – oder vor den eigenen Besuchen in der chaotischen, unzumutbaren Wohnung ihrer Tochter über einem Geschäft in der Marylebone High Street – genug Zeit, sich innerlich darauf einzustellen. Wenn sie doch wenigstens noch ihre alten Sachen hätte ausziehen können. Sie stellte fest, dass ihr der wehmütige Traum von ihrer Tochter inzwischen vertrauter war als diese reale, greifbare Frau: ihre Entschlossenheit, ihr scharf geschnittenes Gesicht, das die extreme Magerkeit junger Mütter hatte, ihr Hautton, der Sophy an eine Drossel erinnerte, die schaukelnde Quaste ihres hellbraunen Haars, das sie zu einem hohen, nachlässigen Pferdeschwanz zusammengebunden hatte. Ihr zerknittertes Hemdblusenkleid war unglaublich knapp; sie hatte es am Saum mit großen, unbeholfenen Stichen gekürzt, das konnte Sophy sehen. Blasser Lippenstift war in ihren rissigen Lippen versickert, und sie hatte sich die Augen geschminkt. Wenn sie den Blick senkte, hätten ihre schweren, gewölbten, violetten Lider die einer Heiligen sein können, doch wenn sie aufblickte, nahmen ihre Augen die Dinge allzu gierig auf.

Jill hatte ihren Wintermantel angezogen, weil es so leichter war, ihn zu transportieren; der Mantel war viel zu dick für diesen bewölkten, milden Frühlingstag, und weil ihr heiß war, hatte sie rote, hektische Wangen. Sie streifte den Mantel ab, ließ ihn im Flur auf einen Stuhl fallen und ging mit großen Schritten durchs Haus und dann durch die Fenstertüren geradewegs in den Garten, wo sie sich, auf dem Rücken ausgestreckt, ins Gras legte. Erfrischend drang die kühle Feuchtigkeit aus der Erde in ihr Kleid. Einen Moment lang fühlte sie sich wieder wie siebzehn, als wäre sie nie fortgegangen. Dann kam die Kleine angetapst, um sich triumphierend auf sie zu setzen und juchzend auf ihr zu reiten, bis Jill aufstöhnte, sie herunterschubste, ihr mit Erdbeeren bedrucktes Oberteil hochschob und ihr auf den kleinen Bauch prustete.

Beim Tee fragte die Mutter vorsichtig, wo Tom denn sei.

»Oh, der ist in Paris. Er revoltiert.«

Ausnahmsweise versagte Sophys Ironie. »Er revoltiert?«

»Na, das ist doch, was Revolutionäre tun, oder? Revoltieren.«

»Du meine Güte, ich hoffe, er gerät nicht in Schwierigkeiten.«

»Der Revolutionär hofft grundsätzlich auf Schwierigkeiten, Mum«, sagte Jill. »Tom hofft jedenfalls darauf, dann kann er für seine Zeitung darüber schreiben.«

Kommentarlos rührte Sophy in ihrer Tasse, ihr Löffel schlug klirrend gegen das Porzellan. Ihre Zweifel bezüglich Tom blieben größtenteils unausgesprochen, so offenkundig sie für ihre Tochter auch waren. »Ich bin sehr gespannt, dazu später seine Meinung zu hören. Ich weiß nicht, was ich davon halten soll. Gehen die Studenten nicht zu weit? Am Anfang stand ja viel Idealismus. Und ich glaube, die französischen Polizisten sind sehr brutal, oder?«

»Im Gegensatz zu den freundlichen englischen Polizisten.«

Aber Jill wollte sich nicht mit ihrer Mutter über Politik streiten. Sie hatte genug von ihren eigenen, müde und alt gewordenen Idealen, der ganzen Empörung; in Wahrheit hätte ihr Paris in diesem Moment nicht gleichgültiger sein können. Sie konnte sich genau vorstellen, was da los war: überall Leute, die das ganze Unrecht dieser Welt anprangerten, als hätte das vor ihnen noch nie jemand getan, all diese Studenten, die in ihrem ganzen Leben noch nicht einen Tag gearbeitet hatten und sich nun so euphorisch für die »Arbeiterschaft« opferten. Wenn Jill sich diese Dinge vorstellte, dann stellte sie sich natürlich im Grunde Tom vor.

Sie hatte damit gerechnet, dass sie, sobald sie zu Hause wäre, sofort mit all ihren Sorgen herausplatzen würde, jedenfalls gegenüber ihrer Mutter. Während der langen, schwierigen Reise mit den Kindern hatte sie die ganze Zeit das Gefühl gehabt, sie müsse die Bürde dieser Sorgen hochhalten und mit ihrem eigenen Leben beschützen wie in den alten Geschichten der Bote, der etwas zu überbringen hat, das von schrecklicher Bedeutung ist, beispielsweise den abgetrennten Kopf eines Feindes. Doch kaum war sie angekommen, hatte sich die ganze Dringlichkeit verflüchtigt. Wie hatte sie nur die dämpfende Wirkung ihres Elternhauses vergessen können, wo jedes offene Wort auf später verschoben wurde, ein Später, das niemals kam? Stattdessen machte man sich Gedanken über das Vorhandensein oder Nicht-Vorhandensein von Eiern, und Jill bemerkte, wie sie sich darauf einließ – die Eier, die Betttücher und das heiße Wasser, als würden Dinge wie diese als codierte Bekundungen von Zuneigung und Sorge genügen. Sie wartete darauf, dass ihre Mutter fragte, warum sie so überstürzt hergekommen sei, ohne jede Vorwarnung. Aber vielleicht hatte Sophy in den vielen Briefen, die Jill ihr geschrieben hatte, wirklich nicht zwischen den Zeilen gelesen und ahnte tatsächlich nichts vom Scheitern ihrer Ehe. Jill war deshalb nicht unzufrieden, und doch fühlte sie sich einsam – und anmaßenderweise sehr viel erfahrener als ihre Mutter.

Als Sophy später mit den sauberen Betttüchern im Arm, die sie vor dem Rayburn-Ofen hatte nachtrocknen lassen, die Treppe hochstieg, fiel ihr Blick durch die offene Badezimmertür auf Jill und die Kinder, allesamt nackt. Entsetzt wandte sie sich ab von dem vielen Fleisch, den glitschigen, molligen, durch das heiße Wasser geröteten Gliedern und auch den entblößten Brüsten ihrer Tochter, die noch prall und wohlgeformt waren, obwohl sie schon drei Babys gestillt hatte. In der Enge des Bads spritzten sie den ganzen Linoleumboden mit Wasser voll. Sophy wusste, dass es in der Gegend Leute gab, die mit dieser leichtfertigen Form des Badens nicht einverstanden gewesen wären. Sie selbst hatte nichts dagegen, doch der Anblick machte ihr Angst um Jill – wie ein Hinweis auf das Leben, das ihre Tochter nun führte und das sich Sophy nicht vorzustellen vermochte: in London, mit Tom, in Gott weiß was für Dinge involviert. Ihr fiel auf, dass sie schon lange nicht mehr so direkt auf die Nacktheit eines erwachsenen Menschen geblickt hatte, nicht auf die ihres Mannes und eigentlich auch nur selten auf ihre eigene. Als sie in Jills Zimmer die Vierecke eines akkurat gebügelten Lakens über dem Bett auseinanderschüttelte, erschrak sie über die alte Frau, die ihr – glücklicherweise bekleidet – aus dem Spiegel der Frisierkommode entgegenblickte: Sophy war groß und so dünn, dass sie etwas von einem alten Bugholzmöbel hatte, ganz ausgebleicht, sogar ihre Augen. Hässlich verzog die Skepsis ihren Mund, der dunkel glänzte wie rohe Leber, und ihre Haare, die wie ein Federschopf unerwartet hoch vom Kopf abstanden, gaben ihr das Aussehen eines beleidigten Vogels; manchmal vergaß sie die Spangen, die ihr Haar bändigen sollten.

Als die Kleine und Roland im Bett lagen und Hettie mit ihrer Großmutter im Wohnzimmer saß und las, wanderte Jill in Strümpfen im Dämmerlicht durch die Schlafzimmer, während sie mit einem Handtuch ihren langen Haarstrang trocken rieb. Der frische Geruch der Felder wehte durch die Fenster und zerrte an ihr. Es war eine überraschende Erkenntnis, dass es nichts Keusches oder Nonnenhaftes hatte, einen Mann zu verlassen; im Gegenteil, das Ganze schien einen schwelenden sexuellen Kern zu haben. Im Schlafzimmer ihrer Eltern blickte sie durchs Fenster auf die sich leise im Wind bewegenden Erlen am Bach und hörte das verhaltene Rauschen des Wassers, das wie Regen klang, wenn man nachts aufwachte. Ihr Bild im Spiegel des gewaltigen Schranks überraschte sie, und sie wandte sich ungeduldig ab. Dies hier war die Atempause, nach der sie sich gesehnt hatte, als sie in London allein mit den Kindern in der Wohnung gesessen hatte wie in einer Falle. Sie hatte das Gefühl gehabt, bald durchzudrehen, während sich die Tage mit Ausflügen in den Park oder Besuchen bei Freunden dahinschleppten, bei Freunden, die im

Übrigen keinen Trost spendeten, weil sie ihnen nicht gesagt hatte, was mit Tom los war, denn sie wollte ihre Meinungen und ihren Rat nicht hören. Jills Wut, ihre Traurigkeit und ihre ganze Übererregung hatten sich während der letzten Wochen in dem sehnsüchtigen Wunsch verdichtet, nach Hause zu fahren, als wäre das die Lösung. Doch jetzt, da sie endlich in Kington war, schien sie immer noch zu warten, auf etwas anderes, das kommen würde.

Die Kinder waren schon alle im Bett, als ihr Großvater heimkam, und Jill hatte sich einen sauberen Rock mit Bluse angezogen. »Du wirst nicht drauf kommen, wer hier ist«, hörte sie ihre Mutter im Flur sagen, während sie ihm aus dem Mantel half. Mit leisem, gereiztem Brummen kam er ins Wohnzimmer, unwirsch über die Störung durch Besucher, sich mit Geduld wappnend, während er den Gürtel enger zog über seinem flatternden schwarzen Gewand, das Tom als eitles Theater belächelte. Grantham Fellowes war klein und dünn, asketisch, die Haut braun gebrannt und gegerbt wie dunkles, altes Leder. Seine Wangenknochen und Augenhöhlen schienen wie aus Holz geschnitzt, und sein dickes Haar über der hohen, nackten Stirn war daunenweich und schneeweiß. Tom behauptete, Grantham würde einen richtigen Kult treiben um dieses Flair eines mittelalterlichen heiligen Hieronymus oder einer präraffaelitischen Kopie desselben. Jill wusste, dass auch sie in diesem Moment ein bemerkenswertes Bild abgab, wie sie da mit offenem Haar im Lampenschein saß, auf den Knien ein aufgeschlagenes Buch, obwohl sie in Wahrheit gar nicht las, denn sie konnte sich nicht konzentrieren. Ihre Pose hatte durchaus etwas von einer bewussten Täuschung, und das war auch gut so, sie zog es vor, ihm eine Oberfläche zu präsentieren: die der in sich ruhenden Tochter. Sie konnte sich vorstellen, ihrer Mutter das Herz auszuschütten, doch der Gedanke, dass ihr Vater bereits von ihrem Scheitern wissen und sie verurteilen könnte, war einfach nicht zu ertragen.

»Ist das nicht schön?«, sagte Sophy.

Durch seine Überraschung fühlte er sich einen Moment lang im Nachteil.

»Charlie! Was verschafft uns die unerwartete Ehre?«

»War nur so eine spontane Idee«, sagte Jill. »Hallo, Daddy.«

Charlie, so hatte er sie damals genannt, als sie ständig gemeinsam unterwegs waren und sie ein Junge sein wollte. Er hatte sie mit Latein und der Geschichte des klassischen Altertums vertraut gemacht, da war sie noch in der Grundschule, hatte ihr auf langen Wanderungen die Grundzüge der Botanik beigebracht, und nie hatte sie über ihre müden Beine gejammert. Er hatte sie in einsame Cottages ohne Strom und fließendes Wasser mitgenommen, wo Menschen krank daniederlagen oder im Begriff waren zu sterben. Einmal war es ein junger Mann gewesen, dem herabstürzende Strohballen die Brust zertrümmert hatten; die Mutter wollte ihn dazu bringen zu beten, dabei sah er den Pfarrer nicht einmal an, hatte den Kopf weggedreht, und aus seinem Mund blubberten rote, leuchtende Blasen voller Blut, die das schmutzige Kopfkissen befleckten. Rasch hatte jemand Jill hinausgebracht, damit sie nicht zu viel sah, doch das hatte sie bereits. Ihr Vater hatte sich bis zur

Erschöpfung dafür eingesetzt, die Lebensbedingungen der Landarbeiter zu verbessern, obgleich er sich nie mit ihnen identifiziert hatte und auch nicht besonders beliebt bei ihnen war – sein Auftreten war zu distanziert, er verstand es nicht, ungebildeten Menschen ihre Befangenheit zu nehmen. In seinen Gedichten schrieb er manchmal über sie wie über landschaftliche Besonderheiten, als wären sie keine fühlenden Wesen, sondern Bäume oder alte Steine. Er hatte die Vision einer einfachen christlichen Gemeinschaft, die durch Entbehrungen und die stete Nähe zu den rauen Gesetzen der Natur abgehärtet war; er konnte kein Verständnis dafür aufbringen, dass die Leute nach Fernsehern und Kühlschränken verlangten. Als Folge der Mechanisierung der Landwirtschaft wanderten nun immer mehr Menschen in die Städte ab, um dort Arbeit zu suchen; inzwischen bestand seine Gemeinde hauptsächlich aus alten Frauen und ein paar zugezogenen Ruheständlern. Jill wusste, dass er diesen Lauf der Dinge als eine Ironie des Schicksals begriff, als Geißel seines Stolzes.

In dem Zimmer, das sich die drei Kinder teilten, war es absolut dunkel, und dennoch lag Hettie mit aufgerissenen Augen ins Leere starrend im Bett, ängstlich und mit allen Sinnen wachsam gegen das, was hier in Kington anders war als bei ihnen zu Hause. Sogar die Dunkelheit war fremd: In Marylebone fiel das diffuse, orange Licht einer Straßenlaterne in ihr Zimmer, sodass sie immer die kleine Erhebung in Rolys Bett sehen konnte – er schlief mit hochgestrecktem Popo, das Gesicht im Kopfkissen vergraben – und auch die Gitter von Alis

Babybett, die ihre hellen Schatten an die Wand warfen. Das Scheinwerferlicht vorbeifahrender Autos wanderte in schönen, langsamen, seltsam zielgerichteten Bögen über die Zimmerdecke, und von der Londoner Straße her hallten ständig Stimmen durch die Nacht.

In Kington dagegen war die Dunkelheit so undurchdringlich, als hielte man sich eine Hand vors Gesicht, und die kühlen Betttücher ihrer Großmutter verströmten einen verstörenden Geruch nach Lavendel. Zu Hause hatte Jill kaum Zeit, ihre Bettwäsche zu waschen, geschweige denn zu bügeln, und Hettie war es gewohnt, sich jeden Abend in den zerknitterten Stoff hineinzuwühlen, der nach ihr selbst roch, nach Kekskrümeln und salzigem Haar. Ein Bellen hallte durch den Wald: War es ein Fuchs oder ein Wolf? Auf dem Land gab es so viel Stille, dass jedes Geräusch bedeutungsvoll war, und Hettie gelang es einfach nicht, all diese Bedeutungen zu verstehen – ihr Dad verstand sie ja auch nicht. Jill kannte alle Blumen beim Namen und konnte die Vögel an ihrem Gesang erkennen. Als Tom sagte, das interessiere ihn nicht, war das für Hettie wie ein Freispruch, und sie räumte unauffällig ihre weitgehend unbearbeiteten Wissensbücher über Natur zur Seite, diese Dokumente ihrer Schande. Die wilden Tiere im Londoner Zoo waren ihr lieber, gesichert hinter Gittern und schön beschriftet mit Schildern an den Käfigen, die sie inzwischen immer besser lesen konnte.

Von Selbstmitleid gequält lag sie da, musste pinkeln und war enttäuscht von ihrem Körper wie schon vorhin im Bus, als sie wusste, dass sie sich übergeben würde. Schließlich streckte sie die Beine unter der Decke hervor und ließ sie an der Bettseite entlangrutschen, bis ihre Füße die nackten Bodendielen berührten und sie mit den Zehen den Teppich ertasten konnte. In einer Schrecksekunde dachte sie daran, dass sich die Realität in dieser Dunkelheit ständig ändern, sich unerwartete Abgründe vor ihr auftun konnten, die noch nicht existiert hatten, als sie ins Bett gegangen war. Vorsichtig tastete sie sich an der Wand entlang, und als sie gegen das Babybett stieß, bewegte sich Ali leise schmatzend. Sobald das Zimmer hinter ihr lag, konnte Hettie im trüben Lichtschimmer, der von unten kam, wo die Erwachsenen redeten, wenigstens die großen Umrisse der teils geöffneten, teils geschlossenen Türen erkennen, hinter denen die Leere ungenutzter Zimmer lauerte. An den Enden des Flurs erhoben sich die beiden nackten Rundbogenfenster, dahinter der bläulich schwarze Himmel. Im Badezimmer pinkelte Hettie und rieb, wie ihre Mutter es ihr vorgemacht hatte, das harte Toilettenpapier zwischen den Händen, bis es weich genug war, um es zu benutzen; dann zog sie – ganz wichtig – an der langen Kette. Auf der Fensterbank schwammen in einem mit schmierigem Wasser gefüllten Marmeladenglas alte, sich auflösende Seifenstückreste; ihr Großvater wusch sich damit die Haare, was zu den lustigen Geschichten über seinen Geiz gehörte, die Daddy immer erzählte. Als Hettie aus dem Licht des Badezimmers wieder in den Flur trat, war sie fast blind.

Unten übertönte Jills Stimme das leise Raunen ihrer Großeltern. »Er hat dort gerade die beste Zeit seines Lebens«, sagte sie. *»Vive les étudiants! À bas les CRS.«*

Obwohl Hettie keine Ahnung hatte, warum ihre

Mutter plötzlich in einer unbekannten Sprache redete und was ihr Vater eigentlich gerade machte, war sie auf einen beißenden Kommentar ihres Großvaters gefasst. Vor seiner Missbilligung war sie immer ängstlich auf der Hut, ganz gleich, welches Familienmitglied betroffen war: Roland, weil er ein schwieriger Esser war, Baby Ali wegen ihres Geschreis und ihrer dicken Patschefinger, obwohl der Großvater ihren klebrigen Händen eigentlich mit Nachsicht begegnete, er mochte Ali. Auch Hettie hatte sich in der Vergangenheit schon mehrmals zu dem schlechten Benehmen hinreißen lassen, das unweigerlich einen gequälten, widerwilligen Ausdruck in das Gesicht ihres Großvaters brachte, und je kühler er ihr dann seine Aufmerksamkeit entzog, desto verzweifelter hatte sie versucht, sie zu bekommen, hatte sich in unsinnige Wutanfälle oder Extreme von Albernheit gestürzt, von denen zu befürchten war, dass er sie nicht vergessen hatte. Wenigstens gab es Granny, auf deren Liebe man immer zählen konnte, wobei Hettie die Zustimmung ihrer Großmutter gerade deshalb etwas niedriger einstufte.

Auf Zehenspitzen schlich sie den Flur entlang, in ihr vorwurfsvolles Lavendelbett wollte sie nicht mehr zurück. Im Zimmer ihrer Mutter waren die Vorhänge nicht zugezogen und das Fenster ein paar Zentimeter hochgeschoben, sodass die Nachtluft hereinströmte, kalt wie Wasser. Tastend erkannte Hettie die wohlbekannten, geliebten Gegenstände, die bereits ausgepackt auf der Frisierkommode lagen: Haarbürste, Gesichtscreme, Parfümfläschchen. Am Fuß einer kleinen Lampe mit kurzem Chromständer lockte unwiderstehlich ein kleiner Schalter. Sie drückte darauf und erweckte das Zimmer zum Leben, mit dem Leihbuch von Margaret Drabble, in dem als Lesezeichen eine Postkarte steckte, den Ersatzschuhen und dem Mantel, der wie die Silhouette ihrer Mutter am Bügel hing. Hettie konnte das L'Air du Temps an ihren Fingern riechen und hätte sich gern zwischen die warme Tagesdecke aus rosa Satin und die Wolldecke gelegt; als sie es wirklich tat, fühlte sie sich so wohl dort, dass sie genüsslich die Augen schloss. Später wurde sie von Jill geweckt, die selbst bettreif war und verärgert. »Wenn du auf dem Land das Licht anmachst«, sagte sie, »musst du erst gucken, ob die Fenster zu sind. Schau mal, die ganzen Viecher, die reingekommen sind.«

Als Hettie sich schuldbewusst umsah, glaubte sie zu träumen: An den Zimmerwänden geisterten unzählige Schatten von Nachtfaltern umher, mal klein und fern, mal groß und bedrohlich auf sie zuflatternd. »Ich habe mich verlaufen. Ich bin aus Versehen in dein Zimmer gekommen, es ist nachts so dunkel hier.«

Ihre Mutter war unerbittlich: Sie würde sie wieder in ihr eigenes Bett bringen.

»Du bist doch meine Große, Hettie. Du musst vernünftig sein.«

Am nächsten Tag ließ Jill die Kinder bei ihrer Mutter und nahm den Bus in die Stadt. Er fuhr jeden Morgen und kehrte am frühen Nachmittag zurück. Sie brauchte einiges aus den Geschäften: Lebensmittel, Zinksalbe für Alis Windelausschlag, Tampax. Und sie hatte noch etwas zu erledigen, das sie ihrer Mutter gegenüber nicht erwähnte: Sie wollte bei Immobilienmaklern vorbeischauen und sich über Häuser informieren, die vor Ort zur Miete angeboten wurden. Es war merkwürdig, wieder hier zu sein, in diesen Straßen, die ihr so durch und durch vertraut waren, und es war auch das erste Mal seit Wochen – seit Monaten sogar –, dass sie allein irgendwohin ging. Ohne den Sportwagen und die an ihr klebenden Kinder hatte sie das Gefühl zu schweben. Den ersten Makler, mit dem sie sprach, kannte sie noch aus der Grundschule; sie waren damals zusammen in die kleine Gruppe der Schlauen eingeteilt worden, die sich auf den Aufnahmetest fürs Gymnasium vorbereiteten. Kräftig gebaut, das Gesicht leicht gerötet wirkte er deplatziert in seinem engen Büro, das er aber wohl einem Leben auf dem Bauernhof der Familie vorgezogen hatte. In Erinnerung an die gemeinsame Vergangenheit blickte Jill gerührt auf seine sommersprossigen, rosa Handgelenke, die plump aus den sauberen Manschetten ragten. Ihren Auftritt als verheiratete Dame von Welt legte sie ganz bewusst hin; am Morgen hatte sie sich vor dem Spiegel die Haare hochgesteckt und stellte nun ihren Ehering zur Schau, während sie unter dem kurzen Rock, in ihren glatten Nylonstrümpfen, gut sichtbar die Beine übereinanderschlug. Es war wichtig, alle davon zu überzeugen, dass sie bei klarem Verstand und durchaus vernünftig war, sogar mit ihrem verrückten Plan, dass sie fortan allein zurechtkommen würde.

»Mein Mann muss aus beruflichen Gründen viel reisen«, sagte sie. »Wenn wir hier in der Gegend etwas mieten würden, wäre ich näher bei meinen Eltern, und meine Mutter könnte mir mit den Kindern helfen.«

Als sie sich die Hand gaben, nannte er sie Mrs Crane und fragte, ob er ihr Unterlagen über neue Häuserangebote zuschicken solle, doch Jill wollte nicht, dass ihre Eltern davon erfuhren, noch nicht. »Nicht nötig«, sagte sie mit charmantem Lächeln. »Ich komme einfach vorbei, wenn ich in der Stadt bin.«

Als sie ihre Einkäufe getätigt hatte, blieb noch Zeit für einen Kaffee im The Bungalow an der Hauptstraße. Tom hätte dieses Lokal verabscheut: Falsche Holzbalken waren mit Pferdegeschirren und den entsprechenden Metallplaketten dekoriert, Plastikblumen standen in Vasen herum, und die ältlichen Kellnerinnen – »verschrumpelt« hätte er sie wahrscheinlich genannt – trugen schwarze Kleider und weiße Batistschürzen mit gestärkten Rüschen. Eine Freundin von Sophy – Women's Institute, Tennis – winkte Jill zu, und sie winkte zurück. Ich könnte wirklich genauso gut hier leben, dachte sie. Weil das Leben nichts anderes ist als das Leben; ich kann entscheiden, wo ich hingehöre. Wer weiß denn überhaupt, ob unsere radikalen Freunde in London recht haben mit ihrer Verachtung gegenüber anderen Lebensentwürfen? Du lebst, wie du leben *kannst.*

Als sie die Unterlagen durchsah, die ihr der Makler mitgegeben hatte, jubelte sie innerlich über ihre Selbstständigkeit, obwohl sie nichts fand, was auch nur annähernd ihren Vorstellungen entsprach; ihr alter Schulfreund, der ihren Geschmack nicht kannte, hatte alle modernen Scheußlichkeiten für sie herausgesucht, die er finden konnte, kleine Neubau-Kästen vor den Toren der Stadt, die sie sich ohnehin nicht leisten konnte. Das, wovon sie träumte, lag vor den Toren des gesellschaftlichen Lebens, wo sie ohne jede Falschheit frei sein könnte. Im Grunde wusste sie gar nicht, wie viel sie ausgeben konnte, nur dass es eigentlich so gut wie nichts war, selbst wenn Tom ihr die Hälfte von seinem Geld schicken würde, was er sehr wahrscheinlich ablehnen würde. In London hatte sie von einigen Verlagen Lektoratsarbeiten bekommen, doch sie rechnete nicht damit, dass man weiter auf sie zurückgreifen würde, wenn sie wegzog. Leichtsinnig bestellte sie einen Teacake mit Butter und dann gleich noch einen. In den schrecklichen letzten Wochen hatte sie das Essen manchmal tagelang praktisch vergessen; nun war sie ausgehungert und durstig.

Sophys hagere, gepuderte Freundin, mit ihren baumelnden Ohrringen leicht künstlerisch angehaucht, blieb auf dem Weg nach draußen bei Jill stehen, um sich begierig nach den Londoner Theatern zu erkundigen. Sie sagte, dass sie immer nach Toms Artikeln Ausschau halte, er sei ja so intelligent. »Sophy hat gar nicht erwähnt, dass sie euch erwartet. Bleibt ihr länger? Bestimmt freut sie sich wahnsinnig, euch bei sich zu haben. Aber ist jetzt nicht Schule? Harriet muss doch inzwischen eingeschult sein.«

Freundlich erklärte ihr Jill, die Kinder hätten eine fiebrige Erkältung gehabt und sollten nun in der guten Landluft wieder zu Kräften kommen. Als Pfarrerstochter hatte sie das Lügen von Kindesbeinen an gelernt, und solange sie damit weitere Erkundigungen abwehren konnte, scherte sie sich nicht darum, ob man ihr glaubte oder nicht. Als sie ihren Kaffee und ihre Teacakes bezahlen wollte, stellte sie fest, dass ihre Mutter ihr einen Zehn-Schilling-Schein in den Geldbeutel gesteckt hatte, was dienlich war, sie aber auch wütend machte. Sophy liebte solche heimlichen, zuvorkommenden Wohltaten, die sie mit nervöser, verlegener Hektik bewerkstelligte. Als Jill wieder zur Bushaltestelle schlenderte, sah sie im Schaufenster des Wollladens einen Zettel hängen, dem zufolge dort eine Teilzeitkraft gesucht wurde. Spontan ging sie hinein, und es war ihr egal, wer sie dabei beobachtete. Sie kannte die Frau nicht, die ihre Angaben notierte. Die Geschäftsführerin sei heute nicht da, ob Jill vielleicht am Montag noch einmal vorbeikommen könne?

Jill merkte sehr wohl, dass man sie nicht für die geeignete Person hielt, um Wolle zu verkaufen, in ihrem kurzen Rock, mit ihren geschminkten Augen und ihrer vornehmen, herablassenden Sprache; für Jill hingegen hatte es einen bizarren Kitzel, sich vorzustellen, dass sie mit ihrem Oxford-Abschluss in Klassischer Philologie ausgerechnet hier enden würde. Eifrig pochte sie darauf, dass sie nicht nur stricken könne, sondern sogar eine erfahrene, gute Strickerin sei, was durchaus der Wahrheit entsprach. Vor Hetties Geburt hatte sie ausgesprochen hübsche Sachen angefertigt, darunter ein Schultertuch aus zweifädiger, cremeweißer Lammwolle mit einem komplizierten Blattmuster, so zart wie ein Spinngewebe. Während der Schwangerschaft hatte sie bei einem Verlag am Empfang gearbeitet, und wenn sie nicht herangezogen wurde, um Buchpakete zu schnüren, hatte sie sich über viele leere Stunden hinweg an den Stricknadeln abgearbeitet. Die im Schaufenster des

Ladens ausgestellten Babymäntelchen und -schuhe aus aufdringlichem erdbeerroten, gelben und zinnoberroten Nylon waren nicht zu vergleichen mit den geschmackvollen, wunderbar altmodischen Teilen, die sie selbst gestrickt hatte. Sie hatte sich vorgestellt, dass die Mutterschaft ein ähnlich versonnener, zartsinniger Zustand sein würde wie das Stricken: Doch dann hatte sich gezeigt, dass all die hübschen Babysachen in den Zeiten von Schock und Gewalt, die nach ihrem Empfinden mit der Ankunft des Babys begannen, vollkommen am Thema vorbeigingen. Durchs Waschen waren die Jäckchen und Westen aus feiner Wolle im Nu verfilzt, zudem hatte Hettie Ausschlag davon bekommen und war bereits nach wenigen Wochen herausgewachsen. Vor der Geburt hatte sich Jill ihr Baby eigentlich immer nur als ein winziges, melancholisch zusammengekauertes Ding vorgestellt.

Der Pfarrer war für einen Tag zu einem Treffen der Diözese gefahren, und Sophy fand Roland im Arbeitszimmer, wo er in ein ledergebundenes Buch starrte, das auf seinen schorfigen Knien lag: Herodot im Original, wie sich herausstellte. Sophy nahm es als lustige Geschichte, von der sie Jill berichten würde, doch dann regte sich ein fürsorgliches Gefühl der Rücksichtnahme in ihr, und sie beschloss, es doch lieber für sich zu behalten. Jill machte sich derzeit über jeden lustig, auch ihre Kinder. Sie hielt es für richtig, sie lieber ein bisschen aufzuziehen, als sie zu verhätscheln. Bisweilen brachte die kühle Forschheit ihrer Tochter Sophy zur Verzweiflung. Als wäre es ein guter Witz, hatte Jill bereits mehrmals erwähnt, dass Roland sich mit dem Lesenlernen schwertat. »Er ist ein Schatz, aber kein Einstein«, hatte sie fröhlich gesagt. Und doch hielt er seinen Herodot richtig herum, schlug mit großer Sorgfalt die Seiten um und schien sich jedes Wort genau anzusehen. Sein kleines, konzentriertes Gesicht, das so braun und hübsch war wie eine Haselnuss, rührte seine Großmutter wie auch das seidige Haar, das dicht gekringelt an seinem Schädel lag wie das Fell eines Lämmchens. Er sagte ihr, dass er Großvaters Buch lese.

»Wie interessant, mein Schätzchen. Wovon handelt es denn?«

»Von allen möglichen Sachen, Granny. Aber ich kann sie nicht sagen, weil ich es nur in meinem Kopf lesen kann.«

»Sicher, das ist ganz natürlich, bei mir ist das genauso.«

»Aber was ist Denken?«

Sophy fielen ihre Absencen ein, wenn sie in tiefem Wasser versank, und schob den Gedanken beiseite. Oder galten sie auch als Denken? »Ich glaube, es ist so etwas wie Arbeit«, sagte sie. »Du spürst es in deinem Gehirn, wenn es passiert. Zum Beispiel, wenn du Wörter in einem Buch liest und herauszufinden versuchst, was sie bedeuten. Dieses Buch hier ist natürlich auf Griechisch geschrieben, deshalb kann deine Granny es nicht lesen. Aber deine Mummy kann das und dein Großvater auch.«

»Und ich.«

Als Roland aufblickte, zog er die Nase kraus, damit seine Brille nicht verrutschte, und warf dabei den Kopf in den Nacken wie ein kleiner alter Mann. Eine neue Angewohnheit, die Sophy bekümmerte. Sie gab dafür der mit Heftpflaster geflickten Brille die Schuld – wahrscheinlich war das Pflaster ein ständiger Fleck am Rand seines Gesichtsfeldes. Bei erster Gelegenheit würde sie zu Corrigan mit ihm gehen, um diese Brille vernünftig reparieren zu lassen. Sie erwähnte es, als Jill von der Bushaltestelle heimkam, ihr Korb bis über den Rand beladen mit Einkäufen, und natürlich verstand Jill es als Kritik, war allerdings so beschwingt, dass sie es ihrer Mutter leicht verzieh. »Denkst du nicht, ich hätte sie schon zehn Mal reparieren lassen? Jedes Mal macht er sie gleich wieder kaputt. Und der alte Corrigan ist dermaßen gruselig, früher hat er mir immer die Hand aufs Knie gelegt. Aber wenn du willst, meinetwegen.«

Jill war an diesem Nachmittag von erschreckender Schönheit mit ihrem hochgesteckten Haar und dem jungen Gesicht, in dem etwas Raues lag. Sophy musste den Blick abwenden. Jills Züge waren weniger vergeistigt als die ihrer Eltern, die Nase lang und gerade, die Kinnpartie schlank wie die eines Tiers, der Mund groß und träge, die goldene Haut an den Wangen kräftig gerötet. »Ich kann gar nicht glauben, wie wenig sich die Stadt verändert hat. Ich kenne jeden. Als Erstes bin ich Mikey Waller in die Arme gelaufen – er arbeitet als Immobilienmakler, wusstest du das? Und Ailsa war im Bungalow. Danke übrigens für die zehn Schilling. Ich kam mir vor wie ein Schulmädchen und habe mir zwei Teacakes gegönnt, und ich habe süße Teilchen für alle gekauft.«

»Hurra, hurra!«, rief Hettie, die sofort die Stimmung

ihrer Mutter aufgriff. Den ganzen Vormittag, während Jill weg gewesen war, hatte sie am Küchentisch still über ihren Malbüchern gesessen.

»Ailsa ist ständig im Bungalow«, sagte Sophy. »Kein Wunder, dass sie fahrig ist, wenn sie so viel Kaffee trinkt.«

»Liebe naive Mummy, Ailsas Trinkproblem ist nicht der *Kaffee*.«

Über die Köpfe der Kinder hinweg blickte Sophy sie stirnrunzelnd an und schüttelte unmerklich den Kopf; der wachsamen Hettie entging es trotzdem nicht, und ihr Blick wanderte zwischen Großmutter und Mutter hin und her. »Wer ist Ailsa?«, fragte sie. »Und was *ist* ihr Trinkproblem?«

Jill lachte und wollte es ihr nicht sagen, und als Hettie laut insistierte, geriet sie plötzlich in Zorn und schlug Hettie blitzschnell von hinten auf die Beine. »Kein Teilchen für dich!«

Hetties Schreie rissen Baby Ali zu früh aus dem Mittagsschlaf, und Sophy musste an die Wohnung in Marylebone denken, in der sie allesamt aufeinanderhockten. Ein derart nervenaufreibendes Chaos in der Kinderbetreuung hatte es, als Jill klein gewesen war, nie gegeben. Sicher war es einfacher mit nur einer Tochter, zumal Jill vom Moment ihrer Geburt an ein ruhiges Kind gewesen war: energisch zwar und durchaus dominant, doch niemals ungezogen. Vielleicht hatte sich Sophy nie klargemacht, wie eigentümlich ihre kleine Familie im Grunde war, mit diesem Kind, das den Eltern eine unkomplizierte Gefährtin war und an allen Belangen ihres Erwachsenenlebens teilnahm: Gemeindearbeit,

Tennisclub, Latein, Griechisch, Lyrik. Vor dem Hintergrund von Jills späterem Leben erschien diese Kindheit umso seltsamer, als sie sich derart umfassend vom Lebensstil ihrer Eltern distanziert hatte.

Sophys eigene Erfahrungen konnten, so fand sie, eigentlich kaum als Mutterschaft gewertet werden: Sie hatte kaum eine große, tief greifende Veränderung erlebt. Wahrscheinlich war sie als Erwachsene selbst zu kindlich. Jill hatte recht, sie war wirklich naiv, und das war schrecklich. Wobei sie das mit Ailsa schon gewusst hatte. Jedenfalls gab es in Jills und Toms Zusammenleben fraglos Dinge, die es schwieriger machten, Kinder einzubeziehen. Wenn Tom mit seinen Kindern spielte und sich brüllend wie ein Bär mit ihnen auf dem Boden wälzte, hatten sie viel Spaß; doch er langweilte sich auch schnell und war zu oft fort. Ganz allein musste die arme Jill in diesem Familienleben die Regeln aufstellen. Und Sophy war nicht entgangen, dass Jill die Kinder mit ihrer unberechenbaren, widersprüchlichen Vehemenz manchmal verletzte. So war sie etwa der Meinung, dass Jill ihren Sohn zu ungeniert vergötterte und dafür zu hart mit der kleinen Hettie umsprang.

Jill ging mit den Kindern in den Wald, um dort die Teilchen zu essen; auch Hettie bekam eins, nachdem sie sich entschuldigt hatte. Sie breiteten eine Wolldecke zwischen den Blauglöckchen aus, die längst nur noch dunkel und schrumpelig an ihren Stielen hingen, und Jill verteilte Plastikbecher mit Orangenlimonade. Unter den hohen, ausladenden Bäumen waren die Kinder, klein wie Zwerge, plötzlich sehr still. Um sie herum ragten helle Birkenstämme empor, und über ihren Köpfen trieben die Zweige erste Blätter aus, so zart, als hätten sich kleine, weiche Stofffetzen in den Ästen verfangen. Sobald keine anderen Erwachsenen in Sichtweite waren, legte Jill ihre gereizte Ironie ab, als wäre sie ihr zu anstrengend. Die Kinder wussten das und waren gern mit ihr allein. Mit wilder Entschlossenheit stopfte sich Ali Lauberde in den Mund, und sie gaben es auf, sie daran zu hindern: Es sei schließlich nur Erde, beruhigte Roland seine Mutter. Im wässrigen Licht waren die Farben hell, kleine Vögel raschelten im Unterholz, und hin und wieder flatterte eine Ringeltaube auf und ließ wie ein plötzlicher Gewehrschuss alle zusammenzucken. Hinter der Stille spürten sie das Drängen des Frühlings.

Nach dem Picknick rannten Hettie und Roland unter den Bäumen den Weg entlang, während Jill die Kleine in ihrem Tempo im Laufgeschirr neben sich herwackeln ließ und immer wieder stehen blieb, damit sie sich wie ein alter, behäbiger Herr vorsichtig bücken und mit spitzen Fingern Abfall aufheben konnte: einen Eisstiel, ein Bonbonpapier, einen Zigarettenstummel, alles vor langer Zeit auf den Boden geworfen und inzwischen zum einheitlichen Braun des Waldes verwittert. Jill hatte ihre Absatzschuhe gegen Flipflops eingetauscht, die sie in der Spülküche gefunden hatte; hin und wieder streifte sie sie ab und rannte barfuß hinter den Kindern her, um sie einzuholen, die Flipflops an einem Finger baumelnd und auf der Hüfte das durchgeschüttelte Baby, das gluckste vor Lachen und Schluckauf. Sie beschloss, das alte Ehepaar zu besuchen, das in dem einsamen Cottage mit dem Brunnen wohnte, oben an der

Wegbiegung, mit Blick durch die Bäume hinunter in ein abgeschiedenes Tal. Das hatten sie schon einmal getan, und Mrs Good hatte Hettie Süßigkeiten gegeben; schon Jill hatte als Kind Süßigkeiten von ihr bekommen und sich immer höflich bedankt, um dann alles mit nach Hause zu nehmen und schuldbewusst in der Mülltonne des Pfarrhauses zu versenken. Sie wusste nicht mehr, wovor sie damals Angst gehabt hatte. Vielleicht davor, dass Gift in den Süßigkeiten sein könnte wie im Märchen, wofür der Name der alten Frau und die verdächtige Lage des Cottages, so vollkommen abgeschnitten von der Dorfgemeinschaft, der Grund gewesen sein mochten.

Als sie das Cottage erreichten und an die Tür klopften, schien niemand zu Hause zu sein. Alle Fenster befanden sich hinten, an der unzugänglichen, zum Tal hin vorspringenden Rückseite des Hauses, sodass sie nicht hineinspähen konnten. Roland drückte versuchsweise die Klinke herunter und staunte, als die Tür aufging. Jill trat über die Schwelle in den kleinen Raum, dem einzigen im Erdgeschoss, und um sich zu vergewissern, dass niemand oben war, bettlägerig oder in sonstigen Schwierigkeiten, rief Jill in das Haus hinein. Nach ihrem Spaziergang und den Geräuschen im Wald waren die Stille und Regungslosigkeit in diesem Häuschen ein Schock; seit Stunden, wenn nicht Tagen stand hier die Luft, sogar das Licht wirkte schal. Jill spürte, dass sie die Schwelle zu etwas Verbotenem überschritten hatte. Die Teller auf der lackierten Anrichte und der Läufer vor der Feuerstelle unterstrichen die Leere des Hauses, von frommen Bildern an den Wänden bewacht: Jesus mit traurig tadelndem Blick und einer Laterne oder einem verlorenen Schaf unter dem Arm. Die Goods gehörten zu den letzten Überlebenden der Bibelchristen, die früher unter den Landarbeitern eine große Anhängerschaft gehabt hatten.

Noch einmal rief Jill Mrs Goods Namen, und als niemand antwortete, wich sie erleichtert zurück und zog die Tür rasch wieder zu, ohne die erste Etage zu erkunden. Roland wollte wissen, was sie drinnen gesehen habe.

»Gar nichts. Nur das, was man sieht, wenn niemand da ist.«

Als sie heimkamen, hatten die Smiths, denen Roddings gehörte, der größte und älteste Hof im Dorf, und die ein Telefon besaßen, eine Nachricht für Jill gebracht. Tom hatte angerufen und eine Nummer hinterlassen, unter der er erreichbar sei, wenn sie ihn heute Abend um neun Uhr dort anriefe. In breiter Kinderschrift hatte Mrs Smith die Zahlen mit lila Tinte auf einem Blatt Papier notiert, dessen Briefkopf mit einer Kuh, die fröhlich über einen Mond hüpfte, für eine Molkerei warb.

Argwöhnisch runzelte Jill die Stirn. »Ist das denn eine Pariser Nummer?«

Es war empörend: ihr einfach so diese Anweisung zu erteilen, ihr wieder mal vorzuschreiben, dass sie ihr Leben nach seinem auszurichten hatte. Sie würde nicht anrufen. Sollte er doch dasitzen und vergeblich auf das Klingeln des Telefons warten. Er sollte ruhig auch mal zu schmecken bekommen, wie sich das anfühlte.

Sophy spähte beunruhigt auf die Nummer. »Was denkst du?«

»Wegen des Zeitunterschieds wäre es wichtig, das zu wissen. Ich glaube aber nicht, dass es Paris ist, dafür ist die Nummer nicht lang genug. Ich glaube, es ist London. Außerdem kann er unmöglich daran gedacht haben, die Nummer der Smiths mitzunehmen, er muss wieder zurück sein. Aber es überrascht mich, dass er noch wusste, wo ich sie notiert habe. Ach, übrigens, was ist eigentlich bei den Goods los? Wir sind zum Cottage gegangen, und die Tür war nicht abgeschlossen, aber niemand war zu Hause.«

»Eigentlich sollte sie abgeschlossen sein«, antwortete Sophy zerstreut, in Gedanken noch bei Tom. »Darum müssen wir uns kümmern. Es gibt eine Nichte, die vielleicht das eine oder andere haben will. Ach, habe ich dir das nicht geschrieben? Er ist kurz vor Weihnachten gestorben, und sie ist in ein Heim gegangen, das arme alte Ding. Daddy besucht sie, aber sie will ihn nicht sehen, ihre religiösen Vorstellungen sind ziemlich skurril. Ich weiß nicht, was aus dem Haus werden soll. Da will niemand wohnen, es hat ja nicht mal fließendes Wasser.«

»Alle religiösen Vorstellungen sind skurril«, sagte Jill, »auch Daddys.« Ihre Mutter blieb gelassen: »Also, meine sind jedenfalls von allen die skurrilsten. All die lustigen Dinge, an die ich glaube – wenn du nur die Hälfte davon wüsstest … Aber brich bitte kein theologisches Streitgespräch mit deinem Vater vom Zaun, solange er noch nicht mit dem Abendessen fertig ist. Er vergisst zu essen, wenn er sich allzu gut amüsiert.«

»Was bist du nur für eine alte Heidin«, sagte Jill. »Ich weiß genau Bescheid. Du bist eine Schande für die Kirche.«

Die ganze Zeit brannte das Wissen um Toms Anruf in ihrer Brust. Es ließ den Zorn der letzten Wochen in London wieder auflodern und trieb sie zu neuen Höhenflügen munterer Heuchelei. Was war das für eine Nummer, die er ihr da gegeben hatte? Die vom Büro war es nicht. Vielleicht die Wohnung einer anderen Frau? Er demütigte sie, und sie verwahrte sich aus dem tiefsten Grund ihrer Seele gegen das alte Klischee der Sünde, denn sie wollte nicht zulassen, dass Eifersucht, also Sex, die Erklärung dafür liefern sollte, dass sie ihn verlassen hatte. Was fiel ihm eigentlich ein, davon auszugehen, dass sie mit ihm reden wollte?

Dennoch schlich Jill um kurz vor neun, als alle Kinder schliefen, wie eine Getriebene in die Dunkelheit hinaus, um zur Telefonzelle im Dorf zu gehen. Ihr Vater arbeitete an seiner Predigt, Sophy saß an ihrem Sekretär und schrieb Briefe an alte Schulfreundinnen, und Jill wollte sich nicht von den Gedanken ihrer Eltern begleitet wissen. Es war befreiend, die Stufen hinunter- und dann weiter in die feuchte Kühle der Ligusterhecke zu huschen, während drinnen die Stimme aus dem Radio unbekümmert weiterredete. Mondlicht quoll hinter einem Wolkenberg hervor. Sophy hatte diskret einen kleinen Stapel aus Schilling- und Sixpence-Stücken neben Jills Geldbeutel deponiert, und erst, als Jill die Hand wehtat, merkte sie, wie fest sie das Geld umklammert hielt. Ihr Rendezvous mit dem Hass fraß sie auf, sie wollte nur das, hatte nur ein einziges Ziel vor Augen: die erleuchtete Telefonzelle mit der darin eingeschlossenen, feuchtkalten Luft, den Griff in die Hosentasche, um die Nummer herauszuholen, das Surren im schweren

Hörer und dann den spannenden Moment des Wartens, während sie in der Zelle die gerahmte Bedienungsanleitung und die Anzeigen las, ohne sie wirklich zu sehen. Zwei Welten auf Kollisionskurs.

Als Tom ans Telefon ging, unterlief ihm ein Fehler. Sie kannte ihn doch! Natürlich hatte er vorgehabt, den Hörer gleich beim ersten Klingeln von der Gabel zu reißen und sie mit ernster, vertraulicher Stimme zu begrüßen. Doch dann war ihm einen Moment lang die Konzentration abhandengekommen. Wahrscheinlich weil er irgendetwas las, wonach er beim Warten gegriffen hatte, oder dabei war, eine Idee zu notieren. So kam es, dass er den Anruf, ohne nachzudenken, mit forscher Stimme entgegennahm, genauso wie im Büro. »Tom Crane?«

Fast hätte sie gelacht.

Dann schaltete er hastig auf leises, sorgenschweres Brummen um. »Bist du das, Jill?«

»Wo bist du?«, fragte sie. »Wessen Nummer ist das? Es ist mir egal, ich will es nur wissen.«

»Bei Bernie. Ich wohne jetzt hier. Ich halt's in der Wohnung ohne euch nicht aus.«

»Du wirst dich daran gewöhnen.«

Glaubte sie ihm, dass er bei Bernie war? Sein Schweigen sollte vorwurfsvoll klingen, doch Schweigen war nicht seine Stärke. »Alles hat sich verändert, Jilly. Du würdest anders fühlen, wenn du gesehen hättest, was ich gesehen habe. Solche Dinge können unmöglich rückgängig gemacht werden. Hör zu, ich bleibe ein paar Tage mit den Kindern zu Hause, dann kannst du auch hinfahren. Das ist völlig okay für mich.«

»Wohin fahren?«, fragte Jill kühl. »Ach, du meinst

nach Paris. Das hatte ich schon ganz vergessen. Nein, ich habe keine Lust hinzufahren.«

»Ich sage dir, es ist der Wahnsinn. Was die für einen Mut haben! Die Polizisten haben Schlagstöcke und Tränengas: Die haben Reservisten aus der Bretagne dazugeholt, das sind Jungs vom Land, reaktionäre Nationalisten. Jemand hat gesagt, dass sie in der Seine Leichen entsorgen. Und aus den Wohnungen werfen Leute den Studenten Schokolade und *saucissons* zu und bringen ihnen Kaffee raus. Die Bourgeois kommen aus den Vororten zum Sightseeing in die *quartiers*, die Leute machen Fotos von sich auf den Barrikaden. Drei Millionen Menschen haben sich dem Protestmarsch gegen die Repressionen durch die Polizei angeschlossen. Ich habe auf einer Verkehrsinsel gestanden und den Menschenstrom den Boulevard Saint-Michel entlangziehen sehen, Menschen, so weit das Auge reicht. Und weißt du, was sie gesungen haben? *Nous sommes tous des juifs allemands* – wegen Cohn-Bendit, weil die Behörden damit drohen, ihn auszuweisen. Ist das nicht wunderbar?«

»Drei Millionen klingt unglaubwürdig. Ganz Paris hat doch nur achteinhalb Millionen Einwohner.«

Jill wusste, wie er dieses Kleinmachen hasste. In solchen Momenten war sie wie ihr Vater mit seinem überragenden Wissen, das zuschnappen konnte wie eine Falle. »Ich habe gehört, dass sie Bäume fällen«, sagte sie. »Die wunderschönen, alten Platanen von Paris. Es wird lange dauern, bis sie wieder nachwachsen.«

Dies sei ja wohl nicht der Moment, sich über Bäume Gedanken zu machen, erwiderte Tom mit scharfer Stimme.

»Wenn die Bäume einmal gefällt sind, ist es zu spät, sich darüber Gedanken zu machen. Aber egal, was wolltest du? Du hast mich gebeten, dich anzurufen.«

Er wechselte in den weichen, schmeichelnden Tonfall, den er anschlug, wenn er mit ihr schlafen wollte. »Nur um mit dir zu reden, Jilly. Ich wollte deine Stimme hören. Hör zu, ich brauche dich. Ich kann ohne dich und die Kinder nicht leben. Wann kommt ihr zurück? Du machst einen Riesenaufstand wegen einer Kleinigkeit. Was da mit Vanda passiert ist, das war doch nichts. Die ist dumm, die macht mich verrückt, ich mag sie nicht mal. Du bist die, die ich will, Jilly. Du bist die Einzige, die das alles versteht. Ich vermisse dich so. Ich brauche dich.«

Jill sagte nichts. Mit fahrigen Bewegungen wickelte sie das Telefonkabel um ihre linke Hand, wickelte es wieder auf, klemmte sich mit dem Kinn den Hörer ans Ohr, streckte den Nacken, als täten ihr die Schultern weh, und drückte mit dem Rücken gegen die schwere Tür der Kabine, bis sie aufging und die Nachtluft hereinwehte. Sie merkte gar nicht, dass ihr Blick der Schleiereule aus der Scheune folgte, die schwerelos wie ein Chiffontuch durch die Finsternis schwebte. Ausgiebig lauschte sie ihrem Mann. Sie wollte ihn nicht wiederhaben. Aber dennoch wollte sie genau das hören, was er sagte; sie konnte nicht anders. Als er schließlich verstummte, in die Leitung horchte und zu ermessen versuchte, welche Botschaft in ihrem Schweigen lag, legte sie den Hörer auf die Metallgabel und brach die Verbindung zu ihm ab.

2

Am Sonntagmorgen wachte die Kleine früh auf. Ein Knarren riss Jill aus dem Schlaf, als Ali zum ersten Mal über die Gitter des Holzbettchens kletterte. Dann passierte erst einmal nichts – zu groß war wohl die Überraschung über diese neue, so einfach erlangte Freiheit –, bis im Flur kleine Schritte zu hören waren, die sich nach kurzem Zögern zielstrebig ihrem Zimmer näherten. Jill wusste, dass es leichtsinnig und unverantwortlich war, nur für ein paar weitere Sekunden in der Wärme ihres Bettes so zu denken, doch wenn Ali aus dem Bettchen klettern konnte, dann konnte sie auch unbeschadet den Treppenabsatz umrunden. Vorsichtig wurde die Tür zum Schlafzimmer aufgedrückt, und da stand sie, in ihrer auf halbmast hängenden Windel und dem blauen, mit Segelschiffen bedruckten Schlafanzug, der einmal Roland gehört hatte. Mit ernstem Gesicht blickte sie in eine Welt, die niemand für sie hergerichtet hatte, und schien sich zu fragen, was sie dort wohl entdecken würde. Unwillkürlich musste Jill lachen über ihre großen, kreisrunden Augen und die dicken, roten Wangen. Alis helles Haar war so fein, dass es kaum ins Gewicht fiel, sie war kahl wie ein Ei. Und dann lachte auch Ali ihrer Mutter freudig entgegen.

»Was machst du denn hier, du Frechdachs? Warum liegst du nicht in deinem Bettchen?«

Rasch schlüpfte Jill aus dem Bett, um die Kleine hochzunehmen, sie zu küssen und flüsternd mit ihr zu schimpfen, dann lauschte sie an der Tür und machte sie leise zu. Wenn Ali die anderen nicht geweckt hatte, könnte Jill sie wickeln, ihr das Morgenfläschchen geben, das über Nacht auf der Frisierkommode bereitgestanden hatte, und vielleicht würde sie dann sogar noch einmal einschlafen. Ali war von ihren drei Kindern das unkomplizierteste, schlafmützigste. Bei Hettie hatte sie zu verbissen versucht, die in den Büchern diktierte Routine durchzusetzen, und Roland hatte ihr mit seinen Krampfanfällen Angst gemacht.

»Es ist noch Nacht, Mäuschen. Du kannst bei Mummy im Bett dein Fläschchen trinken, wenn du dann weiterschläfst. Komm, mach die Augen zu.«

Gemütlich unter die Wolldecken und die daunengefüllte Tagesdecke gekuschelt legte Jill sie in ihre Armbeuge. Zuerst hielt Ali die Augen beim Saugen resolut geöffnet, ihr Blick leuchtend vor Freude über diesen einmaligen Moment und fest auf ihre Mutter gerichtet. Als sich unaufhaltsam ein Strahlen über ihr Gesicht breitete, rutschte ihr der Gummisauger aus dem Mund, und aus ihren Mundwinkeln sickerte Milch. Nach einer Weile begannen ihre Augen schwer zu werden, die Lider fielen zu, klappten auf, fielen wieder zu. Jill stellte die Flasche auf den Nachttisch und versuchte, auch wieder in den Schlaf zu finden. Von ihrer Wärme erhitzt lag das schlafende Kind dicht an ihren Körper gekuschelt, die feinen Härchen sanft zitternd in ihrem Atem und in ihrer Nase der süße Milchgeruch – doch in der Höhle ihrer Gedanken war Jill unruhig und aufgewühlt von ihrem Streit mit Tom, ganz anders als noch beim Zubettgehen. Im grauen Licht, das unaufhaltsam zwischen den schweren Möbeln des Zimmers um sich griff, sah sie alles als endgültig an. Von nun an waren er und sie dazu verurteilt, Feinde zu sein, an den entgegengesetzten Polen ihrer Erfahrung verschanzt. Früher waren sie einmal ebenbürtig gewesen, jeder mit seiner Freiheit. So leichtfüßig, als würden sie Vater-Mutter-Kind spielen, hatten sie begonnen, eine Familie zu gründen, und nun langweilte ihn das zwangsläufig häusliche Leben, während sie mit Kopf und Körper darin eingebunden war. Es war ein schicksalhaftes, biologisch verankertes Ungleichgewicht.

Jill fürchtete um ihr freies Ich, als sähe sie eine junge Frau eine Straße entlanggehen und in der Ferne entschwinden. Was nützte ihr in einer Welt von Kleinkindern, die es zu beschützen galt, das ganze Erwachsenenwissen, das sie auf so riskanten, immer neuen Wegen erlangt hatte? Tom hatte einmal gesagt, Mutterschaft, das könne doch jede Frau: Je unkomplizierter du im Grunde bist, hatte er hinzugefügt, desto besser bist du als Mutter. Was wahrscheinlich stimmte, aber nicht gerade tröstlich war. Dieses dumme, läppische Getändel mit Vanda machte Jill rasend, gerade weil diese Affäre so seicht war und keine Rolle hätte spielen sollen. Aber Tom schaffte es, sich mit eingezogenem Kopf und empörender Leichtigkeit aus seinen Verpflichtungen herauszuwinden, während die Demütigung auf Jill lastete. Sie dachte an das Cottage der Goods im Wald. Vielleicht ließe sich eine andere Form von Freiheit finden, wenn sie dort leben würde. Tag für Tag aus diesen Fenstern zu schauen, ohne einen Menschen zu erblicken, nur die zitternden Blätterschirme zwischen ihr und dem Himmel – was für eine Erleichterung! Während sie in den Schlaf glitt, stellte sie sich ein Leben in diesen kleinen Zimmern vor, allein mit den Kindern.

Während Jill am nächsten Tag mit den beiden Großen in die Kirche ging, kümmerte sich Sophy um die Kleine. Hettie und Roland hatten das Gefühl, eine andere Mutter zu haben, als Jill ihnen in ihrem Mantel und einem adretten, blauen, von Granny geborgten Hut mit blauem Band und Feder den Weg wies und im Nieselregen einen großen Schirm über sich und die Kinder hielt. So schritten sie durch die Öffnung in der Mauer zwischen Garten und Kirchhof, was ihr besonderes Privileg war, während die restliche Gemeinde durch das Kirchtor gehen musste. Diese andere Mutter ähnelte eher denen, die die Kinder aus Büchern kannten, sie war strenger, aber auch gesetzter, gelassener als ihre Alltagsmutter, unnahbarer. In der Kirche wusste Jill immer genau, was zu tun war, beherzt vollzog sie den ganzen mysteriösen Akt, war beim Aufstehen, Setzen und Niederknien immer die Erste und sang mit kraftvoller Stimme alle Kirchenlieder, fast ohne dabei ins Gesangbuch zu blicken. Den Kindern als Großstädtern und Heiden war ihre Schmach sehr bewusst, während sie stammelnd versuchten, mit ihrer Mutter Schritt zu halten. Roland verzichtete nach einer Weile darauf, so zu tun, als ob, und starrte nur noch schweigend in die Kirche wie jemand, der seine Grenzen kannte. Der Predigt seines Großvaters über die Idee der Hoffnung lauschte er mit leidenschaftslosem Interesse. Als die Fingerspitzen seiner Mutter durch die Locken hindurch über seine warme Kopfhaut strichen – eine Aufmerksamkeit, die von ihrer unerschütterlichen Konzentration auf den Großvater unabhängig zu sein schien –, neigte er sich unmerklich von ihr weg, denn er wollte nicht, dass die Gemeinde sie bei der geringsten Unachtsamkeit ertappte.

Wenigstens kannte Hettie das Vaterunser. Sie hatte es in der Schule gelernt, und Granny hatte ihnen eine illustrierte Kinderversion gegeben. Im mittleren Teil des Gebets gab es eine Passage, die sich in irritierender Weise um Fragen der Schuld drehte – *wie auch wir vergeben unseren Schuldigern* – und von Hettie moralisch als äußerst verwirrend empfunden wurde, denn Schuld konnte man offenbar nicht nur vergeben, sondern auch auf sich laden. Die Bilder in Grannys Buch übten eine beschämende Faszination auf Hettie aus: Ein Junge legte seine Hand auf die vom Vater frisch gestrichene, nasse Wand, doch demselben Jungen hatte die Schwester sein Spielzeug kaputt gemacht, ein Flugzeug und einen Kran. Die Gesichter zeigten Empörung, Schuld, Schmerz. Diese moralische Ambivalenz verknüpfte sich in Harriets Vorstellung mit dem Kirchengebäude, dessen steinerne, von Glas durchbrochene Silhouette steil in den Himmel ragte und trotzdem so tief im Boden steckte, dass man den Geruch feuchter Erde riechen konnte. Der große Gurney-Ofen mit seinen wie Buchseiten aufgefächerten Lamellen gab nur einen Hauch von Wärme ab. Ihre Großeltern verzweifelten daran, doch die Gemeinde konnte sich keinen neuen leisten, kein Wunder also, dass die Gesangbücher vermoderten. Bei allergrößter Kälte wurde zusätzlich ein Heizstrahler angeschlossen. Das Altartuch, das ihre Großmutter genäht und bestickt hatte, war die einzige Pracht in diesem düsteren, schmucklosen Gemäuer: Gegen den cremefarbenen Satin stachen gelbhaarige Engel mit langen Trompeten hervor, die ihre Gesichter von den Leidenswerkzeugen Christi abwandten, den kurzen, dicken Nägeln, die sie demonstrativ in die Luft hielten, als wollten sie sagen: *Seht her, was ihr getan habt!* Hettie fand, dass diese Nägel aussahen wie die dicken Wachsmalstifte in der Schule.

Die anwesende Gemeinde war klein, nicht mehr jung und größtenteils weiblich, die Frauen jede für sich unverwechselbar – selbst für den, der auch ihr legeres Äußeres an den Werktagen kannte – in ihren unerschütterlichen, steif unterfütterten Sonntagskleidern, den festgesteckten Hüten und umgebundenen Kopftüchern. Wer umarmt und dabei an die piksende Brosche eines Revers gedrückt wurde, der merkte, dass diese Kleider einen chemischen, feindseligen Geruch verströmten. Die Kirche war ein besonderer Ort, erkannte Hettie, ein Ort für das, was im Alltag verschwiegen und übergangen werden musste. Der Tod zum Beispiel wurde in den Gedenktafeln an den Wänden oder im Boden der Kirche nicht verheimlicht, genauso wenig wie draußen auf den Gräbern: Sie war erschüttert gewesen, als sie zu verstehen begann, was die nüchternen Daten bedeuteten, die mit den Namen verknüpft waren. Kein Wunder, dass ihr Vater die Kirche nie betrat. Hettie nahm an, dass er etwas gegen den Tod hatte, gegen das

Bedeutungsschwere, das den Tod umgab. Als sich die Gemeinde schweigend ins Gebet vertiefte, legte ihre Mutter die Arme vor sich auf die Ablage und ließ eindrucksvoll ihren Kopf darauf sinken, während Roland mit großen Augen um sich blickte. Hettie hörte, wie der Regen von außen gegen die Kirche schlug, auf das Dach prasselte, an den Fensterscheiben herablief und den stillen Innenraum in ein leises, an- und abschwellendes Rauschen hüllte.

Beim sonntäglichen Mittagessen trank der Pfarrer nach gehaltener Predigt traditionsgemäß ein anständiges Glas Wein. Er schenkte seiner Frau und seiner Tochter ein, während Sophy nach dem Brathähnchen, extra für ihren Besuch, noch die dampfenden Schüsseln mit wässrigem Gemüse aus der Küche ins Esszimmer durchreichte. Jill hatte begonnen, die Hühnerbrust in kleine Häppchen zu schneiden für die Kleine, die mit umgebundenem Lätzchen in Jills altem Hochstuhl saß und fröhlich mit dem Löffel in ihrer Faust fuchtelte.

»Charlie hatte heute den kürzesten Rock an, den meine Kirche je gesehen hat«, sagte ihr Vater spöttisch. »Er wird nicht unbemerkt geblieben sein.«

Jill zuckte mit den Schultern. »Was anderes habe ich zum Anziehen nicht mit.«

»Er hat gar nichts dagegen!«, rief Sophy aus der Küche. »Es gefällt ihm. Er wünschte sich, die Kirche wäre voll mit jungen Frauen in kurzen Röcken.«

»Aber nicht dem Bischof verraten«, sagte Grantham.

Im Pfarrhaus herrschte eine überschwängliche Atmosphäre, weil nun eine Woche lang keine Predigt zu halten und die Tochter zu Besuch war. In der Küche lachte Sophy, als hätte sie ihren Wein bereits getrunken.

In jungen Jahren war Grantham Fellowes ein schöner Mann gewesen, was er immer abtat, während er die Macht, die ihm diese Schönheit verlieh, jedoch als selbstverständlich hinnahm, und so hatte er nie die Gewohnheit abgelegt, einen Raum zu beherrschen. Um seine Eitelkeit wusste er zwar, hielt sie jedoch für eine rein intellektuelle Arroganz. Dass die Frauen und auch einige Männer jedoch seiner körperlichen Ausstrahlung erlagen und er *daraus* einen Anspruch ableitete, merkte er nicht. Unter den Mittelschicht-Frauen der Gemeinde, die ihn umschwärmten und von ihm meist relativ schlecht und von oben herab behandelt wurden, war Sophy die Einzige, die nicht um ihn herumtänzelte. Einige der Männer hassten ihn. Inzwischen war sein Gesicht braun wie Holz, von tiefen Gräben durchzogen, ganz eindeutig und gänzlich ungeniert alt, denn er war siebzig und sah vielleicht sogar älter aus. Gleichwohl lag noch ein gewisser Übermut oder Stolz in seinen markanten Zügen und dem Blau seiner kleinen, entrückten Augen, aus denen die ganze Sühne sprach, die er sich auferlegt hatte. Jill nahm alles wahr, was im Gesicht ihres Vaters an Veränderungen vor sich ging, als wären seine Stimmungen noch immer in ihrem Kopf festgezurrt, obwohl sie ihm doch schon vor Jahren den Rücken zugekehrt und in entgegengesetzte Richtung die Segel gesetzt hatte. Als er das Hähnchen tranchiert hatte, reichten sie die Sauciere herum und erörterten die Predigt. »Ich habe verstanden, was das heißen sollte«, sagte Roland. »Wenn du auf etwas hoffst, kann es sein, dass du stattdessen etwas anderes bekommst, das nützlicher ist.«

Sein Großvater war hocherfreut. »Wusste ich's doch, ich habe sie doch von der Kanzel aus gesehen, diese kleinen, skeptischen Brillengläser, die mich so kritisch beäugt haben. Der Junge hat wirklich zugehört! Gut gemacht, Jüngling Roland.«

»Und ich habe auch zugehört«, sagte Hettie.

»Du warst ein bisschen zappelig«, sagte ihre Mutter, »hast dir ständig den Hals verdreht und durch die Gegend gestiert.«

»Ich hab sie aber gehört.« Herausfordernd blickte Hettie in die Runde, wollte lustig sein, die Augen glänzend und weit aufgerissen, das kleine, emsige Gesicht gerötet. »Großvaters Predigt über einen ekligen alten Maulwurf.«

»Einen ekligen alten Maulwurf, Schätzchen?«, fragte Sophy verwirrt und amüsiert. »Da habe ich aber was verpasst!«

»Hört nicht auf sie«, sagte Jill. »Sie spielt sich auf und redet Unsinn, weil sie's nicht ertragen kann, wenn andere im Rampenlicht stehen.«

»Erlöse uns von der Schuld. Denn dein ist das tägliche Brot.«

»Na bitte, siehst du«, sagte Sophy. »Sie hat zugehört.«

»Aber nicht gerade aufmerksam.«

Der Pfarrer hatte die kleine Portion auf seinem Teller verzehrt. Ohne Hetties Darbietung zu beachten, schob er Ali löffelweise zerkleinerte Möhren in den Mund. Sogar sie spürte seine Herablassung und zermalmte gehorsam und stumm die orange Masse in ihren Backen.

»Und was ist deine Meinung, Roland?«, fragte der Pfarrer schließlich. »Müssen wir einfach nur das Beste aus diesem Nützlichen machen, das wir uns eigentlich nie ersehnt haben? Oder wäre das kleinmütig?«

Roland zerwühlte mit Messer und Gabel das Gemüse auf seinem Teller. Seine Mutter hatte ihn vorher ermahnt, es zu essen. »Kleinmut«, erklärte sie rasch, »bedeutet, etwas nicht zu tun, weil man Angst davor hat.«

Roland zog die Nase kraus, um seine Brille hochzuschieben, und überlegte. »Es hängt davon ab, was man bekommt«, sagte er. »Anstelle von dem, was man eigentlich will. Ob es wirklich was nützt.«

Sein Großvater brach in zustimmendes Gelächter aus, was die Großmutter nutzte, um Roland unbemerkt von seinem Kohl zu befreien. Jill wusste, dass ihr Vater für seine Predigt gelobt werden wollte; als sie dort gesessen und ihm zugehört hatte, in seine Stimme eingehüllt in dieser kleinen, schlichten, in graues Licht getauchten Kirche, die das Herz ihrer Kindheit und Vergangenheit war, da hatten seine Worte sie wirklich tief ergriffen. Den Kopf zum Beten auf die Arme gelegt hatte sie einen Moment lang befürchtet, die Kontrolle über sich zu verlieren und auf dem Steinboden zusammenzubrechen oder in ein ungebührliches, fürchterlich unanglikanisches Schluchzen auszubrechen. Grantham hatte sich in seiner Predigt auf das kurze Gedicht »Hope« von George Herbert bezogen. Die klare, maßvolle Sprache dieses Gedichts und die klugen Erläuterungen ihres Vaters waren in diesem Moment wie zugeschnitten auf ihre eigene Erfahrung; alles andere trat dahinter zurück. Es war kurios, dass es ihr, die doch so aufgewühlt gewesen war, nun dermaßen widerstrebte, ihren Vater dies wissen zu lassen.

»Der Dichter«, sagte sie zu Roland, »will einen Ring. Aber Gott schickt ihm keinen.«

»Warum einen Ring?«, fragte Hettie zu laut und sichtlich verwirrt. Sie hätte auch gern einen Ring gehabt, doch dass ein Mann diesen Wunsch hegte, konnte sie sich nicht vorstellen.

Mit viel Mühe gelang es Jill, ihren Widerwillen zu überwinden. »Du warst gut, Daddy. Es war eine großartige Predigt.«

Sie sei in der ganzen Gemeinde die Einzige, bemerkte Grantham sarkastisch, die das Herbert-Gedicht erkannt habe. Jedes Lob schüttelte er auf diese Weise ab, nie schien es die von ihm gesetzte Zielmarke zu erreichen, dabei wussten seine Frau und seine Tochter aus Erfahrung, wie sehr er nach Lob gierte und wie beleidigt er sein konnte, wenn es ausblieb. Für Tom war das alles reine Eitelkeit, und er hörte nicht auf Jill, wenn sie sagte, Eitelkeit spiele in diesem Fall keine Rolle, die Eitelkeit sei ein vom Schreiben völlig getrenntes Gefühlsregister. Und seien nicht überhaupt alle Schriftsteller eitel?

»Hast du das Gedicht nicht deshalb ausgewählt«, warf Sophy fröhlich ein, »weil Jill bei uns ist?«

Grantham verzog gereizt den Mund. »Ich gehe bei vielen meiner Predigten von einem Gedicht aus, und das tue ich nicht in der Annahme, dass es irgendjemandem auffallen wird.«

Bedächtig zerkaute Sophy einen kalten Bissen Kohl. Sie liebte Gedichte, vergaß sie aber auch schnell wieder, und den Predigten ihres Mannes lauschte sie ohnehin nur mit halbem Ohr. Was nicht an fehlendem Interesse lag. Doch es gehörte ihrer Überzeugung nach zu den Eigentümlichkeiten der Ehe, dass es unklug war, dem anderen zu viel Aufmerksamkeit zu schenken. Das genaue Gegenteil hatte sie sich als junges Mädchen in ihrer Naivität vorgestellt. Unverheiratete Menschen schienen zu glauben, dass Ehepartner fortwährend in größter Nähe und Offenheit beieinander sein sollten, doch wer konnte das schon ertragen? Für den Fortbestand der Liebe musste man sich bis zu einem gewissen Grad abkapseln.

Bei Jills nächstem Stadtbesuch war der Aushang im Schaufenster des Wollgeschäfts verschwunden, und als sie hineinging, eilte die Geschäftsführerin herbei, beflissen um Ausreden bemüht mit ihrem dick aufgetragenen Lippenstift und der glitzernden Brille. Es war offensichtlich, dass Jills Interesse an dem Job eine gewisse Bestürzung ausgelöst hatte und man rasch irgendein bleiches Mädchen mit nervösen Kaninchenaugen hinter der Kasse postiert hatte, um nicht in die Verlegenheit zu geraten, Jill einen Korb geben zu müssen.

»Aber wir lassen Sie auf der Liste stehen«, versicherte ihr die Geschäftsführerin heuchlerisch. »Falls sich irgendetwas ergibt.«

Die Vorstellung, mehr als nur ein paar Minuten in diesem engen, stickigen, mit Wollknäueln vollgestopften Laden verbringen zu müssen, war plötzlich albtraumhaft. Wie hatte Jill glauben können, dass es funktionieren würde? Diese Geschäfte waren nicht so wie in London, wo ständig Kunden kamen und gingen. Sie wäre gestorben, wenn sie tagelang mit jemandem wie dem Albinomädchen hier festgesessen hätte, gezwungen, sich zu unterhalten und alten Frauen bei der Auswahl von Mustern für ihre Twinsets und Automäntel zu helfen. Und doch empfand sie es, ob sie wollte oder nicht, als kränkend, dass man sie verschmäht hatte. »Kein Problem«, sagte sie mit forsch-fröhlichem Charme, wohl wissend, dass man es ihr niemals verzeihen würde. »Ich bin nur auf Sie aufmerksam geworden, weil ich etwas für ein paar Stunden die Woche suche. Aber eigentlich ist es ja nicht die Art von Arbeit, die ich gewohnt bin.«

Das Immobilienbüro wäre sicher geeigneter, dachte sie. Bei ihrer Intelligenz würde sie wahrscheinlich nach kürzester Zeit mit der Arbeit zurechtkommen. Jill fragte sich, ob sie dort vielleicht jemanden brauchten. Als sie das Büro betrat, blickte eine Frau von dem Kopierer auf, an dem sie wie am Fließband Unterlagen für die angebotenen Objekte erstellte. Mikey Waller tauchte sofort auf, als er Jills Stimme hörte. »Ist schon gut, Rose«, sagte er. »Ich kümmere mich um Mrs Crane.«

Jill hatte das Gefühl, dass er sich über ihren Besuch freute. Er bot ihr einen Kaffee an: In einer Ecke seines Büros stand ein Wasserkocher, daneben ein Tablett mit Nescafé und Porzellanbechern. Sie überlegte, ihm vorzuschlagen, in das gegenüberliegende The Bungalow zu gehen, doch wahrscheinlich musste sie aufpassen, sie wusste ja nicht, ob er verheiratet war. Er begann, Nescafé in zwei Becher zu geben und mit Wasser und Milchpulver zu einem Brei zu verrühren. Es kam Jill immer noch abwegig vor, ihn hier anzutreffen, in diesem engen Büro, dessen Trennwände so dünn und provisorisch aussahen. Sie konnte sich noch gut an die schöne Apotheke erinnern, die sich früher in diesen Räumen befunden hatte; das alte Spiegelglas und die Regale und Schubladen aus glänzendem Mahagoni hatten sie wohl komplett herausgerissen. Mikey war zu kräftig für dieses Büro, er hätte eine Karriere einschlagen sollen, die besser zu seiner klobigen Statur und den geschickten, bedächtigen Händen gepasst hätte. Die Konzentration, mit der er nun zwei Löffel Zucker in seinem Becher verrührte, erinnerte sie daran, dass er früher in der Schule immer derjenige gewesen war, auf dessen Vernunft die Lehrer zählten, wenn nach dem Sportfest der Abfall eingesammelt oder in der Pause die Tafel geputzt werden musste. Sie waren beide Aufsichtsschüler gewesen im letzten Jahr der Grundschule. Es musste doch schrecklich für ihn sein, immer nur Sachen zu verkaufen, Leuten deprimierende Häuser zu zeigen und aufzuschwatzen. Vielleicht würde er sie ja einmal besuchen, wenn sie etwas zum Mieten gefunden hätte. Als sie sich nach dem Cottage der Goods erkundigte, war er fassungslos.

»Du meinst dieses alte Ding im Cutcombe Wood? Da könntest du nicht wohnen. Das ist ungeeignet.«

»Warum nicht? Die Goods haben doch jahrelang dort gewohnt. Hat der Brunnen noch Wasser?«

»Der Brunnen?« Er lachte sie aus. »Wer holt denn heutzutage noch Wasser am Brunnen? Mal abgesehen davon, dass es kein Badezimmer gibt, keine Toilette, keinen Strom und nicht einmal eine Straße, die bis zum Haus führt.«

Über die Toilette hatte Jill noch gar nicht nachgedacht. Sie hatte keine Ahnung, wie es sich so lebte mit einem Plumpsklo oder was auch immer das Cottage haben mochte. Mikey kannte sich wahrscheinlich damit aus. »Es gibt Leute, die kommen ohne all diese Dinge zurecht.«

»Tja, du würdest dort draußen vielleicht zurechtkommen«, sagte er. »Du warst schon immer ein bisschen anders.«

Er nahm sie ernst, beobachtete sie genau. Mikey sah nicht gut aus. Sein sandfarbenes Haar war schlaff und die Lider sommersprossig, mit kurzen hellen Wimpern; die Schultern bewegte er steif, drehte immer gleich den ganzen Rumpf. Doch er strahlte eine unbefangene Ruhe aus, etwas Zurückhaltendes, und das, überlegte Jill, hatte sie schon früher an ihm gemocht. »Wahrscheinlich hatten sie einen alten Waschkessel für heißes Wasser«, sagte er. »An Feuerholz mangelt es ja nicht. Es wäre bestimmt ein ziemlich friedliches Leben. Ich bin länger nicht mehr dort gewesen. Ich könnte mir schon vorstellen, dass du so lebst, wenn dir der fehlende Komfort wirklich nichts ausmacht.«

Aus irgendeinem Grund schämte sich Jill in diesem Moment, als hätte sie allzu große Töne gespuckt. Über genau diese Dinge ließen sich ihre Londoner Freunde ständig aus: auf dem Land ein neues Leben anfangen, in größerer Nähe zur Natur, ohne moderne Technik. Normalerweise war sie diejenige, die diese Phantasien entzauberte, ihren Freunden erklärte, dass sie keine Ahnung hätten, was für harte Arbeit es sei, der Erde den eigenen Lebensunterhalt abzuringen, und dass das Land ja im Übrigen kein leerer Ort sei, in den man einfach hineinspazieren könne wie in einen Garten Eden. Dort lebten echte Menschen, die von den Auswärtigen in der Regel alles andere als erbaut seien. Aber da stand sie nun und schwang dieselben Reden wie diese ganzen Romantiker. Mikey versprach, dass er herausfinden werde, wer die Besitzer des Cottages waren; er hielt es für wahrscheinlich, dass es zu einem der großen Landgüter gehörte, und ging nicht davon aus, dass die Goods eine Riesensumme dafür bezahlt hatten. Wenn niemand es wollte, würde man das Häuschen aller Voraussicht nach sich selbst überlassen. Jill erzählte ihm von ihrem Versuch, im Wollgeschäft einen Job zu bekommen. »Ich war nicht gut genug, die wollten mich nicht nehmen.«

»Im Wollgeschäft?« Ungläubig sah er sie an. »Bist du dafür nicht ein bisschen überqualifiziert?«

»Altphilologen sind hier nicht besonders gefragt. Eigentlich sind sie nirgendwo besonders gefragt. Und ich brauche das Geld.«

»Ich hatte ganz vergessen, dass du Klassische Philologie studiert hast«, sagte er. »Du warst immer die Intelligente.«

»Aber du warst der, der in der Schule die Rechenaufgaben gelöst hat.«

Daran erinnerte er sich gern. »Ein Tank muss gefüllt werden, soundso viele Gallonen, soundso großes Fassungsvermögen, wie lange würde es dauern und so weiter, solche Sachen. Ja, das hat mir Spaß gemacht.«

Sie merkte, dass Mikey neugierig geworden war und sich fragte, wofür sie plötzlich Geld brauchte, wo sie doch einen Ehemann hatte, der für Zeitungen schrieb. Ihre Erkundigungen bezüglich des Cottages legten vermutlich den Gedanken nahe, dass sie etwas vorhatte, möglicherweise einen Ausweg aus irgendeiner Katastrophe suchte. Vielleicht würde sie sich ihm irgendwann offenbaren. Es wäre schön gewesen, wenn jemand gewusst hätte, wie sie fühlte, was sie plante und was Tom wirklich für ein Mensch war, denn sie war die Einzige, die das nun endgültig erkannt hatte. Was natürlich auch wieder Unsinn war. Kein Mensch war *wirklich* so oder so, es gab keine endgültige, definitive Version. Einen Moment lang hoffte sie, dass Mikey sagen würde, falls sie einen Job suche, sie bräuchten gerade jemanden, der ihnen im Büro bei der Ablage helfe. Stattdessen fragte er, wie viele Kinder sie habe. Vielleicht machte er sich Gedanken über das Cottage und das Plumpsklo, rief ihr die Realität und ihre eigene Verantwortung in Erinnerung. Bei Männern wusste man nie, was in ihren Köpfen an Ideen herumgeisterte, über Mütter und wie sie sich zu verhalten hatten.

»Zwei Mädchen und einen Jungen. Die Älteste ist sieben, die Kleine achtzehn Monate alt.«

»Ist ja 'ne ganze Menge.«

»Mum passt heute Nachmittag auf die drei auf. Ich kann dir gar nicht sagen, wie ich es genieße, einfach nur hier zu sitzen, zu reden, Kaffee zu trinken und mich nicht darum kümmern zu müssen, ob gerade wieder jemand etwas anstellt oder hingefallen ist oder eine frische Windel braucht. Was ist mit dir? Hast du Kinder?«

»Nein, mich hat's noch nicht erwischt«, sagte er und rieb dabei mit einem Finger über den Rand seines Kaffeebechers, als wollte er ihn zum Singen bringen. »Von kleinen Kindern habe ich keine Ahnung. Ich war mal verlobt, aber da ist nichts draus geworden. Bin immer noch ungebunden, frei wie ein Vogel.«

Es klang so, als hätte Mikey den Ausdruck bei jemandem aufgeschnappt: Er passte nicht zu ihm. Es war lächerlich, jemanden wie ihn mit der Leichtigkeit eines Vogels zu assoziieren, dafür war er einfach zu schwer und bewegte sich zu schleppend. Einen Moment lang waren beide verlegen, und Jill begann, ihm zu erklären, welche Art von Immobilien für sie interessant waren – nicht die modernen Häuser, diese anonymen, kleinen, viereckigen Kaninchenställe. Und auch nichts in der Stadt: Sie wolle lieber auf dem Land wohnen. Vielleicht werde sie den Führerschein machen, und im Übrigen finde sie es nicht schlimm, den Bus zu nehmen. »Ich hätte gedacht, du wärst vom Typ her einer, der heiratet«, sagte sie, während er in einem Ablageschrank nach weiteren Angeboten suchte. »Einer, der Frauen anzieht.«

»Na ja, in letzter Zeit haben sie nicht gerade Schlange gestanden.« Stirnrunzelnd blätterte er in einem Ordner. »Hier, schau mal, was du von diesen beiden Angeboten hältst. Die haben wenigstens fließendes Wasser, obwohl sie auch nicht mit allem Komfort ausgestattet sind. Wenn du Interesse hast, könnte ich mit dir hinfahren und einen Blick darauf werfen. Irgendwann diese Woche, nachmittags? Oder nächste Woche?«

Jill fragte sich, was es mit dieser Rose im Vorzimmer auf sich hatte. Sie war mittleren Alters und hatte eine steife, blonde Dauerwelle, doch wenn ein Mann und eine Frau jeden Tag zusammensaßen, konnte alles passieren. Im nächsten Moment fragte sie sich besorgt, ob sie Mikey vielleicht gekränkt hatte, als sie so selbstverständlich getan hatte, als ob sie wüsste, wie er war. Und bestimmt hatte auch ihre Bemerkung über die Kaninchenställe schrecklich snobistisch geklungen: Die meisten Menschen waren dankbar für ein Dach über dem Kopf und für ein Badezimmer im Haus allemal. Sie vermutete, dass Mikey hinter seiner offenherzigen, unkomplizierten Fassade sensibel in seiner Wahrnehmung und schnell in seinem Urteil war.

Sophy kündigte ihrer Tochter an, dass sie in Roddings bei den Smiths vorbeischauen wolle. Jill sortierte gerade die Wäsche, und die Kinder spielten im Garten, wo Hettie die Verantwortung dafür trug, dass niemand in den Bach fiel. Eve Smith kümmere sich diese Woche um die Blumen für die Kirche, erklärte Sophy, und sie brauche für ihre Farbzusammenstellung Flieder. All dies entsprach der Wahrheit, und ehe sie ging, schnitt sie von dem flauschigen Flieder neben der Toreinfahrt einige Zweige ab, einen ganzen Arm voll. Doch als sie Eve dann den Flieder übergeben hatte und zusah, wie sie hinten in ihrer Spülküche ein Becken mit Wasser volllaufen ließ, bat Sophy auch noch darum, das Telefon benutzen zu dürfen. Eve hatte ein rundes, rötliches, geduldiges Gesicht und dunkles, grau meliertes, strähniges Haar; sie sah verbraucht aus von der vielen Arbeit auf dem Hof und den drei erwachsenen, tyrannischen Söhnen, die alle zu Hause lebten. Sie sagte, Sophy solle einfach reingehen, sie kenne sich ja aus, und dabei wischte sie sich mit ihrem stämmigen, fleckigen Arm eine Haarsträhne aus dem Gesicht, denn ihre Hände waren nass. Sophy hatte eine halbe Krone mitgebracht, um sie als Bezahlung diskret neben das Telefon zu legen, immer in der Sorge, es könnte nicht genug oder zu viel sein. Man durfte nie vergessen, dass man die Frau des Pfarrers war und was dies auf dem Land bei den Frauen an Vorsicht und unterschwelliger Feindseligkeit auslöste.

Das Telefon der Smiths befand sich im Büroraum direkt am Durchgang zum Garten und war eine Art Wasserscheide zwischen drinnen und draußen: landwirtschaftliche Geräte und Veterinärzubehör durcheinandergewürfelt mit Stiefeln, Socken und Regenmänteln; auf der Umrandung des großen, erloschenen Kamins eine tickende Uhr, auf dem Schreibtisch Schachteln mit Jagdmunition zwischen Papierkram verstreut. Teile von Roddings reichten bis ins vierzehnte Jahrhundert zurück, behauptete Grantham; die niedrigen Deckenbalken waren dreißig Zentimeter dick. Wäre John Smith oder einer der Jungs gerade im Büro beschäftigt gewesen, dann hätte Sophy auf ihren Anruf verzichtet. Sie hatte nichts gegen John, doch sie hätte ihm keinesfalls erklären wollen, was sie da tat. Als Erstes wählte sie die Nummer der Wohnung in Marylebone, ohne wirklich damit zu rechnen, dass sie dort jemanden antreffen würde, womit sie recht behielt.

Dann wühlte sie in ihrer Manteltasche nach einem Zettel und versuchte es mit einer anderen Nummer, nämlich der, die Tom letzte Woche für Jill hinterlegt hatte. Sophy hatte sie abgeschrieben, ehe sie ihrer Tochter die Notiz gab – einfach aus ihrer gewohnten Sorge, Dinge zu verlieren, aber auch, weil sie bereits daran gedacht hatte, Tom vielleicht irgendwann selbst zu kontaktieren, ohne Jills Wissen. Sie hatte keine allzu große Hoffnung, ihn zu erreichen, doch es war einen Versuch wert. Die beiden hatten sich offensichtlich gestritten. Sophy wollte nicht zu den Müttern gehören, die auf Erklärungen pochten, doch sie hatte sich in den Kopf gesetzt, dass es ihre Pflicht war, Tom zu ermutigen, sich von Jills Sturheit nicht abschrecken zu lassen. Was dies betraf, konnte ihre Tochter eine ebenso geniale wie entmutigende Show abziehen; wenn Jill einmal bei einem Thema nachgegeben hatte, glaubte sie immer, es sei das letzte Mal gewesen. Sie behauptete steif und fest, neulich *nicht* mit Tom telefoniert zu haben, obwohl sie die Handvoll Münzen, die Sophy ihr hingelegt hatte, eindeutig genommen hatte. So ganz sich selbst überlassen würde Tom vielleicht aufgeben. Sein verwegenes Auftreten war ihm ungeheuer wichtig: die Leute zu schockieren mit seinen Haaren, seinen Witzen, seinen Ansichten; doch Sophy war sich trotzdem nicht sicher, ob er nicht gleich beim ersten Hindernis kapitulieren würde. Manchmal sah sie die Anstrengung in seinen Augen, als wäre das ganze Draufgängertum harte Arbeit.

Eine Frau nahm den Hörer ab: Sie klang außer Atem, als hätte sie gerade noch gelacht. Sophy fragte, ob sie Mr Crane sprechen könne. Es folgte ein Zögern, und als die Frau antwortete, flatterte ihre Stimme leicht, als könnte das Lachen wieder die Oberhand gewinnen. »Mit wem spreche ich, bitte?«

Sie konnte unmöglich sagen, dass sie seine Schwiegermutter war.

»Ich bin Sophy.«

»Es tut mir leid, Sophy, aber Mr Crane ist nicht hier.«

Es klang wie die Parodie eines kurz angebundenen, professionellen Sekretärinnentons, als wollte die Frau jemanden damit amüsieren. »Er ist in einer wichtigen Besprechung. Schrecklich wichtig. Ich habe keine Ahnung, wann er zurückkommt. Weißt du's, Bernie?«

Im Hintergrund hörte Sophy eine Männerstimme, die nicht wie Toms Stimme klang.

»Bernie weiß es auch nicht. Soll ich Mr Crane bitten, Sie zurückzurufen?«

Sophy sagte, sie werde es zu einem anderen Zeitpunkt noch einmal versuchen. Es war seltsam, den Hörer aufzulegen und den Blick wieder über die von Tabakqualm bräunlich gelb verfärbten Wände des Büros wandern zu lassen, an denen sich nichts verändert hatte. Der Nachhall ihres Gesprächs hing noch in der Luft wie der vorwitzige Schleier eines Regenbogens aus einer anderen Welt, einer jüngeren Welt. Sollte sie sich Sorgen machen, weil eine Frau ans Telefon gegangen war? Der Mann im Hintergrund war eindeutig nicht Tom gewesen. Wahrscheinlich war es einfach nur ein Pärchen, Freunde von Jill und Tom. Doch schon tauchten andere verstörende Möglichkeiten ungefragt vor ihrem geistigen Auge auf: Dass diese beiden ein Paar waren, schloss andere Arrangements mit ihrem Schwiegersohn nicht unbedingt aus, experimentelle Kombinationen. Erschrocken über ihren eigenen Ideenreichtum ertappte sich Sophy bei der Frage, ob diese Frau womöglich halb nackt den Hörer abgenommen hatte, am helllichten Tag zwischen zerwühlten Bettlaken auf die Ellbogen gestützt. Es war bemerkenswert, wie viel sich aus einem so kurzen Gespräch über andere erfahren ließ. Diese Freunde von Tom waren undurchsichtig und unseriös, sie hatten sich über Sophy lustig gemacht. Sie fühlte sich entlarvt, als wäre sie schon ein uralter Teil der Geschichte.

Mitten in der Nacht drang ein Geräusch in Jills Traum und löste ihn auf, was sie bedauerte, denn es war ein wunderbar wogender Traum gewesen, als schwömme sie durch weiche Gräser in warmem, seichtem Wasser. Zuerst nahm sie an, dass eins der Kinder nach ihr gerufen hatte. Dann wiederholte sich das Geräusch, ein Klatschen gegen ihre Fensterscheibe, beharrlich und dreist: wohl ein Vogel, der auf der verrückten Mission, ins Haus zu gelangen, gegen das Glas prallte. Ihr erster Gedanke war, aufzustehen und den zwanzig Zentimeter breiten Fensterspalt doch zu schließen. Jill hatte als Kind gelernt, mit offenem Fenster zu schlafen, sogar in den kältesten Nächten.

Kahl lag der Garten vor dem Haus im Mondlicht. Obwohl es windstill war, zitterte und bebte die Silberbirke; irgendein großes Tier wühlte am Fuß ihres Stamms. Als sich das Tier aufrichtete, sah sie, dass es ein Mann war – Tom in seinem dicken Dufflecoat, die Kapuze über den Kopf gezogen. Er hatte schon die nächste Hand voll Erde und Steinchen aus dem Boden gelöst, um sie gegen Jills Fenster zu werfen: Zum Glück schliefen ihre Eltern auf der Rückseite des Hauses. Erbost schob sie das Fenster hoch und lehnte sich hinaus, die Luft kalt an ihren nackten Schultern. Sie trug das Nachthemd aus rosa Nylon, Toms letztes Geburtstagsgeschenk, nicht aus sentimentaler Verbundenheit, sondern weil es das einzig saubere gewesen war, das sie hatte einpacken können.

»Was machst du da?«, zischte sie.

Er ließ den Erdbrocken fallen, wischte sich die Hände ab, stellte sich unter ihr Fenster und wandte ihr das blasse Oval seines Gesichts zu, von der Kapuze wie von einer Kutte umrahmt.

»Komm runter.«

»Ich will dich hier nicht, verschwinde.«

»Himmelherrgott, Jilly, komm runter und rede mit mir.«

Sie empfand in diesem Moment keine Befriedigung, auch wenn er den ganzen Weg gekommen war, nur um sie zu sehen. Ganz im Gegenteil flammte bei seinem Anblick ihr ganzer Zorn noch einmal auf. Aber natürlich konnte sie ihn nicht wegschicken, obwohl sie es gern getan hätte – denn wohin hätte er gehen sollen mitten in der Nacht? Außerdem hatte sie Angst, dass er noch mehr Lärm machen und ihre Eltern wecken würde, was deren Vermutung bestätigt hätte, dass Jills Entscheidung für Tom nicht nur eine Geschmacksverirrung, sondern eine dramatische Fehleinschätzung gewesen war. Sie befahl ihm zu warten, sie werde herunterkommen; dann schloss sie das Fenster und stand ratlos in ihrem Zimmer und wusste nicht, was sie mit ihm machen sollte. Dieses Zimmer, in dem sie die ganze Kindheit und Jugend hindurch allein geschlafen hatte, schien ihr mit einem Mal ein jungfräulicher, unantastbarer Ort zu sein, obwohl sie seit ihrer Hochzeit bei gemeinsamen Besuchen schon etliche Nächte mit Tom hier verbracht hatte. Doch nun schien es, als wäre ihre

Ehe eine windige, provisorische Angelegenheit, und der Sog der Einsamkeit war wieder groß. Mit jeder Faser ihres Körpers sträubte sich Jill gegen diesen Überfall.

Sie zog sich das Nachthemd über den Kopf, um hastig in die Kleider zu schlüpfen, die sie am Abend abgelegt hatte, und sich noch einen Pullover und schließlich ihren Mantel überzustreifen. Wieder schlug eine Hand voll kiesiger Erde gegen die Scheibe und erinnerte sie daran, dass Tom nicht die geringste Geduld hatte. Selbst wenn das Abendessen schon fast auf dem Tisch stand, brachte er es fertig, anstatt zu warten, zwei oder drei dick mit Butter bestrichene Scheiben Brot zu verschlingen und sich den Appetit zu verderben. Mit vollem Mund sah er sie dann aus großen Augen an und flehte um Verzeihung. Rasch schlich Jill mit den Schuhen in der Hand die Treppe hinunter, durchquerte die Küche, schloss die Seitentür auf und trat, die Tür hinter sich schließend, ins Freie, wo sie ihre Schuhe anzog und nach vorn in den Garten ging. Der Himmel war von einem so kräftigen, leuchtenden Blau, als wäre er staunend einen Schritt von der Erde zurückgetreten, und der helle Mond hing über dem alten, verfallenen Schieferdach der Brodys, das wie aus reinem Silber gemacht schien. Zuerst war von Tom nichts zu sehen, dann kam er vom anderen Ende des Hauses her angetrabt. Er war ein stattlicher Mann, einen Meter neunzig groß und an die neunzig Kilo schwer, doch er ging wie ein Teenager mit hochgezogenen Schultern und steif rollenden Hüften, die Hände in den Taschen vergraben. »Gott sei Dank«, sagte er. »Mir ist arschkalt, Jill. Lass mich rein.«

Sein Dufflecoat verströmte einen Geruch nach Tier,

nach nassem Hund; irgendwann musste es unterwegs geregnet haben. Halblaut fuhr Jill ihn an, er solle nicht fluchen, nicht hier. In einem plötzlichen Wutausbruch hob sie die Hand und schlug ihm fest ins Gesicht, wobei der raue Stoff der Kapuze die Wucht ihres Schlags abfing. Noch nie hatte sie ihn geschlagen, und er war überrascht, blieb jedoch bei aller Entrüstung lächerlich kleinlaut und gefügig. Normalerweise hätte er aufgebrüllt.

»Wofür war das?«

Sie sah, dass er in Selbstmitleid ertrank.

»Ich wollte nicht, dass du kommst. Ich habe dich nicht hergebeten.«

Das ganze Gespräch fand in blaffendem Flüsterton statt; Jill packte Tom am Arm und führte ihn über den Gartenweg vom Haus weg. Er sei doch nur gekommen, weil ihre Mutter angerufen habe, jammerte er: Er habe gedacht, dass ihr oder einem der Kinder etwas zugestoßen sei. »Ich bin die ganze Strecke per Anhalter gefahren, dafür habe ich die ganze Nacht gebraucht, die Straßen waren leer, und es hat geregnet. Die letzten Meilen ab West Huish musste ich zu Fuß gehen. Und verlaufen habe ich mich auch noch, hab die falsche Richtung eingeschlagen.«

»Meine Mutter hat nicht angerufen«, höhnte sie. »Du hast wohl vergessen, dass wir nicht mal ein Telefon haben.«

»Sie *hat* aber angerufen, sie hat mit Carol gesprochen. Die war da gerade bei Bernie. Ich erkläre dir später, was zwischen den beiden los ist, das ist ziemlich kompliziert.«

Dann hatte Sophy also ihre Taschen durchwühlt.

»Also war das wirklich Bernies Nummer?«

»Natürlich war es Bernies Nummer«, sagte er entrüstet. »Während ich unterwegs war, habe ich mir die ganze Zeit solche Sorgen um euch gemacht, und jetzt bin ich hier, und du behandelst mich wie einen Aussätzigen. Und ich habe Hunger, ich habe nichts gegessen, seit ich aufgebrochen bin, ich hatte kein Geld.«

Damit hatte sie gerechnet und eine Packung Schokokekse aus der Küche mitgebracht. Im Dunkeln mit der Verpackung kämpfend verschlang Tom den ersten Keks in zwei Bissen und spuckte Folienstückchen aus. »Kann ich nicht einfach reinkommen?«, bedrängte er sie kauend und krümelnd. »Jilly, wir müssen reden. Das Ganze wird langsam lächerlich. Nur wegen eines einzigen, dummen Fehlers.«

»Gib mir auch einen. Ich habe auch Hunger. Du hast mich aus dem Schlaf gerissen.«

»Ich weiß nicht, ob ich dir was abgeben kann. Ich sterbe vor Hunger, und die Dinger sind nicht gerade sättigend. Aber gut, hier, nimm. Siehst du, wie sehr ich dich liebe? Was mein ist, ist auch dein. Wenn wir mal ausklammern, dass es ursprünglich sowieso dein war.«

Jill verzehrte ihren Schokokeks in kleineren, nachdenklichen Bissen. »Wenn du mit mir reden willst, müssen wir laufen. Ich weiß, wo wir hingehen können. Ins Haus lasse ich dich nicht – ich will nicht, dass meine Eltern wissen, dass du hier bist.«

Es störe ihn nicht, noch ein bisschen zu gehen, sagte er schicksalsergeben. Als sie das Tor öffneten, lag das Sträßchen zwischen den dunkel aufragenden Wänden der Hecke so fahl im Mondlicht, dass sie das Gefühl hatten, in Wasser hineinzuwaten. Sie flüsterten noch, als sie längst außer Hörweite waren. Während Tom seinen zweiten Keks verschlang, wollte er wissen, ob sie ihren Eltern die Sache mit Du-weißt-schon, mit Vanda, erzählt habe.

»Habe ich nicht. Ich schäme mich zu sehr.«

»Meinetwegen?«

»Ich schäme mich dafür, dass ich jemanden geheiratet habe, der sich nicht zu schade für etwas so deprimierend Banales ist wie eine Affäre mit seiner Sekretärin.«

»Sie war nicht meine Sekretärin. Ich habe keine Sekretärin.«

»Dann eben die Sekretärin von jemand anderem. Auch noch zweite Wahl.«

Tom gab ein gespielt bewunderndes, leises Pfeifen von sich. »Zehn Tage zu Hause, und schon bist du wieder ganz die Pfarrerstochter.«

Wieder holte sie aus, um ihm ins Gesicht zu schlagen, doch dieses Mal war er darauf gefasst und hielt sie mit seinen großen Händen lachend an den Handgelenken fest. »Komm schon, du musst zugeben, da hat gerade schon was von deinem Alten dringesteckt. Wie von der Kanzel herab.«

Und mit einem Mal hörte Jill auf zu kämpfen, stand nur noch regungslos neben ihm, mit hängenden Schultern und gesenktem Kopf in ihrem dicken Wollmantel, als hätte sich aus der Dunkelheit etwas Schweres über sie gelegt, ein Gefühl von Sinnlosigkeit. Tom war nicht dumm, er missverstand es nicht als Unterwerfung. Behutsam legte er einen Arm um sie, und so gingen sie weiter, jetzt langsamer. Als das Mondlicht nicht mehr auf sie fiel, mussten sie ohnehin ihre Schritte bremsen, weil sie die Straße unter ihren Füßen nicht mehr sahen. Nach einer Weile lehnte sich Jill an ihn und ließ ihn etwas von ihrem Gewicht tragen, was ein vertrautes, ja sogar tröstliches Gefühl war, auch wenn sie sich über den Gestank seines Mantels beschwerte und über den kratzigen Stoff an ihrem Gesicht.

»Hör zu«, sagte Tom. »Ich rede von Paris. In Paris ist eine Revolution im Gang. Die Kinder reißen die Gefängnismauern ein. Alles, was auf ewig in Stein gemeißelt schien, ist plötzlich gegenstandslos, nur noch Nebel.«

»Hast du das auch in deinen Artikeln geschrieben?«

Er sagte, das Einzige, was die Studenten verlangten, sei Bildung – richtige Bildung. Die Diskussionsgruppen in der Sorbonne seien Tag und Nacht brechend voll. Jeder habe sein Exemplar des kleinen roten Buches dabei. Wusste sie eigentlich, dass in Frankreich nur acht Prozent der Studenten aus der Arbeiterschicht stammten? Die Arbeiter von Renault kämen aus den Fabriken, um den Studenten ihre Lebensgeschichten zu erzählen und die Realität ihrer Arbeit zu schildern. Es sei phantastisch, die ganze Atmosphäre elektrisierend. Um ja nichts zu verpassen, hörten alle, sogar die Bourgeois, auf ihren Transistorradios ständig, sogar unterwegs, Nachrichten, aber nicht auf den Regierungssendern, sondern auf Luxembourg oder Europe 1. »Neulich haben wir im *quartier* zu Abend gegessen, und als wir rauskamen, standen wir vor einer Feuerwand und mussten uns Taschentücher vors Gesicht binden, überall Tränengas. Die Polizisten sind brutal, die prügeln noch auf die Verletzten ein, wenn sie schon abtransportiert werden, die schlagen sogar Ärzte zusammen. Überall Müll, keine Müllabfuhr. Und ausgebrannte Autos. Und du hattest recht mit den Bäumen. Das mit den Bäumen ist wirklich traurig. Aber sie werden neue pflanzen.«

Sie bogen von der kleinen Straße in den Waldweg ein; Jill hatte eine Taschenlampe mitgenommen. Und wenn es stimmte?, überlegte sie. Was wäre, wenn diese totale, kreative Umgestaltung des alten Lebens wirklich möglich wäre und sie einen Fehler beging, sich dem zu verschließen und im Alten zu verharren?

»Auch der Journalismus widert mich langsam an«, sagte Tom. »Man ist doch auch nur Teil dieser ganzen Maschinerie. Ich denke darüber nach, wieder mit dem Malen anzufangen. Ich habe da ein paar Ideen. Zur Abwechslung mal etwas machen, das echt ist, wahrhaftig. Etwas, das wirklich anders ist und Teil dieser ganzen Veränderungen.«

Sie führte ihn zum Cottage der Goods, und sie gingen hinein. Drinnen war es noch dunkler und kälter als draußen im Wald. »Wir könnten ein bisschen hierbleiben«, sagte Jill. »Wenn du wirklich reden willst.«

»Was ist das für ein Haus? Wer wohnt hier? Haben die nichts dagegen? Es riecht irgendwie gruselig.«

»*Er* ist tot, und *sie* ist verrückt geworden. Es gehört keinem.«

In dem kleinen, muffigen Raum klangen ihre Stimmen flach; Tom ließ den Strahl der Taschenlampe durchs Zimmer wandern und auf einem Haufen ausgerissener Coupons verweilen, der vor den in der Anrichte stehenden Tellern lag, dann einem gehäkelten Schonüberzug, einem Jesus, der sie von der Wand herab sehnsüchtig anstarrte, einem Drahtgestell mit einer zerknitterten Zeitschrift darin und einer zerrissenen Plastiktüte auf dem Boden, in der sich ein schmutziger Rest Schnittbrot befand. Die wenigen dunklen Möbel außerhalb des Lichtkegels hatten eine umso eindringlichere Präsenz. Jill hatte Streichhölzer mitgebracht und versuchte, auf dem Kaminrost ein Feuer zu entfachen; in einem Eimer gab es Anmachholz und vor dem Haus einen Stapel Holzscheite. Doch der Kamin zog nicht gut und begann zu rauchen. Derweil erkundete Tom das Obergeschoss und kam beladen mit Daunen- und Wolldecken zurück. »Es ist scheußlich da oben«, sagte er. »Als ob er in dem Bett gestorben wäre, wer auch immer es war.«

Vom Rauch und den modrigen, klammen Daunendecken bekam Tom Atemnot und musste zu der rosa Ephedrin-Pumpe aus Gummi greifen, die er immer bei sich hatte. Sie breiteten die Plumeaus über den Boden, wickelten sich in die Wolldecken und aßen die letzten Kekse; wie sich herausstellte, hatte Tom auch eine kleine, noch nicht ganz leere Flasche Brandy dabei, obwohl er doch angeblich kein Geld hatte. Großzügig überließ er Jill beinahe den ganzen Rest. Irgendwann streifte sie ihre Decke ab und rutschte auf allen vieren nach vorn, um das Holz im Kamin zurechtzurücken und ein Scheit dazuzulegen; sie hatte ein feines Händchen für Feuer, es ließ sich gut an, und auch der Rauch hielt sich nun in Grenzen. Als sie kniend und dabei auf die Ellbogen gestützt in die Flammen blickte, beugte sich Tom nach vorn und zog ihr von hinten das Gummiband aus dem Pferdeschwanz, worauf das Haar offen über ihre Schultern fiel. Er schob seine Hand darunter, legte sie ihr ins Genick und beugte sich noch weiter nach vorn, um von hinten ihre Ohren zu küssen. Die ganze Zeit gab er dabei ein leises Geräusch von sich, das etwas von einem zufriedenen Brummen hatte. Die andere Hand ließ er von hinten über das feste Nylon der Strumpfhose an ihren Beinen hinaufgleiten, schob den Rock aus dem Weg und betastete das Bündchen ihres Schlüpfers. Jill schloss die Augen; sie verlagerte das Gewicht nach hinten gegen seine Hand. Dies und nichts anderes hatte er die ganze Zeit gewollt, dachte sie, und dafür war auch sie gekommen. Sein Atem klang wie ein keuchender Schiffsmotor.

»Ich habe dich vermisst«, sagte er. »Ich habe dich so sehr vermisst, Jilly.«

Hätte er geschwiegen, wäre Jill nicht mehr in der Lage gewesen, sich noch zu bremsen, und sie hätte mitgemacht beim Liebesspiel. Dieser eigentümliche Ort mitten im Wald, wo beide nicht sie selbst waren, übte einen starken Zauber aus, dem sie fast schon erlegen war. Doch nun schlug ihr aus Toms Stimme eine siegessichere Zufriedenheit entgegen, die ihr allzu vertraut war. Er war so überzeugt davon, dass der Sex alles wieder ins Lot bringen würde. Mit einem Ruck fuhr sie herum und zog ihren Rock herunter. Immer noch auf allen vieren starrte sie ihm direkt ins Gesicht. Wie zwei sich anfeindende Hunde kauerten sie voreinander.

»Wie kannst du nur?! Wie kannst du einfach wieder damit anfangen, als ob nichts geschehen wäre?«

»Das tue ich doch gar nicht.«

»Wohl! Du sagst, dass du reden willst, aber was du meinst, ist das.«

»Jetzt sei doch nicht prüde«, sagte er. »Erzähl mir nicht, du würdest es nicht auch wollen.«

»Du denkst dermaßen vulgär. Mir geht es nicht einfach nur um Sex, mir geht es nicht ständig um Sex.«

»Das weiß ich doch«, beschwichtigte er sie. »Mir doch auch nicht. Es ist immer noch wegen Vanda, oder? Ich hätte nie gedacht, dass du so an diesem alten Besitzdenken kleben würdest. Ich dachte, wir wären uns einig, dass keiner dem anderen gehört.«

»Du hast nicht mal nach den Kindern gefragt.«

»Also gut, dann frage ich jetzt nach ihnen.«

Verzweifelt stöhnte Jill auf; das Fragen allein sei ja nicht das Problem, erwiderte sie. »Es geht darum, dass du es schaffst, sie tage-, ja sogar wochenlang aus deinem Hirn zu streichen. Als wärest du frei. Aber ich kann das nicht.«

»Ich sagte doch, dass ich auf sie aufpassen kann, wenn du nach Paris fahren willst. Oder sonst wohin. Meinetwegen gern!«

»Nichts nimmst du ernst. Jetzt soll es also nicht mehr der Journalismus sein, sondern die Malerei. Und was kommt nächste Woche?«

»Du meinst, auf die Art ernst, wie der alte Mann Sachen ernst nimmt? Dein ernster, armseliger, verfluchter Dichter? Nebenbei bemerkt finde ich Sex nicht vulgär. Du selbst hast mich doch in dieses bizarre, wunderbare

Haus gebracht und dabei an Sex gedacht, ich kenne dich doch. Das ist nicht vulgär. Und jetzt machst du mir hier die Hölle heiß. Hör zu, ich meine das extrem ernst. Schau mich an. Es gibt nichts, was ich ernster meine.«

Jill betrachtete ihn fast zärtlich. Es war kein Wunder, dass sich andere Frauen an ihn ranmachten. Das Licht des Feuers flackerte auf seinem länglichen, braunen Gesicht, das ihrer Vorstellung von einem Krieger oder Cowboy entsprach: die hohen, kantigen Wangenknochen, die straffe, gewölbte Stirn. In seinen grauen Augen lag immer ein Anflug von schläfriger Zufriedenheit, etwas Versunkenes, Verträumtes. »Weißt du was?«, sagte sie. »Ich gehe jetzt zurück. Ich lasse dich hier allein.«

»Du bist verrückt, das kannst du nicht machen.«

»Geh mir nicht nach. Ich will nicht, dass du mir folgst. Ich nehme die Taschenlampe mit, du würdest dich im Dunkeln sowieso nur verlaufen. Bis es hell wird, bist du hier gut aufgehoben, es gibt jede Menge Brennholz. Und ich will dich morgen nicht sehen. Ich will nicht, dass du zum Haus kommst.«

Als Hettie im Dämmerlicht an ihrem Fenster stand, sah sie etwas höchst Seltsames. Hier auf dem Land wurde sie oft durch das Licht geweckt: Wenn fast noch im Traum ihre Augen aufsprangen, wartete im Zimmer bereits der neue Tag auf sie, so überraschend präsent, dass es unmöglich und geradezu unhöflich gewesen wäre, die Augen wieder zu schließen, als hätte sie ihn nicht gesehen. Das Schlafzimmer der Kinder ging zum vorderen Garten hinaus, genauso wie das ihrer Mutter. Als sie nun an diesem Morgen im Nachthemd mit nackten Füßen in der Eiseskälte, die sich knöcheltief auf den Holzdielen gesammelt hatte, ihren Beobachtungsposten zwischen den seidigen lila Vorhängen einnahm, da sah sie fast im selben Moment draußen auf der kleinen Straße ihren Daddy vorbeigehen. Er trug seinen dicken Dufflecoat und hatte die Kapuze heruntergelassen.

Tatsächlich hatte sie ihn schon wahrgenommen, ehe sie ihn sah – in der Stille des frühen Morgens hatte sie vom Wald her das Geräusch seiner Stiefel gehört, die knirschend die Steinchen auf der Straße zertraten. Deshalb wusste sie, dass er real war. Als sie ihn dann wirklich sah, war es nur sein oberes Drittel, weil die Gartenmauer den Rest verdeckte. Dennoch war sie sich vollkommen sicher, dass er es war. Niemand außer ihm hatte so lange Haare, einen so zerzausten Bart und diesen besonderen Gang, mit gesenktem Kopf und hochgezogenen Schultern. Aber wieso kam er aus dem Wald, wo es doch gerade erst hell wurde? Und das Allerseltsamste war, dass er nicht stehen blieb und ins Haus kam, um sie zu begrüßen. Natürlich rechnete Hettie damit, dass er durchs Tor in den Garten gehen und den Weg hochkommen würde. Sie war schon startbereit, um die Treppe hinunterzurennen und diejenige zu sein, die ihn hereinlassen würde, die Erste, die triumphierend auf seinen Schultern sitzen würde, um dem schlafenden Haus seine Ankunft zu verkünden.

Doch er ging einfach am Gartentor vorbei und dann weiter die Straße entlang, bis sie ihn nicht mehr sehen konnte, und dabei blickte er nicht ein einziges Mal zum Haus, obwohl er es doch genauso gut kannte wie sie.

Nicht ein einziges Mal blickte er zum Fenster hoch, aus dem seine Tochter schaute. Und dann war er fort, und eine Zeit lang konnte Hettie in der Ferne noch das Geräusch seiner Stiefel hören. Der ganze Vorfall war so unvorstellbar, dass sie später, als eine Erinnerung daraus geworden war, dachte, sie müsse geträumt oder die Realität mit einem Bild aus einem Kinderbuch verwechselt haben. Ihr Dad war in London oder an einem anderen Ort, in Paris: Das wusste sie genau. Sie erzählte niemandem, was sie gesehen hatte, weil es eigentlich nicht sein konnte und ihre Mutter ärgerlich wurde, wenn Hettie sich Dinge ausdachte. Wenn sie aber in ihrem Kinderliederbuch auf eine bestimmte Seite stieß – Mr Foster, der, in violettem Buntstift gezeichnet, mit seinem Zylinder auf dem Kopf in einem Regenschauer nach Gloucester ging –, blätterte Hettie rasch weiter, weil das Bild den stechenden Schmerz der Enttäuschung zurückbrachte.

3

Im Laufe der Tage gewöhnten sich die Kinder an das Pfarrhaus und begannen, ihr Leben in London zu vergessen, genauso wie früher in den Ferien. Hettie fand sich damit ab, nicht mehr zur Schule zu gehen, wenn ihr auch hin und wieder bewusst wurde, dass die Alltagsroutine ihres anderen, früheren Daseins, die sie gerade erst zu meistern begonnen hatte, nun ohne sie ihren Lauf nahm, was das panische Gefühl eines Mankos in ihr auslöste. Doch solche Gedanken verscheuchte sie mit einer Grimasse. Vielleicht würden sie ja gar nicht mehr zurückgehen, vielleicht würde es gar keine Schule mehr geben. In der Erinnerung waren die Zimmer der Wohnung in Marylebone ein chaotisches Durcheinander, vollgestopft mit den hässlichen Möbeln ihres Vermieters, mit Spiele- und Kleinkinderzubehör und dazwischen die sichtbaren Bemühungen ihrer Mutter, ein Zuhause zu gestalten: knallbunt gestrichene Wandflächen, exotische Stoffe, über Sofas drapiert oder an die Wände gepinnt, Kunstdrucke und politische Poster. In einem Trödelladen hatte Jill für einen Spottpreis einen ausgestopften Reiher in einer Glasvitrine aufgestöbert und einen riesigen Spiegel, in dessen Goldrahmen tanzende, bekränzte Amor-Figürchen eingelassen waren. In der Spüle stapelte sich immer Geschirr, wie es auch immer Besuch gab, der nonstop redete und am

Küchentisch aus klobigen Keramikbechern Tee trank; fremde Kinder wurden ihnen aufgedrängt. Im Gegensatz dazu war das Pfarrhaus ganz allein ihr Reich. Seine leeren, verblichenen Zimmer ließen der Phantasie sehr viel mehr Raum, besonders die ungenutzten, verheißungsvollen Schlafzimmer im oberen Stock, mit nichts als ein paar Betten, Kommoden und schäbigen Läufern darin und einem leichten Geruch nach Feuchtigkeit.

Für wen waren diese Betten gedacht? Die Leere der Zimmer, die Hettie nachts einschüchterte, war bei Tag umso reizvoller. In einer Ecke stand eine Schneiderpuppe, starr wie eine Statue. Kleine, verdrießliche Gemälde, mit Wasserfarben gemalt, waren auf die kahlen Wandflächen verbannt worden und gewannen in der Isolation an Bedeutung. Die Kinder starrten in die verschmierten Landschaften und blassen Porträts wie in ein Orakel, das Einblicke in Tod und Vergangenheit gab. Sie dachten sich ein Spiel aus, das darin bestand, wie eine panische Horde zwischen den Rundbogenfenstern im Flur hin und her zu rennen, laut brüllend, als wären sie Verfolger und Verfolgte zugleich. Sogar Ali konnte mit von der Partie sein, wenn sie einen Stuhl vor der Treppe verkeilten, damit sie nicht die Stufen hinunterfiel. Von besonderem Genuss war dieses Spiel, wenn es draußen regnete; das Rauschen des Regens und sein Anblick, wie er nass gegen die hohen, nackten Fenster klatschte, brachte die Kinder zur Raserei, und sie warfen sich auf die leeren Betten, um sich kreischend darauf herumzuwälzen. Natürlich war dieses Spiel nur möglich, wenn Großvater nicht zu Hause war. Granny störte es nicht: Ihren leuchtenden Augen war sogar abzulesen, dass es ein verschüttetes, nie ausgelebtes Verlangen in ihr wachrief, mitzumachen und genauso ungezügelt herumzutoben. Sich die Großmutter als wachsames, schlaksiges Mädchen vorzustellen war noch im Bereich des Möglichen, doch die eigene Mutter konnte in den Augen ihrer Kinder einfach nichts anderes sein als diese ausgewachsene, fertige Frau mit all ihren Kurven und Gewissheiten. Sie sprach zwar oft über ihre Kindheit, und es gab ja auch Fotos, die bewiesen, dass es diese Zeit wirklich gegeben hatte, doch ihre Kinder konnten trotzdem nie so recht daran glauben.

Wenn es nicht regnete oder nur nieselte, gingen Hettie und Roland in den Garten, um in Gummistiefeln durch den Bach zu stapfen und nach Aalen und Stichlingen Ausschau zu halten. Oder sie lungerten im Erdgeschoss herum, wo sich das Tageswerk in einer Weise vollzog, die sehr viel geordneter und weniger aufreibend war als bei den Eltern. Jeden Morgen schien Granny vollständig bekleidet aus dem Bett zu springen – die langen, gereizten Phasen im Morgenmantel und das Chaos am Frühstückstisch, bis alle fertig waren und der Tag richtig beginnen konnte, gab es hier nicht. Im Esszimmer kam ein Tischtuch auf den Frühstückstisch, Blumen standen in einer Vase, und die Kinder tunkten friedlich ihre Brotreiterchen ins Gelb der auf dem gegenüberliegenden Hof der Brodys geholten Eier, als hätten sie ihr Leben lang nichts anderes gegessen als weich gekochte Frühstückseier. Wenn ihre Großmutter ihren Tee ausgetrunken hatte, hielt sie die Tasse gegen das Licht und zeigte ihnen ein Frauengesicht, verborgen im Porzellan. Zweimal pro Woche kam eine Mrs Cummins – die Frau mit der piksenden Brosche, die sie aus der Kirche kannten –, um die schwere Hausarbeit zu verrichten, nun aber nicht in ihrem steifen Kirchenkostüm, sondern in Arbeitsmontur. Sie hievte dampfende Bettlaken aus dem Waschkessel, um sie auszuspülen, drehte Wäsche durch die Mangel oder scheuerte auf allen vieren die Böden, mit einem verächtlichen Zischen, das wohl der Schrubber verursachte, obwohl es so klang, als käme es aus ihrem Mund.

Wenn der Großvater zu Hause war, drehte sich alles um die unsichtbare Arbeit, die hinter der geschlossenen Tür seines Arbeitszimmers stattfand. Doch selbst die Verbote, die damit einhergingen, das Flüstern, die Heimlichkeit und gelegentlich auch die aufgerissene Zimmertür sowie die darauffolgende donnernde Strafpredigt hatten etwas Beruhigendes und Romantisches. Weil er die wichtigen Dinge voranbrachte, konnten die Frauen und Kinder ihre Zeit von jeder Verantwortung befreit verbringen. Es gab zwar immer Arbeit, Frauenarbeit, doch die hatte weder den Anspruch noch die Erhabenheit der Religion und Dichtung. Wenn Großvater dann das Haus verließ, war es, als hätte sich eine Sprungfeder gelöst, die bis dahin alle und alles fixiert hatte, und sie fühlten sich frei. Manchmal schien dann sogar Jill am Spültisch oder dem Bügelbrett von einer leisen, heimlichen Freude erfasst, als wäre sie eine völlig andere, eine normalere Frau. Wenn die Katze fort ist, sagte Granny, tanzen die Mäuse – obwohl man ihren Großvater ja nun wirklich nicht als Katze bezeichnen konnte und eigentlich auch nicht als Tyrann. Und dann setzte Granny das Teewasser auf, auch wenn es dafür noch zu früh war. Seltsamerweise konnte diese Befreiung nicht stattfinden, solange Mrs Cummins noch anwesend war. Sie sorgte dafür, dass auch in Abwesenheit des Pfarrers seinen Anforderungen Genüge getan wurde.

In seinem Arbeitszimmer roch es anders als im restlichen Haus, ein rauchiger Geruch nach Pfeifentabak, alter Kaminasche, Büchern und Whisky, der irgendwie auch an etwas Fleischartiges denken ließ und fast ein bisschen abstoßend war. Einmal hatten Hettie und Roland die Karaffe aus geschliffenem Glas inspiziert und herausgefunden, dass der Whisky darin, der so vielversprechend aussah und sogar roch wie flüssiges Karamell, tatsächlich schmeckte wie Gift. Konnte jemand so etwas wirklich aus reinem Genuss trinken? Es musste eins dieser abstoßenden Erwachsenenrituale sein, ähnlich wie die unzugänglichen Bücher in den Regalen. Hettie konnte noch so lange darüber brüten und Wort für Wort einzeln aussprechen, die Sätze ergaben einfach keinen Sinn. Großvater erzählte ihnen, dass er derzeit Gedichte über einen Menschen aus dem fünften Jahrhundert schreibe, der das Johannesevangelium in griechische Verse übertragen und auch Hymnen auf einen heidnischen Gott verfasst habe. Roland trieb Hettie zum Wahnsinn – mit welcher gelassenen Dreistigkeit er einfach davon ausging, dass er das alles schon sehr bald verstehen würde! Was fanden die Erwachsenen bloß so bezaubernd daran? Streng rief sie ihm in Erinnerung, dass er noch nicht einmal lesen konnte.

»Großvater sagt, das ist egal, weil ich schon über Dinge nachdenke.«

»Was für Dinge denn?«

»Darüber, was ich lernen muss, und über Geschichte und Wissenschaft und so was und über Leute, die mehrere Sprachen sprechen.«

Nach jedem Mittagessen zog sich ihre Großmutter unerklärlicherweise in ihr Zimmer zurück, um später in einem anderen Kleid wieder aufzutauchen, es sei denn, sie arbeitete im Garten. An solchen Spätnachmittagen setzte sich ihre Mutter hin und wieder ans Klavier, dessen Klänge dann über die Terrasse hinweg bis zu Alice hallten, die, Gänseblümchen kauend, in ihrem Laufstall auf der Wiese saß, und weiter zum Bach, wo Hettie und Roland mit dem Bau eines Dammes beschäftigt waren und Hettie ihrem Bruder barsche Befehle erteilte. In diesen Momenten schien die Musik ihrem Leben einen angenehmen, wehmütigen Rahmen zu geben, in dem sie es wie aus weiter Ferne sehen konnten. Die Kinder waren jedes Mal überrascht, dass ihre Mutter Klavier spielen konnte; das Instrument schien von endlosen, leeren Zeiträumen zu erzählen und von einer versonnenen Innerlichkeit, die die Kinder mit allem assoziierten, nur nicht mit ihr. Wenn Jill dann in einer schnell fließenden Passage ein Fehler unterlief, brach sie ungeduldig ab, schlug mit beiden Händen wutentbrannt auf die Tasten und knallte den Deckel zu. In dieser Zeit, in der sich die Kinder in Kington einlebten, war ihnen mehr oder weniger bewusst, dass etwas in ihrer Mutter gärte. »Ich ertrage das nicht«, sagte sie einmal relativ ruhig, während ihre Hände noch in beeindruckender, leidenschaftlich gekrümmter Haltung über den Tasten schwebten.

»Was erträgst du nicht?«, fragte Sophy.

Sie war dabei, mit mehligen Händen Teig für süße Brötchen auf dem Küchentisch platt zu drücken. Jill war dazugekommen, um der Kleinen das Mittagessen zu kochen, und kniete vor dem Schrank, wo sie zwischen den Kasserollen klappernd nach einem kleinen Topf suchte.

»Dass ich die ganzen Stücke, die ich mal konnte, nicht mehr flüssig spielen kann. Das ist so frustrierend.«

Während ihre Mutter anfing, mit einem Wasserglas Kreise in den flachen Teig zu drücken, die runden Stücke herauszulösen und auf ein Backblech zu legen, war Jill auf dem Linoleumboden mit dem Topf in der Hand nachdenklich auf ihre Fersen gesunken. »Aber das ist nicht das Einzige. Es gibt im Moment einiges, was ich nicht ertrage. Meinen Ehemann zum Beispiel, wenn du's genau wissen willst. Ich würde mal sagen, diese Ehe ist gelaufen. Tom war ein Fehler, es hat nicht funktioniert. So sieht's aus.«

Sie hatte einen munteren Ton angeschlagen, als wäre die Situation Anlass für heitere, aufgeweckte Ironie; derweil drückte Sophy weiter ihr Glas in den Teig, die Kreise dicht an dicht, um die Ausbeute zu optimieren. »Ich wusste, dass was nicht stimmt«, sagte sie, ohne ihre Tochter anzusehen.

»Ich habe beschlossen, zurückzukommen und wieder hier zu leben«, sagte Jill. »Mikey Waller hilft mir bei der Suche nach einem Haus, zur Miete. Vielleicht kann ich ja irgendeine kleine Arbeit finden – ich dachte, es würde dir nichts ausmachen, auf die Kinder aufzupassen, nur ein paar Vormittage pro Woche.«

»Was denn für eine kleine Arbeit?«

»Irgendwas. Ist mir egal. Ich wollte mal in der Bücherei nachfragen.«

»Das ist hinterhältig von dir«, sagte Sophy. Als alle Kreise ausgestanzt und aufs Backblech befördert waren, sammelte sie die Teigreste ein und knetete sie zu einer neuen Kugel, die sie mit geübter Hand flach drückte. »Mich so zu ködern. Natürlich gibt es nichts, was mir lieber wäre, als dass ihr hier in der Gegend wohnt. Natürlich wäre ich glücklich, euch immer in der Nähe zu haben. Oder meinetwegen auch hier im Pfarrhaus. Du lieber Himmel, wofür haben wir denn die vielen Zimmer? Dir mit den Kindern helfen – liebend gern würde ich das tun.«

»Aber«, sagte Jill. »Gleich wirst du sagen: *Aber* das geht doch nicht. *Aber* ich muss doch vernünftig sein. Du wirst mir meine Pflichten in Erinnerung rufen und sagen, dass ich bei ihm bleiben soll. Den Kindern zuliebe und so weiter und so weiter. Aber das alles gilt nicht mehr, Mum, es zählt einfach nicht mehr. Übrigens hast du nicht mal gefragt, was eigentlich los ist.«

»Und was ist los?«

Seufzend hielt sich Jill den kühlen Metallboden des Topfs ans Gesicht. »Zunächst einmal schläft er mit anderen Frauen. Das ist der einfache Teil.«

Sophy fuhr fort, Brötchen-Rohlinge auszustanzen, tauchte wieder und wieder das Glas in die Mehltüte und drückte es nachdenklich in den Teig. »Mit wie vielen anderen Frauen?«

»Du bist vielleicht lustig, Mum. Wie viele – was ändert das? Ich weiß es nicht. Mindestens mit einer, das ist klar, das hat er vor Kurzem selbst zugegeben. Ich habe sogar ihre Unterwäsche gefunden, falls dich auch die schmutzigen Details interessieren, als ich das Bett abgezogen habe, um die Laken zu waschen. Ein zusammengeknülltes, schon ziemlich altes Relikt, weil ich die Bettwäsche ja nicht so oft wasche, am Fußende zwischen den Laken eingeklemmt. Er hat sie mit nach Hause gebracht, als ich und die Kinder übers Wochenende zu Candice Markham gefahren sind. Die müssen verzweifelt danach gesucht haben, und dann ist sie ohne Höschen nach Hause gegangen, arme Vanda. Sie muss gedacht haben, er hätte es ihr geklaut, um es vielleicht in der Hosentasche mit sich herumzuschleppen oder was weiß ich. So ein rotes Rüschen-Nylon-Ding, das ich nie im Leben besitzen würde. In Sachen Unterwäsche bin ich mit meiner weißen Baumwolle ja doch noch ganz die Pfarrerstochter. Arme Vanda. Er mag sie nicht mal besonders.«

Vielleicht gebe es noch andere Frauen, fügte Jill hinzu, sie sei sich nicht sicher. »Es gibt mindestens zwei, die ich im Verdacht habe. Wahrscheinlich ist er im Moment auch mit einer zusammen. Mit irgendeiner dreckigen kleinen Maoistin aus Paris, die er bei einer *manif* aufgetan hat, bei einer dieser Demonstrationen. Vielleicht ist er ja auch mit einer Frau bei Bernie – kann sein, dass du sie dranhattest, als du angerufen hast.«

»Ich glaube, die ist mit Bernie zusammen.«

»Wer weiß? Vielleicht hurt sie ja herum. Der Punkt ist, dass Tom, solange er damit durchkommt, keinerlei Skrupel zu haben scheint. Aber seine Untreue ist eigentlich nicht das größte Problem. Vielleicht hat er ja recht damit, dass man sich nicht gegenseitig besitzen sollte. Vielleicht könnte ich mir auch Liebhaber nehmen, und wir könnten das austarieren.«

Welch ein Glück, dachte Jill, dass sie auf dem Boden saß. Aus dieser ungewohnten Perspektive sah alles in der Küche, die ihr so vertraut war wie das eigene Leben, überraschend anders aus. Erst in der plötzlichen Fremdheit des Raums gingen ihr diese ungeheuerlichen Worte, die nicht hierhergehörten, überhaupt über die Lippen. Von ihrem Sitzplatz aus sah sie die schmuddelige, fleckige Unterseite des Küchentischs, die nicht wöchentlich von Mrs Cummins abgeschrubbt wurde, und die Metallverstrebungen, die irgendwann angeschraubt worden waren, um die Tischplatte besser zu fixieren.

»Das eigentliche Problem ist, dass ich Tom nicht mehr bewundere. Nicht weil er untreu ist, das meine ich nicht, wobei mich das natürlich schon ankotzt und ich eifersüchtig bin, ist ja klar. Aber ich meine intellektuell, als Autor und Denker. Ich fand ihn brillant, hatte ihn mir als Lotsen ausgesucht. Er hat mir in dieser Welt den Weg gewiesen. Aber jetzt sehe ich die Muster in seinem Denken, die bequemen, einfachen Lösungen. Er weiß nicht mal halb so viel, wie er vorgibt. Er ist voller Enthusiasmus, aber er denkt nicht gründlich nach. Ich kann einer komplexen Argumentation besser folgen als er, ich durchschaue Falschheiten schneller, ich bin besser darin, Dinge miteinander zu verknüpfen, ich bin die bessere Autorin. Was soll ich mit dieser Erkenntnis machen? Ich weiß nicht, wie ich mit ihm zusammen sein soll, wenn ich nicht zu ihm aufblicken kann. Ich bin auf die Vorstellung programmiert, dass mir der Mann meiner Wahl überlegen sein muss. Ich weiß, das ist eine absurde Haltung, aber sie scheint so fest in meiner Psyche verankert zu sein, dass ich sie nicht loswerde.«

Nichts von alldem hatte Jill jemals laut ausgesprochen – sie war sich nicht einmal sicher, ob es überhaupt stimmte. Die Frage der Intelligenz war ihrer Mutter ohnehin egal. Diesbezüglich konnte sie nicht auf Jills Seite stehen, denn sie glaubte, dass Frauen Skepsis und Kritik grundsätzlich verbergen und niemals das Risiko eingehen sollten, sich mit selbstbewussten Äußerungen so zu exponieren wie die Männer. Ihre Mutter konnte von Jills Logik eines intellektuellen Wettstreits nichts halten, sondern nur leise Ironie dafür aufbringen. Doch ein gewisser Triumph musste es schon für sie sein, nun solche Dinge über Tom zu hören. Die Beziehung zwischen Mutter und Tochter war in den vergangenen Jahren häufig ein stummes Gerangel gewesen, in dem Sophys unausgesprochene Urteile über Tom und Jills Abwehr aufeinanderprallten. Inzwischen hatte Sophy Eier und Milch verquirlt, und während sie damit ihre Brötchen bepinselte, fragte sie Jill, was sie der Kleinen denn nun zu essen machen wolle. Oder ob Alice den überbackenen Blumenkohl vom Vortag essen würde? Jill blickte verzweifelt in ihren leeren Topf. »Den hat sie nicht besonders gemocht, oder? Ich dachte eher an Salzkartoffeln mit Erbsen und geriebenem Käse.«

»Das scheint mir eine gute Lösung zu sein.«

Mit einem Geschirrtuch öffnete Sophy die Tür des Rayburn-Ofens und schob das Blech mit den süßen Brötchen hinein, dann wühlte sie in der Tonschüssel mit dem Gemüse nach Kartoffeln. »Du würdest dich wundern«, sagte sie, »aber es kommt durchaus vor, dass man glaubt, einer Sache auf den Grund gegangen zu sein und Klarheit zu haben, und dann macht die Straße eine Kurve, oder man geht um eine Ecke, und plötzlich sieht alles wieder anders aus. Als würde man durch eine neue Landschaft fahren.«

»Wirklich? Passiert so etwas wirklich?«

Sophy dachte nach. »Bis zu einem gewissen Grad.«

Jill sackte in ihrer Ecke in sich zusammen, als wäre *bis zu einem gewissen Grad* nicht genug.

»Im Übrigen«, fuhr ihre Mutter fort, »ist mir das Vernünftigsein nicht so wichtig, wie du vielleicht denkst. Aber ich glaube wirklich nicht, dass du wieder nach Hause kommen solltest. So schön es für mich wäre. Ich glaube, du solltest draußen in der Welt bleiben, dort, wo das Leben stattfindet. An deiner Stelle würde ich das wollen. Ich würde nicht hierhin zurückkommen wollen. Hier gibt es nichts für dich.«

Als sich Sophy an diesem Abend auszog, hängte sie ihr Kleid gewissenhaft über den Bügel und den Bügel an die Zierleiste oben am Kleiderschrank, damit sich der Wollkrepp aushängen und das Kleid auslüften konnte. Sie streifte die Träger ihres Unterkleids von ihren Schultern und zog sich das Nachthemd über wie einen Umhang, unter dem sie sich wie jeden Abend im Verborgenen ausziehen konnte. Es war ihr auch lieber, sich die Haare nicht vor dem Spiegel der Frisierkommode zu bürsten, wo sie ihr ausgelaugtes Gesicht betrachtet hätte, das so traurig und müde aussah, als wäre etwas in ihr zu Ende, was doch gar nicht ihrem Gefühl entsprach.

So stellte sie sich mit der Bürste ans Fenster und betrachtete den Nachthimmel: Wenn sie die Vorhänge zuzog, ließ sie immer einen kleinen Spalt offen, durch den sie hinausschauen konnte. Auch in der Scheibe konnte sie ihr Spiegelbild sehen, doch vor dem tiefblauen Hintergrund der Nacht störten sie ihre durchdringenden, flackernden Augen nicht, ihr abstehender Haarschopf, der vom Mondlicht wie aufgehellt war, und auch nicht ihr Gesicht, bleich und rund wie ein zweiter Mond. Von ihrem Schlafzimmer, das auf der Rückseite des Hauses lag, ging der Blick direkt über den Talkessel, und wenn sie an ihrem Fenster stand, hatte sie das Gefühl, sich genauso hineinstürzen zu können wie die Eule, die sie häufig, wie aufgehängt an ihren ausgebreiteten Flügeln, vorbeisegeln sah.

In dem Bett, das in ihrem Zimmer stand, hatten sie und ihr Mann schon geschlafen, als sie im Krieg in diese Gemeinde und das Pfarrhaus gezogen waren, gemeinsam mit der kleinen, damals vierjährigen Jill. Die Leute hier hatten Sophy nie als eine der Ihren akzeptiert, doch die Landschaft und das Haus hatten sie großzügig aufgenommen. Grantham lag schon mit hochgehaltenem Buch im Bett, steif wie eine Statue gegen seine Kissen gelehnt. Beide lasen abends im Bett, oft stundenlang, und es war keine einlullende Lektüre, bei der das Lesezeichen in kurzen Tagesetappen durch das Buch wanderte, nicht das Lesen, von dem ihre Mittelschicht-Nachbarn erzählten, vergleichbar mit dem Schlucken einer Tablette, um rascher die Schwelle zum Schlaf zu überschreiten. Sophy und Grantham verschlangen ihre Bücher: Lesen war Freiheit, die sie dem geregelten Gefüge ihrer Tage abrangen. Ohne je darüber gesprochen zu haben, waren sie sich einig darin, dass ihnen der auf sieben Uhr gestellte Wecker den Rücken zukehren musste, damit sie, während sie sitzend die Seiten umschlugen, nicht sehen konnten, wie viel Zeit verging, wie groß ihr Leichtsinn war und wie sehr sie am nächsten Tag dafür büßen würden. Was sie lasen, war natürlich recht unterschiedlich: sie Romane aus der Bücherei, er seriöse Bücher. Entsprechend war Sophy meistens diejenige, die sich als Erste der Müdigkeit überließ, den Roman aufgeschlagen auf den Boden legte – wodurch der Buchrücken brach, wie Grantham monierte – und mit einem heftigen Seufzen der fiktiven Welt den Rücken kehrte.

Als sie an diesem Abend von ihrem Mann abgewandt am Fenster stand und ihr Haar bürstete, erzählte sie ihm, Jill habe gesagt, dass sie ihren Mann verlassen werde. »Ich weiß nicht, wie ernst sie das meint. Vielleicht ist es nur ein vorübergehendes Zerwürfnis.«

Sie drehte sich nicht sofort zu Grantham um, weil sie wusste, dass er diese Art von Ungleichgewicht nicht mochte: Neuigkeiten als Erste zu erfahren gab ihr die Macht, ihn aus der Fassung zu bringen. Er würde mehr wissen wollen, es aber nicht fertigbringen, sie danach zu fragen.

»Überraschend ist das ja nicht gerade«, sagte er. »Ich wusste doch, dass da irgendwas los ist.«

Sophy würde diejenige sein, die einlenkte, das war sie immer, weil ihr derlei Machtspielchen gleichgültig waren. Allerdings verspürte sie den widernatürlichen Drang, Tom vor Granthams Ablehnung zu schützen:

Auf keinen Fall, niemals würde sie ihrem Mann die Geschichte von dem roten Schlüpfer in Jills Bett erzählen, wohl wissend, dass sich dieses Detail in seinen Kopf einbrennen und wie eine männliche Kampfansage seine Abneigung schüren würde. »Sie sagt, sie will zurückkommen und wieder hier leben. Mikey Waller sucht ein Haus für sie, das sie mieten kann.«

Grantham wollte wissen, wie Sophy reagiert habe, um dann dagegen anzuargumentieren. »Ich weiß nicht recht, was Jill hier zu Hause überhaupt machen könnte«, antwortete Sophy. »Und auch an die Kinder muss doch gedacht werden, ihre Schulausbildung, die ganzen Vorteile, die ihnen London bietet.«

»Sie braucht nichts zu mieten«, sagte er. »Sie können bei uns wohnen, das steht doch außer Frage. Bei uns hat sie es besser. Sie könnte ihre abgebrochenen Studien wiederaufnehmen.«

»Du weißt, dass den Leuten das missfallen würde.«

»Was den Leuten gefällt oder nicht, ist mir egal. Was ist denn eigentlich passiert, was hat dieser gedankenlose Idiot jetzt schon wieder gemacht?«

»Jill sagt, dass sie ihn jetzt durchschaut.«

»Ist das alles? Den zu durchschauen ist ja wohl keine Kunst.«

»Er kann überzeugender sein, als du ihm zubilligen würdest.«

»Mich hat er nie überzeugt. Ich nehme an, es gibt eine andere Frau? Natürlich gibt es eine andere Frau. Ich kann sowieso nicht begreifen, wie er so lange damit durchgekommen ist. Er stinkt nach Frauen.«

Sophy wusste, dass er sie mit diesen Worten schockieren und sich selbst aufstacheln wollte, weil er besorgt war. Er hasste alles, was Jill verletzen konnte. Tatsächlich war Sophy schockiert und hoffte, dass er es nicht merkte; sie dachte über die Vorstellung nach, dass Frauen, eine bestimmte Art von Frauen, ihre Duftnoten auf Männern hinterließen, damit andere Männer es rochen. Ein Gedanke, der mit Schamgefühlen verschiedenster Art behaftet war: Es war beschämend, so das eigene Revier zu markieren, aber auch, es nicht zu tun, geruchsneutral zu sein. Mit dem Rücken zu ihrem Mann setzte sie sich auf die Bettkante und betrachtete ihre langen nackten Zehen, die sich knochig und violett vom Teppich abhoben. »Ich finde, dass sie durchhalten sollte«, sagte sie. »Ich gehe davon aus, dass es vorbeigehen wird. Es graust mir bei der Vorstellung, dass sie allein, ohne Mann, drei Kinder großziehen muss. Die Kinder hätten darunter zu leiden. Menschen können sehr grausam sein.«

»Durchhalten?«, knurrte er. »Du hörst dich an wie eine Pfadfinderin. Warum soll sie durchhalten, wenn er nichts taugt, wenn er nicht gut genug für sie ist? Warum soll sie ihn nicht einfach abservieren, wenn es das ist, was sie will? Das tun Frauen doch heutzutage, oder?«

»Vielleicht tun sie das. Weg mit dem Alten, her mit dem Neuen.«

Als Sophy ans Kissen gelehnt ihren Platz im Buch wiederfand, spürte sie durch den Stoff des Nachthemds die vertraute hagere Hüfte ihres Mannes an ihrer. Sie saßen dicht beieinander, weil sich das Bett noch nicht aufgewärmt hatte, und Sophy hatte vorsorglich ihre Bettsocken angezogen. Der Liebesakt war in ihrer

Ehe noch nicht Teil der Vergangenheit, doch meistens war ihr Umgang derzeit rein freundschaftlicher Natur. Nachdem sie so viele Jahre lang miteinander geschlafen hatten, brauchten sie keine umständlichen Annäherungsrituale mehr und auch keine Waffenruhe, um sich zu berühren, selbst wenn sie gerade erst gestritten hatten. Ihre Körper waren prosaischer als ihre Seelen und in einer Weise miteinander vertraut, die tiefer ging als jedes Wortgefecht.

Eines Nachmittags holte Mikey Waller Jill in seinem Wagen ab, um ihr potenzielle Mietobjekte zu zeigen. Sein Auto verblüffte sie – aus irgendeinem Grund hatte Jill sich vorgestellt, dass er etwas Zuverlässiges, Altmodisches fahren würde, doch nun tauchte er sichtlich zufrieden, weil er wohl damit gerechnet hatte, Eindruck auf sie zu machen, in einem knallroten Hillman auf. Sophy kam mit der Kleinen auf der Hüfte aus dem Haus, um Mikey zu begrüßen, und hielt sich zum Schutz gegen die fahle Sonne eine Hand über die Augen. Den ganzen Vormittag hatte es geregnet, doch nun glitzerte auf dem Gartenweg ihr Licht in den Pfützen. Roland und Hettie sammelten gerade in einem Marmeladenglas Schnecken; sie würden sie nicht töten, erklärte Hettie, sondern sie als Haustiere halten. Ausnahmsweise hatte sie vergessen, vor lauter Scheu böse zu gucken, und sah fast hübsch aus.

Mikey zeigte sich leutselig, machte Späßchen mit den Kindern, schüttelte Sophy die Hand und plauderte mit ihr. Vielleicht steckte doch mehr Immobilienmakler in ihm, als Jill zunächst gedacht hatte. Sie war stolz und etwas nervös, ihm ihre Kinder zu präsentieren, und bedauerte gleichzeitig, dass er die drei kennenlernen musste, denn bei ihrem Gespräch in seinem Büro hatte sie sich plötzlich so frei und unbekümmert gefühlt, als könnte sie die vielversprechende, harte, egoistische Zeit zurückholen, in der sie an niemand anderen als sich selbst hatte denken müssen. Etwas unbehaglich fragte sie sich, ob sie für eine Hausbegehung nicht die falschen Sachen angezogen hatte. Sie hatte sich geschminkt, ihr Haar hochgesteckt und Parfüm aufgelegt, als hätte Mikey sie zu einem Date eingeladen. Weil es wärmer geworden war, trug sie anstelle ihres Wintermantels einen leichten Anorak, und als sie sich auf den Beifahrersitz setzte, strich sie ihren kurzen Rock glatt und zog daran, als könnte sie ihn dadurch länger machen. Jedes Mal, wenn Mikey geschmeidig den Gang wechselte – im Vergleich dazu rammte Tom den Schaltknüppel in die Gänge –, war sie sich ihrer entblößten Oberschenkel bewusst, die seiner Hand so nah waren, als wollte sie ihn damit ködern. Was sie ja vielleicht wirklich beabsichtigt hatte, auch wenn es nun keine so gute Idee mehr zu sein schien.

»Wahrscheinlich komme ich dir vor wie eine uralte Frau«, sagte sie. »Jetzt, wo du meine tollen, großen Kinder gesehen hast, von denen eins schon in die Schule geht.«

»Sie sehen nett aus«, sagte Mikey. »Ich weiß irgendwie nie, was ich sagen soll, wenn Leute erwarten, dass ich ihre Kinder bewundere. Das ist ein Gebiet, auf dem ich mich nicht auskenne.«

Er sei nicht verpflichtet, sie zu bewundern, sagte Jill,

ohne ihn darauf hinzuweisen, dass ihre Frage eigentlich nicht den Kindern gegolten hatte. Sie fuhren eine der kleinen, kurvenreichen Straßen entlang, die steil ins Tal hinabführten und auf der anderen Seite wieder hoch; die Fahrbahn war so schmal, dass die nassen Zweige der hohen Hecken das Auto streiften und saftige Frühlingsgerüche durch die offenen Fenster wehten. Späte Primeln standen halb versteckt am Fuß der moosbewachsenen Böschung, wie Fackeln ragten violette Fingerhüte mit ihren blassen, gesprenkelten Zungen empor, und in den Hecken wucherten Ruprechtskraut und Rote Lichtnelken. Immer wieder schossen Goldammern und Heckenbraunellen pfeilschnell vor ihnen über die Straße. Wenn ihnen ein Auto entgegenkam, musste einer der beiden Wagen zurücksetzen, bis eine Ausweichstelle erreicht war. Unter solchen Bedingungen konnte die Konzentration aufs Fahren nicht in den Hintergrund treten, Jill und Mikey waren beide gefordert, wenn sie ihn mit nach hinten verdrehtem Hals dirigieren musste. Sie sprachen über Jills Idee, Fahrstunden zu nehmen, sollte sie wirklich in diese Gegend ziehen.

»Möglicherweise verlasse ich meinen Mann, dann muss ich lernen, mich selbst durchzuschlagen«, sagte Jill just in dem Moment, als Mikey den Wagen in einem besonders heiklen Manöver an einem Ackerwagen vom Hof der Roddings vorbeibugsierte. Jill winkte einem der Smith-Brüder zu, der den Traktor fuhr, sie war sich nicht sicher, welchem. Ihre Ankündigung hatte Mikey wohl überrascht, denn beim Schalten gab es ein ungewöhnliches Ruckeln, ein Versehen, über das er sich zu ärgern schien.

»Tut mir leid, das zu hören«, sagte er förmlich.

»Warum sollte dir das leidtun? Mir tut es nicht leid. Ich meine, für die Kinder natürlich schon. Aber es tut mir nicht leid, Tom zu verlassen, er hat mich ziemlich unglücklich gemacht.«

»Warum solltest du dann nicht eine zweite Chance bekommen?«

»Glücklich zu sein? Ja.«

Sie hatte ihm mehr gesagt, als sie eigentlich gewollt hatte; nur weil sie zusammen Kinder gewesen waren, durfte sie nicht voraussetzen, dass Mikey sich für ihr derzeitiges Leben interessierte. Er schien auch gar nicht erpicht darauf, mehr zu erfahren, sondern wandte sich beflissen den Mietobjekten zu, die sie besichtigen würden, und begann, ihr mit routinierter Maklerstimme Dinge zu erklären, die angenehm und beruhigend klangen, ohne die Häuser über Gebühr anzupreisen. Das erste Objekt war ein Cottage, das wie eingeklemmt in einer scharfen Kurve stand, hinter der die Straße weiter oben in die Hauptstraße mündete; es war scheußlich, eng, dunkel, mit angepinselten Holzbalken, unechten Butzenscheiben, einer Kaminecke und ohnehin viel zu teuer. Der gegenwärtige Mieter führte sie herum, und Jill sprach in ihrem gepflegtesten Oxford-Englisch allerlei Lob aus, obwohl sie eigentlich nur darauf brannte wegzukommen.

Rasch fuhr Mikey weiter zum nächsten Haus, die zweispurige Straße entlang, die oberhalb des Tals verlief und es dann hinter sich ließ. Anderen Autos begegneten sie kaum. In den dunklen Buchenhecken zu beiden Seiten der Fahrbahn hingen noch die vertrockneten

Blätter vom Vorjahr, dazwischen die neuen, hellgrünen, glänzenden Triebe. Stellenweise hatte man die Hecken aufgeforstet: Oberhalb der Wurzeln waren dicke Reiser auf die verholzten Stämme gepfropft und waagerecht gebunden worden, damit sie parallel zur Straße wuchsen. Flimmernd fiel Licht durch das filigrane Geflecht, das in regelmäßigen Abständen durch die alten, massiven Stämme markiert war. Die Landschaft hier oben war von nüchterner Erhabenheit, ganz anders als die kleinteilige Intimität des Tals.

Das zweite Haus, das sie sahen, stand leer, und es gefiel Jill sehr viel besser: ein schmuckloser Steinquader, der etwas von der Straße zurücklag, zwei Zimmer unten, zwei Zimmer oben, unmöbliert. In den quadratischen Räumen, wo das Licht auf weiß getünchte Wände fiel, war es kaum anders als draußen, und aus einer Ecke unter dem Dach wuchs sogar Efeu, was Jill nicht störte. Sie hatte die erregende Vorstellung, dass ein Leben hier oben frei wäre von allem Überflüssigen, allen Ablenkungen: Abends, wenn die Kinder schlafen würden, könnte sie endlich schreiben und ihre Griechischübersetzungen wieder aufgreifen. Im Obergeschoss standen sie und Mikey nebeneinander an einem offenen Fenster und blickten über den Wald und die Kiefernpflanzungen der Forstverwaltung bis zu den kahlen Kuppen des Moors, wo im sanften Sonnenlicht das Heidekraut leuchtete. Jill sagte, sie glaube, dass sie in diesem Haus glücklich sein würde. Die genaue Höhe der Miete schien noch ungeklärt zu sein, doch vielleicht könnte sie es sich ja leisten.

»Es ist sehr abgelegen«, gab Mikey zu bedenken.

»Und das Wetter ist nicht immer so schön wie jetzt. Im Winter könntest du hier einschneien. Wie würdest du überhaupt von hier wegkommen, solange du keinen Führerschein hast?«

»Es muss doch einen Bus geben«, sagte Jill unbekümmert. »Und wir könnten uns Fahrräder besorgen. Die Kleine könnte hinten auf meinem mitfahren.«

Sie starrte auf den in Sonne getauchten Farbfleck oben im Moor und ertappte sich bei dem sehnsüchtigen Wunsch, jetzt einfach dort zu sein – wie an einem Ort elysischer Freuden, von aller Schwere und allen Mühen befreit. Mit ernster Miene überdachte Mikey ihre Fahrradidee und fand, dass einige der Hügel fürs Radfahren ziemlich steil seien. »Tut mir leid, dass ich so ein Spielverderber bin.«

Schweren Herzens riss Jill sich von dem Ausblick los. »Du hast recht. Fahrräder sind eine dumme Idee, wahrscheinlich würden wir dabei nur alle umkommen. Bin ich eine Nervensäge? Du hast doch wahrscheinlich im Büro allerhand zu erledigen.«

»Oh, mach dir darüber keine Sorgen«, sagte er überrascht. »Ich bin glücklich und zufrieden. An so einem Tag bin ich lieber draußen.«

»Vielleicht ist das Haus hier wirklich nicht praktisch. Du glaubst, ich meine das mit dem Mieten nicht ernst, oder? Aber ich wollte dir wirklich nicht die Zeit stehlen. Irgendwie bin ich mit meinem Latein am Ende, ich weiß nicht mehr weiter.«

»Das ist doch in Ordnung. Es gibt ja noch mehr Häuser. Niemand findet auf Anhieb das ideale Zuhause. Wir behalten das hier einfach im Kopf. Ich glaube, das Interesse daran ist nicht sehr groß, insofern besteht kein Grund zur Eile. Nicht jeder hat etwas für Efeu übrig, der durchs Dach wächst. Wir können mal schauen, welche Busse hier vorbeifahren. Oder du erweist dich als begabte Autofahrerin und bestehst die Prüfung gleich beim ersten Mal, wer weiß.«

»Ich kann mir die Fahrstunden gar nicht leisten«, sagte Jill. »Und das Auto auch nicht.«

Worauf sie sich umdrehte, ihn zerknirscht ansah und ihm angesichts dieser Vielzahl von Erschwernissen mit einer fatalistischen Geste ihre leeren Hände entgegenstreckte, als wollte sie der Komik ihrer misslichen Lage Ausdruck verleihen. Doch genau in dem Moment, als sie sich zu ihm hin drehte, machte auch er mit geöffneten Händen eine Geste in ihre Richtung, wollte sie vielleicht trösten, und es war, als würde beider Bewegung zu einer Absicht verschmelzen, die eigentlich weder er noch sie verfolgt hatte. Ihr Kuss – zuerst nur eine leichte, erfreute Umarmung mit sich berührenden Lippen – kam so unerwartet, dass er einen Moment lang wie losgelöst von ihrem realen Leben schien, fast so, als fände er gar nicht statt. In Jills Wahrnehmung vermischte er sich mit dem Gefühl von Pflichtvergessenheit, das sie auf das Moor projiziert hatte. Und weil sie keine Zeit gehabt hatten, sich vorzubereiten, wurde dieser Kuss erstaunlich virtuos, ganz anders als in plumper Absicht angegangene Küsse. Leidenschaftlich oder sexuell war er anfangs nicht: eher zärtlich, wie ein Kuss in einem Traum. Und sie waren ja auch wirklich mitten im Nirgendwo. Anschließend traten sie in diesem seltsamen Zimmer mit seinem grünlichen Licht voneinander zurück, verwirrt und etwas verlegen. Mikey entschuldigte sich.

»Ach, das braucht dir doch nicht leidzutun«, sagte sie. »Mir tut es nicht leid.«

Sie sah, dass sein helles, rötliches Haar im Genick und an den Ohren sehr kurz geschnitten war, die Haut darunter gereizt, und stellte sich vor, dass sein Hemdkragen, seine Krawatte und überhaupt der ganze, zerknitterte Anzug an seiner Haut scheuerten. Es war lange her, dass Jill einen anderen Mann geküsst hatte als ihren Ehemann, und sie hatte vergessen, wie abrupt sich die lächelnde Oberfläche einer Person, eines Gesichts in völlig anderen, krassen Perspektiven auflöste, so dicht am Körper eines Mannes, seiner Hitze, seinen Gerüchen und seinen kleinsten Bewegungen, die verrieten, wie sehr er sich hingab oder zurückhielt. In Mikeys Fall waren die Gerüche Gott sei Dank angenehm: nach Seife und etwas anderem, zitronig und süß, ein bisschen wie getrocknetes Gras. Mit beiden Händen hielt sie sich weiter an ihm fest und umklammerte seine Ärmel, sodass er sich in seiner Verlegenheit nicht ganz von ihr lösen konnte. Sie wusste, dass sie, die verheiratete Frau, die Initiative ergreifen musste, wenn nun wirklich etwas zwischen ihnen geschehen sollte. Als sie ihn abermals küsste und es nun heftiger anging, ihm vom Genick aus mit gespreizten Fingern durch sein kurzes Haar fuhr, ihm dann die Hand auf den Hinterkopf legte und seinen Mund energischer an ihre Lippen zog, da spürte sie, dass er ihr folgen würde, wenn sie die Führung übernähme. Doch wie? Hier auf dem nackten Boden konnten sie nichts tun. Er trug ja nicht einmal einen richtigen Mantel, den er als Unterlage für sie hätte ausziehen können.

»Weißt du«, sagte sie, »wir könnten mal einen Blick auf das Cottage der Goods werfen, im Cutcombe Wood. Es wäre in vielerlei Hinsicht geeigneter, ich meine, bis auf das fließende Wasser und so. Ich weiß, dass die Tür nicht abgeschlossen ist. Wir könnten jetzt hinfahren.«

»Ich habe mich erkundigt. Streng genommen gehört es nicht zu den Objekten, die wir betreuen.«

»Aber lass uns trotzdem einen Blick darauf werfen«, beharrte sie. »Am besten gleich. Nicht in deiner Funktion als Makler. Nur als Freund.«

Während der ganzen Fahrt zurück ins Tal sprach Jill kaum ein Wort. Sie sagte ihm nur, wo er parken sollte: An der Straße gab es eine Ausweichstelle, wo er den Wagen stehen lassen konnte. Sie wollte nicht, dass die Erregung, die ihr die Kehle zuschnürte, wieder in ihr verebbte, und war sich sicher, dass er es genauso empfand. Nach ihrem ersten, unschuldigen Kuss war etwas umgeschlagen – wenn sie jetzt wieder begannen, über normale Dinge zu sprechen, würden sie die Schneise verlassen, die sie ins feste Gefüge des Alltags gebrochen hatten. Als Mikey die Wagentür zuschlug, hallte das Geräusch durch Jills Körper, als wäre er hohl. Im Wald ging Jill voran – diesmal hatte sie nicht den Weg gewählt, den sie mit den Kindern und auch mit Tom genommen hatte, sondern einen kürzeren, steileren Pfad, der sich zwischen den Bäumen hinabschlängelte. Beide trugen unpassendes Schuhwerk; hin und wieder rutschten sie aus und mussten nach Zweigen greifen, um Halt zu finden, doch keiner fiel hin. Gelegentlich drehte Jill sich nach Mikey um und lächelte ihm zu. Jedes Mal legte sie alles, was sie an Zuspruch aufbringen konnte, in ihr Lächeln: Nichts konnte schiefgehen, sie waren sicher, nichts konnte ihnen etwas anhaben. Sie bückte sich, zog ihre Pumps aus, ging mit den Schuhen in der Hand auf Strümpfen weiter und lächelte ihm fortwährend über die Schulter hinweg zu, unempfindlich gegen die Zweige, die scharfkantigen Steine unter ihren Füßen und das Brombeergestrüpp, das nach ihren Waden griff und ihr die Strumpfhose zerriss. Die Tür des Cottages würde nicht verriegelt sein, und sie würden dort niemanden antreffen. Sie wusste, dass alles funktionieren würde.

Als sie dann wirklich die Tür aufstießen, rechnete Jill damit, das Chaos vorzufinden, das Tom nach seiner Nacht im Cottage wahrscheinlich hinterlassen hatte. Doch zu ihrer Überraschung war der kleine Raum tadellos aufgeräumt; offenbar hatte er das ganze Bettzeug wieder nach oben gebracht, er, der zu Hause nicht einmal die Bettlaken glatt strich. Sogar das Schnittbrot in der Plastiktüte war vom Boden verschwunden; nur noch die Asche im Kamin und die leere Brandyflasche deuteten darauf hin, dass Jill und er hier gewesen waren. Natürlich durfte sie Mikey ihre Überraschung nicht zeigen. Von der Türschwelle aus blickten sie in das kleine Zimmer wie in eine dunkle, in die Helligkeit des Nachmittags gemeißelte Höhle. Noch immer hielt Jill ihre Schuhe in der Hand. Sie hatte sich vorgestellt, dort mit Mikey weiterzumachen, wo sie und Tom aufgehört hatten, auf dem Boden in diesem Zimmer. Dies ergab nun keinen Sinn mehr.

»Du könntest hier nicht wohnen«, sagte Mikey streng. »Es ist schrecklich.«

Als sie schließlich über die Schwelle traten und die Tür hinter ihnen zuschlug, konnte der eine den anderen kaum noch sehen, ihre Augen mussten sich erst an das Dämmerlicht gewöhnen. Die Vorderseite von Mikeys Hemd war nur noch ein vager weißer, unerreichbarer Fleck. Mit Mikey darin wirkte das Haus klein und zerbrechlich wie ein Puppenhaus; durch seine Augen sah Jill, wie unpassend es war. »Halb so wild«, sagte sie mit gespielter Fröhlichkeit und ging zu dem tief in die Steinwand eingelassenen Fensterchen, durch das man auf die zum Talende hin steil abfallenden Baumwipfel blickte. »Macht nichts. War ja nur eine Idee.«

Er öffnete eine vermeintliche Schranktür, fand die Treppe dahinter und verschwand, als würde er durch einen Schacht hochsteigen – jede einzelne Stufe hörte Jill unter seinem Gewicht knarren, dann seine Schritte, als er dicht über ihrem Kopf durch das Obergeschoss ging. Sie stellte ihre Schuhe am Fuß der Treppe ab und folgte ihm lautlos. Das erste Schlafzimmer war nahezu ausgefüllt mit einem Doppelbett, auf dem sich ein wirres Knäuel aus Laken und Daunendecken türmte, das Tom darauf abgelegt haben musste. Die Wände waren mit einem Muster aus rosafarbenen, überquellenden Obstkörben tapeziert, und in der von der Sonne aufgeheizten Luft hing ein muffiger Geruch nach vergammeltem Stoff. Alte Kleider und vergilbte Zeitungen und Zeitschriften bedeckten den Boden rings um das Bett. Auch im zweiten Zimmer stand ein Bett, ein Einzelbett mit ein paar groben Decken darauf.

»Man sollte nicht glauben«, sagte Mikey, »dass heutzutage noch Menschen so wohnen. Du wärest überrascht, wenn du wüsstest, was wir im Immobiliengeschäft manchmal erleben.«

Sie erzählte ihm, dass sie von Mrs Good, die hier gewohnt habe, als Kind häufig Süßigkeiten bekommen habe, die sie jedes Mal wegwarf. Nach diesem Dreckstall zu urteilen, sagte er, sei das sehr vernünftig gewesen.

»Wenn ich mal eine alte Frau bin, will ich alles verschenken, dann gibt's gar keine Hinterlassenschaften von mir.«

»So eine alte Frau wirst du nicht. Du würdest es nicht so weit kommen lassen.«

»Woher willst du das wissen? Ich könnte so eine verrückte Alte werden, die den Kindern Angst einjagt.«

Er lächelte nachsichtig. »Es gibt anständige Menschen und solche, denen einfach alles egal ist. Man braucht Selbstachtung.«

Jill fragte sich, was Mikey wohl von ihrer Selbstachtung hielt – wahrscheinlich nicht viel, schließlich hatte sie ihn hierhergebracht. Ihre Zuversicht, dass er sie wollte, begann zu schwinden; je mehr sie ihn als einen Fremden wahrnahm, unnahbar und von einer etwas behäbigen Konventionalität, desto attraktiver fand sie ihn, so paradox es war. Warum hatte sie nicht vorhergesehen, dass seine große, gedrungene Statur in der Enge dieses Zimmers solche Macht über sie gewinnen würde? Es war verrückt gewesen zu glauben, die Macht über die Situation läge ganz auf ihrer Seite. Vielleicht hatte er recht: Es gab anständige Menschen – und zu denen gehörte sie nicht. »Das glaubst du doch nicht wirklich, oder?«, sagte sie. »Manche Leute haben saubere, ordentliche Häuser, aber sie tun schreckliche, grausame Dinge und sind überhaupt nicht anständig.«

Mikey kämpfte mit der Verriegelung des Flügelfensters. Er sagte, sie könnten ein bisschen Luft gebrauchen.

»Dann kannst du dir also nicht vorstellen, dass ich hier wohnen würde?«

»Es ist kein geeigneter Ort für Kinder.«

»Ich könnte alles schön herrichten«, beharrte sie. »Putzen, entrümpeln, hübsche Vorhänge aufhängen. Du würdest dich wundern, was solche Details ausmachen können.«

Als Mikey das Fenster schließlich aufbekam, wehte eine wohltuende Brise herein, die auf dem Boden die Zeitungen zum Rascheln brachte. Er drehte sich wieder zu Jill um, mit verschlossener, beunruhigter Miene, als triebe ihn etwas um, das nichts mit ihr zu tun hatte. Einen Augenblick lang rechnete sie damit, dass er sie energisch, wenn auch vielleicht mit einem gewissen Bedauern zur Seite schieben und die Treppe hinabsteigen würde mit dem Hinweis, er müsse wieder ins Büro. Stattdessen packte er sie unangekündigt an den Schultern und fing wieder an, sie zu küssen, dieses Mal nicht auf den Mund, sondern die Haare und den Hals, und dabei hielt er ihren Kopf zwischen seinen großen Handflächen. Dann küsste er durch den Stoff der Bluse ihre Brüste und begann so unbeirrt und ruppig, einen Knopf nach dem anderen aufzureißen, dass sie ihm helfen musste, damit keiner absprang.

»Darf ich?«, fragte er fahrig.

Sie versicherte ihm, dass er dürfe, und versuchte ihrerseits, sein Hemd aufzuknöpfen und die Krawatte zu lösen, um ihn zu ermuntern, sich auch auszuziehen, doch das tat er nicht, und sie dachte, dass er an einem so schmuddeligen Ort vielleicht nicht nackt sein wollte. Wenigstens gelang es ihr, ihm das Hemd bis unter die Achseln zu schieben. Er machte seine Hose auf und entledigte sich seiner Schuhe, mehr nicht. Jill breitete die rutschige rosa Daunendecke über das Bett, dann zog sie Strumpfhose und Höschen aus. Unter ihrem Rücken spürte sie die verklumpten Federn der klammen Decke. Was sie von Mikeys Körper sah, unterschied sich sehr von dem ihres Mannes, der so braun war, so geschmeidig, so unbekümmert; Mikeys Körper war dick und weiß, mit einem flachen, breiten, traurigen Gesäß und Sommersprossen auf dem Rücken. Während er auf einem Fuß hüpfend mit seinen Schuhen kämpfte und an den Schnürsenkeln riss, sich dann auf Jill und in sie hineinmanövrierte, hielt er die ganze Zeit die Augen geschlossen – oder zumindest halb geschlossen. Er keuchte und sagte seltsame Dinge, sagte, dass er sie liebe und immer geliebt habe, doch Jill war sich sicher, dass diese Worte nur Teil einer gefühlsduseligen Selbstanfeuerung waren, mit der er sich die Erlaubnis erteilte, die Sache durchzuziehen. Seine Erregung trug dann dazu bei, Jill das eine oder andere Lustgefühl zu verschaffen, wenn sie auch nicht sehr weit kamen.

»Verhütest du?«, fragte er, als relativ schnell alles vorbei war, seine Stimme beschämt und durch Jills Schulter gedämpft. »Die Frage kommt etwas spät.«

»Ja, ja, mach dir darüber keine Sorgen.«

Was durchaus nicht der Wahrheit entsprach, doch Jill scherte sich nicht darum, es war das Letzte, was sie in diesem Moment beschäftigte. Als sich Mikey, nachdem er den Reißverschluss seiner Hose hochgezogen hatte, wieder umdrehte, sah sie den nassen Fleck, der sich bereits gebildet hatte, dunkel abgehoben vom übrigen Stoff, und sie stellte sich vor, dass Rose im Büro ihn ebenfalls sehen würde wie auch die Frauen in der Reinigung, wenn Mikey den Anzug dort abgeben würde. Sie war froh, diese Spur auf ihm hinterlassen zu haben.

Ali war von der Gartenmauer auf die Straße gefallen. Nun hatte sie eine riesige blaugrüne Beule auf der Stirn und saß würdevoll in ihrem Leid am Küchentisch, von ihrer Großmutter getröstet. Ihr Gesicht war vom Weinen verschmiert, und sie schniefte noch ein wenig, doch schon begann sich ein gewisser Stolz auf die Schwere des Unfalls in ihr zu regen. Sophy machte Sing- und Klatschspiele mit ihr und schob ihr dabei kleine Häppchen Buttertoast mit Marmelade in den Mund. An ihrem Sturz trugen die anderen Kinder die Schuld: Hettie hatte Ali neben dem Torpfosten auf die Mauer gehoben, damit sie gemeinsam in ihrem Versteck in der Ligusterhecke sitzen konnten, doch natürlich war Ali zu klein, um still zu sitzen, und hatte sich unentwegt vorgebeugt, um zwischen den Steinen im bröckeligen Mörtel zu pulen, in dem Schlingpflanzen verwurzelt waren und allerhand Getier hauste. Der Rückweg vom Tor war weit gewesen. Mit ernsten, feierlichen Gesichtern hatten die beiden Ali zum Haus geführt, jeder ein Handgelenk haltend, darüber die armen, blutbesprenkelten Händchen, in deren weiche Fleischpolster sich der dreckige Split gegraben hatte. Wie Trompetenstöße kündigte Alis Geheul die Gruppe an.

Doch ihre Großmutter war nicht böse – auch Hettie und Roland bekamen Buttertoast mit Marmelade und tranken milchigen, reichlich gezuckerten Tee. Nach dem Drama war die Atmosphäre in der Küche verhalten und gedämpft, fast andächtig. Hettie holte sich das Malbuch, dass Sophy ihr beim letzten Stadtgang gekauft hatte; mit dem Pinsel aufgetragenes, klares Wasser brachte wie von Zauberhand die Farben auf dem Papier zum Vorschein. Es war eine befriedigende Arbeit, bei der die Anstrengung kreativerer Unternehmungen wegfiel. Roland schob derweil seine Plastikbuchstaben hin und her, als würde er Wörter bilden. Was er dann auch wirklich tat, indem er gewissenhaft ein Wort aus Sophys Kochbuch kopierte: *Mehl.* Hettie machte einen Riesenwirbel um ihn. »Das hat er doch ganz richtig geschrieben, Granny, oder? Siehst du, Roly, du kannst schreiben! Du kannst richtig schreiben.«

Der Abend brach an, ihre Mutter ließ auf sich warten. Das Abendessen hatte es schon mittags gegeben, weshalb nun nicht mehr richtig gekocht werden musste; Hettie und Roland wurden zum Eierkaufen zu Mrs Brody geschickt und hielten sich auf Anweisung von Granny beim Überqueren der Straße an den Händen, obwohl dort so gut wie nie ein Auto vorbeikam. Dass die beiden sich inzwischen trotz des Glibbers so für Eier begeisterten, lag auch daran, dass das Abenteuer des Eierholens einen gruseligen Reiz auf sie ausübte. Das Anwesen der Brodys war ein finsterer Ort, kein bisschen hübsch wie der Gutshof Roddings, wo Mrs Smith Blumen zog und die Fenster und Türen des Wohnhauses in fröhlichem, leuchtendem Grün gestrichen waren. Sogar die rotbraunen Kühe der Brodys rochen unangenehmer als die schwarz-weiß gefleckten der Smiths und wirkten noch gigantischer und bedrohlicher, wenn sie eingepfercht im Mist auf dem zerfurchten Betonboden ihres trostlosen Geheges mit gestreckten Hälsen und rollenden Augen brüllend übereinanderstiegen. Aus einem Berg von Reifen wuchs Unkraut, und die Hennen huschten pickend zwischen Autowracks umher. Hoch oben in der Scheunenwand fiel das Abendlicht durch den leeren, verfallenen Taubenschlag. Jedes Mal, wenn Mrs Brody an die Küchentür kam, hielt sie eine Tasse Tee an ihre Schürze, als wollte sie sie warm halten; ihre Zähne waren braun vom vielen Tee, und manchmal konnten die Kinder sie nicht verstehen, weil sie einen starken Dialekt sprach. Das Geld, das sie ihr gaben, legte sie in einen alten, gesprungenen Krug, der auf dem Fenstersims stand, rosa und gold bemalt, mit der Aufschrift *Geschenk aus Ilfracombe*. Ihre Großmutter wusch die Eier, bevor sie sie weiterverarbeitete.

Auf dem Rückweg samt Straßenüberquerung galt Rolands ganze Konzentration der kostbaren Papiertüte, die er mit einer Hand von unten abstützte. Hettie hingegen schaute sich aufmerksam um, als wäre Kington zum ersten Mal reell, nicht mehr bloß Hintergrundkulisse für ihre Gedanken und Pläne, sondern ein Ort, der seine eigene Berechtigung hatte. Weit und großzügig wie ein riesiger Raum lag der Abend vor ihnen. Kein

Wölkchen hing am Himmel, und über dem ausgefahrenen Sträßchen, dem Grün der Hecken, den Schwärmen aufgeregt durcheinanderschwirrender Mücken lag ein warmer, rostroter Schimmer. Sie fragte ihren Bruder, ob er es hier nicht auch wunderschön finde. Sogar der schmutzige Hof der Brodys war nun Teil ihres Glücks. Ein Vogel schoss so tief an ihnen vorbei, dass sein Bauch fast die Straße streifte; plötzlich schienen überall Vögel durch die Luft zu schnellen, und ihr unermüdlicher, hell zwitschernder Gesang hatte etwas Wohltuendes. Roland tat Hetties Worte mit einem Achselzucken ab, als lenkte sie ihn mit ihrer albernen Begeisterung nur von seiner Mission ab. Gewissenhaft trug er die Tüte ins Haus.

Das Brummen eines Autos zerriss die Stille; als es in Sicht kam, erkannte Hettie den roten Wagen des Immobilienmaklers. Sie wusste, dass ihre Mutter nach Häusern Ausschau hielt, in die sie einziehen könnten. Vielleicht würden sie in Zukunft hier auf dem Land leben, dann würde Hettie auf eine neue Schule gehen müssen. Es war eine beängstigende Perspektive, und dennoch wusste sie nun, dass es genau das war, was sie wollte. Wenige Meter vor dem Gartentor, wo Hettie wartete, hielt der Wagen an, doch dann stieg ihre Mutter minutenlang nicht aus, obwohl sie Hettie gesehen und ihr zugewunken hatte; sie blieb sitzen und redete mit dem Mann am Steuer, und als sie dann endlich ausgestiegen war, beugte sie sich nochmals durchs Fenster, bedankte sich, sagte, sie würden in Verbindung bleiben, und der rote Wagen setzte in die Einfahrt der Brodys zurück und fuhr davon, das Motorengeräusch langsam verhallend in der

Abendluft. Ihre Mutter stand im Gegenlicht; von hinten fiel es durch ihr Haar, das sich während ihrer Abwesenheit irgendwie aus der Einschlagfrisur gelöst hatte. Sie hatte bereits begonnen, es wieder hochzustecken, und stand mit den Haarnadeln im Mund auf der Straße, die Hände am Hinterkopf, während sie ihren langen Pferdeschwanz eindrehte und feststeckte. Im hellen Licht konnte Hettie ihr Gesicht nicht richtig erkennen. Sie bedrängte ihre Mutter nicht gern, wenn sie beschäftigt war, fing aber trotzdem sofort mit ihrer Beichte an.

»Alice hatte einen Unfall. Sie hat eine Beule. Es war meine Schuld, ich hätte sie nicht auf die Mauer heben dürfen, aber sie hat die ganze Zeit so gebettelt.«

»Eine Beule? Wo?«

»Auf der Stirn. Aber Granny ist dabei, sie aufzumuntern. Und Roly hat mit seinen Plastikbuchstaben ein richtiges Wort geschrieben: *Mehl*. Er hat *Mehl* geschrieben, ganz allein.«

»Das ist aber für den Anfang ein lustiges Wort!«

Jill war bestens gelaunt, alles war gut. Hettie erklärte ihr, er habe das Wort aus einem Kochbuch abgeschrieben. Sie hatte damit gerechnet, dass ihre Mutter unverzüglich ins Haus eilen und nach den anderen schauen würde, doch stattdessen verweilte sie draußen im rosa Abendlicht, das den Sommer heraufbeschwor. »Ist es nicht wunderschön hier, Het?«, fragte sie. »Schau mal, wie die Schwalben über dem Feld verrücktspielen. Sie trinken Insektensuppe.«

»Was ist Insektensuppe?«

»Die Luft ist voll von Lebewesen, die wir nicht sehen können. Aber für die Vögel sind sie ein Festmahl.«

Ganz nah beieinander stellten sie sich an das Tor zum Feld und schauten zu, und als Jill Hettie hochhob und sie auf die oberste Latte setzte, hielt sie ihre Tochter fest, damit sie nicht herunterfiel.

Als Jill die Kinder ins Bett gebracht hatte, blieb sie am Fuß der Treppe zögernd im Dämmerlicht stehen. Im offenen Arbeitszimmer ihres Vaters war noch kein Licht, doch im Kamin brannte ein Feuer, dessen Flackern sich im geschliffenen Glas des Whisky-Dekanters brach. Plötzlich hatte Jill Lust auf Whisky. Vielleicht war durch das, was sie an diesem Nachmittag getan hatte, eine Tür aufgestoßen worden, und von nun an würden heftige Begierden über sie hereinbrechen. Als sie in das Zimmer trat, glaubte sie sich zunächst allein, doch dann sah sie, dass ihr Vater im Halbdunkel neben dem Bücherschrank kniete und, anstatt sich umzudrehen, im Licht des Feuers die goldene Beschriftung der Buchrücken studierte – als wollte er ihr nicht zeigen, dass er wusste, dass sie da war. Jill griff nach dem Dekanter, den sie noch nie in ihrem Leben angefasst hatte, um sich einzuschenken.

»Du kannst mir auch einen eingießen«, sagte ihr Vater.

Steif kam er von den Knien hoch. Schon in seinem mittleren Lebensalter, als er noch stark gewesen war, hatte Jill ängstlich auf erste Anzeichen von Gebrechlichkeit gelauert; sie hatte geglaubt, dass sie das nicht ertragen könnte. »Wie ich höre, wirst du vielleicht wieder ganz nach Hause kommen«, sagte er. »Deine Mutter hat es mir erzählt.«

»Wahrscheinlich keine gute Idee, oder?«

»Du fehlst uns, Charlie. Wir würden dich liebend gern hierhaben.«

»Ach, Daddy, ihr fehlt mir auch. Aber das Leben geht weiter. Ich habe jetzt drei große, tolle Kinder.«

»Du könntest deine Studien fortsetzen, wenn du zurückkämest. Deine Mutter könnte auf die Kinder aufpassen, und wir könnten uns zusammen an einer Übersetzung versuchen. Du hast einen scharfen Verstand. Der Gedanke, dass du alles weggeworfen hast, schmerzt mich.«

»Ich habe nichts weggeworfen. Ich bin immer noch derselbe Mensch.«

Ungeduld und Skepsis spiegelten sich in seinem Gesicht, die Augen in ihren tiefen Höhlen dunkel, desillusioniert. »Weißt du, wir finden ja, dass Tom keine so gute Idee war. Jedenfalls nicht gut genug für dich.«

»Dafür ist es zu spät«, entgegnete Jill. »Und außerdem kennt ihr ihn nicht. Nicht so, wie ich ihn kenne. Keiner kennt ihn.«

Später am Abend, als es dunkel geworden war, klopfte Jill in Roddings an die Seitentür und fragte, ob sie das Telefon benutzen dürfe. Das Geld hatte sie abgezählt eingesteckt in der festen Überzeugung, dass sie für die Telefonate ohnehin mehr hinlegten, als sie jeweils kosteten, doch es war nicht zu übersehen, dass Eve Smith alles andere als erfreut war über ihren späten Besuch. Gut möglich, dass die Smiths schon dabei waren, ins Bett zu gehen, obwohl es erst halb zehn war; nichts deutete jedenfalls darauf hin, dass irgendwo noch ein Fernseher lief. Doch es war Jill egal. Sie wusste, wie falsch und heuchlerisch ihre überschwänglichen Entschuldigungen und ihre kultivierte Wortwahl klangen, und einen Moment lang dachte sie an die Person, die sie in Oxford gewesen war, so erfüllt von ihrer eigenen Klugheit und ihren intellektuellen Ambitionen.

Aber das turbulente Leben, das sie nun hatte, war keinen Deut weniger wert. Es war falsch, Bücher und Intelligenz in einer höheren Sphäre zu verorten, abgehoben von der prallen Fülle realer Erfahrungen. Sie war so froh darüber, in ihrem verlässlichen Frauenkörper zu stecken, der von Männern in Anspruch genommen wurde und von ihren Kindern, die durch ihn auf die Welt gekommen waren. Eve schaltete im Hofbüro das Licht an und zog sich – nicht ganz außer Hörweite – in die Spülküche zurück, Jill hörte Wasser in einen Blechkessel laufen. Kalt und trostlos lag das Büro im Licht der schwachen Glühbirne vor ihr, in geschäftiger Unordnung erstarrt, während der Hof schlief. In der Wohnung in Marylebone ging niemand ans Telefon, und so wählte sie Bernies Nummer, und eine Frau nahm das Gespräch an. »Hier ist Jill Fellowes. Ich will mit Tom sprechen.«

»Er ist nicht hier.«

»Ich denke schon. Schauen Sie mal, ob Sie ihn finden.«

Die Frau gab sich irritiert, doch Jill bestand darauf. Schließlich kam Tom ans Telefon, aufgeräumt, die Unschuld in Person. »Hast du von de Gaulle gehört?«

»Ich will nicht über de Gaulle reden.«

Sie sagte ihm, dass er am nächsten Morgen kommen müsse, um sie nach Hause zu bringen.

»Ganz plötzlich hast du es dir anders überlegt.«

»Du wirst dir irgendwo einen Wagen leihen müssen«, sagte sie. »Wenn du uns zurückhaben willst, musst du bis Mittag hier sein. Und das meine ich sehr ernst.«

Tom versicherte ihr, es sei sein einziger Wunsch. Alles andere sei bedeutungslos.

Teil 3

Die Gegenwart

I

Nach dem Abendessen bei den Pattens kam der Regen. Wenn sie nun morgens in ihren klammen Betten aufwachten, konnten sie ihn Tag für Tag hinter den Fenstern hören, kein Stürmen, nur ein beharrliches Rieseln durch die Blätter der großen Buchen, leise und eindringlich. Das Licht und die ganze Akustik im Haus waren so anders, dass es nicht mehr dasselbe Gebäude zu sein schien, sondern kleiner, wie unter einem Angriff geduckt; die Reichweite der Landschaft reduzierte sich auf kurze, schemenhafte Distanzen, dicht vor den Fenstern zu prosaischem Grau eingedickt. Die Temperatur sank, von der Klematis tropfte es auf die Terrasse. Manchmal erblühte auf einer Wand im Flur einige Minuten lang ein silbriges, moosartiges Muster aus Licht, das rasch wieder erlosch wie eine schwache Botschaft aus einem anderen Leben. *Vielleicht klart es ja morgen auf,* sagten alle. Regen konnte auch entlastend sein, dachte Alice: Es wurde weniger von einem erwartet, man konnte sich einfach umdrehen und weiterschlafen. Harriet und Roland schienen trotzdem schon bei Tagesanbruch aufzustehen – Harriet in ihrem vernünftigen, karierten Schlafanzug, Roland in seinem aus Seide –, um überall dort, wo es durchs Dach regnete, Eimer und Plastikschüsseln aufzustellen; ihre beflissenen Stimmen klangen wie ein Vorwurf durchs

Haus. Später war nur noch das stete, quälende Tropfen zu hören, und Simon Cummins kam vorbei, um über Reparaturen mit ihnen zu sprechen. Eigentlich konnte sie sich doch vorstellen, das Haus aufzugeben, dachte Alice, bei allem, was es ihnen abverlangte.

Sie hatte begonnen, nacheinander sämtliche Kinderbücher aus den Regalen zu nehmen und sich darin zu verlieren. Wenn Ivy und Arthur zu ihr ins Bett kamen, las sie ihnen vor, und so brachten sie einen ganzen Band von Doktor Dolittle zu Ende – es war einer der weniger guten. Zwischendurch kam Kasim ins Zimmer geschlendert und suchte, ohne Alice um Erlaubnis zu bitten oder auch nur eines Blickes zu würdigen, zwischen den Sachen auf ihrer Frisierkommode und sogar in ihrer Handtasche nach Zigaretten, die sie nicht hatte. Vom Bett aus schauten Alice und die Kinder zu. »Nein, ist schon gut«, antwortete er, als Alice vorschlug, Fran könne mit ihm in die Stadt fahren, um welche zu kaufen. Er habe ja aufgehört, ihm sei nur langweilig, von daher die Versuchung, wieder anzufangen. Als Alice daraufhin sagte, sie könnten ihn auch zum Bahnhof bringen, schien er überrascht: Nein, das sei schon okay, er habe es nicht eilig, nach Hause zu kommen. Vielleicht werde es ja morgen aufklaren. Ihm gefalle es hier. Die Langeweile störe ihn nicht.

Und dann schlich er sich, die Kinder in ihren Schlafanzügen im Schlepptau, in Mollys Zimmer, hinter dessen geschlossener Tür sie endlose Monopoly-Partien spielten, eine nach der anderen, und immer ging Kasim als Sieger daraus hervor *(Na, ich studiere ja wohl auch Wirtschaftswissenschaften)*, während Molly eine gelassene, gleichmütige Verliererin war. In einem Wutanfall stürmte Ivy einmal aus dem Zimmer und knallte die Tür hinter sich zu, weil Arthur, wie sie sagte, nie richtig mitspiele, nie etwas kaufe, sich immer nur an dem Geld festklammere, das er am Anfang bekäme. »Verstehst du denn nicht, worum es bei dem Spiel geht?«, schrie sie. »Es geht darum, das Geld dafür zu benutzen, dass du am Ende mehr hast!« Arthur sah sie unter seinen blonden Strähnen, die ihm in die Augen hingen, entschuldigend, aber doch mit einer gewissen Schläue an, als würde er sich selbstverständlich hüten, einer solchen Anweisung zu folgen. Zwischen den Monopoly-Spielen, wenn Molly etwa damit beschäftigt war, sich »fertig zu machen«, sah Alice Kasim manchmal auf der Fensterbank am Ende des Flurs sitzen, sich rekelnd und mit leerem Blick ins Nichtstun vertieft. Zum Zeitvertreib wollte sie ihm einen Roman leihen, worauf er unwirsch erwiderte, er könne nicht erkennen, wofür erzählende Literatur überhaupt gut sei. »Ich sehe einfach den Nutzen nicht. Warum soll man sich intellektuell anstrengen, um etwas zu verstehen, das sowieso nicht stimmt?«

Bis Alice aufgestanden war und sich angezogen hatte, war es häufig zwölf oder ein Uhr; am Nachmittag ging sie dann mit weiteren Briefen aus dem Sekretär ihrer Großmutter oder dem Schreibtisch ihres Großvaters, der im Arbeitszimmer stand, nach oben und legte sich auf ihre Tagesdecke, um sie zu lesen. Sie zog die Schuhe aus, und nach einer Weile kroch sie, um es wärmer zu haben, unter die Decke. *Lieber Mr Fellowes, ich kann Ihnen gar nicht sagen, wie sehr mich Ihr neuer Gedichtband berührt und fasziniert hat. Er spricht mit einer*

Unmittelbarkeit und Dringlichkeit zu uns, die alles übertrifft, was ich in diesem Jahr gelesen habe.

Nachmittags machte Roland im Wohnzimmer den Kamin an, obwohl er nicht besonders gut zog. Pilar kauerte sich davor, die Beine mit den langen, nackten Füßen seitlich an sich gezogen, und las Zeitungen oder Akten, die sie mitgebracht hatte, und machte sich Notizen. Sie war resolut gut gelaunt. Mit gedämpften Stimmen waren sich Fran und Alice in der Küche einig darin, dass sie alles noch schlimmer machte, weil sie ihnen die Trostlosigkeit des Hauses vor Augen führte, die ihnen völlig egal gewesen wäre, wenn sie es für sich gehabt hätten. »Wir sind daran gewöhnt, dass es scheiße ist«, sagte Fran. »Aber jetzt habe ich das Gefühl, mich dauernd dafür entschuldigen zu müssen.«

»Warum fahren die eigentlich nicht einfach? Wenn sie sich doch so offensichtlich zu Tode langweilen?«

»Aber Roland langweilt sich doch nur zu Tode, Pilar behauptet ja, dass es ihr hier gefällt. Sie muss verrückt sein.«

»Sie ist bedürftig«, sagte Alice. »Sie braucht etwas von uns. Ich weiß nur nicht, was.«

Harriet machte trotz des Wetters eine lange Wanderung, und als sie leise summend zurückkam, ging sie gleich hoch, um sich umzuziehen und sich ihrem Tagebuch anzuvertrauen. Ihre nassen Sachen hatte sie zum Trocknen vor den Kamin hängen müssen, wo sie leise vor sich hin dampften, was Alice auf die Stimmung schlug. Der Briefträger brachte Roland Pakete mit DVDs, die er und Pilar sich im Arbeitszimmer unter eine

Decke gekuschelt ansahen – Roland hatte in der Stadt einen neuen DVD-Player gekauft. Er kaufte auch einen mit Öl gefüllten Elektroradiator, den er immer dort anschloss, wo sie gerade saßen. »Er glaubt, er kann sich von der Langeweile freikaufen«, sagte Fran. »Wobei das im Prinzip natürlich geht. Aber nicht hier.«

Dann kam der Tag, an dem sich Roland im Regen oben am Feld auf das Gatter setzte und vergeblich versuchte, per Handy seine Filmkritiken abzuschicken. Auf dem Rückweg den Hügel hinab rutschte er im Gras aus und verschmierte sich die Hose mit rotem Schlamm. Wieder im Haus hastete er entnervt die Treppe hoch und ging zügig, ohne anzuklopfen, in Mollys Zimmer, um sie um Hilfe zu bitten, denn vielleicht hatte sie ja mit ihrem Handy einen besseren Empfang. Seine Tochter und Kasim saßen auf dem Bett, aufrecht zwar, das schon, und auch vollständig angezogen, jedoch ganz offensichtlich gerade erst wieder auf Abstand, die Kleidung in Unordnung, die Augen flackernd, und was wusste Roland schon von dem, was kurz zuvor geschehen war? Mit heißem Kopf schlug er stumm die Tür hinter sich zu und haderte sowohl mit Kasim als auch mit seiner eigenen Blödheit. Wieso war er nicht auf die Idee gekommen anzuklopfen? Seine Schwestern hätten natürlich eins und eins zusammengezählt, wären extra laut die Treppe hochgetrampelt und hätten angeklopft oder wären gar nicht erst, nicht im Traum, auf die Idee gekommen, in Mollys Zimmer zu gehen. Warum fehlte ihm dieser Instinkt? Zum ersten Mal in seinem Leben wünschte er sich, er wäre ein normalerer Mensch.

»Weißt du, was da läuft?«, fragte er Alice.

»Natürlich. Ist das nicht süß?«

»Ich finde es nicht süß. Ich denke, dass ich eingreifen sollte, ehe noch Schlimmeres passiert. Was ist überhaupt in dich gefahren, diesen Jungen mitzubringen?«

»Sei nicht albern, Roly. Was meinst du mit ›Schlimmeres‹? Junge Liebe, das ist doch etwas Wunderbares. Du bist nur eifersüchtig.«

»Etwas Wunderbares? Aber ich mache mir Sorgen um sie.«

»Also, bei mir war es wirklich nicht ganz so wunderbar«, räumte Alice der Wahrheit entsprechender ein. »Aber das lag nur daran, dass ich mich selbst so gequält habe. Molly ist unkompliziert und geradeheraus. Ich glaube, sie weiß, wie man glücklich wird.«

Verwirrt setzte sich Roland zu einem langen Zwiegespräch mit Chopin an das alte, verstimmte Klavier, dessen Dämpferpedal sich verzogen hatte. Es tröstete ihn nicht, dass Pilar bewundernde Worte für sein Klavierspiel fand, denn er machte sich keine Illusionen über sein Können; hätte sie allerdings ein taubes Ohr für Musik gehabt, dann hätte dies, wie ihm plötzlich auffiel, vielleicht ein Problem zwischen ihnen sein können. Auf dem Weg in sein Zimmer fand er Ivy und Arthur eng zusammengekauert im Flur, wo sie ein Whiskyglas an Mollys Tür drückten und ein Ohr an das Whiskyglas, um zu horchen, was auf der anderen Seite vor sich ging. Roland brüllte sie an, worauf sie die Flucht ergriffen; sogar er fand die Szene amüsant, wenn auch besorgniserregend. Als er kurz darauf wieder Richtung Treppe ging, kam just in diesem Moment Kasim aus Mollys Zimmer, die Hände in den Taschen, mit übertriebener Unschuldsmiene, pfeifend und gegen die Fußbodenleisten tretend. Das Haus war unerträglich, viel zu klein, dachte Roland, und wenn der Regen nicht bald aufhörte, würden sie durch dieses inzestuöse Aufeinanderhocken noch alle durchdrehen.

»Bei den Kindern läuft irgendwas Komisches«, sagte Fran, als er von der Abhöraktion erzählte. »Ich zeig euch mal, was ich in ihren Taschen gefunden habe.«

Sie ging hoch, um die schmuddeligen Papierfetzen zu holen, die sie besorgt in einer Kommodenschublade unter ihren Kleidern versteckt hatte. Als sie sie aus der Hand gab, errötete sie. Nach kurzer Betrachtung erkannten Roland und Alice weibliche Körperteile, die zu einem ungesunden, gräulichen Rosa verblasst waren. Alice lachte.

»Wo um alles in der Welt können sie das herhaben?«, fragte Fran. »Und noch etwas: Ich könnte schwören, dass in Arthurs Ersparnissen Geld fehlt. Aber wofür gibt er es aus? Und nicht nur Pennys, ich glaube, dass es mehrere Pfund sind. Ich habe die beiden doch immer im Blick, wenn wir in der Stadt sind. Glaubt ihr, dass sie sich Pornomagazine gekauft haben?«

»Ich weiß, dass wir auf dem Land sind«, sagte Roland, »aber selbst hier würde kein Zeitungshändler, der halbwegs bei Verstand ist, zwei kleinen Kindern, die mit ihrem Taschengeld in der Faust vor ihm stehen, schmutzige Zeitschriften verkaufen.«

»Außerdem sind sie uralt, so muffig, wie das Papier riecht.«

»Jetzt schnüffel doch nicht auch noch daran, Alice,

wie kannst du nur! Vielleicht kaufen sie sie ja einem anderen Kind ab oder so.«

»Oder Kasim«, warf Roland ein. »Sie kennen hier doch gar keine Kinder.«

»Das war jetzt aber richtig fies, Roland«, protestierte Alice. »Das kannst du nicht ernst meinen.«

»Okay, okay, ich meine es nicht wirklich ernst. Ich vermute, die Kinder sind auf irgendein Versteck gestoßen, das schon etliche Jahre alt ist. Heutzutage schaut sich doch keiner mehr Pornomagazine an. Simon Cummins? Er hat so ein anzügliches Grinsen, findet ihr nicht? Oder Christopher?«

»Christopher? Das ist doch lächerlich! Wie kommst du ausgerechnet auf den? Der war doch nur ein- oder zweimal hier. Außerdem ist er bestimmt Feminist. Der würde sich doch keine Pornozeitschriften angucken.«

»War nur so eine Idee. Diese elastischen Fahrradoutfits sind per se eine sexuelle Perversion. Und Feministen sind wahrscheinlich die Schlimmsten.«

Als Alice vorschlug, die Kinder einfach selbst zu fragen, gestand Fran, sie habe zu ihrer eigenen Überraschung gemerkt, dass sie dazu nicht in der Lage sei. »Sie sollen nicht wissen, dass ich weiß, dass sie sich so etwas angeschaut haben. Ich habe keinen Schimmer, was ich tun soll. Jetzt sind sie auch noch Spanner! Das kann doch nicht natürlich sein.«

»Ach, komm, ich bin mir sicher, dass es absolut natürlich ist«, sagte Alice. »Willst du, dass ich sie frage?«

»Vielleicht wäre es am besten, es einfach zu ignorieren. Wirklich, wobei ... findet ihr nicht, dass Jeff jetzt hier sein sollte?«

Irgendwie hatte das schlaffe, filzig gewordene Papier dieser obszönen Schnipsel etwas Kontaminierendes, dachte Roland. Diese Frauen mit ihren aufgedunsenen Brüsten und rasierten Vulven waren nicht einmal durch den Nimbus einer irrealen Model-Schönheit geschützt; sie sahen aus wie normale Hausfrauen, denen er in den Straßen der kleinen Küstenstadt beim Shoppen hätte begegnen können, und verwirrten ihn mehr, als er sich selbst eingestehen wollte. Eine gewisse Beklemmung und Überspanntheit hatte die ganze Hausgemeinschaft erfasst, die sich durch den unablässigen Regen in einer Art Belagerungszustand befand. Selbst er war gehemmter, wenn er nun mit Pilar schlief, und fühlte sich belauscht, als könnten die Kinder ihre Gläser auch an seine Tür drücken. Ein- oder zweimal war er sogar schon aus dem Bett gesprungen, um die Tür zum Flur aufzureißen und festzustellen, dass auf der anderen Seite niemand war. Seine Lustgefühle indessen schienen unter diesem Druck sogar an Intensität zu gewinnen. Am Frühstückstisch schämte er sich jeden Morgen bei der Vorstellung, wer alles gelauscht haben könnte.

Er versuchte, Pilar davon zu überzeugen, dass es langsam Zeit wurde abzureisen, doch sie war entschlossen, die vollen drei Wochen zu bleiben. »Ich hatte so lange keine Erholung mehr«, sagte sie. »Und ich fühle mich richtig wohl mit deiner Familie.«

»Aber das Wetter ist scheußlich.«

»Das Wetter ist mir egal.«

Sie planten einen Tagesausflug zu einem großen, viktorianischen Anwesen, eine Stunde Fahrt, jenseits der Autobahn, doch in letzter Minute fragte Harriet, ob sie mitkommen dürfe. Sie sagte, sie habe diese Anlage seit Jahren nicht mehr gesehen, und er wusste nicht, wie er ihr diese Bitte hätte abschlagen sollen; angestrengt zog sich dann die Freundlichkeit gegenüber Harriet durch den langen Nachmittag. Er hatte einfach allein sein wollen mit seiner Frau, um ihr seine ganze Aufmerksamkeit zu schenken und ihre Zuwendung zu spüren – kein schmalziges Aneinanderkleben, eher das Gegenteil. Bevor Pilar seine Familie kennengelernt hatte, war der Austausch zwischen ihnen auf einfache, minimale Dinge reduziert. Wenn er ihr etwas erzählte, hob sie eine wohlgeformte Augenbraue oder formte die Lippen als Antwort zu einem Lächeln: Sie sprach nur, wenn sie etwas zu sagen hatte. Dies hatte seine tiefsten Bedürfnisse erfüllt, und er hatte niemals beabsichtigt, Pilar – mit so viel Bereitwilligkeit, ja Eifer ihrerseits! – in die Auswüchse seines provisorischen Familienlebens einzuführen, dem er doch eigentlich entfliehen wollte.

Immerhin machte Harriet den ganzen Tag einen hinreichend zufriedenen Eindruck. Wenn sie zufrieden war, hatte sie etwas erstaunlich Mädchenhaftes, war zu Scherzen und Späßchen aufgelegt und wartete so lange mit Geschichten aus Rolands ernster, leserattenhafter Kindheit auf, bis er sich ärgerte. Er lehnte diesen Musterknaben, der er einmal gewesen war, nicht ab, diesen Jungen, der Sir Mortimer Wheeler verehrt und vorgegeben hatte, Theaterstücke auf Latein zu verfassen, sondern fühlte sich ihm zärtlich genug verbunden, um mehr oder weniger Stillschweigen darüber zu bewahren. Nun fürchtete er, die Erkenntnis in Pilar dämmern zu sehen, dass man ihn, Roland, unter Umständen für lächerlich halten könnte. Ihm fiel auf, dass Harriets Wangen, während sie ihn hänselte, erstaunlich gerötet waren – sie hatte sich doch nicht etwa geschminkt? Aber wer hätte sich vorstellen können, dass seine revolutionäre Schwester eines Tages Freude daran haben würde, Konsumtempel des Adels zu besichtigen und sich gemeinsam mit Pilar lautstark für einen riesigen Billardtisch zu begeistern oder eine Glasvitrine voller Medaillons, die alte Haarlocken und Puppengesichter *en miniature* zur Schau stellten? Er wunderte sich, als die beiden anfingen, den Verwandtschaftsbeziehungen dieser Püppchen auf den Grund zu gehen. *Lady Geraldine muss mit dem zweiten Earl verheiratet gewesen sein.*

»Früher hättest du die doch alle auf die Guillotine geschickt, oder?«

»Sei nicht so ein Spielverderber«, sagte Harriet. »Das macht einfach Spaß.«

Roland hatte nichts von einem Revolutionär, wenn er auch fand, dass diese Form von Denkmalpflege Opium für die Mittelschicht war, und feststellte, dass er ihr wirklich nichts abgewinnen konnte. Im Übrigen trampelten wegen der Kälte und des Regens und weil es keinen anderen Zeitvertreib gab, zu viele Urlauber in klammer Kleidung durch die Räume und staunten brav über die große, mit Damast, Silber und Wedgwood-Porzellan eingedeckte Tafel, auf der glasierte Gipsfrüchte angerichtet waren, Brot und angestaubtes Gipsgeflügel, um zwanzig längst verstorbene Gäste zu ergötzen, die jeden dieser Urlauber verachtet hätten. Im hinteren Teil des Gebäudes war der Blick, der über eine terrassenförmige Gartenanlage zu der großen Garnfabrik, die das Geld einbrachte, und dann weiter über einen Traum von Hügeln hätte gehen sollen, in dichtes Grau gehüllt.

In dem kalten, nassen Wetter gewann auch der von den Kindern betriebene Kult an Intensität. Nun, da sie im Haus auf sich selbst zurückgeworfen waren, schienen die toten Frauen in jeder dunklen Ecke, wo schwarzer Schimmel seine Blüten trieb, in Erscheinung zu treten, und sie wurden immer fordernder. Souverän interpretierte Ivy die Spuren, die sie hinterließen: eine seltsame Formation von Rissen in einem kaputten Spiegel, auf der Terrasse eine tote, nasse Maus und dann als unwiderlegbarer Triumph ein mit Holzkohle an die Wand gezeichnetes, plumpes Gesicht, das auftauchte, als Ivy neben ihrem Bett über der Bodenleiste eine Tapetenbahn abzog. Sie ließ Arthur in ständigem Zweifel; dachte sie sich diese ganzen Sachen einfach nur aus, oder konnte er ihr trauen? Immer sprach kühle Berechnung aus seinem Gesicht, selbst wenn er ihren Anweisungen folgte und im Garten Kasims alte Zigarettenkippen aus der Wiese pulte oder aus dem Tontopf in der Küche Salz entwendete, um anschließend in einen Becher zu pinkeln, damit Ivy einen ihrer Opfertränke anrühren konnte. Beim Anfassen der Maus zog er eine Grenze, und am Ende vergrub Alice sie; zuvor hatten sie sich über ihre Mutter entrüstet, die meinte, sie sollten sie einfach ins Gebüsch werfen. Das Gesicht unter der festgeklebten Tapete, überlegte Arthur, konnte nicht von Ivy sein – tatsächlich hatte sie einen Moment lang genauso überrascht ausgesehen wie er. Vielleicht war alles eine Aneinanderreihung von Zufällen, die seine Schwester in ihre Geschichte eingeflochten hatte. Er schwankte zwischen Glauben und Zweifel; Letzterer war erleichternd, aber auch ernüchternd.

Wenigstens hatte der Regen zur Folge, dass sie nicht so oft zum Cottage gingen, wo er jedes Mal zahlen musste, um die toten Frauen zu beschwichtigen. Sie hatten ihm schon fast seine ganzen Ersparnisse abgenommen. Ivy zufolge trieben sie die Dinge auf einen Höhepunkt zu, eine Offenbarung.

»Wegen Mitzi?«, fragte Arthur.

»Ach, das ist doch Schnee von gestern«, sagte sie herablassend. »Nein, etwas Größeres. Irgendetwas wird passieren.«

Die Zeit, die die Kinder damit zubrachten, aus den Augenwinkeln Kasims und Mollys Liebesgeschichte zu verfolgen, stand nun im Zeichen dieser Erwartung. Das endlose Küssen und Streicheln schockierte die beiden, war aber auch so fesselnd, dass sie sich nichts davon entgehen lassen wollten. Gemeinsam saßen Kasim und Molly beim Monopoly in Mollys zerwühltem Bett, und in den langen Pausen zwischen den Spielzügen, in denen Arthur um eine Entscheidung rang, vergaßen sie manchmal, dass jemand zuschaute. Immer tiefer vergruben sie sich in den Kissen, sich windend ineinander verschlungen, ein meist stummes, seltsam zielgerichtetes Tun, obwohl doch eigentlich kein einleuchtendes Ziel in Sicht war. Irgendwann machte Kasim Anstalten, sich halb auf Molly zu legen, die mit Positionsänderungen und leisen, halb protestierenden, halb zustimmenden

Geräuschen reagierte. Mit dem Fuß stieß Ivy unauffällig ihren Bruder an, der selbstvergessen über seinem beunruhigenden, von ihr gemanagten Immobilienpark grübelte, und bedeutete ihm mit einer Kopfbewegung, sich anzusehen, was da los war; entzückt starrten sich die Kinder an. Das lustvolle Lachen, das in ihnen hochstieg, kitzelte so sehr, dass sie ihre Gesichter verbergen mussten.

Einmal ließ Arthur mit roten Wangen doch seinem Übermut freien Lauf. »*Heiratet* ihr? Ist er jetzt dein Freund?«

»Halt den Mund, Bürschchen«, sagte Kasim mit gedämpfter Stimme. »Keiner hat dich was gefragt.«

Freundlich erklärte Molly, dass man nicht gleich heiraten müsse, wenn man jemanden geküsst habe. Arthur grinste Ivy an. »Aber wenn du Sex machst, schon.«

Molly fuhr hoch und schubste Kasim errötend von sich herunter. »Darüber darfst du eigentlich noch gar nichts wissen!«

Ivy ärgerte sich über Arthur, der die Aufmerksamkeit der beiden auf sich gelenkt hatte, denn dadurch waren sie nun erst einmal aus dem Schlafzimmer verbannt, wenn auch sicher nicht für lange. Fast schienen die beiden Kinder Teil dessen zu sein, was sich zwischen den Heranwachsenden entwickelte: Zumindest waren sie der Deckmantel, den Molly und Kasim brauchten, um von den Erwachsenen in Ruhe gelassen zu werden. Der Spielwahn ging von Monopoly auf Scrabble über. Manchmal wurde Alice von Arthur und Ivy als Beraterin engagiert, obwohl der Zwiespalt, mit Alice' Hilfe zwar ein besseres Wort finden zu können, dann aber nicht selbst darauf gekommen zu sein, Ivy in fürchterliche Qualen stürzte; sie fasste es nicht, dass ihr nur Wörter mit drei Buchstaben einfielen, dabei konnte sie doch in ihren Büchern schon viel schwierigere lesen. »Sag nichts, sag nichts!«, schrie sie, die Hände an die Ohren gepresst, während sie mit wildem Blick auf ihre Ablage starrte, als könnte sie den Plättchen so eine raffiniertere Anordnung aufzwingen. Irgendwann musste sie sich dann doch an ihre Tante wenden, die jedes Mal ein extremes Maß an Takt bewies. »Schau, versuch's doch mal so«, schlug sie vor. »Ich frage mich, ob das nicht irgendwo passen könnte?«

Wie sich herausstellte, hatte Molly eine besondere Begabung für Scrabble.

»Ich war schon immer gut im Buchstabieren«, sagte sie selbstgefällig, als sie *Arkadien* über ein Feld mit dreifachem Wortwert legte.

Damit hatte Kasim ein Problem. »Du weißt nicht mal bei der Hälfte deiner Wörter, was sie überhaupt bedeuten! Was ist Arkadien denn, hm?«

»Weiß ich nicht! Hat irgendwas mit idyllisch zu tun oder so.«

»Und was ist idyllisch?«

»Warum soll ich das wissen müssen? Hauptsache, es ist ein Wort!«

»Wie kann es sein, dass du es kennst, aber nicht benutzen kannst? Das verstehe ich nicht!«

Sie zuckte die Achseln. »Das Wort ist einfach irgendwie *da,* ich habe es aufgeschnappt.«

Kasim war ein schlechter Verlierer; einmal, als Ivy und Alice ihm *Elvis* nicht durchgehen lassen wollten, stieß er sogar das ganze Spielbrett um und stürmte zur Tür hinaus. »Das ist ein Eigenname! Und das weißt du auch selbst!«, lachte Alice über seine Empörung.

Harriet saß Tagebuch schreibend auf ihrer Bettkante, als Pilar zaghaft an die Tür zwischen ihren Zimmern klopfte. »Darf ich reinkommen?«

Hastig und schuldbewusst klappte Harriet ihr Buch zu.

»Natürlich.«

Es war das erste Mal, dass Pilar dieses Zimmer betrat. Harriet sah, wie sie um sich blickte und angesichts der trostlosen Leere des Raums unwillkürlich zusammenfuhr. Die Gabe, die ihre Schwester besaß, hatte Harriet schon immer gefehlt: Alice konnte jeden Raum, den sie bewohnte, mit ihrer Persönlichkeit ausfüllen, sie verteilte ihre Habseligkeiten darin, als würde sie eine Bildkomposition zusammenstellen, und schuf so Behaglichkeit. Selbst jetzt, da sie sich bei diesem Regenwetter kaum noch anzog, schaltete sie mitten am Tag beide Lampen an – neben dem Bett und auf der Frisierkommode –, wodurch das ganze Zimmer ins rosa Licht der plissierten Lampenschirme getaucht war. Harriet war nicht auf die Idee gekommen, auch nur eine Lampe anzuschalten, hatte einfach im trüben Licht, das durchs Fenster fiel, zu schreiben begonnen, und in ihrem Zimmer war es kalt.

»Ach, Harriet, ich brauche dich«, sagte Pilar, setzte sich neben sie aufs Bett, nahm ihre Hand und hüllte ihre Schwägerin in ihr Parfüm; Harriet starrte auf den Ärmelaufschlag von Pilars Seidenbluse und das schlanke Handgelenk darin, an dem ein Goldkettchen baumelte. Ihr Englisch war perfekt, und doch sprach sie Harriets Namen anders aus, es war nur eine Kleinigkeit, die etwas Rauchiges, Exotisches hatte. »Ich bin so froh, dass wir befreundet sind. Ich brauche jemanden, mit dem ich reden kann. Ich will Roland nicht langweilen.«

Die Sorge stand ihr deutlich ins Gesicht geschrieben, die scharfen, markanten Linien zeigten nach unten, und um die Nasenlöcher und Augen lagen violette Schatten. Als sie sich im Kippspiegel sah, wandte sie rasch den Blick ab. »Ich bin eine alte Hexe«, sagte sie.

»Du? Du doch nicht!« Harriet drückte ihre Hand, spürte die zarten, leichten Knochen, das Fleisch und die harten, spröden Ringe darum. »Du bist immer schön.«

»Und du bist so nett zu mir.«

Pilar erzählte ihr, sie habe schlechte Neuigkeiten aus Argentinien bekommen, als sie am Vormittag in der Stadt gewesen waren, um ihre E-Mails zu lesen. Ihr Bruder in Buenos Aires hatte sich offenbar bereit erklärt, den DNA-Test zu machen, um die Frage nach ihren biologischen Eltern zu klären. »Ich weiß nicht, vielleicht sind sie ihn angegangen, haben ihn unter Druck gesetzt, ihm ein schlechtes Gewissen gemacht. Er hat mit meiner Tante gesprochen. Und jetzt kann ich es Roland nicht mehr erzählen, es ist zu spät.«

»Ach was, natürlich ist es nicht zu spät«, sagte Harriet resolut, obwohl ihr graute bei der Vorstellung, dass Roland in ihr Geheimnis eingeweiht wäre.

»Er wird fragen, warum ich ihm jetzt erst davon erzähle, jetzt erst mit dem ganzen Ärger ankomme. Er glaubt ja, dass ich so ein ruhiger Mensch bin, der immer alles im Griff hat.«

Wenn Pilars Bruder diesen Test machte, war es im Prinzip so, als machte sie ihn selbst. Sie sagte, sie habe mit einem befreundeten Anwalt in Argentinien gesprochen, der sich informieren werde, ob es irgendeine Möglichkeit gebe, ihn per gerichtlicher Verfügung daran zu hindern. »Du hältst mich jetzt wahrscheinlich für sehr egoistisch«, sagte Pilar, »dass ich Menschen, die ihre Kinder verloren haben, diesen Wunsch nicht erfüllen will. Du hältst mich bestimmt für einen Unmenschen.«

Harriet versuchte, sich in diese Perspektive hineinzuversetzen. In einem anderen Leben hätte sie Pilar vielleicht wirklich für einen Unmenschen gehalten. Ihre Vorstellung von den Frauen dieser schuldbeladenen Gesellschaftsschicht, diesen Erben von mit Blut erkauften Privilegien, hätte vielleicht ziemlich genau dem entsprochen, wie Pilar in diesem Moment aussah: gepflegt, exquisit und ungerührt, um ihren Mund ein verhärteter Zug. Es war geradezu unglaublich, dass dieses Wesen in seiner physischen Vollkommenheit hier neben ihr saß, auf diesem armseligen Bett. Pilar sah genauso deplatziert darauf aus wie die Königin aus einer Tragödie oder eine Gottheit aus einem alten Gemälde – aus einer anderen Welt herabgestiegen, um Sterbliche zu entführen. In Gegenwart dieser Gottheit war es ein klägliches Unterfangen, Rechtschaffenheit zu reklamieren. Ohnehin hatte sich Harriets frühere Überzeugung, dass sich die Menschheit in Verdammte und Gerechte auseinanderdividieren lasse, schon vor langer Zeit verflüchtigt. Wer hätte es Pilar in dieser desolaten Welt verübeln können, dass sie nicht für eine scheußliche Geschichte eingespannt werden wollte, die längst der Vergangenheit angehörte? Es war nicht ihre Schuld, wenn Freunde ihrer Freunde früher einmal die Leichen von Dissidenten aus Hubschraubern ins Meer geworfen hatten. Und wer wollte schon zu Leuten gehören, die er oder sie nicht kannte, und von ihnen vereinnahmt werden, selbst wenn es um eine Schuld ging, die so groß war, dass sie sich kaum in Zahlen ausdrücken ließ.

»Du bist kein Unmensch«, sagte sie, hob Pilars Hand an ihre Lippen und küsste sie. Pilar ließ es zu, zog ihre Hand nicht weg. Als Harriet es wagte, in ihr Gesicht zu blicken, sah sie etwas Wissendes darin: den hellen Funken einer Verachtung, in die sich billigende Belustigung über Harriets ehrerbietige Geste mischte. »Wenn ich dir irgendwie helfen kann, wirklich, ich würde alles für dich tun.«

Pilar war anders als der Menschenschlag, mit dem sich Harriet üblicherweise gut verstand: Ihre Freunde waren vorwiegend pflichtbewusste Menschen, selbstkritisch und vorsichtig in ihrem Urteil. Wenn Pilar eine Königin war, dann wohl so etwas wie eine Drama Queen. Einmal hatte Harriet zufällig mitbekommen, wie sie Roland gegenüber eine schockierende Bemerkung über Kasim machte: Sie habe eine Abneigung gegen Asiaten, denen traue sie nicht über den Weg – *wenn es einer wissen muss, dann ja wohl ich, weil ich gezwungen bin, mit ihnen zusammenzuarbeiten.* Rolands Einwände hatten milde geklungen, als wäre ihr Vorurteil so amüsant wie die Ahnungslosigkeit eines Kindes. In einem anderen Leben hätte Harriet vielleicht Abstand zu Pilar gehalten, zu ihrem Mangel an Ironie, ihrer Parteilichkeit, ihrer Kulturlosigkeit. Ob jemand Pilar eigentlich mal mit einem Buch in der Hand gesehen habe, hatte Alice zickig gefragt. Der Grund, warum Pilar zu Rolands Familie gehören wollte, war allein Roland: An seinen Schwestern als von ihm unabhängigen Personen war sie im Grunde nicht interessiert, und es war offenkundig, dass sie Alice nicht mehr leiden konnte. An Harriet hielt sie sich, weil sie eine Vertraute brauchte, und Harriet kam ihr bereitwillig entgegen. Pilar *wollte Roland nicht langweilen.*

Als Harriet zwölf oder dreizehn war, hatte sie in der Schule eine Freundin gehabt: Harriet hatte sie geliebt und war von ihr ausgenutzt worden. Das Mädchen hatte sie auf unsinnige Botengänge geschickt, ihre wunden Punkte ausfindig gemacht, um darin herumzustochern, ihre Gesellschaft immer nur dann gesucht, wenn niemand Besseres verfügbar war, und gelegentlich eine kleine Nettigkeit fallen lassen, nach der sich Harriet bücken durfte. Harriet hatte die Erinnerung daran weggepackt, vermeintlich sicher verstaut zwischen den sonstigen Torheiten der Jugend; nun erinnerte sie sich wieder an die Ungeduld ihrer Mutter gegenüber dieser Ausbeuterei und an ihre eigene Unfähigkeit, ihr zu erklären, was sie selbst darüber wusste: dass die Erniedrigung nicht die Kehrseite war, sondern der Stoff, aus dem ihre Liebe bestand.

»Wir beide sollten mal wieder schwimmen gehen«, sagte Pilar.

»Wenn es aufklart, liebend gern.«

Pilar schnitt dem grau umnebelten Fenster eine Grimasse. »Wird es denn aufklaren? Wir könnten auch noch einmal in das kleine Hotel-Schwimmbad gehen.«

»In dieses scheußliche Ding? Würdest du da noch mal hingehen?«

»Natürlich! Mir hat es gefallen!«

Während einer kurzen, eintägigen Phase, in der zwar nicht die Sonne schien, zumindest der Regen aber hin und wieder für eine oder zwei Stunden aussetzte, machte Kasim mit den Kindern einen Ausflug in den Wald. Molly war in ihrem Zimmer irgendwie mit ihren Haaren beschäftigt, und er fragte sie nicht, ob sie mitkommen wolle: Er glaubte, sie daran erinnern zu müssen, dass er sich auch ohne sie vergnügen konnte. Fran ließ die Kinder ihre Gummistiefel anziehen, damit sie durch die Seen aus rotbraunem Wasser platschen konnten, die nun die Wege blockierten. Kasim würde größere Vorsicht an den Tag legen müssen: Er hatte nur ein Paar Sportschuhe mitgenommen und Frans Vorschlag, sich doch aus dem Gummistiefel-Sammelsurium in der Spülküche ein passendes Paar herauszusuchen, von sich gewiesen. Allein die Vorstellung, seine Füße in die alten, feuchtkalten, mit Spinnweben verklebten Gummistiefel eines anderen Menschen zu stecken, regte ihn auf. »Wie du willst«, sagte Fran.

Das Licht im Wald war trüb und gedämpft. Natürlich bekam Kas nasse, schlammige Füße und fluchte, und bald war auch sein Pullover durchnässt, und er fror, weil aus jedem Gebüsch und von jedem herabhängenden Brombeerstrauch Regentropfen auf ihn herabprasselten, sobald er sie nur streifte. Kleine, rieselnde Bäche waren zu schmutzigen Strömen angeschwollen. Im fahlen Grün trieb das Unterholz aus, der braune Mulch unter den Bäumen einer Kiefernpflanzung hatte sich zur Farbe von Ochsenblut verdunkelt, und die unreifen Brombeeren waren mit grauem, pelzigem Schimmel bedeckt. An einem Pfad war die Böschung wie eine rote Schlammlawine weggebrochen; als sie die Stelle passierten, blickten sie auf die Wurzeln, die ihnen ein umgekippter Baum entgegenstreckte wie Arme, darunter ein tiefes, klaffendes Loch, dessen Wände mit abgerissenen Wurzelenden übersät waren wie mit Bartstoppeln. Die Stille weckte all ihre Sinne. Durch das Blättersieb der Bäume fielen Tropfen, als hätte der Regen schon wieder eingesetzt, und aus den Baumkronen ließen Eichhörnchen mit ihren wilden Sprüngen immer wieder kräftige Schauer auf sie niedergehen, die sie erschreckten. Kasims Schweigen schob jeder Fröhlichkeit den Riegel vor; die hinter ihm hertrottenden Kinder hüteten sich, ihm ein Fangspiel vorzuschlagen. Nur einmal trat Arthur mit seinem Stiefel in eine Pfütze, um Ivy mit flüssigem Matsch zu bespritzen – ihre Empörung würgte Kas mit einem einzigen Blick ab, ehe sie auch nur den Mund aufgemacht hatte. Sie bereuten es, rausgegangen zu sein, es war nicht sehr lustig. Derweil spürte Kasim mit einem Schaudern zum ersten Mal die Kraft der Landschaft, die ihm nun so finster entgegenstarrte.

In diesem neuen, alles verändernden Licht wunderten sie sich beinahe, dass das Cottage noch existierte. Doch da stand es, grau und mysteriös wie immer an der Biegung des Wegs, über den dürren Baumwipfeln ins Tal hinausragend, die Fensterscheiben nass und wie blind, denn sie wussten ja, dass niemand durch sie hinausschauen konnte. Als sie am Cottage entlanggegangen waren und auf die Lichtung traten, wurden sie von einer Regenbö erfasst, und Kasim schlug vor, sich im Haus unterzustellen. Könnten sie drinnen nicht ein Feuer machen oder so?

»Ja, machen wir ein Feuer«, freute sich Arthur.

Erschrocken sagte Ivy, dass sie das lieber nicht tun sollten, es könnte gefährlich sein. Auf die Idee, dass Kas dieses Mal vielleicht auch hineingehen wollte, war sie gar nicht gekommen. Sie hatte vorgehabt, wieder eins ihrer Opfer zu bringen, und Arthur gesagt, er solle seine letzte Pfundmünze einstecken. Es war schrecklich, sich plötzlich alles wieder vorstellen zu müssen, und zwar so, wie Kasim es sehen würde, wenn er die Treppe hochging: Abscheulichkeiten, von denen klar wäre, dass sie Ivys und Arthurs beschämendes Geheimnis gewesen waren; nie mehr könnten sie das abschütteln. Als Kas bedauerte, dass er sein Feuerzeug nicht dabeihatte, fiel ihnen mit einem Schlag ein, dass genau dieses Feuerzeug gut sichtbar im Zeitschriften-Zimmer auf dem Boden lag; eine Spur mehr, die verriet, dass sie von den Frauen wie auch allem anderen gewusst hatten. Hatten sie nicht sogar, überlegte Ivy fieberhaft, ihre Schere auf dem Boden liegen lassen, neben den verräterischen Resten ausgeschnittener Bilder? Arthur hatte inzwischen den Dreh raus, fein säuberlich um die Brüste herumzuschneiden. »Lasst uns lieber nicht reingehen.«

Doch Kas lehnte bereits mit einer Schulter an der Tür, hob sie leicht an und stemmte sich dagegen, bis sie nachgab und weiter aufging, als die Kinder sie je geöffnet hatten. Gemeinsam stolperten sie über die Schwelle, und er legte einen Stock in den Türrahmen, damit die Tür nicht zufiel. Trotz der Nässe war der kleine, dämmerige Raum im Erdgeschoss überraschend trocken, wirkte aber noch weniger wie von Menschen gemacht, eher wie eine Erdhöhle, die sich kaum von der natürlichen Umgebung unterschied. Vielleicht roch es inzwischen weniger nach totem Hund und dafür mehr nach dem modrigen, mineralischen Untergrund, der ihnen schon unangenehm in die Nase gestiegen war, als sie an der herausgerissenen Baumwurzel vorbeigegangen waren. Dieses Cottage war auf geradezu obszöne Weise im Begriff zu vermodern. Wenn doch nur ein frischer Wind hindurchgehen könnte! Die Kinder sahen sich ängstlich um, als wären sie verantwortlich für diesen Zustand.

»Seit wann wohnt hier keiner mehr?«, fragte Kasim barsch.

Mit einem Fuß wühlte er in dem Blätterhaufen auf dem Feuerrost und riss dann energisch, wie auf der Suche nach etwas, die Schranktüren rechts und links des Kamins auf, die die Kinder noch nie angefasst hatten, um sie gleich wieder zuzuschlagen. Die Schränke waren leer bis auf eine ebenfalls leere Keksdose ohne Deckel; die Regalbretter waren mit dickem Papier ausgelegt, die überhängenden Ränder girlandenförmig ausgeschnitten. Sie wussten, dass Kasim als Nächstes die Tür öffnen würde, hinter der die Treppe hochführte, was er dann auch tat, bevor er verschwand. Sie hörten seine federnden Schritte auf den wenigen Stufen, von denen er immer zwei auf einmal nahm, und dann, wie er durchs erste Zimmer ging. Sie sahen einander nicht an, aber Arthur zuckte mit den Schultern.

Das Durcheinander aus Schere und Papierschnipseln auf dem Boden fiel Kasim nicht auf. Die Schere sah er erst, als er sie mit einem Fuß versehentlich in eine Ecke kickte, und dann fiel auch erst sein Blick auf das Feuerzeug. Auf den Gedanken, dass es seins war, kam er nicht: Es war ein billiges Wegwerf-Ding, überall erhältlich. Er dachte einfach, irgendjemand hätte es liegen lassen wie auch das Kleingeld, das er sofort einsteckte; vermutlich derjenige, wer auch immer es war, der sich hier an diesem alten Pornomagazin erfreut hatte. Als Kasim das Feuerzeug ausprobierte, überraschte ihn die kraftvolle Flamme. Die Magazine würdigte er nur eines kurzen, verächtlichen Blickes. Das hässliche, weiße, selbstgefällig entblößte Fleisch empfand er als blanken Hohn und regelrechten Affront. Bislang hatte er Molly nur mehr oder weniger bekleidet gesehen, doch von dem, was er über ihren unter den Kleidern verborgenen, geheimnisvollen Körper wusste, war er besessen. Auch wusste er, dass die ganze Küsserei, Schmuserei, die ganze Heimlichkeit irgendwann nicht mehr reichen würde und als Scheitern empfunden werden musste; hin und wieder hatte sein Verlangen einen bitteren Beigeschmack, er fühlte sich, als ob er von seiner eigenen Unentschlossenheit verhöhnt würde. Mit einem Mal erschien ihm dieser einsame Ort im Wald wie die Lösung seines Problems, wie eine Vision seiner sexuellen Erfüllung. Er könnte Molly hierherbringen, sie endlich ausziehen und mit ihr schlafen.

Als er aus dem Fenster sah, konnte er weit ins Tal blicken. Unter den leichten Regenschauern erzitterten die Bäume bis in ihre Spitzen hinein wie Stimmgabeln. In Kington konnte er unmöglich Sex mit ihr haben, richtigen Sex, mit diesem Vater, der im Minutentakt hereinplatzte, den Kindern mit ihrem unguten Interesse und Alice mit ihren Blicken und ihrem wissenden Lächeln. Wenn sie hier im Cottage wären, allein, hätten sie nichts zu befürchten. Kasim hatte schon mit mehreren Mädchen geschlafen, was weder große Katastrophen noch bemerkenswerte Erfolge gewesen waren und in keinem Fall zu einer Beziehung geführt hatte. Er war sich nicht einmal sicher, ob er überhaupt eine Beziehung wollte; er schreckte vor der Vertrautheit zurück. Doch er wusste, dass das Liebesleben seines Vaters mit fünfzehn begonnen hatte und seitdem ziemlich nonstop weitergegangen war; seins erschien ihm dagegen dürftig und unzulänglich. Doch hier in diesem Cottage war vielleicht etwas anderes möglich. Er musste nur die Zeitschriften verschwinden lassen, ein bisschen sauber machen und ein paar Decken holen, dann gäbe es nichts mehr, was Molly und ihn stören könnte. Er hätte Molly für sich, und die Sache könnte einfach ihren Lauf nehmen. Molly war nicht so wie die anderen Mädchen, sie war verträumt, empfänglich und würde ihn die Regie übernehmen lassen.

Als Kasim die Tür zum zweiten Zimmer öffnete, schreckte er kurz zurück, weil er glaubte, etwas Lebendiges gesehen zu haben, dabei waren es nur die Vorhänge, die vor dem leicht geöffneten Fenster im Wind flatterten. Dieser winzige Raum, der eigentlich eher ein Wandschrank war, nicht einmal so groß wie der begehbare Kleiderschrank seiner Mutter, befand sich in einem sehr viel fortgeschritteneren Zustand des Verfalls als das restliche Haus. Auf der Fensterseite war die Wand fleckig vom Regen und mit schwarzem Schimmel bedeckt, der Boden unter einer Schicht von toten Blättern begraben, und in einer Ecke lag eine ekelhafte Sauerei, die aussah wie ein totes Tier: verschrumpelte, eingesunkene Haut zwischen gruseligen, gelblichen Knochen und Resten von rötlichem Fell. Bestimmt ein Fuchs, dachte Kasim, der das Gebilde gar nicht so genau untersuchen wollte und über wild lebende Tiere ohnehin nicht viel wusste. Das ganze Zeug würde er rausschaffen müssen, wenn er das Cottage für Molly herrichten wollte. Allmählich dämmerte ihm, dass Ivy und Arthur, die fast täglich darum gebettelt hatten, noch einmal herzukommen, bestimmt oben gewesen waren und alles gesehen hatten, die Zeitschriften und den Fuchs. Vielleicht hatten sie gar nicht verstanden, was sie da sahen. Aber wahrscheinlich war es ihr kleines Geheimnis, das sie schuldbewusst hüteten, er wusste, wie Kinder tickten. Kein Wunder, dass Ivy ihn nicht reinlassen wollte.

Unten warteten die Kinder – sie hörten ihn die zweite Tür öffnen und wieder schließen, dann seine lauten Schritte auf der Treppe.

»Schaut mal, was ich gefunden habe«, sagte Kas.

Erschrocken schauten sie, doch er hielt nur das rote Feuerzeug hoch. »Wir können also doch ein Feuerchen machen. Aber wahrscheinlich ist der Kamin mit allem möglichen Zeug verstopft.«

Versuchsweise stieß er mit einem Stock hinein, und sofort fiel ihm ein Gemenge aus Ruß, Blättern und Federn vor die Füße. Arthur steckte den Kopf in den Kamin und sagte, er könne den Himmel sehen. Als sie es jedoch mit dem Feuer versuchten, wollte es sich nicht entfachen, das Holz, das sie draußen gesammelt hatten, war zu nass.

»Nächstes Mal bringen wir Kaminanzünder mit«, sagte Kas euphorisch. »Ich mache hier richtig sauber. Wir bringen Besen und Kehrschaufel mit. Wir können alles desinfizieren und vom Bach Wasser holen. Es könnte gemütlich werden, findet ihr nicht? Ein paar Räucherstäbchen, ein schönes Feuer im Kamin.«

Noch nie hatten sie Kasim so jungenhaft erlebt, so begeistert von seinem Plan. Ivy, die das erkannt hatte, schlug vor, dass sie später, wenn alles schön wäre, Molly zum Cottage bringen und damit überraschen könnten. Kasim enthielt sich eines Kommentars. Seine Pläne, Molly herzubringen, schlossen die Kinder natürlich nicht ein.

An einem Abend fuhren die vier Geschwister und Pilar zu einem Pub im nächsten Dorf, um dort zu essen. Die Pattens, bei denen Freunde aus London zu Besuch waren, hatten sie wieder zum Abendessen eingeladen, und sie brauchten eine Ausrede, um absagen zu können. Alice fürchtete, dass Janice sie als Teil des Lokalkolorits vorführen wollte. Jedenfalls sei es ohnehin Zeit, sich zusammenzusetzen, mahnte Roland, und zu entscheiden, wie es mit dem Haus weitergehen solle. Waren sie nicht eigentlich aus diesem Grund gekommen? Sie waren noch gar nicht losgefahren, da sagte Alice schon schwermütig, dass es wohl besser sei, sich von dem alten Haus zu trennen. »Ich denke, es ist einfach vorbei, oder?«

»Nun warte doch, Alice«, sagte Fran verärgert. »Wir müssen erst darüber diskutieren, zieh keine voreiligen Schlüsse. Wir müssen rational überlegen, was für uns alle das Beste wäre.«

»Aber es ist doch längst klar, was ihr alle wollt.«

Es hätte ein melancholischer Anlass sein sollen, doch irgendwie vergaßen sie, traurig zu sein in dem Durcheinander, bis alle um den Tisch in der kleinen Sitzecke Platz genommen und Essen und Getränke bestellt hatten, Fran und Alice mit Nachdruck Alkohol, um sich für die Entscheidungsfindung zu wappnen, und auch Harriet, die eingezwängt neben Pilar saß, überraschte alle, als sie ein Glas Portwein bestellte und dann ein zweites; sie spürten, wie unter dem Einfluss des Alkohols Harriets Wachsamkeit sank, sie erzählte ihnen lustige Geschichten über ihre Arbeitskollegen. Irgendwann ließ Pilar, während ihr Blick zwischen Alice und Harriet hin- und herging, die Bemerkung fallen, dass die beiden sich ja schon sehr ähnlich sähen. »Ja, nicht?«, stimmte Alice ausnahmsweise einmal fröhlich zu. »Wir sind leider beide genauso wie unser schrecklicher Vater.«

Alice sei die Hübsche, sagte Harriet, und Alice widersprach, sie tue ja nur so mit ihren gefärbten Haaren. Tatsächlich leuchtete Harriet an diesem Abend, an dem sie wieder die schönen Sachen ihrer Schwester trug. Ihre tiefen Augenhöhlen und hohlen Wangen, die ausgezehrt wirken konnten, hatten etwas Markantes, Skulpturales; ihr Gesicht war so ruhig und so klar wie das einer Nonne, ihr Blick offen. Im warmen, künstlichen Licht des Pubs sahen alle zehn Jahre jünger aus. Es war eine angenehme Abwechslung zur klammen Kälte von Kington, unter den tiefen Deckenbalken dieses urwüchsigen Lokals mit seinem gemütlichen Holzofen zu sitzen. Hungrig fielen sie über frittierte Scampi und panierte Schollen her. Hin und wieder dachte Roland beunruhigt an Kasim und Molly, allein im Haus, wobei sie ja eigentlich nicht allein waren, denn die Kinder durften bis zur Rückkehr der Erwachsenen aufbleiben, und Kasim konnte es unter den prüfenden Blicken der beiden nicht weit bringen.

In ihrem Widerwillen, sich von dem Haus zu trennen, fand Alice am Ende ausgerechnet nur bei Pilar Unterstützung. Mit entschlossenen Worten, die fast abergläubisch klangen, erklärte Pilar, dass zu viele Familienerinnerungen in diesem Haus verwahrt seien, um es jemals zu verkaufen. Die anderen waren erleichtert, dass Pilar es ihnen ersparte, dies auszusprechen. Doch dann sagte Harriet einfach, dass ihr ein Zuhause reiche, sie brauche nicht zwei. Das Haus, da waren sich alle einig, würde langsam, aber sicher über ihnen zusammenbrechen, und keiner von ihnen würde mal eben so das für die Instandsetzung der Bausubstanz benötigte Geld auftreiben. Aber hatten sie nicht alle schon so viele schöne Ferien hier verbracht, umsonst oder fast umsonst? Für ihn habe das Haus an Reiz verloren, sagte Roland, und Fran fügte hinzu, sie würde abwechslungshalber lieber mal ins Ausland fahren. War denn nicht denkbar, dass vielleicht doch irgendwann einer von ihnen Lust haben würde, ganz hierherzuziehen, hier zu leben? Argwöhnisch beäugte man sich, niemand wollte Farbe bekennen. Als beherrschendes Thema kristallisierte sich, während die Diskussion hin und her ging, das akute, drängende Problem des Dachs heraus. Alles drehte sich immer wieder um dieses alte Dach, das schon zu Zeiten der Großeltern Aufmerksamkeit erfordert hatte. Keiner wusste, wie viel ein neues kosten würde: zehntausend Pfund, fünfzehntausend, zwanzigtausend? Oder mehr? Und wer könnte sich überhaupt die Zeit nehmen, vor Ort Arbeiten dieser Größenordnung zu überwachen? Simon könnten sie nicht darum bitten. Zudem fand Alice die Vorstellung entsetzlich, die alten, moosbewachsenen Dachschindeln durch moderne zu ersetzen, auch wenn sie noch so viel Regenwasser durchließen. »Ich glaube, ich würde mich eher von dem Haus trennen, als die Dachschindeln zu erneuern.«

»Okay, dann ist die Sache ja geklärt«, sagte Fran. »Wir sind uns alle einig, dass es Zeit ist, nach vorn zu schauen, wir finden, dass neue Dachschindeln oder überhaupt irgendwelche Veränderungen eine entsetzliche Vorstellung sind, und ich bin mir sicher, dass Jeff und ich das Geld gut gebrauchen können. Es kann ja nichts schaden, das Haus also wenigstens mal schätzen zu lassen. Wir kontaktieren Wallers, der hat hier die beste Agentur. Was glaubst du, wie viel wir dafür kriegen könnten, Roland?«

Er hatte nicht die geringste Ahnung, keiner wusste es. Dreihunderttausend? Oder mehr, oder weniger wegen des Zustands? »Wir könnten darauf bestehen, nur an ortsansässige Familien zu verkaufen«, schlug Harriet vor.

»Könnten wir«, sagte Roland nachdenklich, skeptisch.

Fran hielt überhaupt nichts von der Idee. »Ja, an einen ortsansässigen Bauunternehmer, der es dann als Zweitwohnsitz zum doppelten Preis weiterverkauft! Da wären wir besser beraten, uns Geld zu leihen, es selbst zu renovieren und dann erst zu verkaufen.«

Das wiederum wollte sich keiner von ihnen aufhalsen.

»Ich weiß, dass ihr alle recht habt«, sagte Alice. »Es ist Zeit, das Haus zu verkaufen. Ich stimme euch zu, wirklich. Irgendwie scheine ich nie zu wissen, was gut für mich ist. Ja, die Vergangenheit loslassen, vielleicht bin ich dann frei für einen neuen Lebensabschnitt. Ich werde ein ganz neuer Mensch sein. Ihr werdet mich nicht wiedererkennen! Endlich glücklich!«

»Red keinen Unsinn, Alice«, sagte Fran. »Du bist jetzt schon glücklich, und das weißt du auch. Und überhaupt können wir jederzeit zurückkommen, an Unterkünften mangelt es ja nicht, es gibt einige wunderschöne Frühstückspensionen in der Gegend.«

Alice sah entsetzt aus. »Das würde ich niemals tun. Wenn das Haus verkauft ist, kann ich nicht mehr zurückkommen, nicht in diese Gegend. Für mich wird es das Ende sein.«

2

Hausarbeit war den Kindern, wenn ihre Mutter sie dazu aufforderte, ein Gräuel, doch in Kasims Projekt, das Cottage auszumisten, stürzten sie sich voller Begeisterung. Sobald der Regen einmal aussetzte oder nachließ, waren sie auf und davon, schmuggelten einen Plastikeimer, ein Kehrblech, einen Besen, Lappen und Flaschen mit Reinigungsmitteln aus dem Haus, um sie später unbemerkt wieder zurückzubringen. Wenn die Erwachsenen fragten, was sie da eigentlich so Dringendes, Wichtiges zu tun hätten, sagten sie ausweichend, dass sie im Wald ein neues Spiel spielten. Ivy trug ihren langen Seidenrock, weil er der gemeinsamen Mission eine besondere Würde verlieh, sosehr er auch im Matsch schleifte. Einmal wunderte sich Fran, wohin der Eimer verschwunden war, doch auf den Gedanken, dass die Kinder ihn hatten, kam sie nicht; und als sie in einer Ecke der Spülküche schmutzige feuchte Lappen herumliegen sah, ging sie verärgert davon aus, dass Alice in einem Anfall von Tatendrang ihr Zimmer geputzt hatte. Seit die Entscheidung gefallen war zu verkaufen, kam Alice kaum noch aus dem Bett. Fran brachte ihr aus Mitleid ab und zu eine Tasse Tee, und dann machte Alice, wenn sich der Tee nicht in ihrer hübschen Lieblingstasse befand, ihr wohlbekanntes enttäuschtes Gesicht.

Molly war ansatzweise in das Cottage-Geheimnis eingeweiht, und Kas hatte ihr das Versprechen abgenommen, es nicht weiterzusagen. Es gefiel ihm, etwas zu haben, das er ihr vorenthalten konnte. »Es ist eine Überraschung für dich!«, sagte er. »Warte bis morgen. Morgen Abend bringe ich dich hin, dann siehst du's, versprochen.«

»Aber warum darf ich nicht sofort hin?«

Ihre Schultern fest in seinen Händen lächelte er auf sie herab, das Gesicht so nah an ihrem, dass sie nicht anders konnte, als sein Lächeln zu erwidern. Die Möglichkeit eines Kusses lag prickelnd zwischen ihren Gesichtern, auch wenn sie sich gar nicht küssten, sondern nur jeder im Blick des anderen schwelgte. »Es ist noch nicht alles bereit für dich«, erklärte er ihr. »Wir müssen noch die ganzen Spinnen wegmachen.«

Er wusste, dass er den toten Fuchs nicht erwähnen durfte, sonst würde er sie niemals in das Cottage hineinbekommen.

Sie schauderte. »Spinnen! Ich hasse Spinnen.«

Dieser zärtlich-galante Kasim unterschied sich sehr von dem anderen, nüchternen, der mit finsterer Miene und verschmierter Wange auf der Lichtung vor dem Cottage ein Feuer entzündete, dem er mit Kaminanzündern und einem Schuss Feuerzeugbenzin nachhalf, was die Kinder mit ernsten, beeindruckten Gesichtern verfolgten. Während der Arbeit, beim Schrubben und Wischen und Hinaustragen von Armen voller Laub, wurde außer praktischen Anweisungen kaum ein Wort gewechselt. Arthur suchte vergeblich nach seinen Pfundmünzen. Das knisternde Feuer drohte zu erlöschen, um dann plötzlich doch wieder aufzuflammen. Rasch wichen die Kinder vor den Funken zurück, die in den nassen, grauen Tag wirbelten. Kasim schob einen Keil unter die Cottagetür und rannte wieder und wieder die enge Treppe hinauf, bis sein T-Shirt schweißnass war. Mit einer Schaufel, die er in einem der Nebengebäude in Kington gefunden hatte, trug er die Zeitschriftenstapel herunter, als wäre es unter seiner Würde, sie mit den Händen zu berühren. Das Geheimnis der Frauen blieb unkommentiert, während die drei das Feuer mit ihren nackten Bildern fütterten und zusahen, wie sie verbrannten, sich verdrießlich in Asche auflösten, die so fest war, dass die Form der Seiten erhalten blieb. Abends im Bett erklärte Ivy ihrem Bruder, dass die Macht der Frauen nun gebrochen sei. Sie hätten sein Geld genommen und seien zufriedengestellt. Irgendwann warf sie auch den kleinen Schatz von heiligen Dingen weg, die sie gesammelt hatten, als wären sie plötzlich nur noch gut für den Müll.

Als die Zeitschriften entsorgt waren, ging Kasim abermals mit der Schaufel hinauf. Die Kinder sahen sich an.

»Weiß er, dass es Mitzi ist?«, fragte Arthur.

»Er weiß doch nicht mal, dass es Mitzi überhaupt gegeben hat«, erwiderte Ivy spöttisch.

»Dann sag es ihm.«

»Sag du es ihm.«

»Nein, du.«

Beide schwiegen, als Kasim wieder auftauchte und vorsichtig, mit mimosenhaft weggedrehtem Kopf und ausgestreckten Armen auf der Schaufel das vor sich hertrug, was die Überreste des Hundes sein mussten. So zusammengescharrt war das Ganze nur noch ein formloser, ekelhafter, stinkender Haufen, der sich anfangs auch noch weigerte, Feuer zu fangen, bis Kasim den Kindern streng befahl, sich hinter ihn zu stellen. Als er das Anmachholz dazulegte, das er in seinem Rucksack aus Kington hergeschleppt hatte, und Feuerzeugbenzin darüberschüttete, schoss eine Stichflamme hoch, die bald in ein dumpf schwelendes Feuer überging, dessen schwarzer, fettiger Rauch noch Stunden später in der Luft hing und bei Ivy eine Übelkeit hervorrief, die sie verschwieg. Kasim musste noch dreimal hochgehen, bis er das ganze Ding zusammengekratzt hatte. Anschließend nahm er mit einem harten Besen und eimerweise Wasser vom Bach den Boden des Zimmers in Angriff. Die zerfetzten Vorhänge riss er herunter, um sie ebenfalls zu verbrennen, zusammen mit dem Laub, das sich unter dem Fenster türmte. Die vor Feuchtigkeit schwarz gewordenen Wände wie auch die hartnäckigen, dunklen Flecken auf dem Boden schrubbte er mit Bleichmittel ab. Als das Feuer niedergebrannt war, wollten die Kinder die Überreste lieber nicht sehen – Knochen, die Kasim mit ein paar Fußtritten ins Unterholz beförderte.

Wieder zu Hause konnte Fran gar nicht glauben, wie dreckig die Kinder waren – nach dem Baden markierte ein schmieriger, grauer Streifen den Wasserstand. Als sie am nächsten Morgen in die Stadt fuhr, um mit dem Immobilienmakler zu sprechen, wollten Kasim und die Kinder mitfahren, um rätselhafte Einkäufe zu tätigen. »Für unser Spiel«, erklärte Ivy. Kas wählte eine Flasche Rosé aus, von dem er annahm, dass Molly ihn mögen würde. In einem Laden namens Vierblättriges Kleeblatt musste er sich unter einem Aufgebot an Windspielen ducken, die von der niedrigen Decke herabhingen, während er, ziemlich entgeistert über den Preis, diverse Räucherstäbchen, Räucherkegel und Duftkerzen erwarb sowie auf Empfehlung des Mädchens ein Duftöl namens Ylang-Ylang. Vor der Apotheke befahl er den Kindern, draußen zu warten, und kaufte Kondome. Dann gingen sie ein letztes Mal gemeinsam zum Cottage, verteilten die Kerzen auf den Regalen und Fensterbänken und besprenkelten alles mit der ganzen Flasche Duftöl. Als die Kerzen und Räucherstäbchen brannten, ging ihr Duft mit dem stechenden Geruch nach Bleichmittel und Feuchtigkeit eine exotische Verbindung ein. Kasim hatte seinen Rucksack mit Decken aus dem Wäschetrockenschrank in Kington vollgestopft, die er nun gefaltet in eine Ecke legte; auch einen Korkenzieher und zwei Gläser hatte er sich geliehen und stellte sie zu dem Wein und den Chipstüten.

Versuchsweise machte er den Kamin an. Das Feuer veränderte das ganze Haus, als wäre etwas, das die ganze Zeit darin geschlummert hatte, plötzlich zum Leben erweckt. Kasim und Arthur setzten sich Seite an Seite vor die Feuerstelle, um ein achtsames Auge auf die zaghaften, knisternden Flammen zu haben, Arthur mit auf die schmutzigen, nackten Knie gelegten Fäusten, das lange Haar hinter die Ohren geklemmt, das Licht des Feuers schimmernd in seinem Gesicht. Voller Begeisterung gab sich Ivy dem Geist der Veränderung hin und stellte in einem Becher, den sie vor der Tür im hohen Gras gefunden hatte, ein Sträußchen aus rosa Blumen zusammen. Sie hängte Girlanden aus nassem Grün über den Kaminsims, an die Tür zur Treppe und die alten Nägel, die wahllos verteilt aus den Wänden ragten.

»Bringst du Molly hierhin?«, fragte sie. »Ist der Wein für Molly?«

»Ja, genau das tue ich«, sagte Kasim und drehte sich mit ernster, bedeutungsvoller Miene zu ihr um. »Und ihr beiden werdet nicht mitkommen. Molly und ich müssen etwas Wichtiges klären, das wir im Haus nicht besprechen können. Wir müssen allein sein. Versteht ihr das? Wenn ihr versucht, uns zu folgen, werde ich euch töten.«

Sie nickten feierlich.

»Wirst du sie heiraten?«, fragte Ivy.

»Red keinen Unsinn.«

Das Hotel mit dem Swimmingpool war in dichten Küstennebel gehüllt, Harriet und Pilar konnten das Meer nicht einmal sehen. Es war kaum zu glauben, dass sie vor Kurzem hier in diesem Garten in der prallen Sonne gesessen hatten. Die Pflanzen, die noch verschwommen zu erkennen waren, duckten sich tropfend vor Nässe im Nebel, und auf den Tischen ragten wie aus Protest die Beine umgedrehter Stühle empor. Während auf dem Parkplatz des Hotels das Geräusch des Motors erstarb, zog Pilar zwei Fotos aus einem braunen Umschlag, den sie in ihrer Handtasche mitgebracht hatte. Das seien die beiden verheirateten Studenten, erklärte sie, die in den siebziger Jahren mit ihrem kleinen Kind und dem ungeborenen Baby verschwunden seien. Nun würden ihr Bruder und sie von den Eltern der beiden belästigt, die sich darauf versteift hätten, dass sie die Kinder des verschwundenen Pärchens seien. Mit der gerichtlichen Verfügung sehe es nicht gut aus; ihr Bruder könne den Test machen, wobei er im letzten Moment wohl doch noch zu zögern schien. Am Telefon wollte er nicht mit Pilar reden, sie hatte nur mit seiner Frau gesprochen.

Es waren Schwarz-Weiß-Fotos, auf Computerpapier gedruckt; sie waren etwas unscharf, die schwarze Tinte stellenweise verlaufen. Der junge Mann trug eine Brille, und sein Gesicht war mehr oder weniger ausdruckslos, ein bisschen gekränkt, als wäre die Aufnahme für ein Passfoto gemacht worden. Die junge Frau wirkte lockerer: Auf ihre Attraktivität vertrauend lächelte sie in die Kamera, und es sah fast so aus, als wäre sie mitten in einem lebhaften Gespräch fotografiert worden. Das lange, in der Mitte gescheitelte Haar fiel ihr über die Schultern, dunkel und dicht wie ein Umhang, jedenfalls auf diesem Papierausdruck. Als Harriet in die beiden Gesichter blickte, konnte sie an nichts anderes denken als daran, dass sie tot waren, für immer und ewig tot. Das Geheimnis ihres Todes war die zentrale Tatsache, die alles andere, was diese Menschen betraf, überlagerte und all die Jahrzehnte auslöschte, die man ihnen gestohlen hatte, so viele Jahre, in denen sie nicht mehr mit der Zeit gehen konnten. Ihre Gegenwart war nach und nach verblasst, aus der Mode gekommen.

»Was empfindest du?«, fragte sie vorsichtig und legte ihre Hand auf die ihrer Freundin.

»Nichts«, sagte Pilar ungeduldig und schüttelte Harriets Hand ab, um in ihrer Tasche nach etwas zu suchen, dem Lippenstift. »Was soll ich empfinden? Ich habe

Mitleid mit ihnen, genauso wie jeder andere auch. Aber sie bedeuten mir nichts. Hasst du mich deshalb?«

Obwohl sie im Begriff waren, schwimmen zu gehen, zog sie vor dem in die Sonnenblende eingelassenen Spiegel ihren Lippenstift nach und presste an einem Papiertaschentuch die Lippen zusammen, während sie in ihre eigenen, weit geöffneten Augen blickte. Harriet verzichtete darauf, ihr zu sagen, dass sie niemals imstande sein würde, sie zu hassen. »Glaubst du, dass sie deine Eltern sind? Die Frau sieht dir schon ähnlich.«

»Man kann es nicht wissen, Harriet. Aber es hat keine Bedeutung. Ein Spermium und ein Ei. Meine Eltern – Gott vergebe ihnen – sind die beiden Komiker, die mich großgezogen und es grandios vermasselt haben.«

Harriet versuchte, sich auf die moralische Dimension von Pilars Geschichte zu konzentrieren. Doch es war so, als würde eine tief hängende Sturmwolke, die so dunkel war wie der düstere Tag hinter den beschlagenen, blinden Scheiben des Autos, ihre ganze Wahrnehmung blockieren. Es war unmöglich, in den nächsten Minuten oder Stunden durch diesen Nebel hindurch irgendeine Zukunft auszumachen. Nun, da sie entschieden hatten, das Haus zu verkaufen, überraschte es Harriet, dass mit dieser Veränderung plötzlich eine ganze Welt unterzugehen schien, eine Krise ausgelöst war, in der alles geschehen konnte. Das Urlaubsende rückte näher, und schon schien sich die nostalgische Aura des Unwiederbringlichen über diese Sommerwochen zu legen. Vielleicht würde Harriet die Frau ihres Bruders erst in einigen Monaten wiedersehen, sie wusste nicht, ob sie das ertragen könnte. Und weil die Zeit, die ihr in Pilars Nähe blieb, nur noch so kurz bemessen war, verdichtete sie sich: als sammelten sich die verbliebenen Stunden vor einer geschlossenen Tür, an der nie gerüttelt worden war. Harriet gestattete sich nicht, darüber nachzudenken, was hinter dieser Tür sein mochte. Sie wollte einfach nur mehr bekommen von ihrer neuen Freundin, etwas bekommen, das ihr Pilar manchmal wie einen Köder hinzuhalten schien, wie einen ihrer funkelnden Ringe: verheißungsvoll und betörend. Und doch konnte Harriet nicht blind sein gegen die starre Schranke eines Kalküls in Pilars Blick. In einem Wechselstrom der Gefühle regten sich Hoffnung und Zweifel in ihr.

An diesem Nachmittag gab es Streit zwischen Kasim und Molly. Er war ihr in den letzten Tagen besonders zugetan gewesen, hatte sie zum Lachen gebracht und sorgsam das Geheimnis des verwandelten Cottages gehütet. Ivy und Arthur waren zu absolutem Stillschweigen verpflichtet worden. Er hatte das Gefühl, dass er Molly mit seinen Vorbereitungen unglaublich weit entgegengekommen war, ihren Empfindlichkeiten, ihrer zarten, weiblichen Seite. Fran ließ die Kinder am Küchentisch zu Mittag essen, und Kasim und Molly gesellten sich dazu. Bald kam auch Alice, die den Kaffee gerochen hatte, in ihrem Morgenmantel herunter. Kasim begann, aus dem *Guardian,* den Fran aus der Stadt mitgebracht hatte, deprimierende Schlagzeilen vorzulesen. Alice bat ihn aufzuhören, doch er fand immer schlimmere, bis sie sich mit den Händen die Ohren zuhielt. *Gaddafi-Anhänger wegen Bombenanschlägen verhaftet. Nahrungsmittelproduktion in Großbritannien sinkt. Ausschreitungen bei Opferfest in Syrien.*

»Das ist nicht lustig«, sagte Molly plötzlich. Wütend starrte sie auf das Brot, das sie gerade mit Butter bestrich, und eine tiefe, aufgestaute Verachtung schien plötzlich aus ihr herauszubrechen. »Du kannst für deine Witze nicht einfach das Leid anderer Menschen benutzen.«

Kasim war sprachlos. »Besser, als so zu tun, als gäbe es das Leid gar nicht.«

»Ist das wirklich besser?«

Mollys erbittertes Beharren war in Kasims Plan zu keinem Zeitpunkt vorgesehen – er war getroffen und beleidigt. »Und sie liest nicht mal Zeitungen«, wandte er sich an die Tischrunde. »Sie weiß nicht mal, wo Libyen überhaupt ist.«

»Also, ich bin ja ein totaler Feigling«, versuchte Alice zu vermitteln und lächelte die beiden abwechselnd an. »Ich würde an dieser Stelle jetzt eigentlich gern so tun, als ob ich wüsste, wo Libyen ist.«

»*Ich* weiß, wo es ist«, warf Ivy vorsichtig ein, obwohl sie es nicht wusste.

»Ich *will* gar nicht wissen, wo das ist!«, rief Molly. »Und ich muss es auch nicht wissen.«

Konzentriert blickte sie auf ihren Teller, und in der Nacktheit ihrer gesenkten, durchscheinenden Lider lagen Vorwurf und Tadel. Sie schnitt Käse in Scheiben, schichtete sie auf ihr Brot, fügte aufgeschnittene Tomaten und Krautsalat hinzu. Als sie aufblickte, flackerten ihre Augen vor Empörung. »Dinge immer nur wissen, aber nichts tun, das hilft niemandem. Was bringt es, zu allem und jedem eine Meinung zu haben? Ich glaube, nichts wissen ist besser. Es ist *menschlicher*, einfach nur Mitleid zu haben.«

Was Kasim urkomisch fand. »Du meinst, einfach ganz allgemein Mitleid mit Menschen zu haben, ohne zu wissen, ob sie überhaupt wegen irgendetwas leiden müssen?«

»Ich weiß, worauf Molly hinauswill«, schaltete sich Alice ein.

»Ich glaube wenigstens an Menschen«, sagte Molly. »Was mehr ist als das, was er tut.«

»Ich *glaube* schon an Menschen. Ich meine, ich halte sie für real und wirklich existent.«

»Aber du bist so pessimistisch. Immer muss bei allem das Schlimmste rauskommen. Dabei gibt es im echten Leben massenweise gute Menschen: Krankenschwestern und Sozialarbeiter und Briefträger und Politiker und was weiß ich. Es gibt Menschen, die Dinge verändern und besser machen. Hast du denn gar keine Hoffnung?«

»Hoffnung! Das ist eins dieser beschissenen Wörter, die auf Geburtstagskarten stehen.«

»Hallo?«, protestierte Fran. »Hier sitzen kleine Kinder am Tisch!«

Ivy und Arthur widersprachen entrüstet, dass sie ja wohl nicht mehr klein seien, und Molly ließ alles stehen und liegen, um die Treppe hoch in ihr Zimmer zu stürmen, während Kasim in Rage am Tisch sitzen blieb und erst sein und dann auch noch Mollys Brot vertilgte, um Gleichgültigkeit zu demonstrieren. Er habe sich ja im Laufe der Ferien durch ziemliche Berge an Lebensmitteln durchgefressen, bemerkte Fran, aber bisher habe sie nicht feststellen können, dass er auch einmal irgendetwas beigesteuert habe – doch Kasim schien sie gar nicht zu hören. Den ganzen Nachmittag mussten die Kinder als Friedensstifter mit wichtigen Gesichtern Nachrichten überbringen, ein ständiges Pendeln zwischen Molly, die tränenüberströmt im eindrucksvollen Chaos ihres Zimmers saß, und Kasim, der sich mit grimmiger, unversöhnlicher Miene in der aufgeräumten Leere seiner Kammer verschanzte. Zerstritten mit ihr fühlte er sich entblößt, schutzlos, als wäre plötzlich der Unterstand, an dem er gelehnt hatte, fortgerissen worden.

Briefträger?, dachte er mit einem Sarkasmus, an dem er allein seine Freude hatte. Hatte sie allen Ernstes die *Briefträger* in ihr beschissenes Team von Gutmenschen aufgenommen? Wahrscheinlich kamen die direkt aus einem ihrer Erstlesebücher oder aus einer Sendung vom Kinderkanal. Moralisch und intellektuell war sie noch ein Kleinkind.

Wieder hatten Harriet und Pilar das Schwimmbecken ganz für sich. Es war, als hätte dieser seltsame, fensterlose Raum auf sie gewartet, wie versiegelt unter der Erde, seit sie ihn verlassen hatten, lautlos, regungslos und von allen Wetterkapriolen unberührt. Im Licht der nach oben gerichteten gelben Lampen hatten sie das Gefühl, in ein anderes Element als Wasser hineinzugleiten, etwas Geschmolzenes oder Öliges, das sich in eine unruhige See verwandelte, sobald sie die Oberfläche durchbrachen. Weil im Becken alle Geräusche verstärkt, verzerrt und dann verschluckt wurden, schien das Sprechen wie unter Verbot gestellt, genauso ausdrücklich, als hätte sich ihnen jemand zugewandt und einen Finger auf seine geschlossenen Lippen gelegt. Sie schwammen auf und ab, Bahn für Bahn, ein fortlaufendes, geschmeidiges Hin und Her, sie wendeten fast ohne Platschen und kraulten nicht um die Wette. Anstatt zu versuchen, Pilar zu schlagen, passte sich Harriet so genau ihrem Rhythmus an, als würde sie im Kielwasser der anderen schwimmen. Es war ein Einklang, dem sie sich hingab; sie sagte sich, dass dieses Glück groß genug sei für die Zeit, die ihnen blieb, dass sie und Pilar, ohne sich zu berühren, in der Bewegung vereint waren, hin und her, das Chlorwasser durchpflügend, die allzu kurzen Bahnen entlang.

Pilar hatte als Erste genug. Als sie triefend die Stufen erklomm, ächzte sie leise vor Erschöpfung oder Genugtuung, zog sich die Gummikappe vom Kopf und gab die dunkle Masse ihres Haars frei.

Das wär's dann, dachte Harriet resigniert. Es ist vorbei.

Dann streifte Pilar, die mit dem Rücken zu Harriet am Beckenrand stand, ungezwungen ihren Badeanzug ab, zog ihn an den Trägern über ihre Taille und dann weiter an sich herab, tat einen Schritt zur Seite und bückte sich rasch, um das nasse Stück Stoff aufzuheben, dabei hätte jederzeit ein fremder Hotelgast hereinkommen können. Als nun plötzlich auch diese letzte, minimale Hülle fiel, Pilar sich mit schwingenden Brüsten halb zu ihr umdrehte und sich in ihrer Nacktheit offenbarte, war das ein Anblick, der Harriet in der Enge dieses geschlossenen Raums überwältigte. Pilars Taille war verblüffend schmal und der kurvige Übergang zu ihrem Gesäß so ausgeprägt, als trüge sie ein Korsett; ihr nackter, voller Hintern hatte etwas Offenherziges, Freundliches und Aufreizendes. Im Gehen wrang Pilar ihren Badeanzug aus und bog auf flachen Füßen um die Ecke in Richtung der Duschen und Umkleidekabinen. Im Wasser auf der Stelle tretend blieb Harriet zurück. Sie war sich ganz sicher: Diese Geste konnte nicht unschuldig sein. So seine Reize spielen zu lassen, das konnte nur eine Botschaft an Harriet sein, bestimmt eine jener Botschaften, die sie in ihrer vergeudeten Jugend überhört hatte. Dies durfte ihr heute nicht mehr passieren, noch war es nicht zu spät. Am besten gar nicht erst nachdenken; nicht nachzudenken war der Schlüssel.

Pilar stand, als Harriet ihr folgte, mit offenem Vorhang unter der Dusche und schäumte sich das Haar ein, ihr Kopf im dampfend auf sie herabprasselnden Wasser nach vorn gebeugt. Wahrscheinlich konnte sie Harriet nicht sehen. Von vorn war ihre Nacktheit noch erschreckender, sogar hinter dem Schleier des Wassers, das in einem Schwall von ihren Brüsten strömte und über die schwarze Linie ihres rasierten Schamhaars lief. Wie eine Göttin unter einem Wasserfall, dachte Harriet, und das machte ihr noch mehr Angst. Doch sie durfte ihr Leben nicht verpassen, bloß weil sie Angst hatte. Also trat sie in die Dusche und legte ihre Arme um Pilar, ihren weichen Körper, der glitschig und heiß war vom Wasser. Es gab ein kleines Gerangel, einen Schrei, einen lauten, spanischen Ausruf. Die ganze Szene war in Sekundenschnelle vorbei.

Dann stand Harriet wieder vor der Dusche, strauchelnd und tropfnass. Vielleicht sah sie die weißen Fingerabdrücke auf ihren Oberarmen, wo Pilar sie gepackt und weggestoßen hatte, oder sie stellte sie sich nur vor. Der rosa Plastikvorhang war zugerissen worden, dahinter lief weiter die heiße Dusche, und Seifenwasser wirbelte in den Abfluss und kreiste um Pilars lange Füße, die mit ihren kirschrot lackierten Nägeln unter dem Vorhang zu sehen waren. Sie hatte begonnen, sich das Shampoo aus den Haaren zu spülen.

»Es tut mir leid!«, rief Harriet gegen das rauschende Wasser. »Es tut mir schrecklich leid. Verzeih mir. Ich habe es missverstanden.«

Doch Pilar war keine Engländerin, und so gab es keinen Austausch von Entschuldigungen, kein verlegenes Murmeln, kein widerwilliges Entgegenkommen. Ihre Empörung war die einer Göttin, unversöhnlich. Wie ein gleißender Blitz kam die Erkenntnis: Harriets ganze Hoffnungen waren ein Fehler gewesen, eine traurige Illusion, ihr Übergriff grotesk. Pilar hatte zweifelsohne mit ihr geflirtet, sie gereizt, ihr mit freundlichen Blicken und Berührungen ihre Gunst zuteilwerden lassen. Doch zwischen Pilars und Harriets Menschenschlag – dem schönen, begnadeten Menschenschlag und dem anderen – musste es eine unüberwindbare Barriere geben. Niemals wäre Pilar auf die Idee gekommen, dass Harriet ein so schwerwiegender Irrtum unterlaufen würde: der Versuch, die Barriere zu überwinden.

In ihrer Scham flüchtete sich Harriet in die notdürftige Privatheit ihrer Umkleidekabine und zog ebenfalls den rosa Vorhang hinter sich zu. Lange glaubte sie, dass sie dort, wo sie stand, vor Kälte erstarren würde, zitternd in ihrem Badeanzug, der nass an ihr klebte. Es wäre befreiend gewesen, wenn sie sich in etwas Hölzernes verwandelt hätte, sich nie wieder hätte bewegen müssen. Doch dann fiel ihr ein, dass sie Pilar nach Hause fahren musste. Sie musste sich abtrocknen, die Kleidung über ihre steifen Glieder ziehen, den Wagen anlassen und neben Pilar sitzen, Pilar, die vor einer Stunde noch ihre Freundin und Vertraute gewesen war, doch nun nicht mehr mit ihr sprechen würde, nie wieder und niemals auch nur ansatzweise einräumen würde, dass sie selbst möglicherweise einen kleinen Beitrag zu Harriets Fehleinschätzung geleistet hatte. Es schien unvorstellbar, dass Harriet imstande sein würde, das alles zu tun, doch sie wusste, dass sie es tun musste und auch tun würde. Die zwanzigminütige Autofahrt würde ihre Strafe sein.

Als sie sich anzukleiden begann, kam Pilar aus der Dusche, um sich ebenfalls anzuziehen. Die unmissverständliche Empörung in der Nachbarkabine, so deutlich zu spüren, als würde Pilar gegen die Wände schlagen oder mit den Füßen stampfen, ließ Harriet zurückzucken. Würde Pilar Roland erzählen, was geschehen war? Wahrscheinlich schon, vielleicht würde sie es allen erzählen. Harriet glaubte nicht, dass sie weiterleben könnte, wenn ihre Geschwister von ihrem Fehler und ihrer Demütigung wüssten. Pilars Präsenz auf der anderen Seite der dünnen Trennwand war so erdrückend, dass sie nach Luft rang und sich nicht mehr bewegen konnte. Zusammengekauert, das Gesicht im Dunkel zwischen ihren Knien vergraben konnte sie sich erst weiter anziehen, als Pilar ohne ein Wort des Verzeihens gegangen war, um vermutlich an der Hotelrezeption auf sie zu warten.

Alle wussten, dass etwas geschehen war. Als die beiden Frauen zurückkamen, schien es, als würden durch die Tür der Spülküche, die sie aufgelassen hatten, die Ausläufer eines Sturms ins Haus wehen. Ihr Schweigen war lauter, als ihre Stimmen je hätten sein können. Als Pilar die Treppe hochstieg, hallte das Schrammen ihrer Absätze von den bloßen Holzstufen und den nackten Wänden wider, bis in die leeren Zimmer hinein. Ihr Stampfen verurteilte alles und jeden, das Haus, seine Schäbigkeit, ihren müßigen Lebenswandel darin. Im Arbeitszimmer unterhielt sich Roland gerade mit Alice; sie hatten begonnen, in ihre alte Gewohnheit zurückzufallen, sich lang und breit über alle möglichen, von Alice angestoßenen Themen auszulassen. Doch die lärmenden Schritte seiner Frau enthielten eine Botschaft, die Roland mitten im Satz innehalten ließ; es ärgerte ihn, wie vielsagend ihn Alice, die einfach zu sensibel für alles war, was auf Ärger hindeutete, *nicht* ansah. Während er Pilar die Treppe hinauffolgte, fand Alice ihre Schwester in der Spülküche. Regungslos stand Harriet da und hielt den Kessel unter den Wasserhahn, der nicht aufgedreht war.

»Wir haben schon Kaffee getrunken«, sagte Alice. »Warum hast du nicht im Hotel einen getrunken?«

Harriet stellte den leeren Wasserkessel ab, als wäre ihr entfallen, warum sie danach gegriffen hatte. Ihre Haare waren so nass, dass sie an ihrem Schädel klebten, ihr Gesicht bleich vor Elend, die blassen Augen so starr wie die eines Meerestiers.

»Was ist denn los?«, fragte Alice. »Du solltest dir die Haare trocknen.«

Mühsam fand ihre Schwester die tief in ihrem Inneren verschüttete Stimme wieder. »Gar nichts ist los.«

»Das glaube ich dir nicht. Habt ihr beiden euch verkracht oder was?«

»Du kannst glauben, was du willst. Ich gehe sowieso raus.«

»Raus? Wohin? Es schüttet. Du bist doch gerade erst zurückgekommen.«

»Ich habe Lust rauszugehen. Es war ein Fehler, Alice, dieser ganze Urlaub war ein Fehler, drei Wochen sind viel zu lang. Ich hätte mich auf mein Gefühl verlassen sollen.«

Dann sagte Harriet, dass sie ihre Regenjacke hole. Alice hörte sie rasch in ihr Zimmer gehen und die Tür hinter sich schließen. Dann brach oben ein reges Treiben los: Türen, die auf- und zugingen, eilige Schritte im hinteren Schlafzimmer, Rolands und Pilars sachliche Stimmen, dann auch noch die von Molly. Nach zehn Minuten kam Roland herunter, um Alice und Fran mitzuteilen, dass er, Pilar und Molly beschlossen hätten abzureisen, weil das Wetter so enttäuschend sei. Sie würden bald aufbrechen, um auf dem Heimweg noch eine Essenspause einlegen zu können. Pilar fühle sich nicht gut, sie sei übermüdet, und außerdem sei im Büro ein Problem aufgetaucht, sie müsse zurück. Molly wolle mitfahren. Aber sie könnten doch nicht einfach so abreisen, rief Alice aus. Falls irgendein Problem aufgetreten sei, könne man das doch sicher klären, oder? Sie sollten wenigstens noch einmal gemeinsam essen. Fran sagte, dass sie für neun Personen eingekauft habe, wann sollten sie das alles aufessen? Alice wollte Roland fragen, was geschehen war, doch als sie ihren Arm um ihn legte, spürte sie den unmerklichen Abstand, den er hielt, als könnte er ausschließlich mit seiner Frau einfühlsam und nah kommunizieren.

Dann ging er wieder hoch, um zu packen, und währenddessen schlich Harriet in ihrer Regenjacke mit hochgezogener Kapuze durch die Küche aus dem Haus. »Lass doch den Unsinn!«, rief Alice ihr hinterher. »Du erkältest dich, wenn du jetzt mit deinen nassen Haaren auch noch in den Regen gehst. Willst du dich nicht von Roland verabschieden? Wusstest du, dass sie abreisen?«

Sie hörten die Tür der Spülküche aufgehen und zuschlagen.

»Glaubst du, sie haben sich über Politik gestritten?«, fragte Fran.

»Schlimmeres«, sagte Alice.

»Vielleicht Harriets Fahrstil? Sie kriecht dermaßen, im Grunde ist das genauso gefährlich wie zu schnell fahren.«

»Vielleicht hat sie ihr ja etwas über die weiße Hose geschüttet.«

Die Schwestern trödelten in der Küche herum und trockneten ein paar Tassen und Messer ab, um das beklommene Warten bis zur Abfahrt der anderen zu überbrücken. Roland begann, Taschen und Koffer nach unten zu schleppen, wo sie sich – wieder dieses imposante Gepäck! – nach und nach im Flur stapelten und das ganze Haus in einen angespannten Schwebezustand versetzten. Die Kinder hatten angefangen, auf dem Boden im Flur Patiencen zu legen, wo sie Roland im Weg waren. Ivy, die stirnrunzelnd die Karten legte, bezweifelte, dass jemals eine aufgehen würde. Als sich Roland, der inzwischen begonnen hatte, das Gepäck zum Auto zu bringen, auf der Matte die Füße abwischte und dann die Tür mit einem Keil fixierte, wehte tatsächlich ein unangenehmer Wind durchs Erdgeschoss. Gemütliches Herumsitzen schien unmöglich, und Tee wollte ohnehin niemand. »Es ist schrecklich, zurückgelassen zu werden«, sagte Alice. »Wer geht, hat immer den glamouröseren Part.«

Oben öffnete Molly die Tür zu Kasims Zimmer, schlüpfte hinein und drückte sie lautlos hinter sich zu. Dann wartete sie, an die Wand gelehnt und mit einer Hand auf dem Türknauf, als wollte sie ihren Fluchtweg sichern. Kasim, der auf seiner Bettkante saß, spielte mit auf die Knie gestützten Ellbogen Angry Birds und starrte finster auf sein Handy. Sie sagte ihm, dass ihr Dad jetzt abreisen werde und sie ihm angekündigt habe, dass sie mitfahren wolle.

»Kein Problem«, sagte er, ohne aufzublicken. »Gute Fahrt. War nett, dich kennenzulernen.«

»Es hängt irgendwie mit Pilars Arbeit zusammen, sie muss zurück.«

»Verständlich.«

»Ich meine, ich muss nicht unbedingt mit, ich könnte auch noch ein paar Tage hierbleiben, meine Tanten könnten mich am Bahnhof absetzen, wenn sie fahren.«

»Deine Entscheidung.«

»Aber was denkst du?«

»Ist mir egal.«

Sie warteten. Molly spannte ihre Hand an und begann, langsam den Türknauf zu drehen, was Kasim endlich dazu bewegte, den Kopf zu heben und sie anzusehen: Sie trug Shorts und ein weißes T-Shirt, die langen Beine und Füße nackt, und sie hatte ein Knie angewinkelt und den Fuß flach gegen die Wand gestellt. Er fand, dass sie aussah wie ein weißer Vogel an einem See. Ihr Gesicht war ein bisschen verquollen vom Weinen.

»Wobei es wirklich schade ist, dass du das Cottage nicht gesehen hast«, sagte er. »Ich meine, jetzt, wo ich alles ausgemistet habe. Das habe ich extra für dich gemacht. Es hätte dir gefallen.«

»Ja, das ist wirklich schade«, stimmte sie freimütig zu und zögerte. »Also … ich könnte auch bleiben.«

»Ich könnte es dir heute Abend zeigen.«

»Also gut.«

»Wenn du bleiben würdest.«

»Mache ich. Ich gehe mal und sag's den anderen.«

Endlich waren sie fort. Bis zum Moment des Aufbruchs hatte es sich angefühlt, als würde ihre Abreise eine schreckliche Lücke reißen, die sich nie mehr würde schließen lassen und der Anfang vom Ende wäre. Irgendwann musste es auch mal gut sein mit diesem alten Haus, dachten sie, wahrscheinlich sollten sie auch abreisen. Der Abschied gestaltete sich oberflächlich, routinemäßig, als könnten es alle mit einem Mal kaum erwarten, die anderen nicht mehr zu sehen. Pilar lächelte und drückte Alice die Hand, nur ihr abweisender Blick war ehrlich, und irgendwie hatte ihre Unaufrichtigkeit sogar etwas Redliches. Die eine Hand auf das Dach des Jaguars gelegt, schon drauf und dran, sich geschmeidig auf den Beifahrersitz sinken zu lassen, zögerte Pilar, und Alice fragte sich, ob sie darüber nachdachte, der abwesenden Harriet eine Nachricht zu hinterlassen; wenn ja, dann besann sie sich eines Besseren. Roland hielt seinen Schwestern die Wange zum Kuss hin, als wäre er schon ganz woanders. Er ließ Harriet herzlich grüßen – Pilar hatte ihm also noch nicht von ihrem Streit, was auch immer es war, berichtet oder zumindest nicht darauf gepocht, dass er Partei ergriff. Es schmerzte ihn, dass Molly entschieden hatte zu bleiben. Ihre Tanten hatten versprochen, ein Auge auf sie zu haben, doch er traute ihnen nicht. Er umarmte Molly mit förmlicher Herzlichkeit; Alice sah, dass er ihr die Zustimmung verweigerte und nun die Sorge, ihn zu enttäuschen, wie ein Schatten auf Mollys Gesicht lag.

Aber dennoch war Molly geblieben! Dass sie Molly hatten halten können, empfanden die Dagebliebenen als Triumph. Und als der Jaguar davonglitt zwischen den alten, torlosen Steinpfosten, die ausnahmslos jedem offen standen, waren die Zurückgelassenen – Fran, Alice, die Kinder, Kas und Molly, Harriet war noch nicht von ihrer Wanderung zurück – mit einem Mal ganz erleichtert; ausgelassen schlossen sie die Haustür und setzten Teewasser auf. Die Gegenwart umfing sie wieder, an die Zukunft mussten sie doch jetzt noch nicht denken, nicht an Abreise oder irgendein Ende. Die jüngeren vier gingen hoch, um Scrabble zu spielen; Fran kochte Tee, während Alice im Wohnzimmer ein Feuer vorbereitete. Vor den Fenstertüren leuchtete inzwischen der Nachmittag in sanftem Licht, der Regen klang ab, eine singende Amsel ließ silberne Tropfen von den Zweigen einer Birke herabregnen. Fran trug vier Becher hoch, der Tee darin mit jeweils unterschiedlichen Mengen an Zucker und Milch verrührt, und brachte dann Alice ihre Lieblingstasse ins Wohnzimmer. »Ist das gemütlich«, seufzte sie und zog, als sie sich in einem der Sessel gegenüber Alice niedergelassen hatte, die Beine an. »Jetzt können wir endlich immer sagen, was wir denken.«

Vor dem Kamin kniend brachte Alice geschickt ihr Feuer zum Brennen, schubste mit einem Stück Anmachholz einen Scheit in die richtige Position und schob sich mit der Oberseite ihrer rußverschmierten Hand die Haare hinter die Ohren. »Du meinst über Pilar?«

»Über alles.«

»Sie ist nicht vom gleichen Schlag wie wir. Aber vielleicht ist der Menschenschlag, zu dem wir gehören, ja ganz furchtbar. Jedenfalls für Roland nicht gut genug.«

»Wir sind wirklich furchtbar.«

»Ja, wir sind gnadenlos. Ständig stürzen wir uns auf irgendwelche Sachen, um sie bis ins Kleinste zu zerpflücken.«

»Und weißt du noch, wie wir ihn gequält haben, als er fürs Abitur gelernt hat? Wir haben ihm unsere Unterwäsche zwischen seine Socken in die Kommode gelegt und ihm erfundene Liebesbriefe geschrieben. Kein Wunder, dass er durcheinander ist, wenn's um Frauen geht.«

»Frauen wie wir tun ihm nicht gut. Er braucht eine,

für die ein Satz ein Satz ist, eine Tatsache eine Tatsache, ein Gefühl ein Gefühl.«

»Aber trotzdem, Alice, ich meine, jetzt mal im Ernst! Als sie die Treppe hochgestampft ist, hat sie keine Stufe ausgelassen!«

»Ich habe ihn währenddessen beobachtet, und ich glaube, das Einzige, was ihn im Grunde daran gestört hat, war, dass ich es gehört habe. Ich glaube, Streit macht ihm nicht viel aus. Mit Streit an sich hat er kein Problem. Was er hasst, sind Komplikationen und Grauzonen. Er mag eindeutige Situationen.«

»Aber was war da nur los zwischen Harriet und ihr?«

»Ich weiß es nicht«, sagte Alice skeptisch.

Nach dem Scrabble, das Molly wie üblich gewonnen hatte, begannen die Kinder, ihre Cousine herzurichten. Kasim ließen sie nicht mehr ins Zimmer und sagten ihm, er dürfe sie nicht sehen, erst wieder beim Abendessen. Nach dem Essen würde Kasim sie zum Cottage bringen – was sollte sie anziehen? Sie würde einfach wie immer in Shorts gehen, sagte Molly, doch da griff Ivy schon nach dem Kleid, das über der Rückenlehne eines Stuhls lag. Harriet hatte es Molly gegeben; sie habe es für sich selbst gekauft, aber nie getragen, wenn es Molly nicht gefalle, solle sie es einfach in die Kleidersammlung geben. Molly hatte sich nicht einmal die Mühe gemacht, es anzuprobieren, sie trug nie Kleider. Sehnsüchtig betastete Ivy den hauchdünnen, geblümten Stoff und fand ihn wunderschön; Molly müsse das Kleid unbedingt bei ihrer Hochzeit tragen, rief sie aus.
»Es ist nicht meine Hochzeit«, sagte Molly.

»Doch, ist es wohl!«, beharrten die Kinder, berauscht von den vielen Aufregungen im Haus. »Eine Fake-Hochzeit.«

Also stieg Molly aus ihren Shorts, zog ihr T-Shirt aus und das Kleid an. Wie ein Sack hing es an ihrer Brust, ärmellos, tailliert, der Ausschnitt in Form eines Us; der Chiffonrock samt blauem Baumwollunterrock war tellerförmig geschnitten und hing schlaff bis kurz über ihre Knie. Zu dem Kleid trug Molly ihre Turnschuhe, ohne Socken, und sah darin so rührend aus wie ein Waisenkind in den abgelegten Kleidern einer alten Dame. Sie setzte sich auf die Bettkante; Ivy kniete sich neben sie, um ihr mit konzentriertem Gesicht die Haare quer über den ganzen Kopf zu kleinen Zöpfen zu flechten, in die sie Perlen und Spitzenbänder einarbeitete. Molly trug grundsätzlich nur ihren Silberarmreif, besaß aber beutelweise Accessoires, die sie nie benutzte: mit Pailletten besetzte Halsbänder, Strass-Broschen, Haarspangen mit rosa Schmetterlingen, alles etwas schmuddelig, weil sie es zusammen mit ihren Schminkutensilien verwahrte, die sie ebenfalls nicht gerade häufig benutzte. Sie behängten Molly mit Schmuck, ihrem eigenen und allem, was sie sonst noch finden konnten. »Wir machen Molly schick«, erklärten sie Alice. »Kannst du uns ein paar von deinen Ketten borgen?«

Alice war begeistert; sie gab ihnen auch noch ein Spitzentuch und mattweiße Ohrclips, die aussahen wie Pfefferminzkugeln und früher einmal, wie sie den Kindern erzählte, ihrer Urgroßmutter Sophy gehört hatten. »Ach, *das* Kleid«, sagte sie, als sie Molly sah. »Ich wusste doch, dass Molly reizend darin aussehen würde.«

Ivy befestigte das Spitzentuch wie einen Schleier an Mollys Frisur, dann malten sie ihr das Gesicht an; Arthur durfte mit einem kleinen Pinsel Grün auf ihre Lider auftragen, hoch konzentriert, die Zungenspitze zwischen den Lippen. Ivy zog ihre Augenbrauen in kräftigem Schwarz nach, verteilte Rouge auf ihren Wangen und malte ihr den Mund mit Lippenstift an. »Mach mal so«, sagte sie, nachdem sie ein Stück Toilettenpapier aus dem Bad geholt hatte, und presste anschaulich die Lippen zusammen.

Molly lachte, als sie sich im Spiegel sah.

»Du meine Güte«, sagte Fran. »Was habt ihr dem armen Mädchen angetan?«

»Sie findet es *schön*«, beharrte Ivy.

Arthur wollte seiner Mutter erklären, dass es für Mollys Hochzeit sei, doch Ivy gab ihm unauffällig einen Tritt und schüttelte stirnrunzelnd den Kopf. Kasim fand, dass sie grauenhaft aussehe, sie solle am besten alles gleich wieder ausziehen und abwischen, aber Molly, die es lustig fand, wurde plötzlich stur und widersprach. In Erinnerung an ihren Streit entschied er, dass es ja eigentlich egal sei, auch wenn er dem weißen Vogel nachtrauerte. Also setzte sich Molly in ihrer ganzen Pracht, das geschminkte Gesicht unwirklich wie eine Maske, mit ihnen an den Tisch, wo sie weder viel sagte noch viel aß. Die anderen unterhielten sich, als wäre die echte Molly gar nicht anwesend, wenn auch die Präsenz dieser gruseligen, statuenhaften Gestalt in ihrer Mitte etwas Verwirrendes hatte. Sie sah aus wie eine Puppe oder ein kitschiges Heiligenbild, das jemand für einen Gedenktag aus der Nische geholt hatte, und etwas von ihrer Bedeutsamkeit färbte auf die ganze Mahlzeit ab.

Harriet war immer noch nicht zurück. Nach dem Essen stand Alice mit einem Geschirrtuch in der Hand an der Eingangstür und hielt Ausschau nach ihr; immer noch mit dem Geschirrtuch ging sie in den Kirchhof. Vielleicht würde Harriet ja die Abkürzung nehmen und ihr dort entgegenkommen. Derweil spülte Fran, und Alice hätte ihr helfen müssen; Harriet würde ihr die Sorgen doch nur verübeln. Sollte sie wirklich demnächst auftauchen, konnte sich Alice auf einen vernichtenden Blick gefasst machen: Warum immer gleich so ein Aufstand? Alice neigte in Momenten des Wartens zu diffusen Panikgefühlen, die hier in der ruhigen Abendstimmung nicht das leiseste Echo fanden. Inzwischen war der Himmel glasklar und wie reingewaschen; am westlichen Horizont türmte sich ein dunkelblaues, von rosigem Licht umrandetes Wolkengebilde wie eine ferne Stadt, deren Existenz übersehen oder vergessen worden war. Als Alice zum Eingangstor der Kirche blickte, sah sie Kas und Molly Hand in Hand die Straße entlangspazieren. Molly hatte einen Pullover über ihr Kleid gezogen, weil es schon kühler wurde. Die Zöpfchenfrisur hatte sie noch, schien sich aber das Gesicht gewaschen zu haben und war wieder halbwegs sie selbst. Sie würden einen Spaziergang machen, riefen sie ihr zu. Zerstreut erinnerte Alice sie daran, nicht zu lange wegzubleiben, es werde bald dunkel.

Fran konnte nicht nachvollziehen, warum Alice sich Sorgen machte. Harriet sei doch bekannt dafür, sich beim Wandern abzureagieren. »Du kennst sie, bestimmt hat sie ihre Taschenlampe, eine Schachtel Kekse und ihren Kompass mitgenommen. Und überhaupt – wie soll sie sich hier in der Gegend verlaufen?«

»Aber sie hat die Taschenlampe nicht mitgenommen«, sagte Alice. »Was, wenn sie gestürzt ist und nicht mehr gehen kann?«

Sie stieg die Treppe hoch, und als sie auf der Toilette gewesen war, ging sie ins Zimmer ihres Bruders, das nicht in seinen ursprünglichen Zustand zurückversetzt worden war, sondern durch Rolands und Pilars vorübergehende Präsenz verändert schien, als hätten sie eine Schicht abgetragen, dem Raum etwas genommen. Die leeren Kleiderbügel, die an der Zierleiste des Schranks hingen, klapperten leise, als Alice über den Dielenboden ging. Auf der Matratze türmten sich die nackten Kopfkissen und die Daunendecke zu einem weißen Hügel, den die untergehende Sonne in rosa Licht tauchte. Unter der Bettkante, gerade noch sichtbar, lag ein vergessener Strumpf auf dem Boden; im Papierkorb Make-up-verschmierte Wattebällchen, eine leere Wasserflasche und die Zeitung vom Vortag. Alice sah sich nach den Briefen um, die Roland ihrer Mutter geschrieben hatte, doch ihr Bruder hatte sie wohl mitgenommen. Die Blumen, die sie vor über zwei Wochen auf die Fensterbank gestellt hatte, ragten vertrocknet aus einem grünen, moderigen, daumenbreiten Wasserrest. Eigentlich wollte Alice die Vase nehmen und nach unten bringen, doch dann öffnete sie aus einer plötzlichen Eingebung heraus die Tür, die zu Harriets Zimmer führte.

Kaum hatte sie die Schwelle überschritten, war die Angst wieder da: Irgendetwas im Zimmer ihrer Schwester – oder eigentlich nichts, nämlich gerade die Tatsache, dass Harriet kaum Spuren hinterlassen hatte – schien endlich mit Alice' Befürchtungen zu korrespondieren. Das Zimmer war vollkommen leer, so leer, als würde sie möglicherweise nie mehr zurückkehren. Nur mit Mühe konnte Alice – und dabei verfluchte sie ihre eigene Melodramatik – das Bild verdrängen, das sich vor ihrem geistigen Auge auftat: ein Körper, unter einem Tuch auf einem schmalen Bett aufgebahrt, und darum ihre in Trauer versammelte Familie. Das war natürlich Unsinn, schlimmstenfalls hatte sich Harriet einen Knöchel gebrochen oder vielleicht ein Bein. Und dann ging Alice, von einem untrüglichen Instinkt gelenkt, zielstrebig zu der Kommode, in der Harriets Tagebuch lag; sie ertastete es zwischen den sauberen T-Shirts. Du darfst nicht hineinschauen, sagte sie sich, und dann: Du *musst* hineinschauen. Als sie das Buch in die Hand nahm, sprangen wie von selbst die Seiten auf, die Arthur mit Obszönitäten und seinem Namen vollgeschmiert hatte.

Alice war sofort klar, dass es nicht Arthur gewesen war. Solche Dinge konnte nur Ivy in einem ihrer Wutanfälle geschrieben haben, zu absurd waren die eingestreuten Rechtschreibfehler: *Fuk you. Las mich in Ruhe, du Biss ein häsliches Schwein.* Es war ein Kinderstreich, mehr nicht. Als sie sich Ivys boshaft verzerrtes kleines Gesicht dabei vorstellte, lachte sie vor Überraschung laut auf. Bestimmt hatte Harriet etwas dazu gesagt, sich dagegen verwahrt; Alice glaubte zu spüren, wie ihre Schwester diese üble Beleidigung aufgenommen und auf sich hatte wirken lassen. Sie sank auf die Bettkante, schaltete die Nachttischlampe an, um besser zu sehen, und begann zu lesen, was Harriet mit Kugelschreiber in ihrer kleinen, unverwechselbaren Handschrift geschrieben hatte. Die Buchstaben waren abgehackt, wie Druckbuchstaben voneinander getrennt. *Ist das Glück? Meine Gefühle klingen verrückt, ja, krank, wenn ich daran denke, wie sehr P. im echten Leben gelitten hat. Habe heute Abend, nachdem sie im Bad war, ihre langen Haare, die den Abfluss verstopften, an mich genommen und berührt.*

Ahnungsvoll blätterte Alice weiter und überflog hastig die Seiten, immer schneller dem Faden der Geschichte folgend. *Hoffnung und Zweifel, ich weiß nicht, was ich glauben soll. P. hat meine Hand berührt, habe sie den ganzen Tag nicht gewaschen. Ich bin wie ein dummes Kind, weil ich gar nicht weiß, wie das alles geht. Ich hasse Roland, weil er sie nebenan bei sich hat.* Harriet musste in den schmutzigen Lippenstift-Schmierereien, die die ganze Seite fast unleserlich machten, ihr eigenes Urteil über sich selbst gesehen haben. Und tatsächlich sah Alice, als sie weiterblätterte und den letzten Eintrag las, dass die sauberen Druckbuchstaben abrupt abbrachen und Harriets Stift kräftige, sich tief ins Papier grabende Striche über die Seite gezogen hatte. *Dumm, dumm, du dämliche … Wie konnte ich? Was habe ich getan? Alles ist aus.*

Auf ihrem Weg die stillgelegte Straße entlang konnte Alice, wenn sie den Kopf hob, noch einigermaßen sehen, nicht aber, wenn sie auf ihre Füße blickte in diesem dunklen Tunnel aus Bäumen, deren knorrige Äste und dicke Blätter schwarz gegen den edelsteinblauen Himmel abstachen wie in einem wilden Bilderbuchwald. Weiter unten schien ein weißes Haus an der Straße zu schweben, die Mühle, in der das Papier für die Künstler hergestellt wurde. Als Alice aus dem Tunnel auftauchte, sah sie Fledermäuse, die sich wie schwarze Sprengsel aus der Dunkelheit lösten, welche sich in den Bäumen und unter den Dachvorsprüngen des Gebäudes verdichtet hatte; so ähnlich fühlte sich auch die Angst an, die sich in ihrem Körper zusammenballte und dunkle Geschosse in ihre Gedanken hineinschickte. Nur deshalb war sie hinausgegangen, nachdem sie in der Spülküche zu einem Pullover und den erstbesten Gummistiefeln gegriffen, ihre Riemchensandalen ausgezogen und ihre nackten Füße in die klammen, anonymen Stiefel geschoben hatte: weil es unerträglich war, zu Hause zu sitzen und zu warten. »Aber du weißt doch nicht einmal, welchen Weg sie genommen hat!«, sagte Fran.

Hinter der Papiermühle stieg die Straße wieder an; oben angelangt kletterte Alice über einen Zauntritt und erreichte einen Pfad, der über ein Feld führte. Dies war der Weg, den sie als Kinder am häufigsten genommen hatten. Der Abendnebel, der aus dem feuchten Feld aufstieg, waberte kalt und milchig um ihre Knie; sie hatte die Taschenlampe mitgenommen, wollte sie aber noch nicht einschalten, weil sie nicht wusste, wie weit die Batterie reichen würde. Im Übrigen konnte sie ja noch ein bisschen sehen, es war noch nicht Nacht; über dem Feld jagten Schwalben im letzten Licht durch den weiten Raum, tauchten zwitschernd in den Nebel ein und wieder aus ihm hervor.

Alice begann, nach ihrer Schwester zu rufen. *Harriet! Het-tie!* Der Singsang ihrer Stimme war beruhigend, aber auch merkwürdig, wie er von diesem steilen Hang widerhallte, als wäre es nicht ihre eigene Stimme, sondern etwas, das von außen kam. Langsam näherte sie sich dem Eingang zum Wald, der wie ein Loch aussah, in eine dunkle Wand hineingerissen. Inzwischen glaubte sie nicht mehr daran, dass sie es schaffen würde, dass sie den Mut aufbringen würde hineinzugehen. Ihre Suche war ohnehin zwecklos, und die Gummistiefel scheuerten an ihren nackten Füßen. Harriet konnte überall sein in den Hügeln und Tälern ringsum, vielleicht war sie meilenweit von ihr entfernt. Alice würde sie niemals finden. Ihre Vorstellungskraft erlahmte, sie spürte eine ernüchternde Leere. Nur noch Angst war da und das Gefühl ihrer eigenen Unzulänglichkeit inmitten dieser menschenleeren Dunkelheit. Es war eine Expedition ins Nichts, da war sie sich so gut wie sicher. Bei Tag hatte sie das verheißungsvolle Gatter zum Wald immer sehr gemocht, ganz gleich, wie das Wetter war; sie hatte sich die schattige Welt dahinter vorgestellt, die anmutigen Birken, die dieses Gehölz im Sommer wie im Winter so reizvoll machten wie ein schönes Zimmer. Doch als sie nun das Gatter erreichte, sich dagegenlehnte und wieder Harriets Namen schrie, schien sich der Wald abzuschotten, und ihr Ruf klang wie ein Übergriff. Die schon fast vom Dunkel verschluckten Bäume hatten eine feindselige, unheimliche Präsenz: Einige der vor dem Birkenwald gepflanzten Kiefern waren gefällt worden. Die Stämme lagen aufeinandergestapelt neben dem Weg, in der feuchten Luft hing ein harziger Duft, und auf dem Boden leuchteten helle Flecken aus frischem Sägemehl.

Irgendwann hatte Alice das Gatter dann doch geöffnet, war in die Dunkelheit des Waldes eingetaucht und von da an außerstande, noch einmal die Stimme zu heben. Als sie die Taschenlampe einschaltete, schien alles um sie herum in einer Weise vor ihr zurückzuschnellen, die sie beunruhigend fand, zumal das Dunkel an den Wänden des schmalen Lichttunnels noch schwärzer war. Wenn sie das Licht hin und her schwenkte, schienen die schlanken, krummen Stämme, die geisterhaft bleich in Reih und Glied aufgestellt waren, auf etwas Wichtiges hinzuweisen. Was war das für eine Gewalt, vor der sich Alice hier fürchtete, wo sie doch in den Straßen keiner Stadt jemals Angst hatte? Als mit lautem Getöse irgendein Tier – ein Reh? – vor ihr aus der Dunkelheit brach und davonpreschte, fuhr Alice der Schreck in die Glieder. Sie nahm sich vor, dieses erste Waldstück noch zu durchqueren und dann wieder umzukehren; sobald sie das keilförmige Feld erreicht hätte, hinter dem noch mehr Wälder lagen, würde sie sich, wenn Harriet dort nicht war, auf den Rückweg machen.

Als sie über den nächsten Zauntritt kletterte und den Wald hinter sich ließ, staunte sie, wie hell der Himmel immer noch war. Weiter unten, am Fuß des Feldes, hatte sich milchiger Nebel aufgestaut; weiter oben konnte sie die hohen, steinigen Böschungen und die wuchernden Brombeersträucher noch ganz gut erkennen. Waren das nicht Kühe dort oben? Oder eine Kuh, die aufmerksam in ihre Richtung blickte? Jedenfalls ein weißer Umriss in der Dunkelheit. Welche Erleichterung, wieder im Freien zu sein! Die tiefe Spalte eines mit Brombeersträuchern überwucherten Baches schlängelte sich durch das Feld und teilte es in zwei Hälften; gedämpft plätscherte der unsichtbare Bach in seinem ausgehöhlten Bett. Wieder rief Alice nach ihrer Schwester. *Hettie! Har-riet!* Sie starrte hoch zu der weißen Gestalt, die bei näherem Hinsehen auf dem Boden zu liegen schien, und stolperte mit zuckendem Lichtkegel durch die Grasbüschel darauf zu.

»Hettie! Bist du das? Bist du hier?«

Wenn es doch eine Kuh war, hätte sie aufstehen und auf Alice losgehen können. Alles in dieser Nacht war voller Gefahren. Aber wenn diese Gestalt, eigentlich zu schmächtig für eine Kuh, wirklich Harriet war, warum bewegte sie sich dann nicht, warum war sie nur ein starrer, bleicher Fleck in dem sich verdunkelnden Feld? Wenn es tatsächlich Harriet war, musste sie abgelenkt sein, ganz auf etwas konzentriert, das nur sie betraf, sie allein. Alice hörte sich keuchen, als sie in den rutschenden Stiefeln den nassen Hang hochlief. Sie stürzte, schlug ungut mit dem Knie gegen einen Stein, kämpfte sich wieder hoch. Wasser rauschte irgendwo in der Nähe, ein kaltes Brodeln, als würde der Bach über eine Felskante stürzen. Mit ausgestreckter Taschenlampe spähte Alice nach vorn, und dann sah sie in einem plötzlichen Moment des Wiedererkennens, dass ihre Schwester nackt mit angezogenen Beinen und dem Gesicht nach unten im Gras lag. Die Gewalt der Nacht war real geworden, das Schlimmste geschehen, doch

Alice wies diese Wahrheit mit aller Macht und voller Entsetzen von sich. Es konnte nicht sein, aber es war so. Laut protestierte sie, obwohl niemand da war, der ihren Protest hätte hören können. *Nein! Nein, nein, nein!*

In diesem Moment hob Harriet den Kopf und blinzelte über ihre Schulter hinweg in den Lichtkegel der Taschenlampe. »Oh, Alice, warum bist du gekommen?«, sagte sie. »Ich wollte doch sterben.«

Alice war außer sich. Die Vorstellung, dass Harriet wusste, dass sie sie für tot gehalten hatte, war unerträglich, und sie hielt anklagend die Taschenlampe auf ihre Schwester gerichtet und blendete sie. »Was machst du hier? Wo sind deine Kleider?«

»Die habe ich ins Wasser geworfen, damit ich es mir nicht doch noch anders überlege.«

»Anders überlege? Was?«

»Ich weiß nicht. Ich wollte einfach sterben. Es hat mir gereicht.«

»Willst du mich auf den Arm nehmen? Das kannst du nicht ernst meinen. Wer in der Geschichte menschlicher Dummheit hat jemals versucht, sich umzubringen, indem er sich mitten im Sommer eine Erkältung holt?«

»Wie sich zeigt, kriege ich nicht mal das Sterben hin.«

Alice leuchtete mit der Taschenlampe um sich und entdeckte Harriets Wollpullover, der sich in einem Brombeerstrauch verfangen hatte. Nur ein Ärmelende war nass, weil es im Bach hing. »Zieh das an. Sofort.«

»Aber ich habe doch keine Unterwäsche an.«

»Bist du verrückt geworden? Ach ja, ich vergaß, du *bist* verrückt geworden, ganz offensichtlich. Deine Unterwäsche ist jetzt egal, du Dumme. Ich gebe dir auch noch meinen Pullover, den ziehst du darüber. Du darfst keine Unterkühlung bekommen – nicht dass ich ernsthaft glaube, du könntest um diese Jahreszeit eine Unterkühlung bekommen, aber trotzdem, meinen Rock gebe ich dir auch noch.«

Während sie redeten, zog Alice ihre Schwester an, so gut sie konnte, zerrte ihr den Pullover über den schlaff zur Seite hängenden Kopf, krempelte den nassen Ärmel hoch und zog dann selbst Regenjacke und Pullover aus, um sie Harriet überzustreifen. Harriet war gefügig, ohne mitzuhelfen, ließ alles geschehen wie ein Kind; ihre Arme waren schwer, als würden sie nicht zu ihr gehören – Alice musste sie anheben und in die Ärmel stecken. Harriet sagte, alles fühle sich taub an. Es war eine kalte, aber nicht unerträglich kalte Nacht; zuerst zitterte Harriet nicht einmal, doch als sie damit begonnen hatte, konnte sie nicht mehr aufhören.

»Wir müssen dir alles anziehen«, sagte Alice. »Mir geht's gut, mir ist warm, so kalt ist es eigentlich nicht, du hast dich selbst in diesen Zustand gebracht. Allerdings hoffe ich, dass uns niemand über den Weg läuft, wenn wir am Dorf sind, ich in meiner Unterhose. Was hast du dir nur dabei gedacht?«

»Du hast ja keine Ahnung, was mir passiert ist, was für eine schreckliche Sache ich getan habe.«

»Habe ich wohl«, sagte Alice. »Ich habe schon eine Ahnung. Du hast dich irgendwie an Pilar rangemacht, und sie hat dir einen Korb gegeben. Keine Angst, sie hat es niemandem erzählt, und das wird sie auch nicht tun. Keiner weiß es. Ich hab's nur erraten. Solche Sachen passieren. Mir ist es schon tausendmal passiert. Ich meine, meistens mit Männern, klar, nicht mit Frauen. Wobei es mir sogar auch einmal mit einer Frau passiert ist.«

Harriet wandte das Gesicht ab und schloss gequält die Augen.

»Dass so etwas jedem passiert, macht die Sache nicht besser, ich weiß. Aber hast du denn gar nicht an uns gedacht, Hettie, und daran, wie sehr wir dich lieben? Schau mich an, mach die Augen auf! Ist es nicht unglaublich, dass ich dich gefunden habe? Ich *wusste*, dass du hier sein würdest, auf diesem Feld hinter dem ersten Waldstück, ich wusste es. Ich bin losgegangen, weil es einfach nicht mehr auszuhalten war, zu Hause herumzusitzen, zu warten und sich Sorgen zu machen. Fran meinte, es wäre keine gute Idee, wir wüssten ja gar nicht, welche Richtung du überhaupt eingeschlagen hast, und damit hatte sie natürlich absolut recht, und ich war mal wieder die Bekloppte. Aber ich hatte so ein Gefühl! Irgendetwas hat mich gelenkt, obwohl alles so dunkel und angsteinflößend war. Du weißt ja, dass ich schon immer an solche Sachen geglaubt habe. Und jetzt habe ich dich gefunden, Gott sei Dank! Ich habe dich gerettet! Ist das nicht unglaublich?!«

»Aber ich wollte nicht gerettet werden.«

»Doch, das wolltest du. Du wolltest gerettet werden. Du weißt es nur noch nicht.«

Kasim ließ Molly einige Minuten lang vor dem Cottage warten, während er drinnen in fliegender Hast die Kerzen anzündete, das Feuer entfachte, für das er bereits alles vorbereitet hatte, und die Decken vor dem Kamin auf dem Boden ausbreitete. Allzu schlecht roch es nicht. Molly fürchtete sich im Dunkeln, sie drückte sich von außen an die Tür und jammerte verzweifelt durch die Ritzen. »Kann ich reinkommen? *Bitte,* Kas! Lass mich rein. Es ist schrecklich hier draußen.«

Als er sie dann wirklich hineinließ, war er plötzlich nervös – nicht dass sie sich jetzt womöglich noch lustig machte über das, was er im Cottage bewerkstelligt hatte und worauf er so stolz war. Unbehaglich beobachtete er ihr Gesicht; er konnte sich gar nicht daran gewöhnen, wie verändert sie aussah mit diesen bizarren Zöpfchen, die in alle Richtungen von ihrem Kopf abstanden; wie ein Clown, albern und spöttisch zugleich. Sie war eine Fremde, jemand, den er kaum kannte. Als sie sich lächelnd umsah und alles schön fand, fiel ihm ein, dass Frauen ein strahlendes Lächeln als Waffe einsetzten, um die Männer in ihren Anstrengungen anzuspornen, ganz gleich, was sie wirklich dachten. Also misstraute er ihr und spürte bereits einen Anflug von Rachsucht.

»Es ist wunderschön, Kas! Du hast etwas Wunderschönes daraus gemacht. Ich bin ja so froh, dass ich geblieben bin.«

Er begann, mit der Weinflasche zu hantieren; wie sich herausstellte, hatte sie einen Schraubverschluss, der Korkenzieher war also überflüssig. Dann schüttete er eine Tüte Chips in eine Schüssel. Sie setzten sich auf die Decken vor dem Feuer, das gut brannte, nachdem er das Holz vorausschauend einige Tage hatte trocknen lassen. Endlich lief alles wie geplant. Wobei Mollys Vorstellung davon, was als Nächstes geschehen sollte, möglicherweise nicht ganz mit seiner übereinstimmte.

Vielleicht dachte sie, dass sie sich den ganzen Abend nur küssen, streicheln und aneinander aufheizen würden wie sonst auch, um dann die Kerzen auszublasen und wieder nach Hause zu spazieren. Sein Plan ging mit der Strategie einher, Molly nach jedem Schluck Wein gleich wieder nachzuschenken. Doch als er es versuchte, legte Molly gleich ihre Hand auf das Glas und sagte, sie wolle sich nicht zu sehr betrinken. Dann küsste sie ihn, und ihr Mund war voller Wein, der auch ihm in den Mund lief, was ihn schockierte. Hatte sie das mit Absicht getan?

Also richtete er sich auf, um ihren Kuss kniend zu erwidern, von oben auf sie herab, und dabei schob er die Finger zwischen die knotigen Haarflechten an ihrem Hinterkopf und zog ihr Gesicht zu sich hoch, sodass sie den Kopf in den Nacken legen musste. Nach etwa einer Minute drehte sie sich weg und beschwerte sich, dass sie einen Nackenkrampf kriegen würde. »Und?«, fragte sie mit einem geheimnisvoll strahlenden Lächeln. »Gewöhnst du dich langsam daran, mich in einem Kleid zu sehen?«

Kas war fassungslos, dass sie sich jetzt noch Gedanken über Kleidung machte. »Das Kleid ist lächerlich«, sagte er. »Es sieht schrecklich aus.«

Molly beugte sich zu ihm hin, und ihr Atem kitzelte in seinem Ohr. »Also gut«, flüsterte sie.

»Also gut?«

»Wenn es dir nicht gefällt, sollte ich es vielleicht besser ausziehen.«

Und ehe er begriff, was da eigentlich geschah, hatte sie sich schon mit einer lässigen Bewegung das Kleid über den Kopf gezogen. Darunter war sie nackt. Seine Hände kannten ihren Körper, jedenfalls halbwegs, doch seine Augen sahen ihn zum ersten Mal, als wäre sie hier, vom Licht des Kaminfeuers gestreichelt, für ihn neu geboren: die kleinen, aufgerichteten Brüste, die stumpfen, rosa Brustwarzen, die lange Mulde ihres Bauchs mit dem leicht vorstehenden Nabel und darunter, wo sie kniend die Oberschenkel zusammenpresste, der dunkle, schattige Flaum. Scheu lächelte sie ihn an. »Und? Was denkst du? Gefalle ich dir?«

Kasim wusste nicht, wie er anfangen sollte.

»Hab keine Angst«, sagte er. »Ich werde sehr behutsam sein. Ich habe ziemlich viel Erfahrung.«

»Ich habe auch etwas Erfahrung«, sagte Molly. »Ich habe keine Angst.«

3

Fran und Alice wechselten sich die ganze Nacht an Harriets Seite ab. Alice hatte Fran alles erzählt. Als Erstes hatten sie ihrer Schwester heißen Tee mit Zucker und Brandy eingeflößt, sie dann mit einem T-Shirt unter dem Pyjama zum Schlafen in ihr eigenes Bett gelegt. Immer wieder füllten sie heißes Wasser in Wärmflaschen, die sie in Handtücher wickelten, und gaben acht, dass sie ihrer Haut nicht zu nah kamen. Zwei Daunendecken hatten sie über sie gelegt. Ihr Körper hatte sich vollkommen kalt und abgestumpft angefühlt, als sie ihr beim Ausziehen halfen; schlaff hing sie in ihren Armen, stumm, mit nach oben wegrollenden Augen. Fran rief Jeff an und bat ihn, im Internet nachzuschauen, ob sie das Richtige taten oder besser einen Arzt rufen sollten. Wie sich herausstellte, war der Brandy möglicherweise ein Fehler gewesen. Doch wenn sie probeweise eine Hand unter Harriets Deckenberge schoben, kam es ihnen vor, als fühlte sie sich schon wärmer an. Zum Schlafen hatte sie sich mit angezogenen Beinen auf die Seite gedreht, und manchmal schnarchte sie. Sie wussten nicht, wie lange sie entblößt auf diesem Feld gelegen hatte. Wahrscheinlich hatte sie sich erst ausgezogen, als es dunkel zu werden begann.

Auch Alice brauchte heißen Tee und konnte nur bei laufendem Radiator und in eine Decke gewickelt in

Harriets Zimmer sitzen; sie wollte den Brandy, auch wenn Jeff behauptete, davon werde es ihr nur schlechter gehen. Die schrecklichen Details ihres Abenteuers – wie sie nur in Unterhose, Gummistiefeln und einem glücklicherweise langen Hemd ihre Schwester durch den Wald zurückbringen musste – verfestigten sich bereits während des Erzählens zur Legende. Harriet hatte, wenn auch stolpernd und rutschend und mit ihrem ganzen Gewicht auf Alice gestützt, selbst gehen können. Wenigstens ihre Stiefel hatte sie nicht in den Bach geworfen, offenbar hatte sie im letzten Moment gedacht, dass sie noch irgendwem nützlich sein könnten. Fran sagte, dass Alice eine Heldin sei. Den Kindern, die noch nicht im Bett lagen, als Alice und Harriet nach Hause kamen, erzählten sie, ihre Tante sei gestürzt und habe nicht mehr gehen können, als Alice sie fand; dasselbe hatten sie Jeff erzählt und vereinbart, es allen so zu schildern.

»Was für ein unglaubliches Glück, dass du so hartnäckig warst«, sagte Fran wieder. »Ich habe ein total schlechtes Gewissen! Was wäre passiert, wenn du auf mich gehört hättest?«

»Es war kein Glück. Ich wusste es. Jemand oder etwas hat mich hingeführt. Vielleicht unsere Mutter, glaubst du nicht?«

»Ach, nein, Alice, nein. Sag so was nicht, das ist schrecklich. Was für ein Unsinn. Das glaubst du doch eigentlich selbst nicht.«

Als streng rational denkender Mensch führte Fran alles auf den psychologischen Scharfblick ihrer Schwester zurück. Hin und wieder schlug Harriet aus dem Schlaf heraus die Augen auf, als wollte sie sich vergewissern, dass die beiden noch bei ihr saßen. »Sag etwas, Harriet«, drängte Fran sie. »Damit wir wissen, dass du zurechnungsfähig bist.«

»Ich bin zurechnungsfähig«, murmelte sie, die Augen schon wieder geschlossen.

Die Nachttischlampe verbreitete ein rosa getöntes Licht; Alice hatte ein rotes Seidentuch über ihren Schirm gelegt. Nach der Stille des Nachmittags war überraschend Wind aufgekommen, der gegen das Haus peitschte und an den Fenstern rüttelte. Als Alice in dem Lehnstuhl, den sie aus Rolands Zimmer hereingetragen hatten, aus einem Dämmerschlaf erwachte, waren die Augen ihrer Schwester geöffnet und starr auf sie gerichtet, doch sobald Alice sie ansprach, ließ sie ihre Augen wieder zufallen und tat so, als schliefe sie. Die Art und Weise, dachte Alice, wie Harriet sich ihren Aufmerksamkeiten hingab, hatte fast etwas Wollüstiges. Wie sie zuließ, dass ihre Schwestern sie aus- und ankleideten, ihr mit dem Löffel Tee einflößten, über ihren Kopf hinweg über sie sprachen. In Harriets enthaltsamem Leben gab es in der Regel niemanden, der sie verwöhnte oder viel Aufhebens um sie machte; schon gar nicht Christopher. Mitleid war ohnehin etwas, wovon sich Harriet stocksteif und aus eigenem Antrieb fernhielt. Doch nun erhob sie mit der Unbefangenheit eines Kindes Anspruch auf die Fürsorge ihrer Schwestern, ja, sie machte nicht einmal Anstalten, sich bei ihnen zu bedanken oder für die Umstände zu entschuldigen, die sie ihnen bereitete. Es berührte Alice, doch es beängstigte sie auch, wie weit sich ihre Schwester plötzlich von ihrem alten Ich entfernte und einfach die Knoten des Netzes auftrennte, in dem sie gefangen war. Aus eigener Erfahrung wusste Alice, wie mühsam es war, die Fäden des eigenen Ichs, die man in größter Not gelöst hatte, zu entwirren und neu zu verknüpfen.

Als Fran die Kinder ins Bett gebracht hatte, kam sie in Harriets Zimmer zurück, setzte sich aber nicht, sondern trat immer wieder ans Fenster und spähte in die Dunkelheit, obwohl es dort gar nicht so viel zu sehen gab, denn das Fenster ging nur auf die Spülküche, die Nebengebäude und die Seitentür des Hauses. Über dieser Tür strahlte eine Lampe in den Wind hinaus, der an den Buchen riss und wirbelnd durch die Blätter fuhr, sodass ihre helleren Unterseiten aufleuchteten. Fran wollte Alice nicht beunruhigen, doch von Molly und Kasim gab es immer noch kein Lebenszeichen. Sie hatte die Außenlampe angeschaltet, um ihnen, falls sie sich verlaufen hatten, den Weg zu weisen. Wo steckten sie nur? »Was ist eigentlich los heute? Sind alle verrückt geworden?«, murrte sie.

So gab es nun eine zweite Sorge, die die Schwestern wach hielt und im Laufe der Stunden an ihnen zu nagen begann, während sie abwechselnd versuchten, wenigstens eine halbe Stunde Schlaf zu bekommen. Irgendwie schien es besser, dass immer eine von ihnen Wache hielt. Sollten sie Roland anrufen? Aber warum sollten sie ihn beunruhigen, wenn sie doch bis zum Morgen ohnehin nichts tun konnten? Oder sollten sie die Polizei anrufen? Alice war sich sicher, dass es Kas und Molly gut ging, sie hatte so ein Gefühl. »Und wenn sie die ganze Nacht im Freien verbringen, können sie sich wenigstens aneinander wärmen. Wie Hänsel und Gretel.«

»Willst du jetzt, bloß weil du einmal eine Vermisste gefunden hast, ständig deine Phantasie mit dir durchgehen lassen?«, stöhnte Fran. »Es ist schrecklich da draußen.«

»Wahrscheinlich haben sie sich verirrt und dann irgendwo einen Pub gefunden, wo sie etwas getrunken und sich für die Nacht ein Zimmer genommen haben.«

»Dann sollten sie uns aber eigentlich längst angerufen haben.«

»Wetten, sie haben die Telefonnummer nicht?«

»Wenn sich wirklich herausstellt«, sagte Fran, »dass sie zusammen in einem Pub übernachtet haben, sollten wir es Roland nicht sagen.«

Am Morgen ging Fran früh ins Zimmer der Kinder, um sie zu befragen; vielleicht wussten sie ja etwas. Der Tag war strahlend und durch den nächtlichen Sturm wie blank poliert, und als Fran die Vorhänge aufziehen wollte, sah sie, dass die Sonne wie glitzernde Silberfäden durch eine Reihe von kleinen, kreuzförmigen Schlitzen im Stoff fiel, die aussahen, als hätte sie jemand absichtlich hineingeschnitten. Als sie die Kinder weckte und Auskunft verlangte, blickte sie in zwei leere, dösige Gesichter. Erhitzt und noch halb gefangen in ihren Träumen vermochten sich Ivy und Arthur kaum vorzustellen, dass sie tatsächlich diejenigen waren, die über die Schnitte in den Vorhängen Bescheid wussten. Doch mit diesem ersten Nein hatten sie unweigerlich den Weg des geringsten Widerstands, anders gesagt: des Leugnens beschritten. Und so schüttelten sie abermals mürrisch die Köpfe, als Fran sie fragte, ob sie eine Ahnung hätten, wohin Kas und Molly gegangen waren. Ungelüftet und zerzaust in ihren Schlafanzügen beugten sie etwas später am Küchentisch die Köpfe tief über ihre Schalen mit Reis-Crispies und löffelten ihre Milch wie Kinder, die nur in Ruhe gelassen werden wollten, um wieder spielen zu gehen.

An diesem Morgen hatte Harriet mit gutem Appetit Toast gegessen und Tee getrunken, sich dann umgedreht und hingebungsvoll wieder in den Schlaf sinken lassen. Als Alice nach unten kam, um sich frischen Tee zu holen, fiel durch die aufgerissenen Türen der sonnenhelle Tag ins Haus, wo er leuchtende Rauten und tanzende Lichtpunkte auf Wände und Böden warf und die schmuddeligen Ecken zum Vorschein brachte. Nur die im Garten verstreuten Zweige und Blätter und die durchtränkte, mit Rosenblütenblättern gesprenkelte Erde ließen erahnen, wie in der Nacht der Sturm gewütet hatte. Jetzt, da so vielversprechend ein neuer Tag begann, machte Alice sich größere Sorgen. Sie ging zum Tor und blickte in beide Richtungen die Straße entlang. »Wir geben ihnen noch eine Stunde«, sagte sie in der Küche, finster und aufs Schlimmste gefasst, »dann rufen wir die Polizei.«

Arthurs und Ivys erschrockene Blicke – sie hatten nicht gewusst, dass sie *so* tief in der Klemme steckten – verfingen sich ineinander und lösten sich aus purem Selbsterhaltungstrieb rasch wieder. Eine Stunde, das war eine unerträglich dehnbare Zeitspanne, mit der sie beide nicht umzugehen wussten. Bei der kleinsten Lichtveränderung draußen, dem leisesten Geräusch blickten alle hoffnungsvoll auf und hatten das Warten dann jedes Mal umso gründlicher satt. In ihrem Lehnstuhl in Harriets Zimmer drehte Alice das Zifferblatt des Weckers von sich weg, um nicht sehen zu müssen, wie die Zeit verging. Weil Fran in der Nacht kaum geschlafen hatte, zitterte sie vor sprunghafter Energie. Als sie ihren Blick durch die Küche wandern ließ, blieb er an Arthurs langen, goldenen Locken hängen, die ihm wie Zelttüren ins Gesicht hingen, während er konzentriert sein Toastbrot mit Nutella bestrich, den Messergriff unbeholfen tief in der Hand. Er war nicht mehr so unschuldig wie früher, dachte seine Mutter plötzlich. In der unheilvollen Stimmung dieses Morgens glaubte sie, sich mit der Wahrheit abfinden zu können, dass alles Gute irgendwann ein Ende haben musste, und verkündete, dass sie ihm die Haare schneiden würde.

»Stell dich auf den Hocker«, befahl sie. »Du kannst den Schlafanzug anlassen.«

Arthur erschrak. Er wusste, dass die langen Haare ihn auf irgendeine komplizierte Weise mit seiner Mutter verbanden, und hatte immer darauf vertraut, dass sein Dad, wenn der unvermeidliche Moment gekommen wäre, derjenige sein würde, der aufs Abschneiden beharren würde. Den Aufstand probte dann aber Ivy, die vom Tisch aufsprang und es dabei fertigbrachte, die Milch aus ihrer Frühstücksschale zu verschütten und gleichzeitig ihren Stuhl umzuwerfen. »Du kannst ihm doch jetzt nicht einfach die Haare abschneiden! Was soll das? Weißt du nicht, was das für *mich* bedeutet? Wenn die Haare anders sind, kann ich doch nicht mehr dieselben Gefühle für ihn haben, nie mehr! Das ist der Arthur, an den ich gewöhnt bin!«

Fran, die gerade die Hand ausgestreckt hatte, um die Schere von der Hakenleiste zu nehmen, hielt abrupt inne, ohne sich umzudrehen. »Lass es einfach, Ivy. Fang gar nicht erst an.«

Irgendetwas in der Stimme ihrer Mutter hatte zur Folge, dass Ivy sich ausnahmsweise einmal fügte. Widerspruchslos, ohne ein Wort zu sagen, nahm sie die Küchenrolle und riss einen langen Streifen ab, um die verschüttete Milch aufzuwischen. Arthur stand wie ein gemarterter Prinz auf dem Hocker, doch Fran war unerbittlich. Obwohl sie nicht abergläubisch war, ging ihr der Gedanke durch den Kopf, dass sie im Begriff war, etwas Kostbares zu opfern, um das Schicksal gnädig zu stimmen. Sobald Ivy mit dem Wischen fertig war, sah sie fasziniert zu. Während die langen Haarspiralen eine nach der anderen rings um den Küchenschemel auf das grüne Linoleum fielen, schien vor aller Augen ein neuer Arthur zu entstehen: nicht mehr süß und kleinkindhaft, sondern knochiger, durchtriebener und eindeutig männlicher. Im Schutz seiner langen Haare war es ihm gelungen, sich unbemerkt zu einer neuen Person zu entwickeln. Was unter dem Deckhaar geblieben war, von der Schere gezeichnet wie das Fell eines geschorenen Lamms, war von einem bräunlichen Mausgrau ohne den leisesten goldenen Schimmer. Während des Schneidens sagte Fran kein Wort. Mit großer Willenskraft unterdrückte sie ihre Trauer.

Als sie bereits halb um Arthurs Kopf herum war, näherten sich draußen Schritte, und alle blickten erwartungsvoll auf, froh, nun vielleicht doch noch erlöst zu werden. Doch es war nur Janice Patten, die in der Tür stehend das einfallende Licht blockierte. Sofort argwöhnte Fran, dass sie gekommen war, um ein bisschen herumzuschnüffeln, weil ihr vielleicht wegen Harriet irgendetwas zu Ohren gekommen war. Alice hoffte zwar, dass sie in der Nacht auf der Straße nicht gesehen worden waren, doch auf dem Land gab es immer irgendjemanden, der irgendetwas sah. Möglich auch, dass die in den Bach geworfenen Kleider entdeckt worden waren: Alice hatte vorgehabt, sie später zu holen, wenn sie überhaupt noch zu finden waren. Janice trug ein blau-weiß gestreiftes T-Shirt-Kleid im Marinelook und eine über ihr krauses, grau-blondes Haar gestülpte rosa Schirmmütze. Die Tragweite dessen, was hier vor ihren Augen geschah, hatte sie im Nu erkannt.

»Oh, nein, die schönen Löckchen!«

Ihr Protest hatte einen zufriedenen Unterton, aus dem Fran schließen konnte, dass sie die Haarschur begrüßte. Vielleicht hatten die Leute hier, all die Einheimischen, die Janice im Gegensatz zu ihnen kannte, schon darüber geredet, dass sie aus ihrem kleinen Jungen ein Schoßkind machte. Gereizt zog sie die nächste Locke glatt und hob die Schere. Arthur schwankte auf seinem Hocker, verzog aber nur stoisch das Gesicht. Fran blickte auf die Uhr: Die Stunde war fast um. Dann konnte sie mit ihren Katastrophen eigentlich an die Öffentlichkeit gehen.

»Ja, ich dachte, es wäre an der Zeit. Er kann ja nicht für immer und ewig ein Kleinkind bleiben. Aber wir stecken hier heute in einem furchtbaren Schlamassel. Tut mir leid, Janice, aber ich kann dir keinen Kaffee anbieten. Wir müssen zur Polizei: Molly ist verschwunden.

Kasim auch, aber für den sind wir ja nicht verantwortlich. Sie sind die ganze Nacht nicht zurückgekommen. Gestern Abend sind sie losgegangen, wir haben keine Ahnung, wo sie sind, und Harriet ist krank.«

Janice blickte reihum in alle Gesichter und mimte Bestürzung – es waren so viele Neuigkeiten auf einmal, dachte Fran, dass sie gar nicht gebührend ihre Freude daran haben konnte. »Oh, ihr Ärmsten, das sind aber wirklich Sorgen! Was hat Harriet denn? Sie ist doch eigentlich nie krank, oder? Und dann auch noch Kas und Molly – aber zwischen den beiden läuft doch etwas, oder? Nur keine Panik, die tauchen wieder auf!«

»Haben dir die Leute nicht dasselbe gesagt, als Mitzi weg war?«, fragte Ivy mit Grabesstimme.

Im ersten Moment wusste Fran nicht, wer Mitzi war; mit gefasster Trauermiene rief es ihr Janice in Erinnerung und fügte hinzu, dass dies ja wohl eine völlig andere Situation sei. »Wahrscheinlich hat er Molly in irgendein Hotel mitgenommen. Was sagt Roland dazu?«

Mit der Schere hantierend schüttelte Fran den Kopf, die Lippen zusammengepresst. Sie brachte es nicht über sich zuzugeben, dass Roland noch nichts wusste. »Oh, die sind gestern gefahren.«

»Ich habe das Auto gesehen. Mir ist aufgefallen, dass Molly nicht drin saß.«

Arthur strich sich mit einer Hand über den Kopf, um zu prüfen, ob seine Mutter schon fertig war. Als er dort, wo früher die Locken gewesen waren, ins Leere griff – Locken, aufgrund derer er im Übrigen in der Schule schon einige Kämpfe hatte austragen müssen, kleinere Fußtritte und Fausthiebe, die er ausgeteilt hatte, wenn jemand ihn als Mädchen titulierte –, war er zufrieden und fühlte sich plötzlich dazu berufen, um sich herum aufzuräumen. »Wir wissen, wo sie sind«, sagte er mit einer, wie er selbst fand, deutlich klareren Stimme, die nicht mehr durch die Haare gedämpft war. »Und auch, wo Mitzi ist. Oder eigentlich war, weil Kas sie ja beim Saubermachen rausgetragen hat.«

Fran war sich nicht ganz sicher, ob sie diesen Jungen mit dem kahlen Schädel und der ruhigen Souveränität kannte. »Red kein dummes Zeug, Arthur. Mitzi ist schon vor Monaten verschwunden.«

»Und wir haben sie gefunden, im Cottage im Wald.«

»Welchem Cottage?« Janice war verwirrt. »Geht es Mitzi gut?«

Ivy beschloss, dass die Zeit für Erklärungen gekommen sei. »Oh, nein, es tut mir leid. Sie ist tot.«

»Richtig tot«, fügte Arthur hinzu. »Verfault, ganz übel. Aber Kas hat sie zusammengeschaufelt und ins Feuer geworfen. Er hat alles geputzt, um Molly hinzubringen.«

»Ist das jetzt Wichtigtuerei?«, fragte Janice Fran. »Oder ist da etwas Wahres dran?«

Fran konnte es tatsächlich nicht einschätzen.

»Sie lieben sich wirklich sehr«, beharrte Ivy. »Es war eine Art Hochzeit. Keine Angst, natürlich keine richtige Hochzeit, nur eine gespielte. Darum haben wir Molly doch so schick gemacht.«

Alice hatte die Zeit vergessen, gedankenverloren saß sie in ihrem Lehnstuhl, als Fran die Schlafzimmertür einen Spalt weit öffnete und ihre Schwester zu sich winkte.

Kasim und Molly hätten wohl die Nacht in dem verfallenen Cottage verbracht, flüsterte sie ihr zu, diesem Cottage am Weg zum Wasserfall. Deshalb hatte Kas also nach Kerzen gefragt! Und die Kinder hätten es die ganze Zeit gewusst; die könnten sich auf was gefasst machen.

»Sei nicht zu sauer auf sie«, bat Alice.

Sobald sich die Kinder angezogen hätten, würden sich alle zum Cottage aufmachen. »Und ich habe Arthur die Haare geschnitten!«

»Nein! Er sieht bestimmt hübsch aus.«

Fran machte ein unglückliches Gesicht. »Mir gefällt er so nicht, Alice. Jetzt sieht er wie ein richtiger Junge aus. Er ist überhaupt nicht mehr blond. Und Janice begleitet uns.«

»Warum denn das?«

»Oh, wegen des verdammten Hundes. Alles läuft schief.«

»Mach dir nichts draus. Hauptsache, ihr findet Molly und Kas.«

Alice ging wieder zu ihrem Sessel. Sie hörte die Stimmen der Kinder und die von Fran, die darauf bestand, dass sie sich gegen die Sonne eincremten, dann das Knirschen kleiner Steine unter den vielen Füßen, als sie aufbrachen; Janice hatte sich vorher noch ihre Nordic-Walking-Stöcke geholt. Die verschossenen seidigen Vorhänge waren vor das Schlafzimmerfenster gezogen, damit die grelle Sonne Harriet nicht störte. Im lila getönten Licht sahen die alten Kriegsmöbel aus billigem lasierten Holz verschwommen aus.

»Es ist so friedlich hier«, sagte Alice, als sie sah, dass Harriet wach war.

»Ich habe mich dermaßen zum Narren gemacht«, erwiderte Harriet. Ihr Gesicht hob sich gelblich von den Kissenbezügen ab, und das weiße Haar stand dort, wo sie im Schlaf darauf gelegen hatte, borstig von ihrem Kopf ab. Unwillkürlich hob Alice die Hand an ihre eigenen Haare, was ihrer Schwester nicht entging.

»Nein, das stimmt nicht«, sagte Alice. »Du machst dich nie zum Narren, du bist einer der ernsthaftesten Menschen, die ich kenne.«

»Ich hasse meine Ernsthaftigkeit.«

»Denk an die großartige Arbeit, die du leistest. Pilar findet dich im Übrigen auch nicht lächerlich.«

»Ich will nicht über sie reden.«

»In diesem Moment tut es ihr wahrscheinlich einfach nur leid, dass ihr eine gute Freundschaft hattet und sich herausstellt, dass sie für euch beide nicht dasselbe bedeutet hat.«

Harriet drehte auf dem Kissen den Kopf zur Seite und starrte Alice an. »Schlaucht es dich nicht manchmal, das viele Schönreden? Und immer so reizend zu sein? Ich stelle mir das schrecklich anstrengend vor. Ich nehme an, du hast mein Tagebuch gelesen? Es ist mir egal, ob du's gelesen hast. Eigentlich ist es mir sogar egal, dass ich mich zum Narren gemacht habe. Aber ich bin verbittert, Alice. Das Leben von anderen Menschen oder von Leuten, über die ich in Büchern lese, kommt mir so spannend und erfüllt vor und meins dagegen so nichtssagend.«

Der plötzliche Angriff ihrer Schwester erschütterte Alice nur en passant, wie wenn man auf einer Straße über eine vertraute Unebenheit rollt. Sie richtete sich auf, fest entschlossen, in diesem außergewöhnlichen Moment ausnahmsweise einmal vollkommen offen und ehrlich mit Harriet zu sein. »Nichtssagend? Glaubst du, es liegt daran, dass du keine Kinder hast?«

»Du hast doch auch keine Kinder. Und ich finde nicht, dass dein Leben nichtssagend ist.«

»Manchmal schon«, widersprach ihr Alice.

»Versuch nicht, mich aufzumuntern!«, fuhr Harriet sie an. »Du musst nicht immer alles ins Lot bringen.«

Ob sie vielleicht das Gefühl habe, die Zeit, als sie jung war, mit ihrem politischen Engagement verschwendet zu haben?, wollte Alice wissen. Harriet sagte, diese Frage habe sie sich auch schon oft gestellt – sie sei jedoch zu der Überzeugung gelangt, dass sie sich für das Engagement entschieden habe, weil sie damals schon so war, wie sie war; sie sei nicht erst durch die Politik so geworden. Und Alice habe recht, ihre jetzige Arbeit sei wirklich sehr nützlich, und sie wolle sie um nichts in der Welt gegen eine andere eintauschen. Nur helfe ihr die Arbeit nicht bei der Lösung ihrer Probleme.

»Alle wollen dasselbe: leben. Alle unsere Klienten, alle Asylsuchenden, jeder. Man tut sein Bestes und versucht, ihnen zu helfen, damit sie ein Dach über dem Kopf haben, Sicherheit, ein festes Einkommen. Alles Dinge, die man selbst auch hat und deshalb in gewisser Weise froh sein kann, unglaublich froh. Aber es ist trotzdem noch kein wirkliches Leben.«

»Das stimmt nicht«, sagte Alice. »Du siehst die Dinge nur von der falschen Seite, weil du traurig bist.«

»Und was ist, wenn ich sie von der richtigen Seite sehe?«

»Was ist mit Christopher? Du hast Christopher.«

»Ja«, sagte Harriet nach einer Weile. »Er ist ein guter Freund.«

Sie sahen sich direkt in die Augen.

Alice seufzte. »Du meinst also, dass du bei der Liebe zu kurz gekommen bist.«

Harriet zupfte an einem imaginären Flecken auf dem Bezug ihrer Decke. Es machte sie verlegen, wie Alice dieses Wort benutzte, wie flüssig und prall es über ihre Lippen kam, weil sie es schon so oft benutzt hatte, zehntausendmal.

»Ja, ich denke, das, was ich meine, geht irgendwie in diese Richtung«, sagte sie schroff. »Und jetzt ist es zu spät. Sag bitte nicht: ›Aber das stimmt doch nicht.‹ Weil ich es sowieso in mir trage, ich meine, das, was die Liebe verhindert. Oder besser gesagt, ich trage das, was die Liebe ermöglicht, *nicht* in mir. Das gewisse Etwas. Sex-Appeal. Ganz gleich, wie du's nennen willst. Es ist nicht Teil meines genetischen Codes.«

Das ließ Alice als Erklärung nicht gelten. Jeder könne etwas dafür tun, verführerisch zu sein, es sei auch eine Frage des Wollens.

»Vielleicht ja nicht.«

»Die großen Leidenschaften dieser Welt können doch nicht auf etwas so Willkürlichem beruhen wie einem genetischen Code.«

Harriet zuckte mit den Schultern. »Vielleicht ist es aber so. Aber mach dir um mich keine Sorgen. So etwas Dämliches werde ich nicht noch einmal versuchen. Das war mein Victor-Hugo-Moment. Einen zweiten wird es nicht geben.«

Draußen waren Schritte zu hören, und die Schwestern hielten inne: Jemand ging auf die Tür der Spülküche zu. Konnten die anderen schon zurück sein? Als Alice die Vorhänge ein Stück aufzog, sah sie zu ihrer Überraschung unten im Hof einen Mann. Es war Jeff, mit dem Rucksack über der einen und der Gitarre über der anderen Schulter. Er hatte niemandem gesagt, dass er kommen würde. Gegen die Scheibe klopfend winkte sie ihm aufgeregt zu. Er hatte wohl am Bahnhof den Elf-Uhr-Bus genommen und war dann gelaufen, es war schließlich ein schöner Tag. Fran würde glücklich sein. Und als Jeff ein paar Schritte zurückwich, um in die Sonne zu blinzeln und grinsend zu Alice hinaufzuschauen, fiel ihr wieder ein, wie nett er war: in seinem ausgeleierten T-Shirt hager wie eh und je, die Jeans tief über seine schmalen Hüften gerutscht, die Arme muskulös, obwohl er keinerlei Sport trieb, und gebräunt, obwohl er sein ganzes Leben in Bars und Clubs zubrachte. Auf seine Zähne hatte er nie geachtet, sie waren krumm und nikotinverfärbt, und seine früher so weiche Haut begann ledrig zu werden. Doch er sah immer noch aus wie ein ungestümer junger Mann mit seinen schwarz glänzenden Augen, der pfeilgeraden Nase, dem langen Gesicht und den markanten, breiten Wangenknochen, die Arthur von ihm geerbt hatte. Alice' Verzweiflung über ihren frotzelnden, spöttischen, faulen Schwager war immer begleitet vom Kitzel eines harmlosen Flirts. In diesen letzten Tagen in Kington konnten sie einen Mann im Haus gut gebrauchen, dachte sie. Roland hatte nicht gezählt, weil er ihr Bruder war, und Kasim war noch zu jung. Jeffs Ankunft schien etwas ins Gleichgewicht zu bringen.

Eigentlich hatte Alice Harriet ihre Neuigkeit sagen wollen. Doch dann war Jeff gekommen, wobei sie auch vorher schon überlegt hatte, ob es nicht, wenn sie das Thema gerade jetzt auf den Tisch brächte, aussehen würde, als wollte sie Harriets Krise überbieten oder ihre Schwester irgendwie ins Unrecht setzen. Also beschloss sie, erst später mit jemandem darüber zu sprechen. Eigentlich gab es ja auch nicht viel zu erzählen, jedenfalls bisher. Vielleicht würde sich herausstellen, dass er ungefährlich war, dieser kleine Knoten in ihrer Brust, den sie eines Nachts vor ungefähr einer Woche nach dem Essen bei den Pattens ertastet hatte. Der Knoten war neu, dessen war sie sich sicher; aber er konnte ja auch gutartig sein. Sie war aufgewacht und hatte ihre Hand instinktiv auf die Stelle gelegt; als hätte der Knoten im Schlaf nach ihr gerufen, so deutlich wie das Klingeln eines kleinen Weckers. Gleich am nächsten Tag hatte sie telefonisch einen Termin bei ihrem Arzt gemacht – sobald sie wieder in London wäre. Diese Verzögerung, denn wäre sie vernünftig gewesen, hätte sie die Untersuchung sofort machen lassen, war ihr einziges Zugeständnis an die Angst.

Denn natürlich hatte sie Angst, besonders, wenn sie nachts aufwachte und allein war. Der Knoten war ihr jederzeit bewusst, selbst jetzt, da sie fröhlich mit Jeff im Garten saß und Bier trank, während sie auf die anderen warteten. Doch für den Moment verwahrte Alice die Angst in einer von ihrem übrigen Leben getrennten Schublade; und es war auch nicht so schlimm, wie sie erwartet hätte, noch nicht. Immerhin gab es allen Grund, Hoffnung zu haben. Selbst wenn es Krebs war, heutzutage waren so viele Krebsarten behandelbar. Schon einige Male hatten die Geschwister den Gedanken geäußert, dass ihre Mutter vielleicht nicht gestorben wäre, wenn es damals schon die Möglichkeiten der heutigen Medizin gegeben hätte. Ihre eigene Belastbarkeit überraschte Alice. Bestimmt würde die Angst, sobald sie wieder in London wäre, aus ihrem dunklen Tunnel hervorschießen und sich auf sie stürzen. Doch dazu war es bisher noch nicht gekommen. Noch gehörte der Knoten ihr und hatte seine ganz eigene Bedeutung für sie. Sie war sich sicher, dass er mit dem Wink zusammenhing, den sie an ihrem ersten Tag in Kington bekommen hatte, als das Licht, das im Schlafzimmer ihrer Großeltern über die rosa Tapete wanderte, und die Stimmen vor dem Haus so intensive Erinnerungen in ihr wach werden ließen. Da hatte sie gewusst, dass etwas in der Luft lag; nur dass sie missverstanden hatte, was es war.

Es war eine finstere Prozession durch den Wald. Fran und Janice führten ein gezwungenes Gespräch über den Nationalpark, ein Thema, dem sich Janice in düsterem, konspirativem Ton näherte. Ihre Nordic-Walking-Stöcke waren für Fran der Gipfel: Herrgott noch mal, es war ein beschilderter Waldweg, den man in hochhackigen Schuhen hätte entlangspazieren können! Ivy sah verkniffen aus, weil sie in ihrer Phantasie abwechselnd dem Altar oder dem Schafott entgegenschritt und bei beidem nur eine verschwommene Vorstellung davon hatte, was dort geschehen würde. Ihr Outfit war von Mollys gestrigem Aufzug inspiriert: Zu ihrem Nylon-

Unterkleid und dem rosa Paillettenoberteil trug sie einen Schleier, der aus einem Spitzendeckchen bestand, das sie im Flur unter dem Telefon weggezogen und leihweise mit Klammern an ihren Haaren befestigt hatte. Arthur experimentierte durch Drehbewegungen des Halses mit seinem neuen, schwerelosen Kopf. Als sie sich dem Cottage näherten, sahen sie, dass ein leichter Nebel zwischen den Bäumen hing; keiner von ihnen interessierte sich dafür, in städtischer Ignoranz führten sie ihn auf irgendeine Besonderheit des Wetters zurück. Der Nebel verdichtete sich und glitzerte im einfallenden Sonnenlicht, als sie das Wegstück erreichten, das am Cottage vorbei zum Talende führte; Arthur begann, mit der Hand vor dem Mund zu husten, und alle schmeckten den Staub. Dank ihrer Stöcke ging Janice den anderen ein wenig voraus und sah es als Erste.

»Grundgütiger!«, rief sie und blieb abrupt stehen.

Der ganze hintere Teil des Cottages war weggebrochen und zusammen mit einem großen, aus rotem Schlamm und Felsen bestehenden Stück Hang in die fünfzehn Meter tiefe Schlucht gestürzt, wo zwischen niedergerissenen, zersplitterten Bäumen ein Schutthaufen aus Mörtel und Ziegelsteinen still vor sich hin qualmte. Am seltsamsten war irgendwie die Stille oder vielmehr das leise, normale, unbeeinträchtigte Rascheln, Plätschern und Zwitschern, als hätte auch der eigentliche Moment der Katastrophe geräuschlos sein können, abstrakt, ein technischer Vorgang. Ein Drittel des Cottages klebte noch an der Fassade und ragte über den Abgrund: Die von hinten aufgerissenen Räume sahen aus wie Miniaturzimmer eines Puppenhauses, jedes mit seiner Tapete, seiner gestrichenen Wandverkleidung und den hellen Umrissen an den Wänden, wo einst Bilder gehangen hatten. Auf der gekachelten Feuerstelle, die ins Leere ragte, lag noch Asche, und eine Weinflasche war über den Boden gerollt. Ivy stieß einen theatralischen Schrei aus und verstummte genauso abrupt. Fran begann, halblaut vor sich hin zu murmeln: *Oh mein Gott mein Gott mein Gott.* Ganze Minuten schienen zu verstreichen, während sie regungslos auf das starrten, was vor ihnen lag, als würde es ihnen, wenn sie nur warteten, die Erklärung liefern.

»Können wir da runterklettern?«, fragte Fran schließlich.

Janice glaubte zu wissen, dass es einen Pfad gab, der außen herum nach unten führte. »Aber einer von uns sollte zurückgehen und den Rettungsdienst alarmieren. Die werden einen Hubschrauber schicken. Soll ich gehen? Ich bin zwar nicht so fit, aber ich würde joggen, so gut ich kann. Oder sollen wir eins der Kinder schicken? Kann man ihnen das zutrauen?«

»Warte noch einen Moment, Janice. Ich kann nicht klar denken.«

Fran ging vor ihrer Tochter in die Hocke. »Ivy, ich muss das jetzt wissen: Wie sicher bist du dir, auf Ehre und Gewissen, dass Molly und Kasim da drin waren?«

Ivy nickte stumm, das Spitzendeckchen zitternd an ihrem Kopf.

Doch in der Zwischenzeit war Arthur weitergelaufen und stand winkend an der Stelle, wo der Weg eine Kurve machte. »Die sind hier! Die sind hier!«, rief er.

Alle rannten auf die Lichtung, und tatsächlich sahen

sie dort Kas und Molly, die ihnen Händchen haltend und in voller Kleidung auf dem Pfad entgegenkamen. Die Katastrophe, die sich im Cottage ereignet hatte, schien die beiden mindestens genauso zu überraschen wie die anderen. Seltsamerweise war die ganze Fassade zur Lichtung hin so vollkommen intakt wie ein seit Jahrzehnten bestehendes Lügengebäude, in dem angeblich wie gewohnt häusliches Leben stattfand. Nur die Haustür klaffte weit auf, dahinter nichts als blaue Luft.

»Oh, mein Gott, ihr beiden Idioten, was habt ihr *getan*?«, schrie Fran die beiden Jugendlichen an und drehte sich zu ihren Kindern um. »Jetzt sagt mir bloß nicht, dass ihr in den letzten Wochen ständig in dieser schrecklichen Hütte herumgeturnt seid? Sagt mir nicht, dass euch diese verantwortungslosen Dummköpfe, denen ich euch anvertraut habe, das erlaubt haben?«

Worauf sie in wildes Schluchzen ausbrach und nicht zu trösten war, obwohl Arthur sie fest umarmte, denn jedes Mal, wenn sie ein bisschen den Kopf hob, um ihn anzublicken, sah sie nur seinen ungewohnten, traurigen, geschorenen kleinen Nacken.

Molly erzählte ihnen, sie sei in der Morgendämmerung aufgewacht. »Die ganze Nacht war es so windig, aber als ich dann aus der Haustür geschaut habe, hatte der Wind aufgehört, und es war plötzlich ganz still und ruhig und dämmerte schon. Da ist mir aufgefallen, dass ich eigentlich noch nie eine Morgendämmerung erlebt hatte. Also, gesehen irgendwie schon, auf Autofahrten oder so, aber nicht richtig erlebt. Also habe ich Kas geweckt, und wir haben uns angezogen und beschlossen, zum Wasserfall zu gehen. Den solltest du jetzt mal sehen, Ivy, der ist eine reißende Sturzflut im Vergleich zum letzten Mal, als wir dort waren. Wir haben auch ein Reh gesehen. Ich wusste gar nicht, dass es auf dem Land noch frei lebendes Wild gibt.«

»Aber gedämmert hat es schon vor Stunden«, sagte Janice. »Jetzt ist fast Mittag.«

Kas und Molly vermieden es geflissentlich, sich anzusehen. Sie seien wieder eingeschlafen, erklärten sie, auf der Wiese neben dem Wasserfall, als die Sonne ganz aufgegangen war und es warm wurde und alles so schön war.

Aufgrund der dramatischen Ereignisse mit diesem knappen glücklichen Ausgang unternahm niemand auch nur den Versuch, so zu tun, als hätten die beiden nicht miteinander geschlafen, wahrscheinlich die halbe Nacht und dann noch den ganzen Vormittag. Sogar die Kinder konnten sich etwas zusammenreimen. Mollys kleine, abstehende Zöpfe waren von den vielen Umarmungen verstrubbelt, und ihr Gesicht leuchtete versonnen, während sie, noch ganz von ihrer Geschichte erfüllt, in einem fort redete. Was für ein Glück! Das musste man sich mal vorstellen! Was wäre passiert, wenn sie nicht aufgewacht wäre, nicht darauf bestanden hätte rauszugehen? Kas habe erst gemault und sich nicht vom Fleck rühren wollen. Wenn er seinen Kopf durchgesetzt hätte, würden sie jetzt beide in dem Schutthaufen da unten liegen.

Doch man spürte, dass sie diesen Tod nicht eine Sekunde lang wirklich für möglich hielt. Das Leben in ihr besaß so viel Kraft, dass es gegen alles gefeit schien.

»Würden wir wahrscheinlich nicht«, sagte Kas. »Ich gehe mal davon aus, dass es vorher Geräusche gab, ein Knacken, das uns gewarnt hätte. Und außerdem ist ja nicht alles abgestürzt. Bestimmt hätten wir es noch irgendwie rausgeschafft.«

»Aber am Wasserfall müsst ihr doch *irgend*etwas gehört haben«, beharrte Janice. »Das muss doch ein wahnsinniges Getöse gewesen sein, als alles heruntergestürzt ist.«

Molly runzelte vage die Stirn. »Also, vielleicht habe ich schon was gehört. So ein Donnern. Oder ein Scheppern, wie wenn Glasmüll ausgekippt wird. Ich dachte, es wäre irgendwas Industrielles. Eine Fabrik oder so.«

»Das hast du mir gegenüber aber nicht erwähnt«, sagte Kas. »Und es gibt ja auch *massenweise* Fabriken hier in der Gegend.«

»Ich wollte dich nicht wecken. Du siehst so süß aus, wenn du schläfst.«

Irgendwann auf dem Rückweg erkundigte sich Janice bei Kasim, ob es stimmte, dass sie Mitzi in dem Cottage gefunden hatten. Kasim antwortete, er habe in einem der Zimmer im Obergeschoss die toten Überreste von einem Fuchs entsorgt. Janice war erleichtert, während Arthur und Ivy Blicke tauschten und stumm die Entscheidung trafen, sich nicht einzumischen. Plötzlich spürten sie, dass das Verbot der Frauen wieder über ihnen schwebte. Sogar Arthurs neues, härteres Jungen-Ich schien noch halb an sie zu glauben. Wahrscheinlich war es reiner Zufall, dass das Cottage abgestürzt war. Doch Arthur hatte die schmutzigen, flatternden Stofffetzen im Fenster nicht vergessen, den toten Hund in der Zimmerecke, der vielleicht ein Fuchs gewesen war, und das Rätsel der Zeitschriften, das ihn beim Ausschneiden mehr und mehr in seinen Bann geschlagen hatte: in stumpfsinniger Wiederholung ein nackter Körper nach dem anderen, als müsste sich aus der Summe dieser nackten Glieder irgendetwas ergeben. Warum waren eigentlich keine Männerkörper dabei gewesen?

Sie nahmen die Abkürzung durch den Kirchhof; im Garten redete und lachte Alice mit jemandem. Fran dachte unwillkürlich an die Schule und versuchte, die Person zu sein, die sie dort war: gescheit, flexibel, kompetent und stets in der Lage, mit sarkastischer Schlagfertigkeit die Bemerkungen der Schüler zu parieren und sie zum Schweigen zu bringen. Nur in ihrer Familie, da war alles so verworren, in der Familie unterliefen ihr so schwere Fehler. Es beunruhigte sie, dass Janice Patten sie in Tränen aufgelöst gesehen hatte, dass Mollys Liebesleben eine so ungesunde Faszination auf ihre Kinder ausübte und dass sie ihnen erlaubt hatte, sich in diesem Cottage in solche Gefahr zu begeben. In ihrem Kopf ließ sie das Bild rauchender Trümmer hinter einer Tür verschwinden, die sie fest zudrückte, und fühlte sich dennoch krank und leer. Wenn doch nur Jeff da wäre, dachte sie. Voller Selbstzweifel schob sie ihre endlose Litanei von Vorwürfen beiseite und sehnte sich nach ihm, dem vertrauten, geliebten Rätsel seines drahtigen Körpers, seinem vertrauten, nervtötenden Charakter – als wäre er die einzige und alleinige Lösung ihres Problems.

Harriet ging es viel besser, sie war sehr ruhig. Eines Morgens war eine Karte gekommen, in einem von unbekannter Handschrift an sie adressierten Umschlag. Im Flur hob sie ihn unter dem Briefkastenschlitz vom Boden auf, ehe ihn jemand sah, und ging damit in ihr Zimmer, um ihn zu lesen. Worauf hoffte sie? Auf ein Wort, das rückgängig machen würde, was sie getan hatte? Das Foto auf der Karte zeigte die Malmesbury Abbey mit ihren zerstörten Fenstergaden: Vielleicht hatten Pilar und Roland sie auf dem Heimweg besichtigt. Auf die Rückseite hatte Pilar *Der Test war negativ* geschrieben. Mehr nicht. Harriet war verblüfft. Wie konnte Pilar glauben, dass dieser Test jetzt noch irgendeine Bedeutung für sie hatte? Warum sollte er das, wenn sie Pilar nicht haben konnte? Niemals hätte Harriet in ihrem früheren Leben geglaubt, dass sie imstande sein könnte, so etwas zu denken, dass sie tatsächlich eine so eigennützige Liebe und kalte Gier empfinden könnte. Doch nun war es so.

An einem der folgenden Nachmittage kam der Immobilienmakler, um sich das Haus anzusehen und das Wertgutachten anzufertigen. Den ganzen Vormittag hatten sie geputzt und alles hübsch hergerichtet, und Alice hatte wieder Blumen in den Zimmern verteilt. Ihr fiel auf, dass im Auto des Maklers, das auf dem Zufahrtsweg parkte, jemand saß. Das sei sein Vater, erklärte ihnen der Makler; er habe sich inzwischen weitgehend aus dem Geschäft zurückgezogen, begleite ihn aber manchmal noch auf Fahrten. Er dürfe selbst nicht mehr Auto fahren, er habe Probleme mit dem peripheren Sehen. Frustrierend für ihn, sagte sein Sohn, weil er ansonsten noch sehr fit und aktiv sei. Alice sagte, sein Vater könne doch gern hereinkommen, sie werde ihm eine Tasse Tee machen. Doch anscheinend zog er es vor, im Auto zu warten.

Als Mikey Waller schon eine ganze Weile dort gesessen hatte, hörte der Sprühregen auf, und die Sonne kam heraus. Er stieg aus und ging die Straße entlang, um sich die Beine zu vertreten und einen kurzen Blick in die Kirche zu werfen, denn Kirchenarchitektur war sein Hobby. Er hatte einen säuberlich geschnittenen, sandig-weißen Haarschopf und einen rötlichen Teint wie jemand, der unter Bluthochdruck leidet; er gehörte zu den groß gewachsenen, tollpatschigen Männern, die grobschlächtig wirken, wenn sie jung sind, später im Leben jedoch ohne eigenes Zutun an Stil und Würde gewinnen. Er blieb nicht zu lange in der Kirche, weil er seinen Sohn nicht warten lassen wollte. Auf dem Zufahrtsweg des Pfarrhauses sah er, dass eine junge, in seinen Augen jedenfalls junge Frau mit einem Korb nasser Kinderwäsche aus dem Haus gekommen war, die sie an einer Leine aufhängte. Er schaute ihr zu, wobei er wegen seines eingeschränkten Sichtfeldes achtgeben musste, dass es nicht aussah, als würde er sie anstarren. Sie war wohl eine von Jill Cranes Töchtern. Wie viele Kinder hatte Jill damals gehabt: drei? Oder vier? Die hier war klein, drall, resolut und, soweit er sehen konnte, ihrer Mutter nicht sehr ähnlich – vielleicht dasselbe rötlich goldene Haar. Dann würde die Familie das Haus also verkaufen, nach all den Jahren. Mikey bedauerte das. Er fühlte sich diesem alten Gebäude verbunden und hatte die Vorstellung immer schön gefunden, dass die Cranes es weiter nutzten. Was daran lag, dass er ihre Mutter lange geliebt hatte. Doch sie war fortgegangen, und er hatte sein Leben ohne sie leben müssen.

Danksagung

Mein herzlichster Dank gilt Dan Franklin und Caroline Dawnay, Jennifer Barth und Joy Harris für ihre Klugheit und Freundlichkeit, von der sie mich abermals haben profitieren lassen. Die Struktur meines Textes – Gegenwart, Vergangenheit, Gegenwart – ist eine schamlose Anleihe aus Elizabeth Bowens großartigem Roman *Das Haus in Paris;* genauso schamlos habe ich einige Details der Geschehnisse in Paris im Mai 1968 aus Mavis Gallants faszinierenden Schilderungen in ihren *Paris Notebooks* entlehnt. Stets bin ich meiner Universität dankbar, der Bath Spa University, die alle möglichen künstlerischen Anstrengungen unterstützt und einem das Leben als Schriftstellerin leichter macht – wie ich auch dankbar für die Freunde, Kollegen und Studenten bin, die ich dort habe und denen gute Bücher wichtig sind. Auch bin ich Katherine Ailes, Sophie Scard und Deirdre Moline dankbar für ihre aufmerksame, umsichtige Lektüre. Und Eric für alles.